BASTEI
LÜBBE

Von Eva Völler erschien bei BASTEI-LÜBBE:

12835 Scharfe Schüsse

FRAUEN

Eva Völler

# Wenn der Postmann nicht mehr klingelt

BASTEI LÜBBE

BASTEI-LÜBBE-TASCHENBUCH
Band 16183


Lizenzausgabe: Bastei Verlag Gustav H. Lübbe GmbH & Co.,
Bergisch Gladbach
Printed in Germany März 1999
Einbandgestaltung: Manfred Peters
Titelillustration: Melanie Bentele, München
Satz: hanseatenSatz-bremen, Bremen
Druck und Bindung: Ebner Ulm
ISBN 3-404-16183-1

*Für Anne, ohne die*
*dieses Buch nie erschienen wäre*

Mein Surfboard trieb im leuchtendblauen Wasser der Lagune. Die Sonne stand hoch am Himmel. Sie warf Abertausende diamantener Glitzerpunkte aufs Wasser. Mein Sarong war verrutscht und entblößte mein wohlgeformtes Knie. Thomas Magnum hob die Hand aus dem Wasser und streichelte es. In seinen großen, dichtbewimperten Augen stand ein begehrlicher Schimmer. »Susi«, flüsterte er mit vor Leidenschaft dunkler Stimme. Ich sagte nichts, sondern blickte ihn nur stumm und lockend an. Als er sich mit seinen muskulösen, sonnenverbrannten Armen auf meinem Board abstützte und sich aus dem Wasser stemmte, seufzte ich erwartungsvoll. Mein Kopf fiel nach hinten, als seine Lippen sich meinem Mund näherten. Mein langes Haar floß über den Rand des Surfboards und trieb wie ein seidiger Vorhang im Wasser. Seine kräftige Hand griff in meinen Nacken, fuhr in meine nassen Locken. »Susi, du Vollweib«, raunte er und schlang sich die Strähnen um die Finger.

»O Thomas, Geliebter!« wisperte ich. »Mach mit mir, was du willst!«

»Ganz wie Sie meinen«, sagte Thomas. »Ich denke, ich schneide diesmal zwei Zentimeter mehr ab.«

Ich schlug verwirrt die Augen auf. Thomas war gar nicht Thomas, sondern Carmen, die nette junge Friseuse, die mir jeden ersten Freitag im Monat die Haare machte. Waschen, Kurpackung, Schneiden, Fönen. Das Waschen kam immer zuerst, und meist schlief ich dabei ein.

»Du hast recht, Carmen. Vielleicht sollten wir mal was *richtig* Kurzes ausprobieren. Meinst du, daß mir so was steht?« Meine Blicke blieben an einem Foto in der Zeitschrift hängen, die geöffnet auf meinen Knien lag. »Guck mal, die Linda Evangelista, die sieht toll aus. Vielleicht wär das was für mich.«

Carmen wusch unbeeindruckt weiter. »Nein, an Ihnen würde das nicht wirken. Ihr Typ ist mehr … nicht so … äh … der Kurzhaarschnitt in dieser Variante erfordert eine eher androgyne Silhouette, wissen Sie?«

Androgyn heißt soviel wie knabenhaft schlank. Das war ich nicht. Ich war auch nicht mädchenhaft schlank, sondern eher fraulich schlank. Ich blätterte kommentarlos weiter und suchte nach tollen Frisuren, aber ich fand nur lauter frustrierend androgyne Silhouetten. Dann stieß ich auf ein hochinteressantes erotisches Horoskop für den diesjährigen Urlaub. Mein Sternzeichen ist Schütze, und unter Schütze stand, daß ich in der Liebe kompromißlos und für jede Art von Sex aufgeschlossen bin, und meine ungewöhnlich starke erotische Ausstrahlung würde mir einen rauschenden Liebestaumel im Sommer bescheren. Weiter hieß es, daß ich am liebsten mit dem Widder intim werde. Ich müßte nur einen Widder finden, dann würde ich den herrlichsten, leidenschaftlichsten Sommer aller Zeiten erleben. Es stand auch drin, wo ich am ehesten den geeigneten Widder finden würde: Ich müßte nur mit meinem Pferd ausreiten, dann würde ich ihn ganz schnell treffen, weil der Widder gern durch die freie Natur joggt.

»Was steht bei mir drin?« wollte Carmen wissen. »Ich bin Skorpion.«

Ich suchte es heraus. ›Skorpion‹, las ich vor. ›Die sind zügellos, haben in der Liebe keine Hemmungen und können vom Sex nicht genug kriegen, für jeden Mann ein echtes Erlebnis.‹

Carmen kicherte erfreut.

»Außerdem steht drin, daß deine diesjährige Urlaubsbekanntschaft auch was für den Winter wäre, und am besten suchst du dir einen Jungfrau-Mann, den findest du in jeder Galerie oder auch im Museum, weil, so steht's hier, ›dorthin der Jungfrau-Mann an heißen Sommertagen flüchtet‹. Und in Urlaub fahrt ihr beide dann in eine Metropole mit multikulturellem Flair, mit pulsierendem, dekadentem Nachtleben und superben Shopping-Arkaden …«

Carmen seufzte sehnsüchtig. »Ich war schon lange nicht mehr im Museum«, meinte sie dann. »Das letzte Mal in meiner Schulzeit. Tolle Männer hab ich da aber nicht gesehen.«

Ich las die Erotik-Horoskope der anderen, glücklicheren Frauen, der Frauen, die Pferde hatten und jeden Tag in Galerien gingen. Über die Zwillinge-Frau zum Beispiel erfuhr ich, daß sie auf Reizwäsche und High heels steht, sagenhaft gut beim Telefonsex ist und daß zu ihr am besten der flexible Schütze-Mann paßt. Den kann die Zwillinge-Frau am ehesten im Wartezimmer eines Tierarztes treffen, weil er sehr tierlieb ist, oder auch vertieft ins innige Gespräch mit seinem geliebten Reitpferd auf der Koppel. Ich kniff die Augen zusammen, aber es stand wirklich da. Geliebtes Reitpferd. Vielleicht war das Horoskop doch nicht von den Sternen diktiert, sondern von irgendeinem Typ, der für sein Leben gern Frauen verarschte. Ich gähnte und las weiter. Gerade als ich über dem Liebessommertraum der Löwe-Frau wieder eingenickt war – zu ihr paßt der Zwillinge-Mann, den kann sie in jeder Telefonzelle treffen, weil Telefonieren sein Hobby ist, und erkennen kann die Löwin ihn an dem Weltempfänger, den er gern bei sich trägt –, weckte mich Carmen und spülte die Kurpackung aus. Danach kam das Schneiden. Während Carmen mir die feuchten Locken büschelweise zur bauschigen, flauschigen Windstoßfrisur stutzte, blätterte ich weiter in meiner Zeitschrift.

»He, was ist das denn? Das sieht ja wahnsinnig romantisch aus!« Carmen beugte sich über meine Schulter und wies mit der Schere auf ein Foto, das einen Mann und eine Frau zeigte. Die beiden drückten sich wie zwei Schwerverbrecher hinter einer Türe herum und witterten nach allen Seiten, als ob die Polizei hinter ihnen her wäre.

»Das ist ein Headhunter beim geheimen Treffen mit der Frau, der er auf den Fersen ist.«

»Das ist englisch, oder nicht? Headhunter – he, das heißt Kopfjäger!« Carmen beugte sich tiefer und stach mir mit der Schere ins Ohr.

»Aua! Nein, das ist Quatsch. Ich glaub nicht, daß es heute noch Kopfjäger gibt.« Ich versuchte den zu dem Foto gehörenden Artikel zu lesen, aber Carmen versperrte mir die Sicht.

»Entschuldigung.« Sie kniff mit Daumen und Zeigefinger mein blutendes Ohr zusammen und beugte sich tiefer. »Doch, das steht aber echt da. Hören Sie zu: ›Headhunter bei der Arbeit! Er hat sein Zielobjekt im Visier! Ob er sie hunten kann?‹« Carmen schluckte. »Du lieber Himmel, der Kerl will sie echt hunten! Ob er das Messer in der Aktentasche versteckt hat?« Sie kroch fast auf meinen Schoß, um besser lesen zu können, und zog dabei meinen Kopf am Ohr mit sich.

»Carmen!« sagte ich streng. »Laß mein Ohr los und schneid mir die Haare. Ich erzähl dir, was in dem Artikel steht! Also, das hier ist ein Erlebnisbericht von einer Frau, die eines Tages, als sie nichtsahnend im Büro saß und sich gerade eine unheimlich gute Marketingmethode ausdachte, einen Anruf von einem Headhunter kriegte.«

Carmen klemmte die Ponyfransen zwischen Zeige- und Mittelfinger und schnippelte sie stufig.

Ich las weiter. Nein, der Headhunter hatte nichts mit Schrumpfköpfen zu tun, sondern war schlicht und ergreifend ein Abwerber. Ich erklärte es Carmen. Sie seufzte wieder, genau so wie vorhin bei den multikulturellen Arkaden. »Mich hat noch nie jemand gehuntet! Höchstens gemobbt!«

»Ich denke, ihr habt bloß Besen hier.«

Carmen blickte mich mitleidig an. »Ich meine nicht moppen, sondern mobben. Wissen Sie nicht, was das ist?«

Nein, ich wußte es nicht, jedenfalls nicht genau.

»Mobbing, das ist eine ganz üble Sache«, belehrte mich Carmen. »Das hab ich neulich erst gelesen. Muß hier irgendwo noch rumliegen, die Zeitschrift. Mobbing kommt von Mob, das ist auch englisch und heißt Pöbel.«

»Na, dann ist das doch ganz einfach, oder? Mobben heißt dann pöbeln, was soll daran Besonderes sein?«

»Nein, mobben ist viel schlimmer, davon kriegt man Herzrasen, Schwindelgefühle und Depressionen am Arbeitsplatz, ganz schrecklich ist das. Immer mehr Frauen müssen wegen Mobbing zum Arzt, und in Bad Lippspringe gibt es jetzt extra eine Mobbing-Klinik.«

Ich blickte zweifelnd durch die Fransen vor meinen Augen auf ihr Gesicht im Spiegel. »Ehrlich? Wie geht es denn? Das Mobben meine ich.«

»Na, der Chef zwickt einem in den Hintern, oder er geifert rum, von wegen, man hätte die Haare nicht ordentlich weggekehrt, oder wo schon wieder zum Teufel der Nescafé ist. Das ist Mobbing. Furchtbar ist das. Mich mobbt der Chef andauernd. Meistens wegen dem blöden Nescafé. Als ob ich den Nescafé versteck. Seh ich vielleicht so aus, als ob ich den Nescafé versteck?«

»Nein«, sagte ich erschüttert. Ich war nicht wegen des Nescafés erschüttert – schließlich verlegte ich selbst ständig irgend etwas –, sondern wegen meiner Dummheit. Ich wußte nicht, was Mobben ist, und dabei hatte ich Abitur. Und um ein Haar wäre ich auch im unklaren darüber geblieben, was ein Headhunter ist. Wahrscheinlich hätte ich bis zum Ende meines Lebens geglaubt, daß Headhunter Schrumpfköpfe in ihrer Aktentasche sammeln. Egal, welche Zeitung ich aufschlug, irgendwo sprang mir sofort eine ganz topaktuelle Lifestyle-Sache ins Gesicht, von der ich noch nie zuvor gehört hatte, obwohl jeder, den ich darauf ansprach, über jedes noch so nebensächliche Detail dieser topaktuellen Lifestyle-Sache topinformiert war. Carmen holte den professionell-großen Friseurfön und fing an zu fönen. Mit der anderen Hand knetete und riß sie. »Ich knete die Haare ganz locker durch, das ist das neue Styling«, erklärte sie.

Am ersten Freitag im letzten Monat hatte sie zum Stylen noch eine Rundbürste benutzt. Carmen knetete und riß erbarmungslos. Es war fast so, als ob sie mir zusammen mit den Haaren irgendwelche Stöpsel aus dem Kopf riß. Meine Gedanken sprudelten unaufhörlich aus allen Löchern, und ich schwebte plötzlich einen halben Meter über dem Hydrauliksessel im freien Fall und erlebte eine bedeutsame Katharsis.

Ich wußte nicht, was Mobben ist, hatte keine Ahnung, was ein Headhunter ist, und ein Pferd hatte ich auch nicht. Arkaden sah ich höchstens noch in rettungslos zerfallenem Zustand, überwuchert von Moos, im Lateinbuch meines ältesten Sohnes. Ich fühlte mich wie eine einsame Insel, an der das Leben mit vollen, bunten Segeln vorübersaust.

Carmen stylte und fönte, und ich analysierte meine Defizite. Bereits am letzten ersten Freitag im Monat hatte ich ein ähnlich beschämendes Schlüsselerlebnis gehabt. Carmen hatte mir damals zeitgleich mit der Kurpackung eine Gesichtspackung aufgelegt, weil mein Mann und ich abends bei Ministerialdirektors eingeladen waren und ich zu diesem Anlaß besonders fit aussehen wollte.

Die Gesichtspackung gab es zum Eröffnungsangebot von hundertneunundfünfzig Mark im Fünfzig-Milliliter-Tiegelchen, und sie war das ultimative Zweiphasen-Antistreß-Produkt, das Allerneueste auf dem

Gebiet zur Erforschung des Kampfes gegen die Freien Radikalen. Ich wäre vor Lachen fast vom Stuhl gefallen und hatte Carmen eine Hustenpastille in den teuren Cremetiegel gespuckt. Damals war ich leicht erkältet gewesen. Carmen hatte mir daraufhin mißbilligend auseinandergesetzt, was Freie Radikale sind. Ja, so ganz unrecht hatte ich nicht. Freie Radikale waren schon irgendwie anarchomäßig, fast so etwas wie zum Beispiel die revolutionären Zellen, nur eben viel, viel kleiner, so klein, daß man sie gar nicht mehr sehen kann. Genaugenommen waren sie nämlich unsichtbar, und sie saßen auf der Haut und knitterten wahnsinnige Falten da rein. Richtige Löcher fraßen sie da durch, ja, fast so, wie die revolutionären Zellen Löcher in die Knastwände sprengten, hahaha, das war aber mal ein echt lustiger Vergleich.

Ja, hahaha, damals, vor vier Wochen, da konnte ich noch mitlachen, aber heute war mir nicht zum Lachen zumute. Irgendwann ist das Maß der Ignoranz voll. Ich war zu dämlich, um zu kapieren, daß nicht der Headhunter, sondern die Freien Radikalen Köpfe zum Schrumpfen brachten und daß der Chef seine Angestellten wegen des verlegten Nescafés nach Bad Lippspringe mobbte.

Ich war out.

»Carmen, stell dir mal vor, du würdest mir auf der Straße begegnen, und hättest mich vorher nie gesehen.«

Carmen knetete verträumt die inzwischen trockenen Locken und fönte mein Gesicht. Wahrscheinlich träumte sie von den multikulturellen Arkaden. Ich hielt die Hand vor den brausenden Luftstrom. »Carmen, hast du mich verstanden?«

»Klar, wir sind fertig.« Sie schaltete den Fön ab und bückte sich, um ihn im Unterschrank zu verstauen. Dann richtete sie sich auf, mit einer Dose Haarlack, ultrastark. Sie nebelte mich damit ein und verpaßte meiner Frisur das nötige Standing.

»Carmen, hast du überhaupt gehört, was ich eben gesagt habe?«

»Wie? Oh, klar, Sie haben mich neulich auf der Straße gesehen, oder?« Sie hielt den Handspiegel hinter meine Windstoßfrisur und ließ mich staunen.

»Toll, was?« fragte sie begeistert.

»Weißt du, irgendwie habe ich immer das Gefühl, ich hätte diese Frisur schon mal gesehen«, meinte ich resigniert.

»Klar, Sie gucken sich doch jeden Tag im Spiegel an.«

»Nein, das meine ich nicht. Ich weiß auch nicht, aber irgendwie …« Ich starrte mich an, dann schaute ich hoch und musterte Carmens bauschig-flauschige Windstoßfrisur im Spiegel vor mir. »Vielleicht weiß ich's doch, aber lassen wir das mal. Ich möchte noch mal auf deine Phantasie zurückkommen, du weißt schon, eines schönen Tages gehst du auf die Straße, und da siehst du mich, und …«

»Da fällt mir ein, ich hab Sie wirklich neulich mal gesehen, das war … Moment mal, letzte Woche, als ich vom Zahnarzt kam.« Sie zog mir schwungvoll den Umhang vom Körper und bürstete mir mit einer professionell-großen Kleiderbürste die Schultern ab.

»Du sollst dir vorstellen, du hättest mich vorher noch nie gesehen, was würdest du dann denken?«

Sie schaute ratlos drein. »Nix, oder?«

»Wieso nix?«

»Na, wenn ich Sie noch nie gesehen hätte, was sollte ich mir denn da denken? Wenn ich bei jedem Menschen, der tagtäglich auf der Straße an mir vorbeirennt und den ich noch nie vorher gesehen habe, irgendwas denken sollte, da hätte ich aber viel zu tun! Soll ich Ihnen mal eine Packung mitgeben? Ein ganz probates Mittel bei fortschreitender Allergenisierung der überbeanspruchten Kopfhaut …«

Ich nickte mechanisch und zog meine Geldbörse aus der Handtasche, während Carmen flink Waschen, Packung, Schneiden, Fönen, Standing und Packung für daheim zusammenrechnete.

»Carmen, jetzt stell dir einfach mal vor, du würdest mich auf der Straße treffen und hättest mich vorher noch nie gesehen.«

Sie seufzte ergeben. Es hörte sich an wie: Die Alte ist meschugge, aber was soll's, der Kunde ist König. »Ich seh Sie auf der Straße und hab Sie noch nie vorher gesehen«, meinte sie entgegenkommend. »Und ich hab keine Ahnung, daß Sie in Wahrheit Frau Henkberger-Heimesfelder sind.«

»Herkfelder-Henkesheim!«

»Sicher, sag ich doch, ich kenn Sie ja nicht, oder?«

Ich riß mich zusammen und schob ihr fünfzig Mark hin, und während sie eine winzige Handvoll Wechselgeld zusammensuchte, erklärte ich: »Also, du gehst an mir vorbei, dein Blick fällt auf mich, und was denkst du jetzt?«

Sie starrte mich hilflos an, dann senkte sie die Augen. »Was soll ich denn denken, wenn ich Sie doch nicht kenne?« fragte sie aufsässig.

»Würdest du vielleicht denken, mein Gott, ist diese Person dick?«

»Nicht doch!« sagte sie ganz erschrocken. »Sie sind doch überhaupt nicht dick! Du liebe Zeit, das ist doch noch gar nichts! Da müßten Sie erst diese fette Person sehen, die immer jeden zweiten Samstag kommt, wie heißt sie gleich, diese Frau Schneckberger-Schwammesheim …«

»Schwammberger-Schneckesheim«, sagte ich mechanisch. Die Schwammberger-Schneckesheim war Sekretärin beim Chef meines Mannes, dem Ministerialdirektor, und sie wog zweihundert Pfund. Mindestens.

Ich wechselte das Thema. »Angenommen, du würdest mir auf der Straße begegnen und kennst mich nicht – würdest du vielleicht finden, daß ich alt für mein Alter wirke?«

»Ich wüßte ja nicht, wie alt Sie sind, wenn ich Sie doch nicht kenne …«

Ärgerlich nahm ich das Wechselgeld, das ich ihr als Trinkgeld hingeschoben hatte, und steckte es ein.

»Mal ganz im Vertrauen«, fragte ich dann beiläufig, »für wie alt würdest du mich denn halten – ich meine, wenn du mich auf der Straße sehen würdest, und du hättest mich vorher noch nie gesehen?«

Sie musterte mich eingehend und runzelte die Stirn. »Nun, wenn man Sie so anschaut – praktisch keine Falten, straffe, jugendliche Figur …«

Ich hing an ihren Lippen.

»Elegante, gepflegte Erscheinung, topaktuelle Windstoßfrisur – also, kurz und gut, wenn ich Ihnen auf der Straße begegnen würde – ich würde Sie auf keinen Tag älter als achtunddreißig schätzen!«

»Ach!« Ich blinzelte geschmeichelt. »Wirklich?«

»Ja! Achtunddreißig, keinen Tag mehr. Höchstens vielleicht noch neununddreißig!« Sie strahlte mich beifallheischend an.

»Das ist nett von dir, Carmen!« Entzückt holte ich das Kleingeld wieder aus der Tasche und gab es ihr, bevor ich mich mit wohlwollendem Händedruck von ihr verabschiedete, bis zum nächsten ersten Freitag im Monat.

Vor dem Friseursalon reihte ich mich neben zwei Frauen ein, die vor der Scheibe ihr Standing ausbürsteten.

»Kann ich mal Ihren Kamm benutzen?« fragte ich leutselig die eine. Sie gab ihn mir, und ich kämmte mit raschen Strichen ebenfalls mein Standing aus. Ich schüttelte meine flauschig-bauschigen Locken, bis sie alltäglich-normal aussahen und nicht mehr wie guckt-mal-alle-her-ich-war-gerade-bei-Carmen.

Manchmal war Carmen ein bißchen begriffsstutzig, aber für solche Dinge wie Figur und Alter einer Frau hatte sie ein Auge. Summend schob ich den Kamm in meine Handtasche und zog los in Richtung Parkhaus.

»Guck dir die an, das ist die Frau von diesem Ministerialfuzzi. Hast du gesehen, was die gerade mit dem Kamm gemacht hat?«

Ich ignorierte die gehässige Stimme in meinem Rücken. Mein Mann ist kein Ministerialfuzzi, sondern ein unterbezahlter, schwer arbeitender Ministerialrat. Außerdem hatte sie sich selbst doch auch die Carmen-Frisur weggekämmt. Was sollte das also mit dem Kamm? Solche unqualifizierten, stupiden Anwürfe konnte man nur lässig an sich abperlen lassen.

Ich ließ es lässig an mir abperlen, aber dann blieb ich abrupt stehen. Hatte Carmen achtunddreißig gesagt? Oder sogar neununddreißig?

»Könnte ich den Kamm wiederkriegen?«

»Hat sie achtunddreißig gesagt? Oder neununddreißig?« fragte ich verstört die impertinente Person, die mich verfolgt hatte.

»Keine Ahnung. Kann ich den Kamm haben?«

»Ich bin sechsunddreißig! Sechsunddreißig!«

»Schön für Sie, ich bin achtunddreißig. Krieg ich jetzt den Kamm?«

»Ich bin überhaupt nicht achtunddreißig!« rief ich. »Ich bin in Wahrheit erst sechsunddreißig!«

»Ich hab doch gar nicht behauptet, daß Sie achtunddreißig sind. Ich hab gesagt, *ich* bin achtunddreißig, hab ich's gesagt oder nicht? Ich wollte bloß den Kamm wieder. Hab ich nicht gesagt, daß ich ihn wieder will? Hab ich's gesagt oder nicht?«

»Keine Ahnung«, flüsterte ich und starrte vor mich hin, auf den Schatten unter meinen Füßen. Als Kind hatte ich bei schönem Wetter oft ein Spiel gespielt. Irgend jemand hatte mir erzählt, wenn man ganz fest dran glauben würde, könnte man über seinen Schatten springen. Man müßte es nur richtig wollen. Ich hatte es damals gewollt, aber anscheinend nicht genug. Ich hatte es oft versucht, bestimmt ein paar tausendmal, trotzdem wollte es nicht klappen. So hoch ich auch sprang, immer blieben meine Füße an dem Schatten kleben. Oder mein Schatten an meinen Füßen. Das tat er auch jetzt, bleiern und dunkel. Und er war nicht stromlinienförmig androgyn, sondern klobig und breit.

Während ich noch auf meinen Schatten starrte, rief eine fröhliche Stimme direkt in mein Ohr: »Hallo, Susi!« Ich drehte mich um, und da wurde ich auch schon von zwei schlanken Armen an ein wildledernes Chanel-Ensemble gezogen – es sah jedenfalls nach Chanel aus –, eine nach Chanel No. 5 duftende Wange drückte sich gegen meine, und die Stimme meinte triumphierend: »Wenn das nicht die Susi Herkfelder ist, na so was! Da treffe ich dich mitten in B., nach so vielen Jahren!«

Ich machte mich los und starrte verständnislos das hübsche, geschminkte Gesicht vor mir an. Ich hatte diese Person noch nie in meinem Leben gesehen.

»Kennst du mich denn nicht mehr, Susilein?«

»Also, ich glaube … äh …«

»Genau, ganz richtig, die bin ich, Brie-schiet, wie sie leibt und lebt!« jauchzte die Fremde.

Brie-schiet? Nie gehört.

»Natürlich, ich kann nicht erwarten, daß mich jeder sofort wiedererkennt, wo ich doch erst letztes Jahr in Paris mein Gesicht ganz neu habe stylen lassen …«

Ich sah mir dieses neugestylte Gesicht genauer an, stellte mir die Nase etwas länger vor und die Lippen etwas schmaler, und ja, auf einmal überkam mich ein vages Gefühl des Erkennens.

»Brigitte?« fragte ich ungläubig. »Bist du das etwa? Bist du's wirklich?«

Sie nickte strahlend. Sie war's tatsächlich. Die intrigante Brigitte, bis zum Abi meine Banknachbarin in der Schule. Das letzte Mal, als ich sie gesehen hatte, bereitete sie sich gerade auf ein Jahr als Au-pair-Mädchen in den USA vor. Sie übte jeden Tag kaugummikauend

Amerikanismen vor dem Spiegel, zum Beispiel »uuuell« oder »iiiäääh«, und sie bestand darauf, daß alle sie Brittschett nannten. Jetzt hieß sie Brie-schiet, sicher weil sie in Paris gewesen war.

»Du siehst aber gut aus!« sagte ich und betrachtete bewundernd ihre gertenschlanke Figur in dem taubengrauen Wildleder-Ensemble, ihre zierlichen Füße in den hauchdünnen Riemchenpumps, die kleinen Brillantstecker in den Ohrläppchen, die todschicke softschwarze Handtasche.

»Danke«, sagte sie und hakte sich bei mir ein. Sie sagte nicht: Du aber auch, oder wenigstens: Du siehst aber auch nicht schlecht aus. Sie sagte: »Ich hätte dich fast nicht wiedererkannt, aber die Haare, die waren dann doch so unverkennbar, diese komische mausblonde Wuschelfrisur, die du früher schon immer hattest – da dachte ich, das muß sie einfach sein, die Susi Herkfelder!«

Ich ließ mich willenlos mitziehen. Mausblond. Gab es das überhaupt als Haarfarbe? Es hörte sich so an, als hätte ich nicht eine Tönung, sondern eher ein vernünftiges Schädlingsbekämpfungsmittel nötig. Und gleich würde sie sagen, daß ich dicker wäre als damals.

»Weißt du, Susi, um die Wahrheit zu sagen, ich hab dich eigentlich deswegen nicht sofort wiedererkannt, weil du ein bißchen üppiger als damals bist.«

»Wahrscheinlich meinst du das bloß deshalb, weil ich damals in der Schule so unheimlich dünn war«, verteidigte ich mich lahm.

»Kann schon sein«, sagte sie großmütig. »Wo gehen wir überhaupt hin?«

»Keine Ahnung.«

»Na, dann schlage ich vor, wir gehen zu dir, und du zeigst mir, wie du so lebst, erzählst mir ausführlich, was du in diesen langen sechzehn – oder sind es schon siebzehn? – Jahren seit dem Abi alles erlebt hast…«

»Hast du denn überhaupt Zeit?« fragte ich hoffnungsvoll. »Ich meine, mußt du nicht vielleicht auf irgendeinen dringenden geschäftlichen Termin oder so?«

Sie lachte und schaute bedeutungsvoll an sich hinunter. »Du meinst wegen meines Outfits? So was trage ich immer, Liebes!«

Ich folgte ihren kritischen Blicken auf mein eigenes Outfit. Es war auch so eine Art Ensemble, allerdings bloß bestehend aus Jeans und T-Shirt. Und ich trug auch keine hauchdünnen Riemchenpumps, sondern Birkenstockschlappen. Plötzlich kam ich mir vor wie im falschen Film. Ich war nicht nur out und zu dick, sondern außerdem noch bedauernswert schlicht gekleidet.

»Ehrlich, ich hab jede Menge Zeit!« beteuerte Brigitte und begleitete mich zum Parkhaus. »Wo steht dein Wagen?«

»Gerade eben wußte ich es noch!« Ich haßte mich für den weinerlichen Ton in meiner Stimme. Und ich haßte den Zufall, der mir Brigitte über den Weg geführt hatte.

Weil ich nicht mehr wußte, in welcher Etage ich geparkt hatte, mußten wir meinen Wagen suchen, und erst nachdem wir sechs Stockwerke abgegrast hatten und Brigitte sich beschwerte, ihre zarten Pumps wären für solche Brutalomärsche nicht geeignet, fanden wir ihn, im siebten Stock. Als wir endlich vor meinem Kombi standen, waren wir beide völlig außer Puste.

Unten vor der Schranke gab es wieder ein kleines Problem, weil ich vergessen hatte, mein Kärtchen am Kassenautomaten zu bezahlen, und Brigitte auf ihren hauchdünnen Riemchenpumps zum Glaskasten des Pförtners stöckeln mußte, während sich hinter mir ein heftig hupender Rückstau bildete.

Auf der Fahrt zu unserem Einfamilienhaus im Grünen erzählte ich Brigitte, daß mein Mann Hans-Georg heißt und ein schwer arbeitender Ministerialrat ist, daß ich zwei Söhne habe, einen Hund und eine Oma, eigentlich war sie Hans-Georgs Oma, und daß wir ein Einfamilienhaus im Grünen hatten, wo ich letzte Woche im Garten einen neuen Komposthaufen angelegt hatte.

»Und sonst?« fragte sie mit hochgezogenen Brauen.

»Wie und sonst?«

»Na, ich meine, was hast du sonst so zu erzählen?«

Ich stand auf der Leitung.

»Susi, das kann doch nicht alles sein, zwei Söhne, ein Ministerrat und ein Komposthaufen! Ich meine, was machst *du* so? Für dich persönlich? Du kannst doch unmöglich den ganzen Tag im Komposthaufen wühlen, oder?« Dabei guckte sie mich an, als wäre ich eine fremdartige Kreuzung aus Kohliesel und Aschenputtel.

»Ich bin im Elternbeirat vom Kindergarten.«

Sie wirkte nicht besonders beeindruckt.

»Letztes Jahr habe ich an der Volkshochschule einen Seidenmalkurs belegt«, flüsterte ich, »und außerdem haben wir ein großes Haus mit Garten, und die Kinder …«

»Das haben andere Frauen auch«, Brigitte seufzte. »Weißt du, irgendwie trifft mich das ganz tief innen, daß ausgerechnet aus dir so ein Muttchen geworden ist, so eine Kind-Kombi-Kompost-Tante.«

Hastig zwinkerte ich gegen den feuchten Film an, der mir plötzlich die Sicht erschwerte. Ich war eine Komposttante, eine mega-oute, fette, schlichte Komposttante mit Kindern und Kombi.

»Immerhin, du hast ja studiert, da kannst du irgendwann in deinen Beruf zurück. Hattest du nach dem Abi nicht vorgehabt, Jura zu studieren? Stimmt, das hattest du mir doch noch in die Staaten geschrieben, bevor wir uns aus den Augen verloren hatten, oder?«

Bevor sie nie mehr was von sich hören ließ, das hätte es genauer getroffen.

»Ja«, sagte ich wortkarg.

»Ja, was?«

»Ja, ich hab studiert.«

»Ach?« meinte sie interessiert. »Bist du dann in die Justiz gegangen?«

Ich war direkt vom zweiten Semester in den Kreißsaal gegangen, und danach hatte ich die Uni nie wieder von innen gesehen.

»Nein, in die Verwaltung«, erklärte ich gelassen. »Da arbeite ich immer noch.« Das war nicht gelogen, es ist allgemein anerkannt, daß die Tätigkeit als Hausfrau und Mutter einer der aufreibendsten Verwaltungsjobs der Welt ist.

»Oh, toll! Was verwaltest du denn so?«

»Ja … Liegenschaften.« Zum Beispiel den Komposthaufen, das Haus und die beiden Jungs. Immerhin hatten die auch gelegen, als sie klein waren, auf dem Wickeltisch, in der Wiege, im Kinderwagen, auf der Krabbeldecke, an meiner Brust … Und Oma hatte letztes Jahr acht Wochen lang im Bett gelegen, als sie den Meniskusriß gehabt hatte.

»Toll!« sagte Brigitte mit leuchtenden Augen. »Liegenschaftsverwaltung, das ist doch wirklich mal was Tolles!«

Die große Vogeltränke aus täuschend verwittert aussehendem Marmor, eine echte Bernini-Replique, fiel ihr überhaupt nicht auf, als wir im Vorgarten daran vorbeikamen. Genausowenig hatte sie Augen für den romantisch verspielten Zierputz im spanischen Stil, der die Vorderfront unseres Hauses schmückte. Auch die makellos gepflegte, wasserwaagengenau gestutzte Buchsbaumhecke zwischen unserem und dem Nachbargrundstück entging ihrer Aufmerksamkeit. Herr Zwicker, unser Nachbar, der Garant für das permanent makellose Aussehen der Hecke, hatte auf seinem Grundstück die Klappleiter aufgestellt. Er stand ganz oben und winkte mit blinkender Heckenschere zu uns herüber.

»Das Haus ist nett«, meinte Brigitte beifällig nach unserem Rundgang durch unser Eigenheim im Grünen, »bloß ein bißchen zuviel Ikea für meinen Geschmack.«

»Noch aus unserer Studienzeit«, entschuldigte ich

mich auf dem Weg in den Garten. »Und es ist nicht aufgeräumt, weil ich heute morgen beim Friseur war.«

»Unordnung ist was Wunderbares. Sie zeugt von einem hohen Maß an Kreativität und Spontaneität. Deswegen brauchst du dir keine Gedanken zu machen.«

Ich blickte sie geschmeichelt an. Ich hatte eine wunderbar kreative und spontane Familie!

»Aber über eines solltest du dir dafür um so mehr Gedanken machen«, fuhr Brigitte mißbilligend fort. »Die Frau, die bei dir putzt, die taugt nichts. Die solltest du schleunigst rausschmeißen.«

Ich stand starr. Die Frau, die bei mir putzte, war ich selbst.

»Die Fensterscheiben sind schlierig, auf den Fensterbänken liegt meterdick der Staub, und die Ecken sind rundgeputzt«, erläuterte Brigitte anschaulich die Unfähigkeit meiner Putzfrau. »Ist dir noch nie aufgefallen, wie schlampig diese Person hier saubermacht? Also, das Geld für diese miserable Putze kannst du wirklich besser anlegen«, befand sie, »zum Beispiel für eine vernünftige, zeitgemäße Frisur oder ein nettes Kostümchen. Du solltest dir schleunigst eine fähige Kraft suchen, sonst bleibt ja doch alles an dir hängen. Wenn dein Mann Ministerrat ist, muß doch für eine versierte Haushaltshilfe mehr als genug Geld da sein.«

»Ja, weißt du, das Haus, die Hypotheken, zwei Autos, die vielen Turnschuhe für die Jungs …«

Sie hörte gar nicht hin, sondern ging schnurstracks weiter in den Garten, an Oma vorbei, die in ihrem Schaukelstuhl auf der Terrasse mit offenem Mund leise röchelnd ihr Mittagsschläfchen hielt.

Tannhäuser, der wie ein wolliger Bettvorleger zu Omas Füßen lag, schnarchte ebenfalls vor sich hin. Er hatte nur kurz aufgeschaut, als wir durchs Gartentor gekommen waren, dann war er wieder ins Land der Hundeträume versunken. Sein buschiger Schwanz und seine Pfoten zuckten im Schlaf. Wahrscheinlich scharrte er gerade im Traum wieder ein neues, noch tieferes Loch und verbuddelte unentbehrliche Gebrauchsgegenstände des täglichen Lebens im Garten.

Ich zeigte auf den funkelnagelneuen Komposthaufen im hinteren Teil des Gartens, hinter den großen, alten Apfelbäumen. »Da hinten ist der neue Komposthaufen.«

Sie hörte wieder nicht hin. »Der Garten wäre im Prinzip nicht schlecht, aber hier wimmelt es ja von Maulwürfen. Das ist echt widerlich!« Sie machte eine ausholende Geste, um die unzähligen Erdhügel von Tannhäusers Grabungsstätten zu erfassen.

Mir wollte keine passende Erwiderung einfallen. Wir gingen wieder ins Haus und setzten uns auf einen Kaffee in die Küche. Brigitte schlug graziös ein schlankes Bein über das andere und stützte den elegant gelockten blonden Kopf auf eine schmale, gepflegte Hand. »Erzähl mir was von deiner Familie!«

»Na ja, Oma hast du ja schon draußen im Garten gesehen und Tannhäuser auch. Im Sommer schlafen die beiden um diese Zeit immer draußen auf der Terrasse. Oma ist fünfundachtzig und körperlich noch gut drauf, aber leider geistig nicht mehr so ganz auf der Höhe, und Tannhäuser haben wir von meiner Schwiegermutter gekriegt, da war er noch ein Welpe, und er ist ein Golden Retriever, das ist eine ausgesprochen kinderliebe, familienfreundliche Hunderasse ...« Ich sah, wie sie die borstigen Hundehaare auf dem Fußboden vor der Terrassentür und den vollgesabberten, verschmierten Freßnapf mit der Aufschrift *Ich freß euch die Haare vom Kopf!* anstarrte.

»Wieso heißt er Tannhäuser? Komischer Name für einen Hund.«

»Ja, wie ich schon sagte, wir haben ihn von meiner Schwiegermutter geschenkt bekommen, als er noch ein Welpe war ...«

Sie winkte ab. »Laß nur, schon gut. Erzähl mir lieber was von deinen Kleinchen und deinem Mann, diesem Ministerrat.«

»Ministerialrat. Er heißt Hans-Georg, das sagte ich ja schon, und die engsten Freunde dürfen ihn Schorschi nennen, und er bekleidet ein wichtiges Amt als Jurist im Ministerium. Er ist ein sehr fähiger Wirtschafts- und Finanzfachmann, und praktisch jede Rede, die der Minister hält, stammt aus seiner Feder. Der Minister will nur noch Reden halten, die vom Schorschi sind, und der Staatssekretär hält große Stücke auf ihn. Er hat gemeint, daß der Schorschi die allerbesten Chancen hat, im Ministerium noch an vorderster Stelle mitzumischen ...«

»Wie sieht der Schorschi denn aus?«

»Sehr gut, finde ich. Willst du mal ein Foto sehen?«

Ich rannte sofort ins Wohnzimmer und holte mein Vorzeigefoto von Schorschi. Auf dem Bild war er noch fünf Jahre jünger. Inzwischen hatte er schon leicht graue Schläfen und ein paar Fältchen mehr um die Augen, aber das brauchte Brigitte ja nicht zu wissen.

»He, der sieht ja echt gut aus!« sagte sie überrascht.

»Das hätte ich dir gar nicht zugetraut, daß du dir so einen gutaussehenden Mann an Land ziehst. Sieht irgendwie … italienisch aus. Richtiger Italo-Machismo-Appeal.«

»Nein, eher französisch. Er stammt von Franzosen ab«, behauptete ich lässig.

»Ach, ein Franzose also. Ist ja toll.« Sie blickte mit verengten Augen auf das Bild. »Ist er viel jünger als du?«

»Nein, im Gegenteil, er ist drei Jahre älter. Im nächsten Januar wird er neununddreißig. Er hat sich eben gut gehalten.«

Ich sah ihr deutlich an, daß sie dachte: *Ganz im Gegensatz zu dir, Susi.*

Ich ließ mich neben Brigitte auf einen Stuhl fallen. Meine Hand, mit der ich die Tasse umkrampfte, zitterte, und ich starrte benommen durch die schlierige Scheibe der Terrassentür. Komisch, heute morgen beim Aufstehen war ich noch ein ganz anderer Mensch gewesen, optimistisch, ausgeglichen, zufrieden. Jetzt war ich out, fett, schlicht und schlampig. Nur Carmen, der Friseurzeitschrift und Brigitte hatte ich es zu verdanken, daß mir endlich die Augen geöffnet worden waren. Ohne sie hätte ich sicher noch Jahre ziellos vor mich hin gewuselt und es als die höchste Ehre betrachtet, im Elternbeirat des Kindergartens mitwirken zu dürfen. In diesem Moment spürte ich bereits, wie er in mir heranreifte und wuchs und gewaltige Dimensionen annahm: der Entschluß, mein verkorkstes Leben so schnell wie möglich wieder in Ordnung zu bringen, bevor es zu spät war. Morgen. Sofort nach dem Aufstehen, beschloß ich. Morgen war

Samstag, da hatte ich Zeit dafür. Ich würde einen richtigen Generalstabsplan auf die Beine stellen, und dann würde ich loslegen. Aber zuerst mußte ich Brigitte loswerden.

Ich stellte meine Tasse mit einem Knall auf den Tisch und stand auf. »Tut mir leid, aber ich muß dich jetzt rausschmeißen.«

»Ja aber ... Wieso?«

»Ich muß zum Kindergarten, Timmy abholen.«

»Ach ja, deinen Sohn. Was ist mit dem anderen Kleinchen? Schläft's oben in seinem Bettchen? Ich find's aber nicht gut, daß du das Kleine mit der Oma allein läßt. Die hört doch draußen überhaupt nicht, wenn es oben schreit. Ich weiß was, ich bleib solange hier und paß auf das Baby auf.«

»Das Baby ist nicht da, es ist in der Schule.« Ich nahm ihr entschlossen die Tasse weg und stellte sie in die Spülmaschine.

»Ach, ist es schon so groß?« fragte sie erstaunt.

»Ja, ziemlich groß.« Oliver war einen halben Kopf größer als ich, fast so groß wie Schorschi, schließlich war er fünfzehn. Aber ich dachte gar nicht daran, Brigitte davon zu erzählen. Oder davon, daß ich mir schon im zweiten Semester ein Baby zugelegt hatte und nach der Windel-, Spuck- und Stillzeit damit ausgelastet gewesen war, zuerst Schorschis Arbeit fürs erste Staatsexamen, dann seine Dissertation und danach seine Arbeit fürs zweite Examen zu tippen. Das alles ging sie nichts an. Mit etwas Glück sah und hörte ich nie wieder etwas von ihr, wenn sie erst wieder nach Paris oder sonstwohin abgedampft war.

Oma kam durch die offene Terrassentür und guckte

verwirrt auf den Freßnapf. »Meine Fähne find weg, Fufi!«

»Nicht schon wieder«, stöhnte ich. »Tannhäuser, sofort kommst du her, du garstiger Hund!«

Vom Garten her erklang freudiges Kläffen.

»Tannhäuser!« rief ich energisch.

Tannhäuser kam mit einem gewaltigen Satz in die Küche gesegelt. Frische Lehmklumpen flogen durch die Luft und blieben in Brigittes blonden Locken hängen, als er zu ihrem Stuhl hechtete, sich sabbernd mit beiden Vorderpfoten auf ihre Chanel-Knie stützte und sie freundlich angrinste.

»Susi«, wimmerte Brigitte, »b-bitte tu ihn weg!«

»Er beißt nicht«, beruhigte ich sie. »Tannhäuser, komm zu Frauchen!«

Tannhäuser rieb seinen gewaltigen Kopf liebevoll an Brigittes Rock, eine Handvoll Hundehaare blieb in der Sabberpfütze auf ihrem Schoß hängen, und seine männerfaustgroßen Pfoten rissen fünfmarkstückgroße Löcher in ihre kostbare, schimmernde Strumpfhose.

Brigitte starrte sprachlos auf ihr ruiniertes Outfit.

»So sind Golden Retriever nun mal«, sagte ich lahm. »Sie sind jedem Fremden gegenüber aufgeschlossen.«

Sie gab keine Antwort.

»Meine Fähne find aber diefmal nicht in feinem Freffi!« jammerte Oma. Sie stand über den schmierigen Napf gebückt und schob ein paar Brocken Hundekuchen zur Seite.

»Wir sind versichert!« sagte ich schnell. »Die Allianz kommt für alles auf, Reinigung, Strumpfhose, das geht schon in Ordnung!«

Brigitte schwieg immer noch. Vielleicht stand sie unter Schock.

»Tannhäuser«, lockte ich, »komm her zu Susi-Frauchen und zeig Susi-Frauchen die Zähne!«

Tannhäuser hechelte und zeigte alle seine Zähne. Mit einem breiten Hundegrinsen rollte er sich auf den Rücken und präsentierte seinen Bauch. Ich streichelte ihn und gurrte: »Tannhäuserlein, guter Tannhäuser, guter Hund, such die Zähne, such, such, such!«

Er rollte sich zurück auf den Bauch und guckte treuherzig zu mir hoch. Welche Zähne? fragten seine dunklen Hundeaugen unschuldig.

»Such sie, du ungezogener Hund!« befahl ich streng.

»Vielleicht find fie diefmal im Kompofthaufen?« mutmaßte Oma und eilte in den Garten. Tannhäuser rannte mit Riesensätzen hinterher.

»Ich muß in den Kindergarten!« rief ich. »Ich kann dich nicht in die Stadt fahren, Brigitte, ich ruf dir ein Taxi. Ich muß mich beeilen, der Kindergarten schließt gleich. Brigitte? Hast du mich verstanden?«

Sie wirkte, als stünde sie noch unter Schock. Doch dann nickte sie, stand auf und folgte mir in die Diele.

»Hattest du irgendwann mal ein traumatisches Erlebnis im Zusammenhang mit einem Hund?« fragte ich sie mitleidig.

»Ja«, sie nickte, und ihr Gesicht war ganz blaß, »gerade eben in deiner Küche.«

Ich rief ihr ein Taxi, wartete aber nicht mehr, bis es kam, sondern fuhr sofort los. Es war schon kurz vor zwölf. Auf der Fahrt zum Kindergarten fiel mir ein, daß sie mir überhaupt nichts von sich und ihrem Leben erzählt hatte. Aber ich konnte mir schon denken, was sie mir erzählt hätte, wenn ich sie gefragt hätte. Toller Job mit massig Geld, ein bis zum Abwinken erfolgreicher Lebensgefährte mit ein paar Millionen in der Schweiz oder Liechtenstein, jedes Jahr Kreuzfahrt in der Karibik, jedes zweite Jahr nach Paris zum Gesichtumstylen. Natürlich weder Kind noch Kombi noch Komposthaufen, sondern irgendwo in der City eine todschicke Maisonette, vielleicht sogar ein Penthouse, außerdem natürlich ein verwunschenes Chalet im Tessin, ein windumtostes Reetdachdomizil auf Sylt und eine rustikale Blockhütte in den Bergen von Kanada.

Ich parkte meinen Kombi vor dem Kindergarten. Ja, sie hatte sich gebärdet wie die dickste Kirsche im üppigsten Sahnekuchen aller Zeiten, und mich hatte sie behandelt wie eine angegammelte Kindermilchschnitte. Aber jetzt war sie weg. Weg mit Schaden, dachte ich. Gott sei Dank hatte ich ihr meinen Namen nicht gesagt. Im Telefonbuch standen wir nur unter Henkesheim, nicht unter Herkfelder-Henkesheim. Dann zuckte ich zusammen. Hatte sie aufs Türschild geguckt, als wir ins Haus gegangen waren? Sich die Straße gemerkt? Vielleicht hatte der Schock eine Art Gedächtnisverlust bewirkt, überlegte ich hoffnungsvoll. Andererseits – sie hatte beim Abschied wieder einen ziemlich gesammelten Eindruck gemacht. Und hatte sie nicht sogar gesagt: »Tschüsi, bis morgen?« Ich dachte angestrengt über ihre letzten Worte nach, als ich die buntbemalte Tür zum Kindergarten aufstieß.

Wieso hatte sie »bis morgen« gesagt? Sie hatte doch nicht etwa vor …

»Scheiße!« sagte ich halblaut.

»Der Herr wird's richten!«

Ich schrie erschrocken auf und drehte mich um. »Herr Pfarrer …«

»Vergessen Sie Ihr Ungemach und vertrauen Sie auf Seine Fügung!«

»Timmys Mama ist daaa!« brüllten zwei Knirpse einstimmig an der Tür von Timmys Gruppenraum.

»Es trifft sich vorzüglich, daß ich Sie hier rein zufällig treffe. Ich wollte ohnehin ein kurzes Wort mit Ihnen sprechen.«

»Mama, Mama!« schrie Timmy und sprang wie ein kleiner Kletteraffe an mir hoch.

»Natürlich will ich Sie gar nicht lange aufhalten«, fuhr der Pfarrer aufgeräumt fort. Er hieß Kunibert Ährenfried und war vom ganz alten Schlag, er trug sogar noch Soutane.

»Das diesjährige Pfarrfest steht vor der Tür, und all unsere guten Kindergarteneltern …«

»Mama, ich muß mal Aa!« schrie Timmy. Er hing wie eine Klette an meinem T-Shirt.

»Wie immer wollen wir als Höhepunkt des Pfarrfestes auch in diesem Jahr …«

»Kannst du nicht mal hier gehen, ausnahmsweise?« flehte ich Timmy an.

»Ich kann hier nicht auf dem Klo, ich kann hier nicht auf dem Klo!« plärrte er sofort.

Ich versuchte krampfhaft, seine Hände aus meinem T-Shirt zu zerren, aber die kleinen schmutzigen Finger fanden immer sofort woanders neuen Halt. »Ich muß aber ganz, ganz furchtbar dringend Aa, jetzt sofort!«

»Ich habe Sie schon so oft unterwegs gesehen, so geschäftig, so eingespannt in die Zwänge des täglichen Lebens«, hob Pfarrer Ährenfried an, »und jedesmal dachte ich wieder …«

Jetzt kommt's, dachte ich sofort in heller Panik. Jetzt fragt er, wann wir das letzte Mal in der Kirche waren. Zu Sankt Martin, daran konnte ich mich noch dunkel erinnern. War es im vorletzten Jahr oder im Jahr davor? Nein, es mußte noch früher gewesen sein. Timmy hatte noch im Buggy gesessen, und jetzt war er schon fünf. »Ich … mein Mann … schwer arbeitender Ministerialrat … beruflich sehr engagiert …«, stammelte ich, »dieses Jahr … zu Weihnachten ganz sicher …«

»…Und jedesmal dachte ich wieder«, fuhr Pfarrer Ährenfried unbeirrt fort, »wie wunderbar doch der Fortschritt unseren alltäglichen, banalen Bedürfnissen entgegenkommt …«

»Mama, mein Aa, schnell, es kommt!« rief Timmy weinerlich.

»Geh doch mal ausnahmsweise hier. Ich putz dich auch hinterher ab!« beschwor ich ihn.

»Es gibt keine Tür. Ich brauch die Tür zu. Ich kann nicht machen, wenn alle gucken!«

»Timmy muß aufs Klo-ho, Timmy muß aufs Klo-ho!« skandierten die beiden Knaben an der Türe sehr hämisch.

»Jedes Ding findet seinen Platz, die gröbste und schwerste Last wird nicht zuviel …«

»Zieh nicht so an meinem Hemd!«

»Und nur wenige verfügen darüber, soweit ich es

überschauen kann, nur Sie und Frau Schwammberger-Schneckesheim.«

Er verglich mich mit *ihr*, mit der Sekretärin des Ministerialdirektors, dieser gräßlich fetten Schnecke!

»Sie ist viel dicker als ich«, stieß ich unüberlegt hervor. Am liebsten hätte ich mir sofort die Zunge abgebissen, aber Pfarrer Ährenfried hatte es gar nicht gehört. Er ging vollkommen darin auf, seine kleine Predigt weiter vor mir abrollen zu lassen.

»Nun, erfreulicherweise hat sie sich schon bereit erklärt, sich für den guten Zweck zur Verfügung zu stellen, um Frohsinn und Spaß für das Pfarrfest zu gewährleisten ...«

»Jetzt mußte ich pupsen«, erklärte Timmy. »Ich glaub, es war schon Aa dabei.«

»Und weil Sie doch auch einen Kombi haben, dachte ich, nun ja, ob Sie nicht Lust und Zeit haben und vielleicht einen winzigen Beitrag zur Organisation und Durchführung der Riesentombola leisten könnten.«

Ich schnüffelte. Timmy stank bestialisch.

»Sie müßten ja nicht alles auf einmal einladen. Wenn Sie jede Fuhre einzeln abholen, läßt es sich sehr leicht bewerkstelligen.«

»Jetzt mach ich's«, sagte Timmy mit unverkennbarer Erleichterung in der Stimme.

»Ich mach's!« schrie ich und riß ihn an der Hand in Richtung Ausgang hinter mir her.

»Wie schön!« Pfarrer Ährenfried verschränkte erfreut die Hände vor dem soutanebewehrten Kugelbäuchlein. Dann rief er mir verdutzt nach: »Ja aber ... die Liste! Ich habe Ihnen doch noch gar nicht die Liste ... So warten Sie doch!«

»Morgen!« rief ich über die Schulter zurück. »Ich hol sie mir morgen!«

Im Gebüsch, wo ich mit fahrigen Bewegungen meinem Sohn die Hose mitsamt stinkendem Inhalt abstreifte, fiel mir dann ein, daß morgen Samstag war und daß ich mir für morgen irgend etwas unaufschiebbar und lebenswichtig Dringendes vorgenommen hatte. Ich rollte die Hose zu einer Jeanswurst zusammen und rannte mit meinem halbnackten Kind zu meinem Wagen. Timmy hielt sich die schmutzige Patschhand vor seinen Schniedel und kniff die Augen zu, damit niemand ihn mit nacktem Hintern sah. Daheim würde ich ihn sofort in die Wanne stecken müssen und die Hose zusammen mit der anderen Dreckwäsche in die Maschine, und gekocht hatte ich auch noch nichts, und spätestens nach dem Essen mußte ich eine Suchaktion im Garten wegen Omas Zähnen organisieren ...

Und morgen war Samstag. Ich wollte am Samstag irgend etwas wahnsinnig Wichtiges in Angriff nehmen. Was war es nur? Es fiel mir nicht mehr ein.

Als ich in die Auffahrt zu unserem Haus einbog, verflüchtigten sich schlagartig auch die letzten Reste meiner Grübeleien über irgendwelche wichtigen Vorhaben. Das Gartentor stand sperrangelweit offen und erlaubte einen ungehinderten Einblick in den Vorgarten. Mein Fuß verhedderte sich mit dem Gaspedal. In letzter Sekunde schaffte ich es, mit quietschenden Reifen den Kombi zum Stehen zu bringen, ungefähr zwei Zentimeter vor dem Garagentor.

In unserem Vorgarten tummelte sich etwa ein Dutzend Männer, kniend, hockend, stehend. Zwei oder drei schienen sogar auf dem Bauch zu liegen. Es wirkte wie eine Menagerie zu groß geratener Gartenzwerge. Ein paar von ihnen trugen Polizeiuniformen. Jetzt fiel mir auch auf, daß ungewöhnlich viele Autos auf der Straße vor unserem Haus parkten, bestimmt sechs oder sieben mehr als sonst. Zwei davon waren unübersehbar Streifenwagen. Einen irren Augenblick dachte ich: Jemand hat bei uns eingebrochen. Aber dann fiel mir ein, daß es bei uns nicht viel zu stehlen gab, jedenfalls nicht soviel, daß mehr als ein Polizist deswegen bei uns aufgekreuzt wäre. Es mußte also etwas Schlimmeres sein.

»Mami, die Polizei ist da«, sagte Timmy begeistert. Er sprang aus dem Wagen und rannte los. Der nackte Hintern war vergessen.

Ich stieg aus und ging mit weichen Knien hinter ihm her, über den Kiesweg von der Auffahrt hinüber in den Vorgarten.

»Was ist denn hier passiert?« fragte ich den nächstbesten Typen, der im Schatten der Vogeltränke neben einem der Büsche kauerte. Er blickte hoch, klappte seine lange dürre Gestalt von der Hocke in den Stand auseinander, und da sah ich es selbst. Er lag unter einem der Rhododendronbüsche, lang ausgestreckt, das Gesicht weggedreht und gnädig von einem überhängenden Ast verdeckt, die Hände schlaff und geöffnet neben seinem Körper.

Ich dachte, jetzt ist es passiert. Jetzt hat Tannhäuser ihn erwischt. Er hat ihm die Kehle durchgebissen, ihm die Halsschlagader zerfetzt, sich an seinem Blut gelabt.

Aber dann sah ich, daß überhaupt kein Blut da war. Der Mann hatte auch keine zerfetzte Kehle. Aber tot war er trotzdem. Aus seiner linken Brustseite wuchs inmitten eines dunklen Flecks ein länglicher Gegenstand, den ich erst beim zweiten Hinsehen als eine Art Griff erkannte. Es war der Griff von einer Luftpumpe. Ich schluckte und hatte plötzlich das dringende Bedürfnis, mich neben diese bedauernswerte Gestalt unter den Rhododendron zu legen. Ich sah die schiefgelaufenen Absätze an den ordentlich geputzten Schuhen, die sorgfältig gebügelte graue Hose. Merkwürdig, daß ich diese Einzelheiten jetzt bemerkte. Ich hatte sie unzählige Male gesehen, aber nie bewußt registriert. Ich wußte genaugenommen kaum etwas über ihn. Seine Frau war im letzten Jahr an Unterleibskrebs gestorben, und bei schlechtem Wetter machte ihm sein Rheuma in den Kniegelenken zu schaffen. Er haßte Hunde, und Hunde haßten ihn. Jedes Jahr zwischen Weihnachten und Neujahr hatte er zwanzig Mark von uns bekommen. Er war einer der wenigen Menschen, die meinen Namen ohne Nachdenken fehlerfrei hersagen konnten.

»Mein Gott«, würgte ich hervor. Dann noch einmal. »O mein Gott!«

»Sind Sie Frau … äh … Herkel … äh …?« Die Kummerfalten im Gesicht des dürren Typen wurden tiefer und sorgenvoller bei dieser Frage. Er drehte sich suchend um, aber das Türschild war zu weit weg.

Ich nickte stumm. Ja, ich war es.

»Kennen Sie den Toten?«

Timmy machte Anstalten, unter den Busch zu robben.

»Timmy, laß das!« rief ich entsetzt und zerrte ihn am Hemd zurück.

»Er ist mausetot, was, Mami?«

»Geh nach hinten in den Garten, Timmy!« befahl ich ihm. Er blieb wie angewurzelt stehen und begutachtete interessiert den armen Herrn Süß unter dem Busch.

»Nun?« wollte der Beamte wissen. Mit hochgezogenen Brauen starrte er auf Timmys Blöße.

»Es ist der Briefträger. Ich meine, es war der Briefträger. Du lieber Gott!«

»Ich hab ein Alibi!« erklärte Timmy triumphierend.

»Es ist wohl offensichtlich, daß er der Briefträger ist. War. Schließlich ist er in Uniform. Worauf ich hinauswill – ist es der Briefträger, der Ihnen immer Ihre Post bringt? Gebracht hat?«

»Ich war im Kindergarten, die Renate kann das bezeugen. Das ist meine Kindergärtnerin. Und der Pfarrer hat mich auch gesehen. Pfarrer dürfen nicht lügen. Ich hab ein Alibi«, jubilierte Timmy.

»Ja, er heißt Süß. Ich meine, er hieß Süß. Herbert Süß, soviel ich weiß. Wo ist Oma?« Ich drehte mich um, der Panik nahe.

»Mami, guck mal, was er da im Bauch hat. Das ist ja die Luftpumpe von meinem Fahrrädchen.«

»Unsinn«, sagte ich mechanisch.

Der lange dürre Mensch fiel mir ins Wort. »Wann kommt er denn in der Regel immer und bringt die Post?«

Ich starrte blicklos auf den Toten, dann auf die herumwuselnden Polizeibeamten. Sie steckten allerlei Stöckchen in die Erde zwischen die Rabatten und Büsche. Einer kniete sich neben mich und knipste mit einer gewaltigen Kamera die geknickten, zerfetzten Tulpen zwischen den blankgeputzten Schuhen von Herrn Süß.

»Was hat Ihr Junge da eben gesagt?«

»Keine Ahnung. Er kommt normalerweise mittags und bringt die Post. Ich kriege es oft nicht mit, weil ich meinen Sohn meist um die Zeit vom Kindergarten abholen muß. Du meine Güte, wo ist bloß Oma? Ist mit ihr alles in Ordnung? Oma!« rief ich in Richtung Terrasse.

Die sorgenvollen Falten wurden streng. »Was hat Ihr Junge da eben gesagt?«

»Daß er ein Alibi hat«, murmelte ich.

»Ich war's nicht!« schrie Timmy.

»Geh nach hinten in den Garten.« Ich erwachte aus meiner Erstarrung, packte ihn am Kragen und schob ihn vor mir her auf den Kiesweg, an der Längsseite des Hauses vorbei auf die Terrasse hinterm Haus. Dort sah ich Oma. Sie irrte im Garten umher und buddelte in den Erdhaufen. Ihre weißen Haare flatterten in der milden Sommerbrise, und sie murmelte unverständliches Zeug vor sich hin. Tannhäuser war nicht zu sehen, er war sicher irgendwo im Haus. Ich gab Timmy einen Schubs in Richtung der angelehnten Terrassentür. »Du gehst jetzt rein, und untersteh dich, deine Nase auch nur einen Zentimeter aus dem Haus rauszustecken, hast du verstanden?« Das war mein unerbittlichster Wag-es-und-du-wirst-schon-sehen-Tonfall. Er hatte noch nie versagt.

»Oma, was ist passiert?« Schon in dem Moment, als ich sie fragte, merkte ich, daß es wenig Sinn hatte, von ihr etwas erfahren zu wollen. Sie wußte überhaupt nicht, wovon ich redete, als ich sie nach Herrn Süß fragte. Ihr verwirrter Blick sprach Bände. Ich ging am Haus vorbei, zurück in den Vorgarten. Das Fenster vom Gästeklo stand weit offen. Timmys Augen waren groß wie Unterteller, als er über den Fenstersims nach draußen lugte. Er mußte auf dem Klodeckel stehen, sonst hätte er nicht rausgucken können.

»Ich hab die Nase noch drinnen«, verkündete er zufrieden.

»Ich darf mich übrigens noch vorstellen«, sagte der lange dürre Beamte verbindlich. »Mein Name ist Bohrer. Kommissar Bohrer. Hauptkommissar Bohrer. Von der Kripo. Mordkommission. Was hat Ihr Junge da vorhin gesagt?«

»Ich weiß nicht«, sagte ich matt. »Er hat ein Alibi. Er war im Kindergarten.« Dann fiel mir etwas ein. »Übrigens, Herr Süß hat vorhin noch nicht hier gelegen. Ich hätte das gesehen. Ich meine, ich muß ja hier vorbei, wenn ich aus dem Haus komme, um mittags in den Kindergarten zu fahren. Da war er noch nicht hier.« Ich dachte kurz nach. »Ich habe eine Bekannte, die kann das bezeugen. Ich meine, daß er vorhin um halb zwölf noch nicht hier lag.«

Der Beamte zückte ein Blöckchen. »Name?«

»Herkfelder-Henkesheim. Susanne Herkfelder-Henkesheim.«

Er notierte es. Dann blickte er irritiert auf, in Richtung Türschild.

»Meine Bekannte war zu Besuch hier«, ergänzte ich. »Wir kamen ungefähr um elf. Ich hatte sie in der Stadt getroffen, als ich vom Friseur kam. Um kurz vor zwölf sind wir wieder gegangen. Das heißt, ich bin gefahren, sie mußte noch auf ihr Taxi warten.«

»Heißt Ihre Bekannte auch Herkfelder-Henkesheim, so wie Sie?«

Wie kam er denn auf diese blödsinnige Idee? »Nein, wie kommen Sie denn auf diese blöd ... äh ... Idee?«

»Wie heißt sie denn dann?«

»Sie heißt Brischiet.« Ich spürte, wie mir eine Hitzewelle in den Kopf stieg. Ich wußte nicht mal ihren Nachnamen! Verflixt, wie hieß dieses Weib noch?

»Wie buchstabiert man das? Wie ist die Adresse von Ihrer Freundin?«

Du liebe Zeit, jetzt war ich geliefert. Ich wußte weder Namen noch Adresse von meiner Freundin, die bezeugen sollte, daß der Tote, der in meinem Vorgarten lag, vorhin noch nicht hier gelegen hatte!

»Wer ist überhaupt der Täter?« lenkte ich ab.

Die Falte in seinem linken Mundwinkel verrutschte zu einem schiefen, mitleidigen Lächeln. Er gab keine Antwort, sondern warf nur einen bezeichnenden Blick auf die Spurensicherungstruppe, die meine Beete zertrampelte. Ja, sagten seine Augen, wenn wir wüßten, wer der Täter ist, würden wir bestimmt nicht hier herumschnüffeln und nach Indizien dafür suchen, daß Sie es waren, gute Frau!

»Ich war nicht zu Hause«, erklärte ich impulsiv. »Wer hat Sie überhaupt hergerufen?«

Er runzelte die Stirn. »Die alte Dame hat uns angerufen. Sie hat uns mitgeteilt, daß hier jemand in ihrem Vorgarten liegt und sie belästigt.«

»Belästigt?«

»Ja, sie sagte, sie fühle sich belästigt, weil der Mann

da in ihrem Vorgarten rumliege und trotz Aufforderung nicht weggehen wolle.« Er las es betont langsam von seinem Blöckchen ab.

»Hat sie den Mörder gesehen?« fragte ich mit dünner Stimme. »Kann sie ihn beschreiben?«

»Nein, wie es aussieht, nicht. Sie hat überhaupt nichts von einem Mord gesagt, als sie anrief. Sie sagte: ›Hier bei Henkesheim‹, und dann die Adresse. Und dann das Sprüchlein von der Belästigung. Ist sie Ihre Mutter?«

»Nein, meine Großmutter. Ich meine, die Großmutter meines Mannes.«

»Sie kann uns keine Beobachtungen zum Hergang mitteilen. Ich habe schon versucht, mit ihr zu reden. Zwecklos. Seit wir hier angekommen sind, läuft sie hinten im Garten herum und wühlt in der Erde.«

»Ja. Sie hat ihr Gebiß verloren. Sie ist geistig nicht mehr auf der Höhe.«

Man sah förmlich, wie die Zahnräder in seinem Beamtengehirn ineinandergriffen. »Nicht mehr auf der Höhe? Was hat Ihr Junge da vorhin eben zur Tatwaffe geäußert?«

Der Rest der Befragung war ähnlich unerfreulich. Die Falten des Herrn Bohrer glätteten sich nicht, als ich ihm unbeholfen schilderte, wieso ich die Adresse meiner Freundin nicht wußte, von ihrem Namen ganz zu schweigen, und daß ich keine Ahnung hätte, was zum Teufel das für eine Luftpumpe war. Als dann Oma auf der Bildfläche erschien und zahnlos lispelnd ihr Mißfallen darüber äußerte, daß dieser

Mensch immer noch in unserem Garten herumlag, wanderten seine Blicke mißtrauisch zwischen Oma und dem Luftpumpengriff in Herrn Süßens Brust hin und her. Timmy belehrte Oma lautstark, daß sie das Recht auf einen Anwalt hätte, und alles, was sie sagte, könnte gegen sie verwendet werden. Das war anscheinend das Signal für eine Handvoll der Männer, das Haus und den Garten zu durchstöbern. Das wäre wichtig, weil es doch der Tatort sei, und ich hätte doch hoffentlich nichts dagegen. Ich schwieg. Was hätte ich auch sagen sollen? Daß ich Wert auf einen Durchsuchungsbeschluß legte?

Ich versuchte nicht daran zu denken, wie glücklich er immer ausgesehen hatte, wenn er die zwanzig Mark bekommen hatte. Briefträger verdienen wenig. Sie sind die schlechtestbezahlten Laufburschen der Nation.

Herr Bohrer teilte mir mit dienstlicher Stimme mit, daß wir doch am Fundort alles unverändert lassen sollten, und, bitte schön, wir möchten uns doch sofort melden, wenn uns noch etwas Verdächtiges auffallen sollte.

Ich schwieg immer noch. Nur am Rande nahm ich zur Kenntnis, daß sich Hälse über die von Buchsbaum überwucherten Zaunpfähle reckten und zischelndes Gesumm den Bürgersteig vor dem Haus belebte. Die Nachbarschaft, sicher komplett versammelt. Allzuviel konnten sie nicht sehen, der mannshohe, zugewachsene Zaun schirmte den Vorgarten zur Straße hin ab. Ein paar hatten sich auch in unserer Garagenzufahrt und vor dem offenstehenden Tor eingefunden. Von dort hatten sie eine bessere Sicht auf den Tatort.

Als der große Metallsarg durch das Tor getragen wurde und Herr Süß, eskortiert von den Beamten in Zivil und Uniform, endgültig aus unserem Leben und unserem Vorgarten verschwand, drückte eine unbarmherzige Faust meinen Magen zusammen. Ich schaffte es gerade noch, Timmy vom Klo runterzuheben, bevor das Frühstück wieder hochkam.

Ich rief meinen Mann im Ministerium an und erklärte mit hysterisch-überschnappender Stimme, daß er sofort nach Hause zu kommen hätte, etwas Entsetzliches sei passiert.

»Was ist los? Ist was mit den Jungs?« schrie er aufgeregt ins Telefon.

»Nein, der Briefträger ist tot.«

Ach so, der Briefträger. Armer Kerl, aber wieso ich mich deswegen so aufregte? Wir müßten alle mal sterben, oder? Ob das nicht Zeit bis heute abend hätte, er hätte doch noch dieses enorm wichtige Meeting …

»Er wurde ermordet. In unserem Vorgarten. Mit unserer Luftpumpe.«

Das Meeting war doch nicht so wichtig, und Schorschi versprach, so schnell wie möglich zu kommen.

Ich versuchte unterdessen mit fieberhafter Geschäftigkeit, mich abzulenken. Ich verfrachtete Timmy in die Wanne, Wäsche in die Maschine und Spaghetti in den Topf. Tannhäuser kriegte noch mal eine geharnischte Strafpredigt wegen der Zähne zu hören, während ich ihm sein Fressi servierte. Er sabberte winselnd in seinen Napf und machte auch sonst einen ziemlich geknickten Eindruck, aber er weigerte sich, die Zähne zu suchen. Wahrscheinlich hatte er inzwischen vergessen, wo er sie hingetan hatte. Ich rannte in die Garage und suchte nach Timmys Luftpumpe.

Um eins kam Oliver nach Hause. Ich hörte es am ohrenbetäubenden Knall, mit dem die Haustür zuflog. In letzter Zeit fand er es cool, die Tür mit dem Fuß zuzutreten. Wahrscheinlich hatte er das in irgendeinem Karatefilm gesehen.

»Miampf?« schrie er durch die geöffnete Küchentür, während er seine Schultasche auf den Steinboden in der Diele donnern ließ.

»Spaghetti!« rief ich zurück. »Fünf Minuten!«

»Geil!« lobte er mich. Dann sprang er die Treppe hoch, wobei er wie immer den Ehrgeiz entwickelte, mit zwei Schritten oben zu sein.

»Du kannst Timmy schon aus der Wanne holen«, rief ich ihm nach.

»Und nach dem Essen mußt du helfen, Timmys Luftpumpe zu suchen.«

»Stöhn!« hörte ich seinen angeödeten Kommentar, dann war er auch schon verschwunden.

Die Spaghetti kochten. Ich stellte die Kochplatte niedriger und raste in den Keller, um die nächste Maschine Wäsche anzuwerfen und die fertige Ladung in den Trockner zu stecken. Und um nach der Luftpumpe zu suchen. Sie war nicht da. Dann raste ich wieder zurück in die Küche und rührte die Tomatensauce für die Spaghetti an. Tannhäuser war schon wieder im Garten. Er sprang kläffend um Oma herum und warf dabei riesige Dreckklumpen durch die Luft.

»Oma, in fünf Minuten gibt's Essen!« rief ich durch die Terrassentür nach draußen. »Ich geb dir die Ersatzzähne, aber nur fürs Essen, dann kommen sie wieder unter Verschluß!«

Ich rannte die Treppe hoch. Der Läufer im Gang quietschte vor Nässe, die Überschwemmung im Badezimmer hatte sich einen Weg unter der Türe hindurch gebahnt.

»Olli, du solltest doch Timmy aus der Wanne holen!« schimpfte ich, während ich die Tiefen von Timmys Kleiderschrank nach der Luftpumpe durchwühlte.

»Ich mach Aufgaben. Unser Lateinlehrer will's uns zeigen, dieser Trollo. Am Montag schreiben wir 'ne Arbeit!« tönte es genervt aus Olivers Zimmer.

Timmy tauchte prustend und gurgelnd aus einem Schaumberg auf und brüllte: »Alle Mann anlegen, klar zum Gefecht!« Er wäre Captain Future in seinem unterseetüchtigen Raumgleiter, erklärte er mir, und beim Eintauchen vom All in den Ozean würde eine Menge Wasser verdrängt.

Ich schrubbte ihm unter großem Geächze und Gejammer – ich ächzte, weil er sich verbissen wehrte; er jammerte, weil ihm das nichts half – den Kopf von Sand frei (er mußte mit seinem Raumgleiter einen Abstecher in die Sandkiste des Kindergartens gemacht haben) und den Hintern von den Spuren des Malheurs. Dann hob ich ihn aus der Wanne, wickelte ihn in ein Badelaken und rannte in sein Zimmer, um ihm frische Sachen zu holen. Auf dem Weg zu seinem Schrank fiel ich über einen Haufen schmutziger, vergammelter Knochen. »Igitt!« rief ich. »Timmy, was soll das? Wieso sind Tannhäusers ekelhafte Knochen hier in deinem Zimmer?«

»Mein Knochenpuzzle! Laß bloß mein Knochenpuzzle da liegen, Mama!« Er kam mit wehendem Badelaken ins Zimmer und stellte sich schützend vor den widerwärtigen Knochenberg. »Sie sind ganz alt, echt antik, und sie stinken überhaupt nicht. Ich will mir 'nen Dinosaurier da draus bauen, und wenn du sie mir wegnimmst, bist du gemein, die hab ich selber im Garten gefunden, ich habe an der Hecke ein extratiefes Loch mit Tannhäuser gegraben, und weil ich sie gefunden habe, gehören sie mir!« Herausfordernd schaute er mich an, mit flammenden blauen Augen und trotzig vorgeschobener Unterlippe. Diesen Gesichtsausdruck kannte ich. Wenn ich jetzt irgend etwas unternahm, um ihm die Knochen abzuluchsen, würde ein Wutausbruch ersten Ranges folgen, er würde sich in ein tobsüchtiges kleines Monster verwandeln. Unschlüssig blickte ich auf die Knochen. Sie wirkten tatsächlich nicht besonders schmierig, und sie schienen auch keinen allzu üblen Geruch zu verströmen.

»Na schön«, gab ich nach, »aber nur unter einer Bedingung: Du bringst sie in den Keller und legst zum Puzzeln eine Zeitung unter. Und hinterher wäschst du dir sofort die Hände.«

»Ob sie Papa verhaften? Hoffentlich hat er ein Alibi. Oma hat keins. Sie braucht einen Anwalt.«

»Mach dir darüber keine Sorgen«, beruhigte ich ihn. Ich zog ihm eine Socke an. »Sag mal, wann hast du eigentlich zuletzt deine Luftpumpe gesehen?«

Er zuckte die Schultern und ließ sich widerstrebend den Rest seiner Kleidung anziehen. Im Prinzip konnte er sich zwar allein anziehen, aber er brauchte meist für den ersten Strumpf schon eine halbe Stunde.

Zum Schluß kämmte ich rasch den widerspenstigen blonden Schopf in Form. Mit dem ordentlichen Seitenscheitel sah Timmy wie ein kleiner Engel aus. Ich drückte ihn an mich und preßte meine Nase an seinen frischgewaschenen Kinderhals. »Krieg ich 'nen Kuß?«

»Aber nur auf die Backe«, sagte er gnädig.

»Olli, komm essen!« rief ich auf dem Weg nach unten. Oma, die gute Seele, hatte schon im Eßzimmer den Tisch gedeckt, aber leider hatte sie Kuchenteller und Kuchengäbelchen aufgelegt und dazu die guten Damastservietten und die Kristallgläser, die sonst nur zu hohen Feierlichkeiten auf den Tisch kamen.

»Ui!« staunte Timmy. »Feiern wir Geburtstag?«

»Olli!« sagte ich mit einem bezeichnenden Blick auf den Tisch zu Oliver, der schmatzend ins Eßzimmer kam. Er maulte irgend etwas in seinen unregelmäßig sprießenden Pubertätsbart und machte sich dann mit sichtlichem Widerwillen daran, neu zu decken.

Als ich ein paar Minuten später mit den anderen am Tisch saß und lustlos die Spaghetti aufrollte, dachte ich an Herrn Süß. Bei schlechtem Wetter hatte er eine graue Schirmkappe getragen und einen abgewetzten grauen Regenmantel. Er hatte buschige Brauen in demselben Grau gehabt, und seine Augen waren verblüffend blau gewesen. Sein wettergegerbtes rundes Gesicht hatte oft müde und verschlossen gewirkt. Nach dem Tod seiner Frau hatte er beide Eheringe getragen.

Entschlossen verdrängte ich schließlich das Bild von seiner ausgestreckten Gestalt zwischen den Büschen. Unvermittelt fiel mir wieder ein, daß morgen irgend etwas Wichtiges anlag. Was war es nur?

»Sag mal, Olli, ist eigentlich morgen irgendwas Wichtiges?« fragte ich grüblerisch meinen Ältesten.

»Was soll denn morgen sein? Morgen ist Samstag. Da ist nichts. He, warte mal, da ist doch was. Morgen abend geh ich zu Happy, der macht da so 'ne geile Fete.«

»Du warst doch erst letzten Samstag bei diesem Hans-Peter. Nicht, daß ich es dir nicht gönne, aber noch mal bis zwei Uhr nachts, das läuft nicht. Hab ich dich schon gefragt, wo Timmys Luftpumpe ist?«

»Sag mal, was ist eigentlich los mit dir? Du machst einen total aufgelösten Eindruck, so als wäre dir ein Gespenst begegnet. Und was soll dieser Blödsinn mit der Luftpumpe? Wenn sie weg ist, könnt ihr doch eine von den anderen Rädern nehmen, oder?«

»Ich weiß, was morgen ist«, erklärte Timmy, den Mund voll Spaghetti und mit tomatentriefendem Kinn.

»Fufi, ich hab folchen Hunger, aber ich kann fo nicht effen. Du haft gefagt, daf du mir meine Erfatfzähne geben willft!«

»Oh, sicher«, sagte ich und sprang auf, um Omas Reservegebiß aus dem Geheimversteck im Wohnzimmer zu holen. Bevor ich die alte Zigarrenkiste vom Schrank nahm, sah ich mich schnell nach allen Seiten um. Kein Tannhäuser in Sicht. Ich spülte die Prothese in der Küche kurz unter kaltem Wasser ab und brachte sie Oma. Sie strahlte uns an, und schon schmeckte ihr das Essen.

»Ich hab Durst!« quengelte Timmy.

»Ich auch«, sagte Oliver.

Ich lief zurück in die Küche und holte Mineralwasser.

»Ich will lieber Limo!« nörgelte Timmy.

»Ich auch«, sagte Oliver.

»Trinkt Wasser, das ist gesünder. Außerdem ist die Limo alle. Papa muß morgen erst neue kaufen.«

»Ich weiß, was morgen ist«, behauptete Timmy wieder.

»Was denn, Schatz?« fragte ich zerstreut und rollte noch eine Gabel Spaghetti auf. Sie waren kalt. Benommen starrte ich auf das erbärmliche, mit erstarrter Tomatensauce bedeckte Nudelhäufchen auf meinem Teller. Mir war schlecht.

»Morgen ist Samstag«, sagte Timmy fröhlich, »und morgen muß Mama einen Anwalt für Oma besorgen und die Liste beim Pfarrer Ährenfried holen.«

»Anwalt? Und welche Liste?« wollte Oliver unbedingt wissen.

»Weiß nich'. Sie hat zum Pfarrer Ährenfried gesagt, daß sie morgen die Liste bei ihm holt.«

»Welche Liste, Mama?« fragte Oliver mich. »Und wieso Anwalt?«

»Keine Ahnung«, antwortete ich dumpf. Keine Ahnung, keine Ahnung, keine Ahnung, hämmerte es in meinem Kopf.

»Die Luftpumpe hat in seinem Bauch gesteckt, und er war total mausetot«, erklärte Timmy.

»Aber ich hatte ein Alibi. Oma hat aber keins, vielleicht kommt sie in den Knast.«

»Knast?«

Oliver legte vorsichtig seine Gabel neben den Teller. Aus seinem Gesicht war die Farbe gewichen. Ich erzählte ihm von Herrn Süß unter dem Rhododendron.

»Oh, verdammt! Ich fall voll um!« sagte er entsetzt. Dann starrte er mich ungläubig an. »Wie kannst du da bloß so ruhig bleiben, Mama?«

»Ich habe eine halbe Valium genommen«, murmelte ich.

Schorschi kam wenig später, genauso blaß um die Nase wie wir alle. Während wir verbissen die kleine Luftpumpe suchten und dabei in Haus, Garten, Keller und Garage alles durchwühlten, was nicht niet- und nagelfest war, erzählte ich ihm die Einzelheiten.

»Er kommt natürlich wieder, dieser Bohrer. Vielleicht heute schon, vielleicht aber auch morgen«, meinte ich. »Er wird uns dann mit den Erkenntnissen über die Tatwaffe konfrontieren, sofern bis dahin welche vorliegen.«

»Konfrontieren?« Schorschi wuchtete im Bastelkeller seine Werkbank ruckweise zur Seite und spähte in die Ritzen dahinter. Die Luftpumpe war nicht da, genausowenig wie auf dem Dachboden, im Putzkämmerchen, in der Tiefkühltruhe. Wir wußten beide, daß wir sie nicht finden würden, weil sie nämlich in der Brust von Herrn Süß steckte.

»Ja, konfrontieren. Genauso hat er sich ausgedrückt. Verdammt und zugenäht!«

»*Das* hat er gesagt?«

Ich schüttelte den Kopf. »Das habe *ich* gesagt. Es war Timmys Pumpe, hundertprozentig. Natürlich hat man nur den Griff gesehen, der Rest steckte in dem armen Kerl drin. Irgendwas muß der Täter natürlich vorher damit gemacht haben. Man kann ja nicht einfach jemanden mit einer normalen Luftpumpe erstechen.«

Schorschi starrte auf sein Feilensortiment, das säuberlich aufgereiht an der Wand hing. Er hatte einen eigenartig verkniffenen Zug um den Mund.

»Klar«, überlegte ich, »er hat sie auseinandergebaut und zugefeilt, so wie im Krimi. Aber es war unsere. Timmy hat sie gleich erkannt. Wenn es eine andere gewesen wäre, hätten wir seine schon längst hier irgendwo finden müssen.«

Wir suchten trotzdem weiter, den ganzen Nachmittag. Ich nahm die andere Hälfte von der Valium und wurde noch ruhiger. Weswegen machte ich mich eigentlich verrückt? Wir waren eine ganz normale Familie. Von uns hatte es bestimmt keiner getan. Schön, irgendein verrückter Mörder hatte eine von unseren Luftpumpen zweckentfremdet, aber das allein wollte noch lange nichts heißen. Wir konnten uns ganz gelassen zurücklehnen und der Dinge harren, die da kamen. Ich legte mich in den Liegestuhl und harrte der Dinge. Die Valium wirkte ausgezeichnet. Mir fiel wieder ein, was mich vor dem gräßlichen Ereignis in unserem Vorgarten beschäftigt hatte. Mein Lebensverbesserungsvorhaben.

Damit ich es nicht wieder vergaß, fing ich sofort damit an, mir Strategien für ein neues, besseres, erfülltes Leben zurechtzulegen. Alles war nur eine Frage der richtigen Strategie, das war Schorschis goldene Lebensregel. Intensiv dachte ich über Strategien nach, darüber, womit ich anfangen sollte. Neues Outfit? Nein, das wäre rausgeschmissenes Geld. Ich strebte ja unter anderem eine androgynere Figur an, und die kam zwangsläufig vor dem neuen Outfit. Alles andere wäre die pure Unvernunft.

Ein Seidenmalkurs für Fortgeschrittene? Nein, das war zu popelig. Es mußte etwas richtig Intelligentes sein, etwas, das mich zum Mitreden, Mitmischen, Mitmachen befähigte.

Kurz bevor ich eindöste, kam mir die erste zündende Idee. Sofort am Montag würde ich mir ein Kursverzeichnis der Volkshochschule besorgen und mir etwas wirklich *sensationell* Sinnvolles aussuchen.

Später, beim Bügeln, beschloß ich dann, daß ich mir besser zuerst eine Putzfrau zulegen sollte, am besten gleich morgen. Nicht etwa, weil so schlampig bei mir geputzt wurde (was für eine Frechheit von dieser Brigitte), sondern weil ich die Zeit, die ich bisher sinnlos fürs Putzen verplempert hatte, künftig persönlichkeitsfördernd in mich selbst investieren würde.

»Susi?« Das war Schorschi. Er stand neben dem Liegestuhl und sah mit einem merkwürdigen Gesichtsausdruck auf mich herunter.

Ich blinzelte. »Ja, was ist? Habt ihr sie doch noch gefunden?«

»Nein.« Es klang verzagt.

»Na und?« sagte ich großspurig. »Wir sind doch unschuldig. Uns kann niemand was beweisen. Wir können uns ganz gelassen zurücklehnen und der Dinge harren, die da kommen. Du mußt das doch wissen. Wozu bist du schließlich Volljurist?«

Er seufzte. »Ja. Ich bin Volljurist. Und Hobbybastler. Und eine von meinen großen Feilen fehlt.«

Mit der Feile hatten wir mehr Glück als mit der Luftpumpe. Oder auch nicht, je nach Betrachtungsweise. Wir fanden sie am frühen Abend nach vereinter kurzer Suche hinter den eingemachten Birnen. Den Beamten war sie auf ihrer Suche nach Beweismitteln offenbar entgangen. Oder sie hatten gedacht, bei einem derartig verdreckten, undiszipliniert geführten Haushalt wie dem unseren wäre es völlig normal, daß Feilen hinter den eingemachten Birnen liegen.

Schorschi hielt sie in der Hand, in ein Stück Klarsichtfolie eingeschlagen. Sein Gesicht war eine Maske des Unbehagens. In der anderen Hand hielt er den Telefonhörer. Oliver stand neben ihm, ernst und seltsam erwachsen.

Schorschi legte auf. »Sie schicken gleich jemanden vorbei, der die Feile holt.«

Warum haben wir sie nicht einfach ganz unauffällig im Garten verbuddelt, dachte ich. Und ich fragte mich, wozu dieser Aufstand. Wahrscheinlich hatte sowieso bloß Timmy die dämliche Feile dort hingelegt.

Ich brachte Timmy früher zu Bett als sonst. Er sollte nicht mitkriegen, wie die Polizei kam, um sich die Feile für ihre Asservatensammlung einzuverleiben.

Zwei schweigsame Beamte standen kurz darauf vor der Tür. Sie ließen sich den Fundort zeigen, dann die Werkbank und die Stelle, wo die Feile sonst immer hing. Sie kehrten mit einem winzigen Besen, den sie aus einem voluminösen Koffer hervorholten, den Staub von der Holzfläche der Werkbank in ein mitgebrachtes Plastiktütchen, das sie sorgfältig kennzeichneten. Sie packten das Tütchen und die eingewickelte Feile ein. Sie schärften uns ein, nichts im Keller anzufassen. Dann verschwanden sie so schweigsam, wie sie gekommen waren.

Wir versuchten anschließend, den Abend so normal wie möglich zu gestalten. Sprich, wir hockten vor der Glotze und starrten hinein. Rein äußerlich sahen wir sicher so aus wie immer, Oma in ihrem Schaukelstuhl, Oliver hingelümmelt im Sessel, Schorschi auf dem Sofa, einen Stoß Papiere vor sich auf den Knien.

Bei mir ließ die Wirkung der Beruhigungstablette langsam nach. Ich rutschte auf dem Sessel herum, versuchte, dem Fernsehprogramm etwas abzugewinnen. Es lief ein Krimi, das Opfer war erstochen worden. Inspektor Columbo nebelte den Täter systematisch mit Zigarrenrauch ein, bis dieser schließlich weinend das Geständnis unterschrieb.

Schorschi interessierte das nicht die Spur, er war in sein Konzept vertieft. Oliver schaltete um, sichtlich genervt. Ich probierte es mit fröhlicher Ablenkung. Schwungvoll erhob ich mich, baute mich in der Mitte des Raums auf und erklärte getreu meinem heute frischgefaßten Lebensverbesserungsvorsatz: »Morgen suche ich mir eine Putzfrau!«

Oliver warf sich eine Handvoll Erdnüsse in den Mund und schaltete mit der Fernbedienung drei Programme weiter. Ihn schien es nicht zu kümmern, wer seinen Dreck hinter ihm wegwischte.

Oma sah interessiert von ihrer Strickarbeit auf. »Macht sie auch in meinem Zimmer sauber? Muß sie auch im Garten helfen?«

»Mal sehen.« Derjenige, an den meine Verlautbarung in erster Linie gerichtet war, hatte nicht zugehört. Schorschi saß mit hochgelegten Beinen am Wohnzimmertisch, die Füße neben seinem Bierglas, die Krawatte gelockert, eine Seite von seinem Papierstoß dicht vor dem Gesicht. Er arbeitete.

»Wenn mein Junge arbeitet, kann neben ihm das Haus abbrennen«, pflegt meine Schwiegermutter zu sagen. Womit sie recht hat. Er konnte immer dann am besten arbeiten, wenn der Fernseher auf voller Lautstärke lief und die Jungs in höchsten Tönen brüllten.

Herr Süß war für Schorschi meilenweit weg. Für ihn hatte sich der Mord in unserem Vorgarten überhaupt nicht abgespielt. Ich nahm mir ein Beispiel.

»Ich suche mir morgen als allererstes eine Putzfrau, das steht unwiderruflich fest!« erklärte ich mit gewollt vergnügter Stimme.

Schorschi sagte halblaut: »Die Mitgliedstaaten führen die Wachstumsrate der Geldversorgung – Klammer auf – Geldvolumen und Quasigeldbestände – Klammer zu – schrittweise auf diejenige des realen Bruttosozialprodukts – Gedankenstrich – erhöht um den im Rahmen der gesamtwirtschaftspolitischen Ziele festgelegten normativen Preisanstieg – Gedankenstrich – unter Berücksichtigung der strukturellen Entwicklung des Verhältnisses zwischen Geldversorgung und Sozialprodukt zurück.« Dann blickte er hoch. »War das gut, Susi?«

»Es war sagenhaft. Morgen suche ich mir eine Putzfrau. Ich bin diese gräßlich öde Arbeit leid bis obenhin! Ich brauche Hilfe hier im Haushalt. Ich bin mit der Putzerei überfordert, und ich seh nicht ein, daß jeder hier in dieser Familie macht, worauf er gerade Lust hat, bloß ich bin immer die Dienstmagd für alle!«

»Mir ist eine Masche runtergefallen!« klagte Oma.

»Ich habe dir immer zur Seite gestanden, dir deine

erste und zweite Examenshausarbeit getippt, deine Dissertation auch – sogar zweimal, weil du die erste in der Straßenbahn vergessen hast –, ich habe deine Kinder ausgetragen, ich habe dir immer die Stange gehalten, auch bei deiner Karriere im Ministerium, ich habe nie was für mich gewollt …«

»Gleich ist der ganze Schal hin!« rief Oma entsetzt und hielt ihren grauen Endloswollschal hoch, an dem sie jeden Abend hingebungsvoll strickte. Ich lief zu ihr und suchte hektisch nach der runtergefallenen Masche.

»Vielleicht könnte man das reinnehmen, obwohl es ziemlich oft vorkommt«, überlegte Schorschi. »Stange halten – das ist so wie Schulter an Schulter stehen oder Seite an Seite kämpfen oder die Hand zur Zusammenarbeit reichen. Vielleicht zu abgedroschen. Obwohl … In diesem Sinne sollten wir alle zusammenstehen und einander die Stange halten, für eine gemeinsame Stabilitätspolitik in Europa, vor allem um die zunehmende Aufblähung der Geldmenge mit Hilfe einer koordinierten Rückführung … So ganz schlecht ist es nicht, weißt du.« Er machte eifrig Notizen mit seinem abgekauten Bleistift.

Ich zerrte die Masche in Position und drückte Oma den Schal mitsamt Stricknadeln wieder in die Hand. »Ich will jetzt eine klare Aussage!« forderte ich. »Soll das ewig so weitergehen? Soll ich immer nur für den Service zuständig sein? Soll ich immer nur abends dein Bier aus dem Keller holen?«

Jetzt blickte Schorschi endlich hoch und sah mich an. Seine schönen blauen Augen leuchteten und bildeten einen herrlichen Kontrast zu seinen dunklen

Locken, und seine charmanten Grübchen blitzten auf.

»O ja, tu das, Susi. Das ist eine ganz hervorragende Idee, Liebling!«

»Echt? Du hast nichts dagegen?« fragte ich atemlos.

»Nein, Schatz, wieso denn? Ich wollte sowieso gern noch eine Flasche trinken.«

Vor dem Einschlafen nahm ich mir vor, ihn damit nicht weiter zu behelligen. Erstens schien es ihn gar nicht besonders zu interessieren, und zweitens hatte ich sowieso die Oberhoheit über das Geldausgeben. Er kannte sich zwar theoretisch hervorragend mit Geld aus, in allen Währungen, global und international, und auch in Haushaltsdingen war er bestens bewandert, aber nur soweit sie den Regierungshaushalt betrafen. Unseren eigenen Haushalt überließ er meiner Koordination. Warum also sollte ich ihn mit der Putzfrauenfrage behelligen? Wer konnte schließlich besser beurteilen als ich, ob wir eine Hilfe brauchten?

Bevor ich einschlief, dachte ich an den Briefträger, wie er still und tot unter unserem Rhododendron gelegen hatte. Seine Socken waren so grau gewesen wie seine Hose. Seine Beine, die man darüber gesehen hatte, waren vom vielen Laufen muskulös, aber sie waren weiß wie Kreide. Briefträger dürfen im Dienst nicht in Shorts herumlaufen.

Komisch, seine Posttasche war gar nicht dagewesen. Das war der letzte Gedanke, der durch mein schläfriges, überstrapaziertes Hirn huschte. Ich schob ihn zur Seite und dämmerte dem Vergessen entgegen. Schließlich ging das Leben weiter.

Ich wurde von einer Männerhand geweckt, die sich unter meinem Nachthemd zu schaffen machte.

Erschrocken riß ich die Augen auf. »Schorschi?«

»Wen hast du denn erwartet?« brummte mein Mann.

»Ich hab keine Zeit. Ich hab schlecht geschlafen, und ich muß aufstehen und …«

»Ich hab auch schlecht geschlafen. Aber heut ist Samstag.« Er schob mein Nachthemd nach oben und zog mir die Decke weg.

»Muß das sein? Könnten wir nicht ausnahmsweise mal heute abend …«

»Morgens macht's viel mehr Spaß. Komm schon«, schmeichelte er, »mein süßes Mausilein. Laß doch deinen kleinen Schorschimänni machen!«

Er legte sich auf mich und flüsterte mir ins Ohr: »Ich beeil mich auch.«

In dieser Beziehung führten wir eine sehr ehrliche Ehe. Es war sozusagen das A und O unserer Ehe, daß wir uns in punkto Sex nichts vormachten. Irgendwie hatte sich das von Anfang an so ergeben, es war praktisch die allererste Sache, die zwischen uns unverrückbar festgestanden hatte. Dazu war es eigentlich eher zufällig gekommen, denn ich lernte Schorschi kennen, als ich gerade aus einem Frauenseminar kam, das vom AStA veranstaltet wurde. An jenem Nachmittag waren eingehend diverse Orgasmusprobleme abgehandelt worden, und als ich aus dem Seminar kam, kniete Schorschi auf dem Pflaster und reparierte sein kaputtes Fahrrad. Ich blieb stehen und sagte inbrünstig: »Ich werde niemals in meinem ganzen Leben einem Mann einen Orgasmus vortäuschen!« Er grinste und sah so unverschämt piratenmäßig gut dabei aus, daß ich ganz wacklige Knie bekam, und als mir klar wurde, was ich da gerade zu einem wildfremden Mann gesagt hatte, guckte ich tödlich verlegen aufs Pflaster. »Hast du was verloren?« fragte er freundlich. »Vielleicht dein Geld?« Er fing sofort an, mein Portemonnaie zu suchen, und weil ich gerade nichts Besseres vorhatte, half ich ihm dabei. Wir suchten im Gebüsch weiter, aber wir fanden kein Geld. Dafür fand seine Hand meinen Knöchel, als er hinter mir herkroch, tiefer ins Gebüsch, und gleich darauf fand die Hand mein Knie und dann den Rest. Ich bekam bei diesem ersten Mal sofort einen Wahnsinnsorgasmus, schon weil es so aufregend war, es am hellichten Tag im Gebüsch zu tun, aber Schorschi sagte mir hinterher, es wäre überhaupt nicht schlimm, wenn ich mal keinen haben sollte. Er gehörte nicht zu den Männern, die so krampfhaft auf einen Orgasmus fixiert wären, schon gar nicht auf einen unechten. Du lieber Himmel, wo käme man denn da hin? Ich bräuchte ihm nie was vorzuspielen, wir sollten immer ehrlich zueinander sein, ich müßte nie damit hinter dem Berg halten, wenn es mir nichts brachte, dafür würde er im Gegenzug auch nie mit seinem Ding hinter dem Berg halten.

»Du kannst wohl mal wieder nicht damit hinter dem Berg halten, stimmt's?« fragte ich seufzend und sah hinter seinem Rücken auf die Armbanduhr. Komisch, wieso dachte ich in diesem Moment an ein Posthorn?

»Dafür wäre im Moment kein Berg groß genug!« stieß er im Rhythmus seiner Bewegungen hervor.

Schorschi hatte Wort gehalten; während unserer gesamten Ehe hatte es ihm nie das geringste ausgemacht, daß diese Samstagmorgenübungen für ihn zwar recht ergiebig, für mich aber bloß kreislaufanregend waren. Abends fand ich Sex immer sehr nett, aber morgens hätte ich lieber Zeitung gelesen oder noch ein halbes Stündchen an der Matratze gehorcht.

An diesem Morgen kam es mir besonders ungelegen, schließlich wollte ich diverse Lebensverbesserungsmaßnahmen in Angriff nehmen.

Dabei fiel mir etwas ein. »Sag mal«, fragte ich gepreßt an seiner Schulter vorbei, »findest du mich eigentlich dick? Ich meine, hast du den Eindruck, wenn du so… Na ja, wo du doch gerade dabei bist… Kommt es dir so vor, als wäre ich vielleicht dicker geworden? Als früher, meine ich.«

»Mhmpf. Ein Mann braucht doch was zum Dranfesthalten. Aaah!«

Darüber dachte ich kurz nach. Meinte er jetzt festhalten im übertragenen Sinne, so wie: einen Halt im Leben haben, eine Stütze? Oder meinte er es eher wörtlich, so wie: eine matratzenartige Unterlage zum Drauflegen und Anklammern?

Seine Locken kitzelten mich in der Nase, und ich mußte niesen.

»Oooh!« stöhnte er und wurde schneller. Also wohl eher Matratze.

»He, warte mal«, sagte ich aufgeregt, »das ist schön. Mach ein bißchen langsamer, ja?«

»Ich – liebe – dich!« schnaufte er mir ins Ohr.

»Jaaa! Ich meine, ich dich auch, aber mach doch nicht so schnell, Schorschi!«

»Ahmpfhmpfff!« keuchte er und lag still.

»O nein, mach noch ein bißchen weiter«, jammerte ich.

Er bewegte sich kraftlos. »Geht nicht!« murmelte er ins Kissen. »Heut abend.« Er schaffte es gerade noch, sich von mir runterzurollen, dann schlief er auch schon wieder.

Ich zog mein Nachthemd nach unten und stand mißmutig auf. Diese Sache gehörte auch zu denen, die ich ändern mußte. Unter der Dusche gelangte ich zu der Erkenntnis, daß die Abmachung von damals veraltet war und einer gewissen Ergänzung bedurfte, zum Beispiel dergestalt, daß wir nur noch miteinander schlafen würden, wenn *ich* Lust darauf hatte. Ja, diese Idee war ganz hervorragend. Wieso war ich nicht schon eher darauf gekommen? Summend seifte ich mich ein, shamponierte meine Haare und ließ genüßlich das heiße Wasser auf mich herabprasseln.

Das Waschen nach dem Geschlechtsakt gehört für mich untrennbar dazu, egal, ob es abends oder morgens passiert. Eine bekannte französische Literatin, die in unsterblicher, aber hoffnungsloser Liebe einem bretonischen Fischer verfallen war, hat einmal davon geschwärmt, wie wunderbar es sei, im Anschluß an die Liebe in all den Liebessäften liegenzubleiben und im Danach zu schwelgen.

Mir fehlt für die Hingabe an den klebrigen Danach-Zustand die nötige französische Lebensart. Mich überkommt danach immer der unwiderstehliche Wunsch, unter die Dusche zu steigen oder das Bett frisch zu beziehen oder beides.

Gerade als ich das Wasser wieder abgedreht hatte und aus der Dusche steigen wollte, sah ich das grauenerregende Alien, das nach meinem Fuß schnappte. Es kam aus dem Ausguß gekrochen und geiferte mich mit riesigen, gelben, drohend gebleckten Zähnen an.

Ich wich mit einem schrillen Aufschrei zurück, glitt aus und schlug mit dem Kopf in die Duschwanne. Mein dröhnender Schädel kam direkt neben dem Ungeheuer zu liegen, und ich stellte fest, daß das Alien eine merkwürdige Ähnlichkeit mit Oma hatte.

Dann erkannte ich, wieso. Es war gar kein Alien, es war Omas Gebiß. Irgendein Witzbold hatte es in die Dusche gelegt.

»Tannhäuser!« rief ich böse, nachdem ich mich hochgerappelt und in meinen Bademantel gewickelt hatte. Einen Sekundenbruchteil später knallte die Badezimmertür nach innen, gegen die geflieste Wand, und Tannhäuser kam auf dem Bauch hereingekrochen. Wahrscheinlich hatte er schon im Gang auf das Donnerwetter gewartet. Er winselte und sabberte, und seine Ohren schleiften am Boden. Lang ausgestreckt, auf allen Vieren, blieb er in dieser Demutshaltung auf dem Bauch vor mir liegen, das personifizierte schlechte Gewissen.

»Tannhäuser«, sagte ich geduldig, »du bist ein garstiger Hund! Du hast Omas Zähne versteckt! Das ist ganz, ganz schlecht, hörst du? Wenn Oma sie dir noch mal gibt, mußt du sie sofort Susi-Frauchen bringen, verstehst du das?«

Er winselte und hechelte und fiepte wie ein Welpe. Er spielte den dummen Hund, aber er verstand mich genau, das sah ich seinem wedelnden Schwanz an.

»Mir ist klar, daß Oma dir ihr Gebiß gibt – weiß der Teufel, warum sie das immer wieder macht, es ist eine Zwangsneurose, sagt der Doktor –, aber daß du es dann versteckst, das ist böse, hörst du, denn du bist ein schlauer Hund, und du weißt genau, daß Oma es zum Essen braucht!«

Er schob die Pfoten über den Kopf und duckte sich noch tiefer, schrill winselnd wie ein getretener Pekinese. Ich will es nie wieder tun, sagte sein tief verwundeter Blick.

»Schon gut, Tannhäuser«, sagte ich nachgiebig. Sofort rollte er sich kläffend auf den Rücken und zeigte mir seinen zottigen Bauch. Ich streichelte und knuffte ihn, und er sabberte mich begeistert voll.

»Jetzt aber raus hier!« sagte ich streng.

»Wuff«, machte er gehorsam und sprang mit einem gewaltigen Satz in den Flur.

»Komm mit in den Garten, Tannhäuser«, hörte ich Timmys hellwache Stimme. »Wir wollen ein bißchen graben. Wir suchen Knochen und Indizien.« Sofort spürte ich das Bedürfnis nach einer Magentablette und einer Valium. Wie hatte ich das über Nacht bloß so komplett verdrängen können?

Ich steckte den Kopf durch die Badezimmertür. Timmy stand im Trainingsanzug auf dem Gang, mit verstrubbelten Haaren und geschulterter Kinderschaufel.

»O nein, du dreckst dich nicht vor dem Frühstück ein«, erklärte ich kategorisch.

»Ich will aber *sofort* raus!« Die Unterlippe kam zum Vorschein, aber nicht allzuweit.

»Nein, wir frühstücken vorher.« Das war mein letztes Wort in dieser Angelegenheit, und Timmy merkte es sofort an meinem Tonfall. Er versuchte gar nicht erst, darüber zu diskutieren.

Ich brachte Oma ihr Gebiß ans Bett, setzte Kaffee auf, machte für Timmy einen Teller mit Cornflakes zurecht und holte die Zeitung. In der Küche schüttete Timmy gerade eine Riesenportion Cornflakes in Tannhäusers Napf. »Er hat gerade zu mir gesagt, daß er auch mal gerne so was essen will«, rechtfertigte er sich ungefragt, als er meinen entnervten Blick sah. Tannhäuser winselte schuldbewußt. Vielleicht hatte er es wirklich gesagt.

Erschöpft ließ ich mich auf einen Küchenstuhl fallen und starrte durch das Fenster nach draußen. Ein grauer Falter flog schwerfällig durch die Luft. Als er im Zickzackkurs am Küchenfenster vorbeitaumelte, war zu sehen, daß er strahlendweiß war. Trübsinnig meinen Kaffee schlürfend, dachte ich darüber nach, daß ich kaum eine Stunde wach war und mich schon fühlte, als hätte ich einen unmenschlich anstrengenden Tag hinter mir. Und das am Wochenende.

Dann schob ich diesen Gedanken zusammen mit meiner Kaffeetasse entschlossen beiseite und schlug die Zeitung auf.

Es stand im Lokalteil, auf der ersten Seite. Natürlich, wo sonst?

*Im Vorgarten eines Einfamilienhauses in B. wurde gestern der Briefträger H. Süß, 57, tot aufgefunden. Er fiel offensichtlich einem Gewaltverbrechen zum Opfer. Die Ermittlungen dauern derzeit noch an. Erkenntnisse über den Hergang des Geschehens, welches zum Tod des Postbeamten führte, liegen bislang nicht vor. Die Kriminalpolizei bittet die Bevölkerung um sachdienliche Hinweise.*

Gott sei Dank, kein Foto von unserem Garten. Keine Rhododendronbüsche. Keine Adresse, keine Namen. Gute Polizei. Dann fielen mir die langen Hälse auf dem Bürgersteig ein. Ob einer von den Nachbarn Beziehungen zur Presse hatte? Fast jeder hatte doch heutzutage solche Beziehungen. Wer von denen würde uns meistbietend an irgendein Revolverblättchen verschachern? Reporter mit meterlangen Teleobjektiven würden meinem Sohn in der Sandkiste des Kindergartens auflauern. Der Pressesprecher des Ministeriums würde eine Pressekonferenz abhalten müssen, um die Verwicklung eines der Ministerialbeamten in ein Mordkomplott zu rechtfertigen. Heerscharen von blutgierigen, voyeuristischen Katastrophentouristen würden an unserem Zaun vorbeidefilieren und sich am Anblick des Rhododendrons aufgeilen. Einen Moment lang packte mich die kalte Wut. Ich würde sie alle verklagen. Wozu waren wir rechtsschutzversichert? Dann sah ich ein, daß es sinnlos war. Ich schloß ergeben die Augen.

Ich dachte daran, daß er heute sicher wieder kommen würde, der Bohrer. Er würde seinem Namen bestimmt alle Ehre machen. Er würde unser Haus auf den Kopf stellen lassen, unser Inneres nach außen kehren, uns quälen und verhören. Wie Columbo. Der ließ auch nicht locker und kam immer wieder, in seinem zerknautschten Trenchcoat und mit seiner stinkigen Zigarre, jeden Tag, bis der Täter am Ende einfach kapitulierte, nur um endlich wieder sein Privatleben zu haben, und wenn es in der Todeszelle war. Ich dachte an die Werkbank, die Feile, die fehlende Luftpumpe, an die penetranten Fragen des Kommissars.

Kann jemand bezeugen, daß Ihre namentlich und wohnsitzmäßig unbekannte Freundin bei Ihnen zu Besuch geweilt hat?

Ja, die Großmutter meines Mannes.

Ach, die Großmutter Ihres Mannes. Geistig nicht mehr auf der Höhe, sagten Sie. Interessant. Wirklich, sehr interessant.

Ich faltete mit hörbarem Knistern und eiserner Entschlossenheit die Zeitung zusammen. Ich würde jetzt *nicht* mehr darüber nachdenken. Es gab noch andere Dinge im Leben, die mindestens genauso wichtig waren.

Sofort schlug ich die Zeitung wieder auf, bei den Stellengesuchen. Hier würde ich eine nette Anzahl arbeitsuchender Haushaltshilfen finden, unter denen ich meine zukünftige Putzfrau auswählen konnte.

»Jetzt haben wir gefrühstückt!« sagte Timmy.

»Sicher«, erwiderte ich zerstreut. Ich blätterte vor und zurück. Wo waren die Putzfrauen?

»Du hast gesagt, nach dem Frühstück darf ich draußen graben. Vielleicht finde ich Sachen von dem Mörder.«

»Hm.« Verflixt noch mal, das gab's doch nicht! Unter der Rubrik »Nebenverdienst« sah ich weit und breit keine einzige Putzfrau. Ich fand drei »rüst. Rentn. f. leicht. Gart.arb frei, 2 x wchtl.«, eine »Kü.hilfe f. abds., 1 x die Woche abkömml.«. Dazwischen stand alle paar Zentimeter fett gedruckt »Sylvia, neu, erreichbar«, aber keine Putzfrau.

Timmy und Tannhäuser tigerten lärmend im Garten herum. Ich hörte das satte Geräusch, mit dem die Erdklumpen ins Gras klatschten.

Vielleicht war diese Sylvia Putzfrau. Möglicherweise schämte sie sich, es offen zuzugeben und schrieb deshalb bloß »erreichbar« in die Anzeige. Andererseits – sie stand ein bißchen zu oft und zu auffällig für meinen Geschmack dort, sie mußte es ziemlich nötig haben. Oder sie war so schlecht, daß sie es nur mit derartig massiver Reklame schaffte, am Arbeitsleben teilzunehmen.

Oma kam in die Küche geschlurft, ordentlich gewaschen, gekämmt und angezogen. Damit kam sie zum Glück noch bestens zurecht. Sie lächelte mich an, eine hübsche, kleine alte Dame. Sie könnte keiner Fliege etwas zuleide tun, geschweige denn einem Briefträger. Sie wußte überhaupt nicht, wie man mit einer Luftpumpe umging. Ihr Lächeln erwidernd, stand ich auf, gab ihr einen Kuß auf die Wange und rückte ihr den Stuhl zurück.

»Ist der Mann aus unserem Garten verschwunden?«

»Sicher, Oma.« Ich schmierte ihr ein Brot mit Marmelade und goß ihr eine Tasse frischen Kaffee ein. Anschließend zählte ich die vorgeschriebene Menge an Leber-, Magen-, Herz- und Nierentabletten ab, ein vielfarbiges Sortiment kleiner und großer Pillen. Dann setzte ich mich wieder zu ihr an den Tisch und nahm mir die Zeitung erneut vor.

»Er kam mir irgendwie bekannt vor. Ich glaube, wir haben uns über den neuen orientalischen Rosendünger unterhalten. Ich hatte ihn ausprobiert, aber er hat gemeint, das wäre keine besonders gute Idee, weil der Dünger doch aus dem Orient kommt und so. Ob er gedacht hat, daß er auf dem Transport verdorben wurde?«

»Vielleicht«, murmelte ich, in die Anzeigen vertieft.

»Es war sehr unhöflich von ihm, in unserem Garten herumzuliegen, findest du nicht auch, Susi?«

»Hm, bestimmt.« Ich blätterte und blätterte. Es war sinnlos. »Oma, ich find keine Putzfrau«, sagte ich frustriert.

»Ich helf dir putzen. Ich hab noch einen guten Rücken«, schlug sie sofort vor, während sie zu jedem Bissen Marmeladenbrot eine andere bunte Pille schluckte und mit Kaffee nachspülte.

»Das ist lieb«, seufzte ich. Wieso standen keine Putzfrauen in der Zeitung? Ziellos blätterte ich weiter, schlug zufällig die Seite mit den Stellenangeboten auf und erschrak. Jetzt wußte ich, warum bei den Stellengesuchen keine Putzfrauen standen. Es gab nämlich eine unendlich lange Kolonne von Putzfrauen-Anzeigen auf der Gesucht-Seite: Zuverlässige, versierte, nette, fleißige, selbständig arbeitende, reinliche, erfahrene, tüchtige, willige, tatkräftige, einsatzfreudige, deutschsprechende und sonstige Putzfrauen waren da gefragt, und zwar in Mengen. Es wimmelte nur so von zu putzenden Arzt- und Professorenhaushalten oder von gepflegten Einpersonenapartments und Fabrikantenvillen, sogar ein Ministerbungalow war dabei. Wie sollten wir da konkurrieren? Ich blinzelte betroffen und schluckte hart. Mein Lebensänderungsvorhaben ließ sich alles andere als problemlos an. Wie konnte ich bloß derartig blauäugig sein und glauben, daß die Putzfrauen nur so auf der Straße herumsaßen und darauf warteten, daß man sie aufsammelte?

Timmy und Tannhäuser kamen in einem Regen von Dreckbrocken in die Küche. Aus dem vor Schmutz starrenden Gesicht meines Sohnes leuchteten die Augen himmelblau und kugelrund. »Ich hab schon fünf Wirbelknochen für mein Knochenpuzzle gefunden!« sagte er schweratmend. »Ich glaube, es wird ein Tyrannosaurus Rex, wenn's fertig ist. Beweisstücke waren keine mehr da, die Polizei hat bestimmt alle mitgenommen. Auf der Erde unter dem Rhododendron war Blut. Ich hab Steine draufgelegt, sonst regt Tannhäuser sich auf. Es riecht nach Briefträger, glaube ich. Er hat wie wild geschnüffelt. Er hat auch an dem Steingartenkraut gerochen, da mußte er furchtbar winseln. Er hat seine Nase immer wieder mit den Pfoten abgerubbelt, ganz doll. Ich glaub, ihm ist schlecht geworden von dem Steingartengeruch.«

»Das ist nett«, antwortete ich geistesabwesend. Wo sollte ich eine Putzfrau hernehmen? Wenn ich mich in die ellenlange Reihe der putzfraubedürftigen Inserenten einreihte, waren meine Chancen denkbar schlecht, vor all den anderen eine zu finden, erst recht eine versierte, tüchtige, zuverlässige und so weiter.

»Tu das nicht, Oma!« sagte ich warnend. Oma riß ihre Hand zurück, mit der sie zögernd ihr Gebiß dem erfreut hechelnden Tannhäuser hingestreckt hatte. Oma und Tannhäuser guckten mich schuldbewußt an, Tannhäuser kroch winselnd und sabbernd unter den Tisch, und Oma verschwand eilig in ihrem Zimmer.

Ich könnte natürlich die Flucht nach vorn antreten und mit Geld locken, mit viel Geld. Die Fabrikanten und Professoren und Ärzte lockten zwar auch alle mit Geld, mit ziemlich viel sogar, aber vielleicht, wenn ich alle überbot… Am geizigsten war der Minister, er wollte nur zwölf Mark die Stunde zahlen. Der Besitzer eines gepflegten Einpersonenapartments bot sechzehn Mark. Du lieber Himmel, war das viel! Ich begann wie rasend zu rechnen. Wenn meine zukünftige Putzfrau nur einmal die Woche kam, sagen wir mal für drei, nein, vier Stunden mußten es schon sein – das war das Wenigste –, dann waren das bei zwölf Mark ja schon … Mein Gott, dafür konnte ich mir ja zum Beispiel … Mir wurde ganz schlecht bei dem Gedanken, was ich mir dafür alles kaufen konnte. Und erst bei sechzehn Mark die Stunde! Eine Art Miniaturdampfwalze rollte meine Speiseröhre hinab und walzte meine Eingeweide flach. Der Tag hatte schlecht angefangen und ging noch schlechter weiter. Ich überlegte, wozu der Mensch im allgemeinen und ich im besonderen überhaupt eine Putzfrau brauchte. Dann fiel es mir ein. Ich mußte Zeit gewinnen, Zeit, die ich überlebensnotwendig für mich selbst und meine Persönlichkeitsentfaltung benötigte.

»Wo kriege ich nur eine Putzfrau her?« überlegte ich laut.

»Warum guckst du nicht auf die Zettel?« fragte Timmy. Er stand bis an die Schultern im Palmolivschaum und schrubbte seine Tyranno-Knochen in der Spüle. Sein Trainingsanzug war eine einzige Masse aus wasserdurchweichtem Lehm. Seine Schuhe waren unter der zentimeterdicken Dreckschicht nicht mehr zu erkennen. »Ich hab dir schon tausendmal gesagt, daß du die Schuhe ausziehen sollst, wenn du aus dem Garten kommst«, wies ich ihn zurecht. »Was für Zettel?«

»Ich hab die Schuhe doch ausgezogen. Na, die Zettel im Supermarkt, auf dem großen Brett an der Wand die.« Ich starrte auf Timmys Füße. Ein Schwall aus Schaum und Wasser schwappte aus der Spüle auf den

Boden und bildete zusammen mit dem verklumpten Lehm an den Socken meines Sohnes eine riesige braune Schlammpfütze.

Schorschi kam im Bademantel in die Küche, geduscht, rasiert, morgenfrisch, aber in sichtlich gedrückter Stimmung. Heute früh im Bett hatte er nicht mehr daran gedacht, ebensowenig wie ich. Im dunstigen Gefühlszwielicht zwischen Schlafen und Wachen erliegt der Mensch oft gnädigen Irrtümern: Das Gräßliche ist gar nicht passiert, oder man hat das schlechte Erlebnis nur geträumt.

Er küßte mich auf den Nacken, setzte sich an den Tisch und riß mir die Zeitung aus der Hand. »Täßchen Kaffee?« fragte er. Damit meinte er selbstverständlich nicht, ob er *mir* noch eine Tasse eingießen dürfte, sondern umgekehrt. Ich stand auf und holte ihm Kaffee. Timmy hatte recht, die Zettel am Schwarzen Brett des Supermarktes. Warum hatte ich daran nicht schon eher gedacht?

»Scheibchen Toast?« fragte Schorschi, in den Lokalteil versunken.

Ich machte ihm zwei Toastscheiben mit Butter und Schinken und garnierte sie mit einer geachtelten Tomate. Natürlich, am Schwarzen Brett gab es einfach alles: Autos, Hunde, Katzen, Kanarienvögel, Kinderwagen, Laufställchen, Motorräder, Nachhilfe, Nachmieter, sogar ganze Häuser – und bestimmt jede Menge Putzfrauen.

»Zigarettchen?« fragte Schorschi, während er sich den letzten Schinkenzipfel in den Mund schob. Ich sah über seine Schulter auf die kurze Notiz über Herrn Süßens tragisches Ende.

Ich holte ihm seine Zigaretten und einen Aschenbecher. Seine Hände zitterten kaum merklich, als er das Feuerzeug anschnipste.

O ja, am Schwarzen Brett würde mit Sicherheit eine Putzfrau hängen! Und das beste daran war, es war nicht mal ein Umweg für mich, ich mußte sowieso in den Supermarkt, den Wochenendeinkauf erledigen. Wenn zufällig der Bohrer heute vormittag vorbeikam, konnte ich das auch nicht ändern. Schließlich konnte ich seinetwegen nicht zu Hause herumsitzen. Ich mußte einkaufen, viel einkaufen. Das würde lange dauern, aber dafür konnte ich schließlich nichts. Meine Familie mußte versorgt werden. Vielleicht kam er auch gar nicht. Es war immerhin Samstag. Und wenn er doch käme, wäre das auch nicht weiter schlimm. Schließlich war ja Schorschi da. Er war Volljurist, und er wußte viel besser als ich, was man in solchen Situationen zu sagen hatte. Es war nicht nötig, daß ich auch dabei war. Im Gegenteil, ich würde nur im Weg sein. Ich sollte also besser zusehen, daß ich so schnell wie möglich verschwand. Eilig rannte ich nach oben, um mich anzuziehen.

Mein Aufbruch verzögerte sich. Ich mußte zuerst Timmy waschen und umziehen, und weil ich einmal dabei war, wischte ich auch noch den widerlich dreckigen Küchenboden. Tannhäuser und Timmy spielten unterdessen Fangen, und Tannhäuser schmiß mir den Putzeimer um, so daß ich wieder von vorn anfangen konnte. Außerdem mußte ich mich hinterher erneut umziehen, weil ich total naßgeschwitzt war.

Weil ich dann sowieso schon oben war, machte ich auch gleich noch die Betten und weckte Oliver mit dem Auftrag, bis heute mittag den Rasen zu mähen und Papa an die Limo zu erinnern.

»Grunz«, murmelte er und wälzte sich auf die andere Seite.

Als ich wieder nach unten kam, saß Timmy heulend auf der Treppe und kämpfte mit seinen vielfach verknoteten Schnürsenkeln.

»Was ist los?« fragte ich erschöpft.

»Ich will mit einkaufen!«

»Nein, bitte nicht, heute nicht, Timmylein. Schau, das ist sooo langweilig, und ich habe heute wirklich keine Lust, dich überall zu suchen!«

»Ich lauf nicht weg, ich versprech's!« schrie er. Die Unterlippe kam bedrohlich weit nach vorn.

»Mir wär's auch sehr recht, wenn du ihn mitnimmst«, rief Schorschi aus der Küche. »Ich hab am Montag ein wichtiges Meeting mit dem Staatssekretär, darauf muß ich mich noch vorbereiten. Und es könnte sein, daß jemand kommt, zum Beispiel...« Er verstummte, aber seine Blicke gaben mir zu verstehen, was er mit »zum Beispiel« meinte. Den Bohrer.

Ich gab mich wortlos geschlagen und holte die Einkaufskisten aus dem Keller.

Das Einkaufen am Samstagmorgen war jedesmal eine Tortur. Es fing mit der Parkplatzsuche an und hörte mit dem nervenaufreibenden Warten in der Kassenschlange auf. Oder vielmehr, es hörte dort nicht auf, denn jedesmal, wenn ich in der Schlange vor der

Kasse wartete, nutzte Timmy die Gelegenheit, hurtig irgendwo im Gewühl zu verschwinden. Ich stand nach dem Bezahlen dann hilflos mit meinem bis zum Rand vollgepackten Einkaufswagen da und schrie mir die Lunge nach meinem verlorenen Kind aus dem Hals.

Diesmal hielt ich ihn eisern an der Hand fest. Er jammerte und quengelte und schwor, er würde heute ausnahmsweise ganz bestimmt nicht weglaufen, aber ich blieb hart, meinen Blick zielsicher auf das riesige, verheißungsvolle Schwarze Brett gerichtet, das direkt hinter der Kasse angeschlagen war.

Endlich hatten wir die Kasse passiert, und ich steuerte freudig erregt auf die vielen kleinen Zettel zu. »Paß mal einen Augenblick auf den Wagen auf, Schatz«, bat ich Timmy, bevor ich langsam, Meter für Meter, die Wand abschritt.

»Ich bring ihn schon zum Auto, Mama«, erklärte er zuvorkommend.

Außenanlagen und Autoreifen, Betten und Bauernschränke, Lampen und Lateinnachhilfe, Kinderwagen und Klavierunterricht, rüstige Rentner für den Rasen, Wohnungen und Werkzeuge, es gab wirklich *alles*.

Aber keine Putzfrau. Nicht eine einzige.

Die vielen kleinen weißen Zettel verschwammen vor meinen Augen zu einem See der Hoffnungslosigkeit, in dem meine Wunschvorstellung von einem besseren Leben wie ein großer, schwerer Felsbrocken versank. Es gab keine Putzfrauen. Es gab auf der ganzen großen, weiten Welt keine Putzfrauen! Zu Hause erwartete mich ein dreckiges Haus, es würde niemals sauber werden. Und wahrscheinlich saßen in diesem Augenblick der Kommissar und ein halbes Dutzend seiner Mitarbeiter in unserem Wohnzimmer und nebelten es mit Zigarrendunst ein, nachdem sie alle miteinander vorher ausgiebig durch den lehmigen Garten gestapft waren.

»Schönen guten Morgen. Fehlt Ihnen was?«

Ich drehte mich um und stöhnte innerlich. Auch das noch. Das hatte mir gerade noch gefehlt. Die Schwammberger-Schneckesheim, dieses fette, eingebildete Weibsbild!

»Guten Morgen«, sagte ich munter. »Mir geht's ausgezeichnet. Ich habe gerade nach einer Putzhilfe Ausschau gehalten.«

»Da werden Sie hier am Schwarzen Brett wenig Glück haben. Wenn Sie Interesse haben, schreibe ich Ihnen den Namen einer Bekannten auf, die hat neulich mal über drei Ecken gehört, daß vor kurzem eine wirklich zuverlässige, äußerst fähige Kraft freigeworden sein soll.« Sie senkte bedeutungsvoll die Stimme. »Sie soll auf höchster Ebene geputzt haben.«

Damit meinte sie sicher nicht den Fernsehturm. Die höchste Ebene fing für sie beim Ministerialdirektor an, das war die Ebene, auf der sie selbst herumlief.

»Beim Ministerialdirektor?«

»Nein, noch höher«, flüsterte sie und sah sich geheimnistuerisch nach allen Seiten um. Dann schob sie ihre fette Schneckengestalt einen Schritt näher an mich heran und hauchte: »Es heißt, sie hätte sogar mal beim Minister geputzt!«

»Ach!« staunte ich.

»Ja, wirklich. Soll ich's Ihnen aufschreiben?«

»Ich bitte darum«, sagte ich höflich.

Sie zückte sofort einen angeberisch großen Notizblock, kritzelte einen Namen und eine Telefonnummer hinein und riß das Blatt schneidig heraus. »Bitte sehr.«

Ich blickte auf den Zettel. »Frau Dr. Emsfelder?« Ich war erschüttert. Eine Akademikerin!

»Das ist nicht Ihr Ernst!« sagte ich mit ersterbender Stimme.

Nein, das würde ich nicht schaffen. Niemals. Wie sollte ich damit leben, daß eine Frau mit Hochschulabschluß meine Treppe aufwischte und mein Klo schrubbte? Wie konnte ich ihr unbefangen in die Augen sehen – einer promovierten Putzfrau?

»Das ist meine Bekannte, von der ich erfahren habe, daß besagte hervorragende Haushaltshilfe verfügbar ist. Von Frau Doktor Emsfelder können Sie den Namen einer zuverlässigen Quelle erfahren, die über die näheren Umstände im Bilde ist.«

»Ach so.«

»Waren Sie schon wegen der Liste beim Pfarrer?« fragte sie mich plötzlich mit abschätzendem Blick.

»Liste?«

»Für die Riesentombola. Er hat mir gestern nachmittag erzählt, daß Sie auch mitmachen. Sie müssen sich die Liste noch bei ihm holen.« Ihr Tonfall klang, als redete sie zu einem schwachsinnigen Kind. Kind? Wo war *mein* Kind?

»Wo ist mein Kind?« rief ich entsetzt. »Timmy!«

»Wo Sie gerade von ihm reden – falls Sie wegen der Liste in den nächsten Wochen über Gebühr in Anspruch genommen sein sollten, mir würde es gar nichts ausmachen, wenn Ihr Timmy wieder einmal einen netten Nachmittag mit meiner Simone verbringt.« Simone war eine fette Miniaturausgabe ihrer Mutter und ging mit Timmy zusammen in den Kindergarten.

»Timmy, wo steckst du?« Hektisch drehte ich mich um und hielt nach ihm Ausschau. Er war nirgends zu sehen.

»Die beiden spielen so schön zusammen. Immer wenn er bei uns ist, kann ich stundenlang in meinem Arbeitszimmer vor dem PC sitzen. Die beiden sind wie die Mäuschen und beschäftigen sich wunderbar alleine.«

Wahrscheinlich hatte sie keine Ahnung, daß der beste Freund ihrer Tochter ein piepsstimmiger, rechteckiger kleiner Japaner namens Nintendo war.

»Wirklich, es macht mir nichts aus, wenn er bei uns spielt!«

Natürlich war sie darauf aus, daß ich im Gegenzug die fette kleine Simone bei uns spielen ließ. Das letzte Mal hatte sie drei Tafeln Schokolade vertilgt und anschließend das Sofa vollgereihert.

»Das können wir ja noch mal kurzfristig besprechen«, beschied ich sie knapp, besorgt den Hals reckend.

»Wenn Sie den Kleinen suchen – ich habe ihn vorhin noch draußen auf dem Parkplatz herumirren sehen. Er hat Ihr Auto nicht gefunden.« Ihre Schweinsäuglein verengten sich mißbilligend. »Ich weiß nicht, ob es ratsam ist, einen kleinen Jungen wie ihn schon so einen großen, schweren Einkaufswagen schieben zu lassen, und das ganz allein und unbeaufsichtigt … Haben Sie übrigens schon von dem armen Briefträger gehört? Er ist ermordet aufgefunden worden. Ich hab noch zu meinem Mann gesagt: ›Guck mal‹, hab ich gesagt, ›der arme Mensch, das ist doch der, der immer bei den Henkesheims die Post bringt.‹ Muß direkt in Ihrer Gegend gewesen sein.«

Ich war schon auf dem Weg nach draußen. »Ich ruf Sie mal an!« rief ich über die Schulter zurück.

Timmy war nicht schwer zu finden, seine tränenverschmierte, gramgebeutelte kleine Gestalt war von einer großen Menge erboster Menschen umringt, die mich alle, ohne jede Ausnahme, mit unverkennbaren Lynchabsichten musterten.

»Timmy, Liebling, wo warst du nur?« Ich kniete mich vor ihn und nahm ihn bußfertig in die Arme, aber der Pöbel legte es drauf an, mich zu mobben.

»Anzeigen wäre noch viel zu gut für die.«

»Das Sorgerecht sollte man so einer entziehen.«

»Gleich hier um die Ecke ist doch das Jugendamt.«

»Wenn das meine Mutter wäre, würde ich auch weglaufen.«

Spuckte da nicht sogar einer vor mir aus? Ich preßte mein erhitztes Gesicht gegen die Brust meines verräterisch grinsenden Sohnes, bis ich das Gefühl hatte, daß die Menge sich zerstreut hatte. Dann richtete ich mich mit schwachen Knien auf und zerrte ihn zum Wagen. Wagen? Wo war der Einkaufswagen? »Timmylein, wo ist der Einkaufswagen?«

»Weiß nich.« Er bohrte ratlos in der Nase.

»Wo hast du ihn denn hingestellt?« fragte ich beschwörend.

»Weiß nich.«

Lieber Gott, ich hatte für zweihundertachtzehn Mark eingekauft! Schwitzend, mit fliegendem Puls und einem weinerlichen Timmy an der Hand raste ich zwischen den unzähligen geparkten Autos umher, auf der Suche nach einem verwaisten Einkaufswagen. Nach zwanzig Minuten nervenzerschleißender Rennerei fand ich ihn schließlich hinter einem Lieferwagen, direkt an der Außenwand des Supermarkts. Ich erkannte ihn an der Flasche Nerventonikum, das ich für Oma gekauft hatte, und an der großen Packung Chappi für Tannhäuser. Sonst war nicht mehr viel drin. Ein zerdrücktes Paket Schwarzbrot, ein kümmerlicher Kopfsalat, in der Sonne geschmolzene Butter, matschige Leberwurst, die schon aus der Packung quoll. Ach ja, und ein Päckchen Tampax, ohne das ich in ein paar Tagen aufgeschmissen gewesen wäre. Da sollte mal einer sagen, die Leute hätten kein Herz. Ich schraubte die Flasche mit dem Nerventonikum auf und nahm einen großen Schluck, dann noch einen und noch einen, bis ich es in meinem Magen gluckerte. »Komm, Timmy«, sagte ich und wischte mir den Mund mit dem Handrücken ab, »laß uns von hier verschwinden.«

Immerhin hatte ich jetzt die Telefonnummer von einer Frau, die jemanden kannte, der mir Näheres über eine verfügbare Putzfrau sagen konnte, tröstete ich mich, als ich den Kombi vor dem Pfarrhaus des Pfarrers Kunibert Ährenfried anhielt. »Timmy, mein Kleiner, du gehst jetzt ganz brav zu der Tür da vorn, klingelst einmal und wartest, bis dir jemand aufmacht. Dann sagst du, guten Tag, ich bin der Timotheus Henkesheim, ich möchte für meine Mutti die Liste abholen. Kannst du dir das merken?«

»Wieso gehst du nicht selber rein?«

»Tja … ich hab so wahnsinnig Kopfweh. Hast du dir gemerkt, was du sagen sollst?«

»Weiß nich.«

»Also, noch einmal. Guten Tag, ich bin der Timotheus Henkesheim und soll für meine Mutti die Liste abholen. Sag das mal.«

»Ich bin der Timotheus Henkesheim und soll für meine Mutti die Liste abholen.«

»Sehr schön, und das ›guten Tag‹ nicht vergessen. Also, lauf schon!«

»Wohin?«

Ich stöhnte. »Zu der Tür da vorn. Du sollst da klingeln und genau das sagen, was wir eben geübt haben!«

»Guten Tag? Ich bin der Timotheus Henkesheim? Ich soll für meine Mutti die Liste abholen?«

»Ja, genau. Jetzt beeil dich schon!«

Er rannte los, klingelte artig an der Haustür des Pfarrhauses und sagte vor irgendeiner unsichtbaren Person im Inneren des Hauses sein Sprüchlein auf. Dann verschwand er im Haus, und die Tür klappte zu. Ich wartete, bis sie wieder aufging. Ich wartete und wartete, aber dann merkte ich, daß sie überhaupt nicht wieder aufging. Timmy blieb da drin, bei Pfarrer Kunibert Ährenfried, und er kam nicht wieder. Ich starrte ungläubig auf die mit frommen Schnitzereien verzierte Haustür, aber sie bewegte sich keinen Millimeter. Ich wartete fünf Minuten. Vielleicht hatte der Pfarrer die blöde Liste verlegt und mußte sie erst suchen. Was war das überhaupt für eine Liste, und was sollte ich damit machen? Es hatte irgend etwas mit meinem Kombi und irgendwelchen Fuhren zu tun, soviel war mir noch schwach in Erinnerung geblieben. Zehn Minuten. Die Haustür blieb zu. So lange konnte der Pfarrer unmöglich brauchen, um die Liste zu suchen. Ich wurde nervös. Nach fünfzehn Minuten hielt ich es nicht länger aus. Ich sprang aus dem Wagen und lief zum Pfarrhaus. Im selben Moment, als ich klingelte, wurde auch schon die Tür aufgerissen, und ein aufgeregter Pfarrer prallte mit seinem Kugelbauch gegen mich. »Gott sei Dank, da sind Sie ja!«

»Ja, ich bin's«, sagte ich mechanisch.

»Ich wollte gerade mein Auto aus der Garage holen«, rief er mit mildem Tadel in der Stimme. »Ich wollte Ihnen Ihren Sohn nach Hause bringen.«

»Wieso? Ist ihm was passiert?« fragte ich ängstlich.

»Wie? Oh, nicht doch, aber ich fürchte … Nun kommen Sie doch bitte erst mal rein, ja, hier herein, in meine Stube.«

Timmy saß in der guten Stube unter dem Jesuskreuz und hatte eine Limo vor sich stehen. »Hallo, Mama.«

»Hallo«, sagte ich belämmert. »Warum hockst du hier? Warum hockt er hier herum?« wollte ich vom Pfarrer wissen.

»Er kam ganz allein hierher und wollte die Liste holen, Sie könnten nicht selbst kommen, weil sie Kopfschmerzen hätten, und da dachte ich, es unmöglich verantworten zu können, einen kleinen fünfjährigen Jungen den ganzen weiten Weg allein nach Hause …«

»Allein? Ich hab doch draußen im Auto gewartet!«

»Äh … nun ja, ich fürchte, daß Ihr Sohn diese Tatsache nicht erwähnt hat, und da ich vergaß, ihn danach zu fragen, und nachdem bei Ihnen zu Hause das Telefon ständig besetzt war …«

»Okay, schon gut, ich bin offen gestanden ziemlich in Eile, und weil ich sowieso schon Kopfschmerzen hab, wollte ich eigentlich sofort …«

»Warten Sie, junge Frau!« Mit flatternder Soutane eilte er aus der guten Stube in einen Nebenraum und rumorte dort in irgendeiner Schublade herum. Er hatte junge Frau gesagt! Ich war entzückt und fühlte mich sofort wie dreißig. Ich war derart angetan von seinem spontanen, ehrlichen, objektiven Ausruf, daß ich sogar bereitwillig das Aspirin schluckte, das er mir aufdrängte.

»Wollen Sie mir jetzt die Liste geben, Herr Pfarrer?«

»Sicher, sofort.« Er flatterte wieder nach nebenan und kam mit einem auf beiden Seiten eng mit Maschine beschriebenen Blatt zurück. Mindestens DIN-A 4, stellte ich mit Unbehagen fest. Es sah irgendwie unangenehm aus, nach ungeheuer viel Arbeit und Freizeitverlust.

»Das wäre dann die Liste.«

»Ja, das sehe ich. Was ist das überhaupt für eine Liste?«

»Nun, das ist die Liste für die Riesentombola.«

»Und was soll ich damit tun?«

»Auf der Liste stehen die Namen und Adressen, auch die Telefonnummern«, erklärte er bedeutungsvoll.

Ich sah mir die Liste an. Es standen ziemlich viele Namen, Adressen und Telefonnummern drauf, dicht an dicht. »Was sind das für Leute?«

»Das sind unsere braven Spender für die Riesentombola, lauter gute, großherzige Bürger, die einen kleinen Beitrag zu unserer Riesentombola leisten könnten.«

»Könnten?« fragte ich argwöhnisch.

Er wand sich. »Deswegen stehen ja auch die Telefonnummern dabei.«

Ich sah mir die Liste genauer an. Es waren hauptsächlich Unternehmen irgendwelcher Art, vom Friseursalon über die Kneipe bis hin zum Schuhgeschäft. Soweit ich es ohne sorgfältige Zählung beurteilen konnte, schienen es etliche Dutzend zu sein. Mir schwante schreckliches Ungemach. »Wollen Sie damit etwa zum Ausdruck bringen, daß ich bei all diesen Leuten erst *anrufen* soll?« fragte ich fassungslos. »Sie um Spenden *anbetteln*?«

Er nickte mit gesenktem Kopf. »Anrufen und hinterher alles abholen und in die Pfarrei fahren. Frau Schwammberger-Schneckesheim meinte …«

Diese Person hatte das ausgeheckt! Das hätte ich mir denken können. Wahrscheinlich hatte sie ihm auch haarklein aufgetragen, wen er für diese Mission in Sachen Riesentombola hunten sollte.

»Weißt du, das ist alles nur fürs liebe Jesulein«, sagte Timmy limoschlürfend. Ich nahm ihm das Glas aus der Hand und trank auch einen Schluck.

»Jesulein?«

»Ja, das ganze Geld von den ganzen Losen aus der Riesentombola ist fürs liebe Jesulein, dann muß es nicht mehr so nackig und löchrig in dem ollen Stall rumliegen.«

Ich fixierte Kunibert Ährenfried.

»Stimmt das?«

»Also … nun ja, gewissermaßen. Wir sammeln jetzt schon seit zwei Jahren für eine schöne neue Weihnachtskrippe. In unserer alten ist doch seit Ewigkeiten der Holzwurm, auch der kleine Jesus hat schon Löcher, und der Restaurator hat gemeint, daß auf lange Sicht …«

Ich faltete fahrig die Liste zusammen. Erst als ich fertig war, merkte ich, daß ich einen Papierflieger gemacht hatte. Ich schob den Flieger in die Hosentasche und stand auf. »Ich werde sehen, was ich tun kann«, sagte ich.

»Vergelt's Gott. In spätestens vier Wochen dann!« rief er mir durch die zufallende Haustür nach.

Was war in vier Wochen? Dann erinnerte ich mich. In vier Wochen sollte das Pfarrfest stattfinden. Und natürlich die Riesentombola.

Im Wagen fragte Timmy: »Mama, wenn das liebe Jesulein da oben im Himmel hängt, wird ihm da nicht kalt?«

»Was?«

»Der Pfarrer hat gesagt, in Wirklichkeit liegt das liebe Jesulein nicht in so 'ner ollen Krippe rum, bloß zu Weihnachten. In Wirklichkeit ist es oben zurrechtendesvaters, da wo der liebe Gott ist. Aber in der Stratosphäre ist es total kalt, und im All, da ist der absolute Nullpunkt, das ist fast dreihundert Grad minus. Muß das liebe Jesulein da oben nicht erfrieren?«

»Tja – das mußt du mehr sinnbildlich verstehen, weißt du?«

»Was 'n das?«

Mein Fuß auf dem Gaspedal zuckte.

»Also, sinnbildlich, das ist so, daß man sich vorstellt, daß der liebe Gott und das liebe Jesulein und der Heilige Geist da im Himmel zusammen sind. Aber in Wirklichkeit ist es so, daß es bloß … äh …«

»Daß der Pfarrer sich das bloß einbildet?«

Ich war erschrocken. »O nein, nicht doch. Das ist schon irgendwie so, wie er's sagt, aber …«

»Aber bloß sinnbildlich?«

»Ja«, sagte ich erleichtert.

»Was 'n das?«

Meine Fingerknöchel am Lenkrad wurden weiß. »Stell dir einfach vor, das liebe Jesulein hat 'nen Raumanzug an«, sagte ich mit schlechtem Gewissen.

Das beschäftigte ihn für eine Weile, und ich machte mir Gedanken über mein demnächst beginnendes, neues, besseres, erfüllteres Leben. Gleich, wenn wir zu Hause waren, würde ich diese Emsfelder anrufen und nach der zuverlässigen Quelle fragen, die mir etwas über eine freie Putzfrau erzählen konnte. Anschließend würde ich irgendein schnelles Mittagessen auf den Tisch bringen, ich würde improvisieren müssen, aber darin war ich gut. Während ich darüber nachdachte, was für einen raschen, schmackhaften Imbiß ich aus bröckeligem Schwarzbrot, zerdrücktem Salat, zerlaufener Butter und geronnener Leberwurst zaubern konnte, fragte Timmy zweifelnd: »Meinst du, das liebe Jesulein kreist im Orbit?«

»Orbit?«

»Ja, das ist 'ne Kreisbahn um die Erde. Wenn man da erst mal drinhängt, ist man verloren. Man muß immer und immer um die Erde rasen, bis man beim Eintritt in die Atmosphäre verglüht.«

»Nein, es ist völlig ausgeschlossen, daß ihm so was passiert«, sagte ich wahrheitsgemäß.

»Vielleicht kommt auch Captain Future vorbei, um es zu bergen.«

»Ja, warum nicht.« Wozu schickte ich mein Kind eigentlich in einen katholischen Kindergarten? Ich wäre als kleines Mädchen in Timmys Alter im Traum nicht auf die Idee gekommen, solche Fragen zu stellen. Der liebe Gott war im Himmel und fertig. Vater unser im Himmel, so war das eben, Schluß, aus, amen.

Die restliche Fahrt nach Hause hielt Timmy den Mund. Ich wußte, was das bedeutete, auch ohne mich nach ihm umzudrehen. Als ich den Kombi in unserer Auffahrt zum Stehen brachte, hing Timmy schlaff in seinem Kindersitz auf der Rückbank und schlief tief und fest.

Ich holte die ungewohnt leichte Einkaufskiste von der Ladefläche und trug sie ins Haus. Oliver lümmelte in der Küche herum und führte sich ein Riesenfrühstück zu Gemüte. Der Tisch sah aus wie ein Schlachtfeld.

»Hast du den Rasen gemäht?«

»Grmpf.«

Also nicht gemäht.

»Hast du Papa an die Limo erinnert?«

Er rülpste dezent hinter vorgehaltener Hand und mit niedergeschlagenen Augen. Also nicht erinnert.

»Das ist dein Problem, Olli. Oder genauer gesagt, es ist Timmys und dein Problem, ihr beide seid schließlich diejenigen, die Limo trinken wollen. Ich schätze, ich könnte es vielleicht ausnahmsweise über mich bringen, heute an der Tankstelle ein paar Reserveflaschen zu besorgen, ich muß später sowieso noch tanken. Aber für dich gibt's nur was, wenn du in zehn Minuten draußen stehst und mähst.«

»Stöhn!« maulte er. »Muß das sein? Ausgerechnet heute, es ist so warm draußen!«

»Ach ja, fast hätte ich's vergessen. Diese Happy-Fete heute abend, die kannst du auch vergessen, wenn du nicht rasenmähst. *Nachdem* du den Tisch abgeräumt hast.«

Er sprang sofort auf und fing an, den Tisch abzuräumen. Ich öffnete die Terrassentür, um frische Luft hereinzulassen.

»Paß auf, Mama. Tannhäuser ist im Garten, und er soll nicht ins Haus.«

»Wie bitte? Wieso soll Tannhäuser nicht ins Haus?«

»Es ist Besuch da.«

Mir war augenblicklich sterbensübel. Die Polizei. Es konnte nur der Bohrer sein.

»Da ist 'ne Freundin von dir aufgekreuzt. Sie sitzt mit Papa im Wohnzimmer und quatscht.« Er grinste breit. »Sie hat Angst vor Tannhäuser.«

Meine Übelkeit ließ kein bißchen nach. Ich spürte, wie mir das Blut aus dem Gesicht wich. »Ist sie blond und schick und geschminkt?«

Er nickte. »Sie heißt Brieschiet. Sie hat erzählt, daß sie mit dir in der Schule war.«

»Olli, sei so lieb und hol Timmy aus dem Auto«, sagte ich geistesabwesend. Immerhin, jetzt war sie da, und ich konnte sie fragen, wie sie hieß und wo sie wohnte.

»Pennt er? Soll ich ihn ins Bett tragen?«

»Ja, sei so lieb.« Ich hielt mich mit verkrampften Fingern an der Spüle fest.

»Hast du was, Mama?« fragte er besorgt.

Ich schüttelte stumm den Kopf. Er trat einen Schritt auf mich zu und nahm mich in den Arm. Das tat er nur noch ziemlich selten, eigentlich war er über das Alter schon lange hinaus. Ich drückte ihn an mich, er roch nach Schorschis Rasierwasser, und ich merkte, daß er sich rasiert hatte. Komisch, er war mein Baby, und jetzt entwächst er mir, dachte ich unvermittelt.

»Mama, ich hab dich lieb«, sagte er unbeholfen.

»Ich hab dich auch lieb, Olli.«

Als er draußen war, um Timmy zu holen, nahm ich noch einen tiefen Schluck von Omas Nerventonikum, danach fühlte ich mich besser. Bis ich mir ausmalte, wie Brigitte und Schorschi mich ansehen würden, wenn ich – erschöpft und derangiert, wie ich war – vor sie hintreten und fragen würde: Ach, übrigens, Brigitte, wie heißt du noch mal? Und könnte ich deine Adresse haben? Weißt du, in unserem Garten lag gestern ein toter Briefträger, und du sollst bezeugen, daß er vorher noch nicht da lag.

Ich klemmte die Flasche unter den Arm und rannte nach oben ins Bad. Der Anblick im Spiegel übertraf meine schlimmsten Befürchtungen. Die Haare hingen zerrauft um mein Gesicht, ich sah leichenblaß und todmüde aus, und obendrein war ich völlig verschwitzt. Und unten im Wohnzimmer saß diese falsche Schlange und unterhielt sich mit meinem Mann. Nachdem sie das Kleinchen Oliver inzwischen kennengelernt hatte, war sie vermutlich jetzt über die näheren Einzelheiten meiner Liegenschaftsverwaltungstätigkeit bestens im Bilde. Mir wurde sofort noch schlechter. Am liebsten hätte ich mich ins Bett verkrochen und dort gewartet, bis Brigitte wieder in Frankreich war. Ich trank noch ein paar Schlückchen von dem Nerventonikum; auf der Flasche stand, daß es auch gegen Unlust wirkte. Dann zog ich mich mit steifen Bewegungen aus und wusch mich. Anschließend holte ich mir ein Sommerkleid aus dem Schlafzimmer. Es war nicht so alt und unmodern wie meine anderen Kleider, sondern höchstens vier Jahre alt. Oder fünf? Egal. Ich zog es an. Irgend etwas stimmte mit dem blöden Kleid nicht, der Reißverschluß ging nicht richtig zu. Sicher hatte ich es nach dem letzten Anziehen vor vier Jahren zu heiß gewaschen. Ich zog es wieder aus und trank noch etwas von dem Tonikum. Dann probierte ich eins von meinen Kostümen. Es paßte besser, wenn es auch ziemlich knapp saß und eher etwas für die Oper war oder eine Familienfeier. Wahrscheinlich würde dieses Weib einen Lachkrampf kriegen, wenn ich in einem offiziellen Kostüm ins Wohnzimmer kam, frisch vom Einkaufen, und Schorschi würde wissen wollen, ob wir irgendwo eingeladen waren.

Ich zog das Kostüm aus, die Jeans wieder an, und dazu eine von meinen besseren Blusen, ein gutes Stück, erst drei Jahre alt, in einem schönen Preußischblau. Meine Birkenstockschlappen tauschte ich gegen ein Paar elegantere Lederslipper. Anschließend kämmte ich mich, legte ein bißchen Parfum, Make-up und Lippenstift auf und steckte ein paar Ringe an. Ja, so war ich passabel. Gegen die wenig androgyne Silhouette konnte ich im Moment nichts Durchschlagendes unternehmen, aber bald, das schwor ich mir. Bald würde mir alles wieder passen – und noch viel mehr, all die hübschen neuen Sachen nämlich, die ich mir dann zulegen würde.

Ich nahm einen letzten Schluck von dem Tonikum und ging langsam nach unten. Am Fuß der Treppe holte ich zehnmal tief Luft und wappnete mich. Dann betrat ich hochaufgerichtet, mit strahlendem Siegerlächeln das Wohnzimmer.

»Hallo, Brigitte, was für eine nette Überraschung!« tönte ich jovial.

Das Wohnzimmer war leer. Ich eilte schnurstracks ins Eßzimmer. Niemand da. Ich ging hinüber in die Küche. Leer und ordentlich aufgeräumt. Guter Oliver. Ich guckte in Omas Zimmer. Hier war auch niemand. Waren sie im Garten? Ich schaute aus dem Fenster. Oma lag auf der Terrasse in ihrem Schaukelstuhl und schlief. Tannhäuser schnarchte ausgestreckt zu ihren Füßen. Oliver schob mit nacktem, schwitzendem Oberkörper unseren alten, muskelkraftgetriebenen Rasenmäher um die zahlreichen Erdhügel herum. Ich lief zur Haustür und sah gerade noch ein Taxi abfahren. Schorschi stand am Gartentor und winkte dem Wagen flüchtig nach. Schnaufend stieß ich die Luft aus. Sie war weg. Schorschi kam kopfschüttelnd ins Haus. »Himmel, was für ein Weib!«

»Findest du sie so toll?« fragte ich entsetzt.

»Wie? Du lieber Himmel, nein. Sie hat mir den letzten Nerv geraubt.«

»Was hat sie gesagt? Hat sie was über Olli gesagt oder über irgendwelche Liegenschaften?«

»Ja, aber ich bin nicht schlau aus ihrem Gefasel geworden. Sie fragte, ob Olli auch hier bei uns wohnt, und ich sagte ja, natürlich, und da sagte sie: ›Ihr Bruder sieht Ihnen aber ungemein ähnlich.‹ Gerade wollte ich ihr sagen, daß ich überhaupt keinen Bruder habe, da meinte sie, wieso du ihr denn nicht erzählt hättest, daß du noch so einen hübschen jungen Schwager als Hausgenossen hättest, und wo denn unser anderes Kleinchen wäre. Andauernd fragte sie nach unserem anderen Kleinchen, und als ich sagte, daß du Timmy zum Einkaufen mitgenommen hast, gab sie immer noch keine Ruhe. Nein, sie meinte doch das andere Kleinchen, das aus der Schule. Ich bin fast wahnsinnig geworden. Dann fing sie mit den Liegenschaften an. Wie du das schaffst, all die Liegenschaften zu verwalten, wo du doch soviel anderes um die Ohren hättest. Ich habe dann gefragt, von welchen Liegenschaften sie genau redet, und da wedelte sie so mit der Hand und meinte, na, eben Liegenschaften, solche, die man in der Verwaltung halt immer so verwalten müßte. Da habe ich erst recht nichts mehr kapiert.«

»Und?« stieß ich atemlos hervor. »Was hast du dann gesagt?«

Er zuckte die Achseln. »Nichts, sie hat mich ja gar nicht zu Wort kommen lassen. Sie hat das Thema gewechselt, weil sie gemerkt hat, wie sehr sie mir mit diesem zusammenhanglosen Gequatsche auf den Nerv ging. Auf einmal meinte sie, ob ich denn meine Heimat nicht vermisse. Ich sagte nein, wieso, und in der nächsten Sekunde laberte sie mich auf französisch an, ich glaub jedenfalls, daß es Französisch war. Ich war wie vom Donner gerührt und wollte ihr gerade erklären, daß ich Französisch schon im ersten Jahr in der

Schule abgewählt hatte, weil es mir nicht so lag. Doch da fing sie schon damit an, von ihrem tollen Typ zu schwärmen. Das wäre ein ganz bekannter Ledermodedesigner, ein begnadeter Künstler in Sachen Leder, und sie hätten eine schicke Maisonette in der Stadt, und nächstes Jahr wollen sie nach Kanada, zum Lachsfischen, sie hätten da eine Hütte. Da hab ich sie rausgeschmissen. Ich wußte ja nicht, daß du schon zu Hause warst.«

»Rausgeschmissen?« fragte ich respektvoll.

»Na ja, das ist vielleicht das falsche Wort. Ich hab Arbeit vorgeschützt, und als sie's nicht gleich kapiert hat, hab ich Unmengen von Arbeit draus gemacht. Dann hat sie geflötet, o natürlich, sie will mich nicht aufhalten, sie würde sich unter der Woche noch mal bei dir melden. Dann hab ich ihr ein Taxi gerufen. Ihr Wagen ist in der Werkstatt. Ach ja, ich habe mir natürlich ihre Telefonnummer und ihren Namen aufgeschrieben, für den Fall, daß die Polizei sie zu dieser Sache noch befragen will.«

»Du hast es ihr erzählt, das von Herrn Süß?« fragte ich mit gemischten Gefühlen.

»Sicher, was dachtest du denn? Schließlich hast du sie bei der Polizei als Zeugin für deine Angaben benannt. Es ist doch besser so, oder nicht? Jetzt weiß sie wenigstens, woran sie ist, wenn die Polizei bei ihr auftaucht.«

Ich nickte. Natürlich, er hatte recht, er war ja so intelligent!

»Schorschi, du bist der Allerbeste«, sagte ich im Brustton der Überzeugung.

»Schön, daß es dir auch mal auffällt«, grinste er.

Dann küßte er mein Ohr. »Hast du ein Schnäpschen getrunken?«

»Nein, nur ein Schlückchen von Omas Tonikum genommen.« Wir knutschten ein bißchen herum, aber als er anfing, mich in Richtung Treppe zu manövrieren, machte ich mich energisch los. »Ich muß kochen. Außerdem muß ich dringend telefonieren.«

»Heute abend?« Er meinte natürlich etwas anderes als telefonieren.

»Heute abend.« Ich meinte natürlich auch etwas anderes als telefonieren. Er gab mir einen Kuß auf den Hals und ließ mich los.

Ich ging nach oben, holte Omas Nerventonikum und genehmigte mir noch einen ordentlichen Schluck. Danach fühlte ich mich angenehm beschwingt. Sollte der Bohrer doch kommen, wenn er wollte, mit oder ohne Zigarre. Bei uns gab es keinen Täter zu überführen.

Ich richtete ein paar Schwarzbrotschnittchen mit Leberwurst her, die ich hübsch mit einigen winzigen Salatblättchen garnierte. Ein innovatives Mittagessen. Anschließend ging ich in den Keller und grub in der Tiefkühltruhe herum. Ganz unten, noch unter den Tüten mit den Schnibbelbohnen, die mir letztes Jahr Frau Zwicker, unsere Nachbarin, aufgedrängt hatte, fand ich zwei Packungen Salamipizza. Die würde es heute abend geben, zusammen mit dem Rest vom Salat. Für morgen würde mir schon noch irgend etwas einfallen. Vielleicht Reibekuchen, dafür hatte ich alles im Haus. Als ich an den gewaltigen, herrlichen Rinderfiletbraten für neunundvierzig Mark achtzig dachte, der jetzt im Ofen irgendeines Langfingers schmorte, packte mich die Wut. Diese Diebe, sie fraßen mein Filet und den guten, teuren Delikateßhinterschinken, und meine Kinder mußten darben und mit krümeligem Schwarzbrot, öligen Reibekuchen und Uraltbeständen aus der Truhe vorliebnehmen!

Aber dann fiel mir der Zettel aus dem Angebernotizbuch der fetten Schwammberger-Schneckesheim ein, und mein Zorn wich freudiger Erwartung. Mit klopfendem Herzen setzte ich mich mit dem Telefon ins Eßzimmer und wählte die Nummer.

»Emsfelder?« meldete sich eine blasiert klingende Stimme.

»Guten Tag, mein Name ist Henkfelder-Herkersheimer, äh … nein, Herkheimer-Henkes … nein, Herkfelder-Henkesheim!« rief ich aufgeregt.

»Angenehm. Kann ich was für Sie tun?« sagte die blasierte Stimme.

»Ja, ich … ich habe von Frau Schneckschnack.. nein, Schwammschneck …«

»Schwammberger-Schneckesheim?«

»Ja!« stieß ich erleichtert hervor.

»Was haben Sie von ihr?«

»Ja, was denn?« fragte ich mit schwerer Stimme. Mein Kopf war auf einmal gähnend leer. Meine Zunge fühlte sich dick und unförmig an. Mit wem telefonierte ich da überhaupt? Hatte ich mich vielleicht verwählt?

»Ist Ihnen nicht gut?« fragte die blasierte Stimme.

»Ich weiß nicht.«

»Kann ich Ihnen behilflich sein?«

»Wer sind Sie denn?«

»Frau Doktor Emsfelder.«

»Sind Sie Ärztin?« nuschelte ich.

»Nein, Diplomchemikerin.«

»Ich könnte vielleicht 'ne Ärztin brauchen. Ich fühl mich so merkwürdig.«

»Leider kann ich damit nicht dienen. Wählen Sie die eins-eins-zwo.« Ich wählte gehorsam die eins-eins-zwo, es klickte und knackte ein paarmal in der Leitung, und ich sagte: »Hallo?«

»Ja? Sind Sie noch dran?«

»Ja, ich bin hier«, sagte ich mit schwerer Zunge.

»Ich bin auch noch dran.«

»Wer sind Sie denn?«

»Frau Doktor Emsfelder. Sie haben das vorhin nicht richtig gemacht. Sie müssen zuerst auflegen und dann wählen. Wenn Sie nämlich nicht auflegen, sondern während eines laufenden Gesprächs wählen, wird das laufende Gespräch nicht abgebrochen, sondern nur kurzfristig unterbrochen, bis nach Abwahl der zwischenzeitlich gewählten Nummer die bestehende Gesprächsleitung wieder ungestört nutzbar ist.«

»Woher wissen Sie 'n das?« nuschelte ich verblüfft.

»Mein Mann ist bei der Telekom.«

So eine war das! Deswegen hatte ich sie am Telefon! Wahrscheinlich bildete sich diese Emsziege ein, daß sie an jedem Telefon mitquatschen könnte, bloß weil ihr Mann bei der Telekom war. Das sollte sie gefälligst in anderen Telefonleitungen probieren, aber nicht in meiner! Ich legte wütend auf und ging nach oben. Auf halber Treppe merkte ich, wieviel ich heute schon mitgemacht hatte, meine Beine waren soviel Lauferei nicht gewohnt. Ich mußte mich hinsetzen. Dann kroch ich die restlichen Stufen hoch und weiter, bis zur nächsten Tür. Dahinter war Timmys Zimmer. Er lag in seinem Bett, die Fäuste neben seinem Engelsgesicht, in tiefstem Erschöpfungsschlaf. Das Sonnenlicht bildete hinter dem Durcheinander von Matchboxautos, schmutzigen Sammelsteinen und zerknülltem Schokoladenpapier auf der Fensterbank einen blitzenden Saum. Ich blinzelte erstaunt. Der Lichtsaum wich zurück bis zum Horizont, dann pendelte er in rasendem Tempo auf mich zu, traf mich mitten zwischen die Augen und brachte mich zum Schwanken. Das war zuviel. Ich legte mich zu meinem Sohn ins Bett und schlief augenblicklich ein.

Eine Abrißbirne knallte gegen meine Hirnschale. Lieber Himmel, was für ein Kater, dachte ich entsetzt. Aber dann merkte ich, daß der Hammer, der gegen meinen Kopf schlug, nicht der einzige war. Es klang ganz so, als hätten wir die Handwerker im Haus. Ich setzte mich stöhnend in Timmys schmalem Bett auf und hielt mir die Ohren zu, um das Hammergeräusch nicht mehr hören zu müssen. Dann stand ich auf und torkelte mühsam auf den Gang hinaus. Hier war das Hämmern lauter, es kam aus Olivers Zimmer. Ich klopfte an seine Tür, aber das Klopfgeräusch kam gegen den Preßlufthammer in seinem Zimmer nicht an. Ich riß die Tür auf und prallte zurück, als ich gegen die Schallmauer stieß. »Stell das sofort ab!« schrie ich. Er hörte es gar nicht; er hüpfte in wildem Rap durchs Zimmer und zwirbelte mit beiden Händen seine hübschen dunklen Locken zu einer wüsten Rastafrisur zusammen. Das war seine gewohnte Art, sich für die Festivitäten, die er Samstagabends aufzusuchen pflegte, feinzumachen; in fünf Minuten würde er sich durch nichts mehr von einem Cromagnon-Menschen unterscheiden. Zu dem Preßlufthammer gesellte sich eine gellende Kreissäge und das Geräusch eines in unmittelbarer Nähe startenden Turbodüsenjets. Ich hielt mir mit einer Hand ein Ohr zu und tastete mit der anderen Hand nach Olivers Verstärker.

»Bist du wahnsinnig?« schimpfte ich. »Mit diesem Radau kannst du jemanden umbringen!«

Er war beleidigt. Das wäre die neueste CD von den Sowiesos – irgendeine wilde, kreischende Horde mit unaussprechlichem Namen –, die wäre ultrageil und führend in sämtlichen Slime-Charts, aber mit echter Musik könnten *wir* natürlich nichts anfangen, und daran könnte man doch mal wieder echt sehen, was für abgestorbene Typen wir wären.

Auf dem Weg zur Treppe verfolgte mich sein mitleidig-höhnisches Grinsen. Ich massierte meine schmerzenden Schläfen. Dieses Nerventonikum hatte es in sich, auf dem Flaschenetikett war ein Alkoholgehalt angegeben, der sich mit dem eines mittleren Korn messen konnte. Ich schüttelte die Flasche, aber es blieb dabei: Sie war fast halbleer. Und ich hatte das Zeug getrunken, und zwar *aus der Flasche* getrunken, wie eine heruntergekommene Säuferin. Das war scheußlich, primitiv, unentschuldbar. Ich holte einen Eßlöffel aus der Schublade und goß eine streng nach Vorschrift bemessene Menge Tonikum hinein, knapp bis zum Rand des Löffels. Dann schlürfte ich den Löffel leer und leckte ihn gründlich ab. Als ich die Flasche in den Schrank stellte, dachte ich darüber nach, wie Oma es bei vorschriftsmäßiger Einnahme hinkriegte, jede Woche eine

Flasche von diesem Zeug leerzumachen. Ich sollte sie vielleicht beim Umgang mit dem Tonikum künftig im Auge behalten.

Schorschi saß im Wohnzimmer an seinem Schreibtisch und brütete über einer Rede.

»Wo ist denn Timmy?« fragte ich.

»Im Garten.«

»Wollen wir noch spazierengehen?«

»Jetzt noch? Es ist gleich halb acht!«

Ich schaute auf die Uhr. Tatsächlich. Ich hatte den ganzen Nachmittag verschlafen, ich hatte jegliches Zeitgefühl verloren. Außerdem wurde ich das nagende Gefühl nicht los, irgend etwas Wichtiges versiebt zu haben. Sofort fiel mir das Telefonat mit dieser Frau Doktor Emsfelder wieder ein, was ich zu ihr gesagt hatte und wie ich dabei genuschelt hatte. Ich fühlte mich flau. Nicht nur, daß ich mir gründlich diese ungeheuer wichtige Putzfrauenconnection versaut hatte. Wahrscheinlich würde zu allem Überfluß dank der Schwammberger-Schneckesheim übermorgen das gesamte Ministerium bis hinauf zur Staatssekretärsebene munkeln, daß ich eine verkappte Alkoholikerin war. Ich hatte das dringende Bedürfnis nach einem tröstlichen Eßlöffel Tonikum, aber ich beherrschte mich eisern und setzte mich statt dessen aufs Sofa.

»Ich muß mit dir reden«, sagte Schorschi.

»Hm.« Ich preßte die Fingerspitzen an die Schläfen.

»Wegen dieser Sache.«

*Diese Sache. Der Bohrer.* »War er da?«

»Nein, er war nicht da. Er hat angerufen, wahrscheinlich kommt er morgen noch mal vorbei.«

»Soll er doch. Ist mir egal.«

»Sei nicht kindisch, Susi.«

»Was heißt hier kindisch«, gab ich beleidigt zurück. »Er kann von mir aus hundertmal kommen, er kann uns trotzdem nichts nachweisen.«

Schorschi seufzte.

»Darum geht es doch gar nicht. Du glaubst doch nicht im Ernst, daß dieser Typ jemanden von unserer Familie verdächtigt, oder?«

Darüber mußte ich eine Weile nachdenken. Mein Gehirn schien seltsam aufgeweicht. Man sollte sich nachmittags nicht zum Schlafen hinlegen, das hatte meine Mutter schon immer gepredigt. Man fühlt sich danach immer wie gerädert. Auch geistig.

»Selbst wenn er es täte«, hob Schorschi hervor, »ich meine, einen von uns verdächtigen, würde er das in Null Komma nichts aufgeben, nachdem er sich mit jedem von uns erst ausführlich unterhalten hat, so wie mit dir gestern und mit mir heute am Telefon.«

»Sag das nicht«, widersprach ich und dachte an die Verbissenheit gewisser Fernsehinspektoren.

»Susi, es geht hier wirklich nicht darum, daß der gute Kommissar einen von uns verdächtigen könnte. Das wäre absurd. Da gibt es andere Dinge, die mir Sorgen machen. Es ist dir vielleicht in all dem Trubel entfallen, was da passiert ist.«

»Wir wissen doch alle, was passiert ist.«

Er nickte. »Ja, ein Mann wurde ermordet. In unserem Garten. Das ist offensichtlich. Aber etwas anderes ist genauso offensichtlich. Jemand muß ihm die Pforte geöffnet haben. Herr Süß war aus dem Alter raus, in dem die Leute elegant über den Zaun flanken. Außerdem ist unser Zaun mannshoch. Und irgendwie denke ich auch nicht, daß er über die Pforte gestiegen ist, das paßt nicht zu ihm.«

»Er war nicht besonders sportlich«, stimmte ich ihm nachdenklich zu. Einmal hatte ich ihn vor Tannhäuser wegrennen sehen. Herr Süß hatte keinen besonders gelenkigen Eindruck gemacht.

»Also, irgendwie muß er reingekommen sein.«

Darüber hatte ich schon nachgedacht, aber nicht allzu gründlich. Mich hatte mehr die Befürchtung beschäftigt, meine Familie könnte zu Unrecht verdächtigt werden. Ja, wie war Herr Süß in den Vorgarten gekommen? Ich griff geistesabwesend nach dem Schälchen mit den Erdnüssen, das auf dem Tisch stand, und aß ein paar davon.

Herr Süß war auf unserem Grundstück gefunden worden. Er mußte folglich irgendwie dorthin gekommen sein. Oma war allein zu Hause gewesen. Also mußte Oma Herrn Süß die Pforte geöffnet haben, entweder eigenhändig oder per Türsummer. Das brachte mich sofort auf einen anderen Gedanken. Der Mörder hatte Herrn Süß in unserem Vorgarten umgebracht. Er mußte folglich ebenfalls irgendwie dorthin gekommen sein. Es gab zwei Möglichkeiten. Entweder hatte Herr Süß ihm aufgemacht oder Oma.

Oder doch nicht? Ich zerbiß knackend fünf Nüsse auf einmal. Theoretisch war noch eine weitere Möglichkeit denkbar. Der Mörder war extrem sportlich und gelenkig und war über den Zaun geflankt. Er hatte Herrn Süß geöffnet, und Oma hatte die ganze Zeit über geschlafen. Ich nahm noch eine Handvoll Nüsse, diesmal eine etwas größere. Denkbar war außerdem noch, daß der Mörder Herrn Süß per Räuberleiter über den Zaun geholfen hatte. Oder umgekehrt. Ich stellte fest, daß das Nüssekauen mein Denkvermögen anregte. Oma könnte auch beide gleichzeitig eingelassen haben, überlegte ich. Es war alles nur eine Frage der Logik. Das Leben ist eben unberechenbar und hält eine Vielzahl von alternativen Kausalverläufen bereit. Dabei darf man sich nicht von der Frage nach dem wahrscheinlichsten irremachen lassen, denn hier kann man sich gründlich täuschen. Darüber hatte ich bei einem meiner letzten Friseurbesuche einen interessanten Artikel gelesen. In den USA gibt es zum Beispiel eine Sendung mit dem Namen *Let's make a deal.* Da kann der Gewinner am Schluß der Show zwischen drei Türen wählen. Hinter einer ist das tolle Luxusauto, hinter den beiden anderen nur jeweils eine Ziege. Der Gewinner wählt, sagen wir mal, Tür A. Der Showmaster öffnet eine der beiden anderen Türen, und, so funktioniert das Spiel, eine Ziege kommt zum Vorschein. Jetzt der Clou: Der Spieler darf seine ursprüngliche Wahl revidieren und statt der gewählten Tür, die ja noch zu ist, die andere, ebenfalls noch geschlossene Tür wählen. Erhöht er die Wahrscheinlichkeit, den Wagen zu gewinnen, wenn er auf die andere Tür übergeht? Oder ist es Jacke wie Hose? Irrtum. Er erhöht seine Chancen um das Doppelte, wenn er wechselt. So haben es die Wahrscheinlichkeitsexperten ausgerechnet.

Ich warf mir die letzten acht Nüsse in den Mund. Vor meinem geistigen Auge entstanden drei Gartenpforten. Hinter einer war Oma, hinter den beiden anderen die Ziegen. Das eine war so wahrscheinlich wie das andere. Allerdings war eins absolut sicher. Tannhäuser konnte während all dieser Ereignisse nur im Haus gewesen sein, anderenfalls wäre Herr Süß nie freiwillig in den Vorgarten gekommen. Obwohl – vielleicht hatte der Mörder Herrn Süß mit vorgehaltener Luftpumpe gezwungen, über den Zaun zu steigen. Ich stand auf.

»Wohin willst du?«

»Ich hole mir noch ein paar Erdnüßchen«, erklärte ich.

»Hör mal«, sagte Schorschi verärgert, »ich habe den Eindruck, es ist dir völlig gleichgültig, daß Oma höchstwahrscheinlich dem Mörder begegnet ist!«

»Das ist nicht unbedingt wahrscheinlich«, widersprach ich. »Es könnte auch die Ziege gewesen sein. Nein, Blödsinn, ich meine, es kann auch ganz anders gewesen sein. Zum Beispiel gibt es in den USA eine Sendung …« Die Erklärung erstarb mir auf den Lippen. Es war eben doch höchst wahrscheinlich, Ziege hin oder her. Oma konnte sich zwar nicht die Spur an einen Mörder erinnern, und sie hatte auch keine Ahnung, wie Herr Süß in unseren Vorgarten gekommen war, aber das wollte überhaupt nichts heißen. Tatsache war, daß sie es einfach vergessen hatte. Aber der Mörder bestimmt nicht. Wenn Oma ihn gesehen hatte, hatte er sie auch gesehen. Und er wußte nicht, daß sie nichts mehr davon wußte. Das Bier gluckerte heftig in meinem Bauch. Ich sah es aus der Sicht des Täters. Oma war eine unerwünschte Zeugin.

Schwer ließ ich mich wieder aufs Sofa fallen.

»Und noch etwas«, sagte Schorschi. »Die Mordwaffe stammt aus unserem Haushalt. Es war die Luftpumpe unseres Sohnes.«

»Ich weiß«, erwiderte ich schwach. »Der Mörder muß sie geklaut haben, darüber waren wir uns doch einig, oder nicht?«

»Sicher. Aber das ist nicht der springende Punkt. Der Mörder hat sie nicht nur geklaut. Er hat sie auseinandergebaut, das heißt, er hat den Griff mit der Stahlstange daran aus dem Gehäuse entfernt. Er hat ihn ferner zugefeilt, bis die Stange einigermaßen spitz war. Mit Feinheiten hat der Täter sich nicht aufgehalten, meinte der Kommissar, aber das Ding war spitz genug, um eine tödliche Waffe zu sein. Die Mordwaffe.«

»Das weiß ich doch.«

Er ließ sich nicht aus der Ruhe bringen. »Sie haben den Staub von meiner Werkbank gefegt. Sie werden ihn analysieren. Ich habe ein ungutes Gefühl, was dabei rauskommen könnte. Ich hatte dieses ungute Gefühl schon die ganze Zeit. Schon seit dem Moment, als ich gesehen hatte, daß die Feile nicht mehr an der Wand hing.«

»Timmy könnte sie verlegt haben. Oder Olli. Oder Oma«, flüsterte ich.

Er hob die Schultern.

Ich starrte ihn in stummem Entsetzen an. Seine Stimme klang tonlos, als er sagte: »Stell dir vor, er hätte es mit meiner Feile gemacht. Auf meiner Werkbank. In unserem Keller, Susi. Er könnte hier gewesen sein, in unserem Haus. Hier drin.«

Das knallt er mir so hin, dachte ich betäubt. Nach dem Motto, da hast du's, und jetzt back dir was draus. Das tat ich. Zutaten hatte ich wahrhaftig genug. Fehlte nur noch eine Prise Angst, eine Messerspitze Horror, ein paar Tropfen Entsetzen, und der eiskalte, riesige Klumpen in meinem Magen war fertig. Er hatte recht. Ich hatte nicht nur die Sache mit Oma schlampig durchdacht. Der Mörder war nicht nur in unserem Vorgarten gewesen, sondern in unserem *Haus*! Wie hatte mir diese naheliegende Schlußfolgerung entgehen können? Augenblicklich überfielen mich Schreckensvisionen eines durchs Haus wieselnden Norman Bates. Von seinem Schlachtermesser triefte das Blut meiner unschuldigen Kinder.

»Du meinst, er war hier? Hier drin?« fragte ich überflüssigerweise. Meine Stimme klang kläglich dünn.

Er nickte ernst. »Es ist immerhin eine Möglichkeit, Susi. Was glaubst du, warum ich wegen der Feile die Polizei angerufen habe?«

Ich verlor völlig die Fassung. Eine *Möglichkeit*, das hörte sich ziemlich wahrscheinlich an.

»Ist das etwa meine Schuld, daß der Mörder hier rumgeschlichen ist?« fragte ich hysterisch.

»Ich habe nicht gesagt, daß er hier rumgeschlichen ist. Ich habe auch nicht gesagt, daß es deine Schuld ist, Susanne. Ich habe lediglich eine Wahrscheinlichkeit festgestellt.«

Aha, er wollte Streit. Immer wenn er Susanne sagte anstatt Susi, wollte er Streit.

»Du willst Streit«, stellte ich fest.

»Ich will keinen Streit.«

»Du wirfst *mir* vor, daß Oma den Mörder ins Haus gelassen hat, gib es doch zu.«

»Das ist Unfug, Susanne. Allerdings ist es auch eine Tatsache, daß Oma allein und unbeaufsichtigt ist, wenn du deine Besorgungen machst. Und es ist weiterhin eine Tatsache, daß ständig in diesem Haus irgendwelche Türen offenstehen. Zum Beispiel die Terrassentüren. Oder die Kellertür.«

Ich war sprachlos. Ich schluckte dreimal, aber ich brachte immer noch nichts heraus. Diese ungeheuerlichen Anwürfe erforderten eine passende Erwiderung. Dafür mußte ich mich stärker konzentrieren. Ich überlegte, ob ich nicht doch rasch eine Packung Erdnüsse holen sollte.

Oliver kam ins Wohnzimmer. »Ich bin dann weg, ahoi.«

»Aber nicht länger als zwölf!« rief ich ihm nach.

Schorschi blickte hoch. »Was war das eben?«

»Das war dein Sohn Oliver.«

»Nein, ich meine das, womit er da rumgelaufen ist.«

»Das? Das ist doch im Moment voll cool und total geil. Hat er dir das noch nicht erklärt? Man nennt das Rastalocken, eine sehr praktische Frisur, ausgesprochen ökonomisch, man dreht und zwirbelt die Haare zusammen, und schon braucht man sie nie mehr zu kämmen und zu waschen…«

»Kann es sein, daß du dich über mich lustig machst?« fragte er mich mit zusammengekniffenen Augen.

»Ja«, sagte ich erschöpft. »Tut mir leid, aber ich konnte dir nicht ganz folgen, als du gefragt hast, womit Olli da rumläuft.«

»Ich meine das, was er anhatte.«

»Ich hab nicht hingeschaut.«

»Es sah mir verdammt nach meinem zweitbesten Pulli aus.«

»Wirklich?«

»Ja, wirklich. Das letzte Mal, als er einen von meinen guten Pullis anhatte, hat er vorn und hinten Brandlöcher reingemacht.«

»War das der Pulli, den ich neulich in die Rotkreuzsammlung gegeben habe? Der war schon ziemlich alt.«

»Jeder Pulli, den er anzieht, ist hinterher reif fürs Rote Kreuz. Ich möchte, daß du das unterbindest, Susanne.«

Aha. Ich hieß immer noch Susanne.

»Du willst immer noch Streit«, sagte ich.

»Davon kann überhaupt nicht die Rede sein. Ich weise lediglich darauf hin, daß ich es nicht schätze, wenn überall in diesem Haus die Türen offenstehen und daß meine persönlichen Kleidungsstücke zweckentfremdet werden.«

»Der Pulli wird nicht zweckentfremdet. Er wird als Pulli benutzt.«

»Dreh mir nicht das Wort im Mund rum!« rief Hans-Georg erregt.

Aha. Jetzt wurde er lauter. Wenn er lauter wurde, wollte er erst recht Streit.

»Du willst *doch* Streit«, sagte ich.

»Das behauptest *du*!« schrie er. »Ich will bloß nicht, daß dieser mißratene Bengel meine Klamotten anzieht!«

»Dann schlage ich vor, du teilst ihm diese deine Auffassung von Besitzstanddenken gelegentlich mit.«

»*Du* willst Streit!« brüllte er und sprang auf. Die Rede flatterte in Dutzende von Blättern auseinander und segelte unter den Tisch.

Peng. Die Tür knallte hinter ihm ins Schloß.

Es war eine sehr gute Idee, wieder mal Streit anzufangen, weil die Versöhnung zwei Stunden später wie immer besonders nett ausfiel. Als wir ins Bett gingen – zufällig kam ich frisch geduscht zehn Minuten nach ihm ins Bett – hießen wir noch Hans-Georg und Susanne, aber dann machte er das Licht aus und hieß auf der Stelle wieder Schorschi. Wir umarmten uns im Dunkeln und versicherten uns gegenseitig, wie leid es uns täte, und daß wir in dieser schrecklichen Sache unbedingt zusammenhalten mußten und außerdem dringend irgend etwas dagegen unternehmen mußten, daß sich Mörder bei uns im Haus frei herumtreiben konnten.

Dann unternahmen wir etwas anderes gegen unsere plötzlich unter der Bettdecke erwachenden Frühlingsgefühle.

Nachdem ich hinterher rasch noch einmal geduscht hatte, schlief ich glücklich in den Armen meines leise schnarchenden Mannes ein. Sämtliche Briefträger und Putzfrauen der Welt waren auf einmal ganz weit weg.

Der Sonntag ließ trotz der guten Vorsätze zu wünschen übrig. Der Tag hatte schon nicht nach meinem Geschmack angefangen. Als ich nach unten kam, mußte ich feststellen, daß Timmy und Tannhäuser im Garten waren und ein metertiefes Loch ausgehoben hatten, bedrohlich nahe an der makellosen Buchsbaumhecke. Sie waren im Begriff, einen Fluchttunnel zum Nachbargrundstück anzulegen, für den Fall, daß der Mörder wiederkäme, erklärte mir Timmy.

Nachdem ich Hund und Kind ins Haus gescheucht und die beiden unter mühevollen, schweißtreibenden Anstrengungen in der Wanne von Lehm befreit hatte, stand ich den halben Vormittag in der Küche und briet in öligem Dunst Unmengen von Reibekuchen, sehr zur Freude von Oma und Schorschi, die dieses Gericht an glücklichere Tage ihrer Kindheit erinnerte. Für Reibekuchen ließen sie jederzeit den schönsten Sonntagsfiletbraten stehen, erklärten sie mir. Als ich das hörte, dachte ich lange über die Moral von der Geschichte nach, aber mir wollte keine einfallen. Dafür stanken meine Haare nach der ganzen Prozedur viel zu sehr nach Öl.

Ich hatte kaum die Pfannen ausgewaschen und die Spülmaschine in Gang gesetzt, als es klingelte und der Bohrer auf der Matte stand.

Sein Gesicht wirkte noch besorgter und faltiger als beim letzten Mal. Er gab uns allen höflich die Hand, schaute sich höflich Schorschis Bastelkeller und die eingemachten Birnen an und trat sich höflich die Schuhe ab, als er vom Rundgang im Garten durch die Terrassentür wieder zurück ins Wohnzimmer kam. Bei Kaffee und Keksen horchte er uns anschließend alle geschickt-unauffällig aus, auch Oliver und Timmy.

Ja, natürlich hatte er unsere Alibis schon überprüft, erklärte er Timmy auf dessen Frage freundlich. Ich zweifelte keinen Moment daran, daß er es ernst meinte. Wir konnten ihm nicht allzuviel über Herrn Süß erzählen, nicht mehr, als ich vorgestern schon ausgesagt hatte. Oma wußte überhaupt nicht, wer Herr Süß war, sie hatte ihn nie in ihrem Leben gesehen.

»Wer könnte sich denn unbefugt Zutritt zu Ihrem

Grundstück verschafft haben?« fragte Herr Bohrer meinen Mann.

Schorschi hob die Schultern. »Wenn wir das wüßten, Herr Kommissar. Außer den Mitgliedern unserer Familie hat niemand einen Schlüssel. Diese Sache macht uns allen eine Heidenangst, das können Sie glauben. Wir werden gleich morgen Vorkehrungen dazu treffen, daß dergleichen nicht mehr passieren kann.«

Ob wir Feinde hätten, die uns so haßten, daß sie uns ein Verbrechen in die Schuhe schieben würden? Ob wir denn eine Idee hätten, warum Herr Süß in unserem Vorgarten gewesen sein könnte?

Nein, keine Feinde und keine Ahnung, Herr Kommissar. Wir kamen nicht weiter. Herrn Bohrer schien es nicht zu stören, er hatte ein gutes Sitzfleisch. Er hielt sich geduldig an seiner ersten Tasse Kaffee fest, indem er milliliterweise daraus trank. Immerhin rauchte er nicht.

Oma ließ plötzlich ihr Strickzeug auf den Schoß sinken. »Mir kam der Mann bekannt vor.«

»Ach?« meinte Herr Bohrer mit mildem Interesse.

»Ja. Er sah aus wie unser Briefträger. Wir unterhielten uns über den orientalischen Rosendünger, der kürzlich mit der Post kam. Er meinte, er wäre vielleicht nicht so geeignet für den Phlox. Ich hatte den Dünger bei den Steingartengewächsen ausprobiert, wissen Sie?«

Herr Bohrer legte die Fingerspitzen zusammen und schien ganz Ohr zu sein. Die wenigsten brachten die erforderliche Geduld auf, dem weitschweifigen, nichtssagenden Gerede verwirrter alter Menschen zu-

zuhören. Damit hatte er sofort einen Stein bei mir im Brett, ob er nun berufsmäßig zuhörte oder nicht.

Eifrig erzählte Oma weiter. »Er war ein Gründungsmitglied der Victoria Rosenfreunde e.V., eine Stütze des Vereins, soweit ich weiß. Mit Rosen kannte er sich aus, und mit Dünger wußte er auch Bescheid. Ich persönlich halte viel vom Mulchen. Das ist am besten. Im Herbst mulche ich ausgiebig, das bewahrt den Boden vor Austrocknung. Der Hund gräbt viel, und der Junge auch, der Tunnel zum Nachbargrundstück ist schon fast fertig. Mulchen ist wichtig, wenn soviel gegraben wird. Für die Pflanzen ist auch Kräuterjauche gut. Früher hat man das öfter gemacht. Heute nimmt man diesen neumodischen Dünger. Ich weiß nicht recht, was ich davon halten soll. Alles Chemie, wissen Sie?«

Herr Bohrer nahm sich noch einen Keks, mümmelte nachdenklich daran herum und pflichtete ihr freundlich bei. »Ach ja.«

»Ich will mir nicht nachsagen lassen, daß ich nicht mit der Zeit gehe«, verteidigte sich Oma. »Ich probiere auch mal etwas Neues, wenn es sein muß.«

»Haben Sie gesehen, ob außer dem Briefträger noch jemand gekommen ist?« fragte der Kommissar rasch.

Oma wirkte unsicher. »Ich habe die Post ins Haus gebracht, wissen Sie? Tannhäuser hat drinnen gekläfft, er wollte ins Freie. Er schätzt es, das Haus von draußen zu bewachen, am liebsten vor Briefträgern.«

»Und dann, als Sie wieder herauskamen?«

»Da lag dieser Mann unter dem Busch und hielt Maulaffen feil«, erwiderte Oma mißbilligend. »Ich habe ihn mehrfach aufgefordert, sich augenblicklich von unserem Grundstück zu entfernen, und als er nicht reagierte, habe ich die Behörden verständigt.«

Der Bohrer gab nicht so schnell auf, aber mehr war aus Oma nicht herauszulocken, trotz weiterer trick- und variantenreicher Befragung. Ich war nahezu davon überzeugt, daß Oma dem Täter wirklich nicht begegnet war.

Nach dem Kaffeetrinken empfahl sich der Kommissar. Bevor er ging, fragte ich ihn nach der Posttasche.

»Sie ist weg«, erklärte er bereitwillig. »Bei Ihren Nachbarn linkerhand ist die Post wie üblich abgeliefert worden. Bei Ihnen auch. Ebenso bei Ihren anderen Nachbarn, den Zwickers.«

Ich starrte ihn stirnrunzelnd an. »Das hieße ja …«

»Ja. Er hat nebenan noch die Post eingeworfen, wie immer. Dann ist er wieder umgekehrt und hat Ihr Grundstück betreten.«

»Aber warum?«

»Wenn wir das wüßten, wären wir der Aufklärung des Falles sicher ein ganzes Stück näher. Aber niemand in der Nachbarschaft hat etwas gesehen oder gehört. Die meisten waren um diese Zeit gar nicht daheim. Von denen, die zu Hause waren, hat keiner verdächtige Beobachtungen gemacht. Es gibt für den Vorfall keine Zeugen. Herr Süß ist an diesem Mittag nicht gesehen worden, von niemandem hier in der Umgebung. Die Häuser sind zu weit weg von der Straße, die Hecken, Bäume und Sträucher sind zu hoch. Alles hinter Grün versteckt. Eingewachsen, so nennt man das wohl. Ja, so ist das, wenn man im Grünen wohnt. Keine Sicht zur Straße hin. Die Posttasche hat vermutlich der Täter mitgenommen. Eine andere Erklärung haben wir zur Zeit nicht.«

Ich sah ihm an, daß er dasselbe wie ich dachte. Was war es, das dem armen Herrn Süß plötzlich nebenan so Wichtiges eingefallen war, daß er auf der Stelle wieder umgekehrt war? Hatte er vergessen, eine Sendung bei uns einzuwerfen? Oder hatte er etwas Falsches bei uns abgeliefert, das er wieder abholen wollte? Ich versuchte, mich an die Post vom Freitag zu erinnern. Oma hatte sie wie immer pflichtbewußt aus dem Briefkasten geholt und auf dem Tischchen in der Diele deponiert. Den Beamten konnte sie da unmöglich entgangen sein. Es konnte also nichts Außergewöhnliches dabeigewesen sein, wahrscheinlich nur Werbesendungen. Anderenfalls hätten sie es sich näher angeschaut.

Er erriet meine Gedanken, ebenso wie ich vorhin seine. »Es war nichts Besonderes dabei. Hauptsächlich Reklamewurfsendungen. Solche, wie sie jeder jeden Tag kriegt. Eine Broschüre von einem Schuhgeschäft. Ein Faltblatt von einem Baumarkt. Eine Werbewarensendung von einem Fachblättchen für Gartenfreunde mit einem Probetütchen von diesem Rosendünger, das Zeug, von dem die alte Dame vorhin erzählt hat. Sie hatte es schon aufgemacht und ausprobiert. Dann war noch eine Telefonrechnung da und eine Benachrichtigung von Ihrem Tiefkühllieferanten. Er kommt übrigens nächste Woche Donnerstag, zwischen zehn und zwölf.«

Ich erinnerte mich schwach. »Wir nehmen immer die Salamipizza in der Familienpackung.«

Er nickte höflich, aber desinteressiert. In der Haustür krümmte er seine lange, ausgemergelte Gestalt unwillkürlich ein bißchen zusammen. Ich sah in der hellen Sonne, daß die Kopfhaut durch seine schütteren grauen Haare schimmerte. Er mochte etwa in Herrn Süßens Alter sein. Nicht allzu weit entfernt von der Pensionierung. Ob er auch allein lebte? Plötzlich tat es mir leid, daß ich ihm nicht noch eine zweite Tasse Kaffee angeboten hatte.

Am späten Nachmittag brachen wir zu unserem obligatorischen Sonntagsspaziergang auf. Das Wetter war prächtig, die Vögel zwitscherten lauthals, die Bäume rauschten leise in der milden Sommerbrise. Das Wäldchen in der Nähe unseres Viertels war ziemlich überlaufen. Unterwegs begegneten wir Schorschis Chef und seiner Familie. Ministerialdirektors flanierten in voller Breite des Waldweges auf uns zu, und man blieb pflichtschuldigst stehen und gesellte sich auf ein unverbindliches Schwätzchen zueinander. Ich dachte mit Unbehagen an mein gestriges Telefonat mit der akademischen Putzfrau. Die Schwammberger-Schneckesheim, von der ich die Telefonnummer bekommen hatte, stand auf vertrautem Fuß mit Ministerialdirektors, schließlich war sie seine rechte Hand und Sekretärin.

Ich mußte zur Kenntnis nehmen, daß die Schneckenpost noch wesentlich schneller funktioniert hatte als erwartet.

»Sie waren gestern nicht wohl?« säuselte Brunhilde Brumm, die Gattin des Ministerialdirektors Potiphar Brumm, während Schorschi sogleich fachsimpelnd mit dem Ministerialdirektor zur Seite trat und Tannhäuser und Timmy die bleichsüchtige Tochter der Brumms den Waldweg entlangjagten.

»Woher wissen Sie das?« fragte ich.

Sie schob ihre bohnenstangendürre, fesch kostümierte Gestalt näher an mich heran und musterte mein Jeans-und-T-Shirt-Ensemble. Ich hatte mich umgezogen. Die Jeans waren sonntäglich weiß, und das T-Shirt hatte Glitzerapplikationen. Mit ihrem tollen Schneiderkostüm konnte ich natürlich nicht konkurrieren.

Leutselig meinte sie: »Heute morgen sahen wir zufällig Frau Schwammberger-Schneckesheim, die wiederum hatte es von einer Bekannten. Haben Sie sich wieder erholt? Waren es wirklich die Nerven?«

»Die Nerven, die Nerven«, sagte Oma, »gegen die Nerven, da ist kein Kraut gewachsen.«

»Wie wahr«, erklärte die Brumm mit spitzen Lippen. Sie redete immer, als hätte sie einen dünnen Strohhalm im Mund, den sie beim Sprechen auf keinen Fall verlieren durfte. Ich überlegte, wieso ich nicht wie Oliver zu Hause geblieben war, um Musik zu hören.

»Ich hatte gestern einen sehr anstrengenden Tag«, erklärte ich wahrheitsgemäß. »Ich bin unglaublich eingespannt für die Riesentombola des Pfarrfestes in vier Wochen.« Das war dreist gelogen. Ich hatte seit gestern mittag nicht einen einzigen Blick auf die Liste geworfen, sie steckte immer noch als Flieger in meiner Jeans. Und die steckte momentan in der Waschmaschine, weil ich sie beim Reibekuchenbacken angehabt hatte! Die Reibekuchen erwachten in meinem Magen plötzlich zum Leben.

»Ich finde die Idee mit der Riesentombola ausgezeichnet!« zirpte Brunhilde Brumm. »Frau Schwammberger-Schneckesheim erzählte mir davon. Es wird sicher ganz, ganz reizend, mit vielen schönen Preisen, die es zu gewinnen gibt.«

Ja, die vielen schönen Preise. Wie sollte ich sie jetzt herschaffen, ohne Liste?

»Frau Schwammberger-Schneckesheim hat übrigens zusammen mit dem Herrn Pfarrer Ährenfried die ganzen in Frage kommenden Spender aus dem Branchenbuch herausgesucht. Sie hat sich dabei an meine Empfehlung gehalten«, erzählte Frau Brumm stolz.

»Ach?« fragte ich geistesabwesend. Ich dachte nach, wie ich aus diesem Schlamassel wieder herauskam. Vielleicht konnte ich plötzlich und unerwartet erkranken. Nichts Ernstes natürlich, nur gerade so schlimm, daß ich unmöglich für die Tombola sammeln konnte.

»Bei der Auswahl der Spendernamen, da gibt es gewisse Richtlinien, die man keinesfalls außer acht lassen sollte. Wenn man einen guten Zweck verfolgt, muß man sich vor allem vom Wohlklang der Namen leiten lassen. Ich habe da kürzlich erst ein hochinteressantes Wochenendseminar besucht. In der Namensforschung gibt es umwälzende neue Erkenntnisse, wissen Sie?«

Vielleicht eine Sommergrippe oder besser eine Darmgrippe. Nein, das war nichts. Damit konnte ich unmöglich vier Wochen lang das Bett hüten.

»Sie können bei gewissen Namen mit Sicherheit davon ausgehen, daß ihre Träger einem bestimmten Menschenschlag angehören. Nehmen Sie zum Beispiel Adelbert oder Engelbert oder Gottlieb oder Gotthilf oder Geberecht oder Gutfried. Stellen Sie sich vor, Sie würden mit so einem Namen groß. Das wirkt prägend.«

Der Wagen. Mein Auto mußte plötzlich kaputtgehen. Nein, ausgeschlossen, ich konnte unmöglich wochenlang auf meinen Wagen verzichten, dafür wohnten wir zu weit außerhalb der Stadt und zu weit weg vom Kindergarten und vom Supermarkt.

»Und jetzt stellen Sie sich einen Namen wie Bösebeck oder Unfried oder Sparpfennig oder Klamm vor. Daß das für eine Spendenaktion keinen Sinn macht, muß bei objektiver Betrachtungsweise jeder sofort erkennen. Frau Schwammberger-Schneckesheim war sofort Feuer und Flamme, als ich ihr diese bahnbrechend neuen Forschungsergebnisse dargelegt habe. Anhand dieser wissenschaftlichen Vorgaben hat sie die Auswahl der Spender getroffen, zusammen mit dem Herrn Pfarrer. Es sind lauter gute, großzügige, gottesfürchtige Unternehmer.«

»Gottesfurcht und fromm' Gebet vielen Leuten frommen tät'!« erklärte Oma.

Oder vielleicht seelischer Schock, wegen der Bluttat in unserem Vorgarten. Nein, das ging nicht, von unserer Beteiligung in diesem Fall sollten die Leute möglichst nichts erfahren. Das würde noch früh genug von ganz allein herauskommen.

Brunhilde beugte sich vor. »Haben Sie davon in der Zeitung gelesen?« flötete sie durch ihren imaginären Strohhalm. »Von dem Briefträger? Das muß in Ihrem Zustellbezirk gewesen sein. Vielleicht war es ganz in Ihrer Nähe. Mir lief ein Schauer über den Rücken, als ich es las. Ich dachte noch, mein Gott, dachte ich, wenn das jetzt in meinem Vorgarten passiert wäre! Der Skandal! Nicht auszudenken.« Sie beugte sich noch näher. »Wollen Sie meine Theorie hören?«

Ich nickte wie ein gehorsames Schaf.

»Es gibt in meinen Augen nur eine plausible Erklärung.« Sie zählte an den Fingern die Fakten auf. »Briefträger. Mittagszeit. Im Vorgarten erstochen. Na? Schnackelt's?«

Es schnackelte nicht. Ich schüttelte den Kopf, diesmal wie ein dummes Schaf.

»Es war ein eifersüchtiger Ehemann«, sagte sie. »Es kann nur so gewesen sein. Seine Frau treibt es bei jeder sich bietenden Gelegenheit mit dem Briefträger, weil sie in ihrer Ehe keine Befriedigung mehr findet, so etwas hört man ja oft. Der Ehemann bekommt es heraus, rast vor Eifersucht, lauert dem Briefträger eines schönen Mittags im Vorgarten zwischen Geißblatt und Rhododendron auf und bringt ihn um.«

Ich sah hinüber zu Schorschi. »Meinen Sie?« fragte ich in törichtem Tonfall.

Sie nickte mit selbstsicher gespitztem Mund.

»Alle Mann klar zum Blattschuß!« jubelte Timmy. Er und Tannhäuser hatten die kreidebleiche Brumm-Tochter an einen Baum gestellt.

»Waidmannsheil!« sagte Oma höflich.

»Ach ja, noch etwas«, wechselte Frau Brumm das Thema, »bevor ich es vergesse – übernächsten Samstag geben wir ein kleines Dinner, ganz zwanglos, um zwanzig Uhr. Sie und Ihr Mann sind herzlich eingeladen.«

»Wie nett«, murmelte ich. Ich dachte an das letzte zwanglose kleine Dinner bei Ministerialdirektors zurück, das war erst vorigen Monat gewesen, an dem Tag, als Carmen mir die Gesichtspackung gemacht hatte, um die Freien Radikalen zu killen. Meine Erkältung war danach erst richtig ausgebrochen, meine Nase hatte auf das Bœuf Bourguignon getropft, und bei der Mousse au Chocolat hatte ich fürchterlich niesen müssen. Ich hatte gerade einen Löffel Mousse im Mund gehabt, und die Brumm hatte mir gegenüber gesessen.

»Halali!« rief Oma fröhlich. Timmy und Tannhäuser hatten das Brumm-Kind in die Brennesseln geschmissen.

Die Liste war zwar vom Waschen naß, aber ansonsten tadellos erhalten. Die Namen und Anschriften und Telefonnummern waren gestochen scharf, sie waren sogar noch besser zu lesen als vor dem Waschen.

Abends, vor dem Fernseher, sah ich mir die Namen auf ihren Wohlklang hin an. Ja, tatsächlich, es wimmelte nur so von Leuten mit Namen wie Gutherz oder Gebfrei, Liebknecht oder Traugott. Und es waren viele! Eine erste Zählung ergab fünfundvierzig spendenwillige Unternehmer. Ich strich die Liste glatt und wedelte sie trocken. Anschließend faltete ich sie wieder zusammen, diesmal zu einem adretten Schiffchen. Morgen, dachte ich, morgen kümmere ich mich darum. Dann schob ich das Schiffchen in die Hosentasche und vergaß es.

Am nächsten Morgen war mir nicht danach, mit den Anrufen bei den guten Menschen anzufangen. Zuerst mußte ich unser vordringlichstes Problem in Angriff nehmen. Also suchte ich mir aus dem Branchenbuch eine Firma für Sicherheitsfragen heraus und bestellte einen Sicherheitsexperten. Ich machte es dringend, es müsse noch heute jemand kommen, es sei ein wirklicher Notfall. Ich hatte Glück. Der Experte würde auf jeden Fall noch heute im Laufe des Nachmittags vorbeikommen und mir fachmännisch weiterhelfen, versprach man mir. Das verschaffte mir ein gewisses Maß an Erleichterung. Ich würde *diese Sache* in die erfahrenen Hände des Experten legen, damit könnte ich mich endlich wichtigeren Dingen zuwenden. Zum Beispiel mir selbst. Wenn schon der Plan mit der Putzfrau fehlgeschlagen war, wollte ich wenigstens den nächsten von mir ins Auge gefaßten Schritt auf dem Weg in ein besseres Leben verwirklichen.

Nachdem ich Timmy in den Kindergarten gefahren hatte, Schorschis Hemd in Ordnung gebracht hatte – an seinem drittbesten Hemd fehlte ein Knopf, und heute war das Meeting mit dem Minister –, dem sabbernden Tannhäuser kiloweise Dreckklumpen aus dem Fell gebürstet, drei Maschinen Wäsche aufgehängt und schließlich einen etwas umfangreicheren Wochenendergänzungseinkauf getätigt hatte, fuhr ich zur Volkshochschule und holte mir ein Kursverzeichnis.

Im Auto schlug ich es auf und überflog die säuberlich alphabetisch geordneten Kursangebote. Anthropologie. Das erinnerte mich sofort fatal an meinen glatzköpfigen, penetrant nach Knoblauch stinkenden Biolehrer. Astronomie, Bauherrenkunde, Baumschnitt,

Bienenzucht, Biologischer Gartenbau. Nein, danke. Nachts mußte ich schlafen, zum Sternegucken hatte ich keine Zeit, ein Haus hatten wir schon, einen Komposthaufen auch, dort fanden sich im Sommer auch immer reichlich Bienen ein.

Dann kam das C. C wie Computer. Es gab mindestens ein Dutzend Computerkurse, vor allen anderen Kursen war das mit Abstand der größte Bereich. Wir hatten daheim auch einen PC, und alle kannten sich bestens damit aus, bis auf Oma und mich. Und Tannhäuser.

Schon das Wort Computer verursachte in meinem Magen einen unangenehmen Druck, und ich blätterte schnell weiter zum D.

Deutsche Literatur, Deutsche Sprache. Nein, lieber nicht, davon hatte ich in der Schule schon eine Überdosis abgekriegt.

E wie Entspannung. Da gab es Yoga, Yoga für Anfänger, Yoga für Fortgeschrittene und sogar Yoga für Kinder. Weiterhin wurde Autogenes Training angeboten, ferner Frauen-, Unterwasser-, Rückbildungs- und Skigymnastik und dergleichen mehr. Das war auch nichts für mich. Ich konnte nicht Skifahren, und wenn ich mich damit brüstete, an einem Entspannungskurs teilzunehmen, würde ich damit niemanden vom Hocker reißen. Das war ungefähr so persönlichkeitsfördernd wie Fahrradfahren.

Als nächstes kam unter E EDV. Das überging ich, EDV war praktisch dasselbe wie Computer. Ich wurde langsam unruhig.

Jetzt fing F an, vielleicht fand ich dort etwas. Unter F stand Fasten. Ich dachte an die androgyne Silhouette und sah mir interessiert die Einzelheiten auf dieser Seite an. Es gab Heilfasten, ambulantes Heilfasten, Gemeinschafts-, Gruppen- und Wochenendfasten, unterstützt durch Heilkräutertees, Meditationen und ständige Zusammenkünfte der Fastenden, bei denen Vorträge gehalten wurden über den »uralten weisen Königsweg«, und zwar von fachkundigen Gruppenleitern, die bis zu zehn Jahre Fastenerfahrung zwischen zwei und zweiundvierzig Tagen vorweisen konnten.

Ich überlegte, welcher Mensch, der klar bei Verstand war, so lange freiwillig auf sein Essen verzichten würde. Mir fiel auf Anhieb nur Jesus ein.

Nein, ein Fastenkurs bei der VHS war nichts für mich, schon allein wegen der Heilkräutertees. Bei Heilkräutertee würgte es mich sofort im Hals. Meine beste Freundin Heike hatte letztes Jahr den uralten weisen Königsweg beschritten, ambulant, sie hatte wochenlang nachts kein Auge zugekriegt, weil der Heilkräutertee so in ihrem Bauch gegluckert hatte. Ich würde mir etwas Besseres überlegen, um abzunehmen.

Unter F ging's dann weiter mit Frauenbildung.

Es gab einen Rhetorikkurs für Frauen. Ich erfuhr, daß *in der heutigen schnellebigen Zeit oft das Gespräch an Frauen vorüberrauscht*, was bei den Frauen ein *schales, leeres Gefühl, versagt zu haben,* zurückläßt. Das liegt daran, daß *ihnen immer erst nach der Unterhaltung über Gesellschaft, Beruf, Politik und Allgemeines die allerbesten und stichhaltigsten Argumente einfallen*. Als Ergänzung zum Rhetorikkurs gab es eine Gesprächsrunde nur für Frauen, weil *Frauen oft mit ihren Sorgen, Hoffnungen und Erfahrungen ganz allein dastehen und die Möglichkeit, sich mit anderen Frauen in derselben Situation auszutauschen, dazu beiträgt, das Verständnis füreinander und das Leben miteinander zu vertiefen.* Aha. Das würde ein schönes Gejammer geben. Ich konnte es mir lebhaft vorstellen. Ich würde zum Beispiel dasitzen und von Omas Zwangsneurose berichten, von den Dreckhügeln im Garten, meinen zweieinhalb Pfund zuviel im besonderen und meinem sinnlosen Leben im allgemeinen, und schon würden mindestens fünf der anderen Teilnehmerinnen schreien, mein Gott, das ist ja noch gar nichts, da müssen Sie sich erst mal *das* anhören, und in der nächsten Sekunde würden mir die Ohren nur so dröhnen von Gebärmuttervorfällen, Windelekzemen, horrenden Rechnungen für Zahnregulierungen, Hämorrhoiden und chronischer Blaseninkontinenz. Danke, das hatten wir alles schon selbst in der Familie.

Als nächstes reines Frauenseminar wurde ein Wochenendworkshop über sexuelle Belästigung am Arbeitsplatz angeboten, und schließlich gab es, ebenfalls eigens für Frauen, einen Computer-Schnupperkurs. Frauen, so erfuhr ich, hatten es *in gemischt-geschlechtlichen Kursen erfahrungsgemäß besonders schwer, die Grundlagen im Umgang mit dem Computer zu begreifen, was Versagensängste und Minderwertigkeitsgefühle schürt.* Daher dieses Extra-Kursangebot für Frauen, der Kurs war *anschaulich und leicht verständlich konzipiert* und wurde von einem *einfühlsamen, in der Frauenarbeit erfahrenen Kursleiter* abgehalten.

Ich starrte auf das, was ich gerade eben gelesen

hatte. Es gab keinen Zweifel. Frauen waren dümmer als Männer. Sie waren niedere, geistig absolut minderbemittelte Trollos (Olivers Lieblingswort, es hieß soviel wie hirnloser Idiot), außerstande, zusammen mit Männern in einem VHS-Kurs den Umgang mit einem Computer zu erlernen. Sie brauchten dazu einen Extrakurs.

Ich sprang sofort aus dem Wagen und rannte in die Volkshochschule zurück. Schweratmend vor gerechter Empörung und von den zwei Stockwerken, platzte ich ins Sekretariat.

»Na, haben Sie sich schon für einen Kurs entschieden?« fragte mich die junge Angestellte freundlich. Sie saß an einem PC.

»Ja«, sagte ich, »ich möchte in den *windows*-Schnupperkurs.«

»Dafür haben sich schon zwanzig Frauen angemeldet, und wir haben nur zwölf Teilnehmerplätze«, erklärte sie bedauernd. »Außerdem fangen die Kurse ja jetzt schon bald an. Aber ich kann Sie für den nächsten Kurs vormerken, die Nachfrage ist gewaltig. Vielleicht richten wir noch einen Zusatzkurs für Frauen ein.«

»Sie haben mich ganz falsch verstanden«, sagte ich, »ich möchte nicht den Schnupperkurs für *Frauen*, ich möchte den normalen Frauen-*und*-Männer-Schnupperkurs.«

Ihr Mund klappte auf. »Ist das Ihr Ernst?«

»Natürlich ist das mein Ernst«, sagte ich empört, »wofür halten Sie mich denn? Für einen niederen, geistig absolut minderbemittelten Trollo, der nicht in der Lage ist, in einem Kurs, an dem auch Männer teilnehmen, etwas über Computer zu lernen?«

»Das verstehen Sie völlig falsch«, hob sie an. »Es liegt nicht an den Frauen, sondern an den Männern …«

»Das ist diskriminierend und verstößt gegen den in Artikel drei des Grundgesetzes verbrieften Gleichheitsgrundsatz!«

»…weil die Männer unheimliche Sprücheklopfer sind. Die kommen da schon am ersten Abend mit so markigen Sprüchen in den Computerkurs und benehmen sich total obercrackmäßig, so als hätten sie die Megabytes nur so mit Löffeln gefressen …«

»Und wenn Sie hier in diesem Laden glauben, daß Frauen zu dämlich sind, um genauso gut wie Männer diese Computergeschichte zu kapieren, dann müssen Sie früher aufstehen!«

»…obwohl die Typen in Wirklichkeit null Ahnung haben, und das verunsichert dann die Frauen, weil Frauen erfahrungsgemäß nicht solche Angeber sind …«

»Und wer sich als Frau diesen Schuh anzieht, der sollte in den Hintern getreten werden, der verdient es nicht besser. Ich werde mich diesem frauenfeindlichen Vorurteil nicht beugen. Sogar mein kleiner Sohn kann schon mit dem Computer umgehen. Glauben Sie hier vielleicht, was ein fünfjähriger Junge kann, brächte eine normale, halbwegs intelligente Frau *nicht* fertig? Müssen Sie die Frauen in ein Computergetto stecken, ihnen das Stigma der Hirnlosigkeit auf die Stirn brennen?«

»Äh … nein«, meinte die junge Angestellte lahm.

»Na also«, sagte ich zufrieden. »Und jetzt tragen Sie mich für den gemischten Schnupperkurs ein!«

Eigentlich konnte ich froh sein über diesen Zufall, der mir die Entscheidung über die Art und Weise meines geistig-wissenschaftlichen Fortkommens aus der Hand genommen hatte, überlegte ich auf der Heimfahrt. Kenntnisse aus dem Bereich des Computerwesens befähigten heutzutage überall zum Mitreden, gaben einem das beglückende Gefühl, dabeizusein, dazuzugehören. Sie boten die Gewißheit, nicht mehr bei jeder Unterhaltung, die sich um Festplatten, Dateien und Speichereinheiten drehte, betreten und hilflos verstummen und auf den nächsten Themawechsel warten zu müssen. Ich frohlockte, als mir plötzlich etwas klar wurde: Niemand würde je auf die Idee kommen, einen Menschen für out zu halten, der sich mit PCs auskannte und die wichtigsten Programme draufhatte. Der erste wichtige Schritt in ein besseres, erfüllteres Leben war getan.

Ich beschloß unverzüglich, gleich die nächste Etappe auf dem Weg zu einem sinnvolleren Dasein anzugehen.

Ich kaufte mir in einem Elektroladen eine neue Waage, ein Wunderwerk fernöstlicher Präzision in funktionellem Design, wie mir der Verkäufer versicherte. Sie stellte grammgenau das Gewicht fest, und der besondere Clou dabei war, daß sie nicht nur das Gewicht digital anzeigte, sondern eine Elektronikstimme in blechernem Tonfall zusätzlich laut mitteilte, wieviel man wog.

Der Verkäufer machte es mir an einem Ausstellungsstück vor. Die schnarrende Tonbandstimme sagte zu ihm: »Sie wiegen siebzig Kilo und dreihundertachtundsechzig Gramm.«

»Es stimmt genau mit der Digitalanzeige überein!« sagte der nette, schlanke junge Mann begeistert.

»Wollen Sie auch mal probieren?«

Ich sagte, nein, lieber nicht, ich hätte Schuhe an, und außerdem würde mir das Frühstück noch so bleischwer im Magen liegen, er möge mir doch bitte eine der Waagen einpacken.

Zu Hause hatten wir natürlich auch eine Waage, aber das war ein primitives Modell. Sie wog nur pfundgenau, nicht grammgenau, und außerdem war sie ausgeleiert, wie ich heute morgen beim Wiegen festgestellt hatte, es war eine von der Sorte, die sofort fünf Pfund mehr anzeigte, wenn man ein paar Bratkartoffeln mehr gegessen hatte, damit konnte ich nichts anfangen. Eine Diät erforderte strenge und genaueste Gewichtskontrolle.

Nachdem ich meine Neuerwerbung zu Hause im Schlafzimmer ausgepackt hatte, erwartete mich allerdings eine unangenehme Überraschung, als ich mich auf die Waage stellte. Die Digitalanzeige blieb schwarz, und die Stimme schwieg beharrlich. Ich riß die Gebrauchsanweisung aus der Verpackung und las: *Für zu wiege, plazier Batteria im hierfür vorgesehen Öffnung*.

Ich drehte die Waage um und suchte nach der Öffnung. Es gab keine. Immerhin fand ich zwei Schraubenköpfe, die eine Art Deckel festhielten. Wahrscheinlich mußten die Batterien irgendwo da drin unter dem Deckel plaziert werden. Und die Batterien, wo waren die? Ich schüttelte die Schachtel und hörte, wie die Batterien darin herumkollerten. Ich rannte in den Keller und holte einen Kreuzschraubenzieher aus Schorschis Werkzeugkasten. Die Schrauben waren unmenschlich fest eingedreht, beim Herausschrauben rutschte ich ein paarmal ab, und um ein Haar hätte ich mir das Ding zwischen die Rippen gestoßen. Endlich hatte ich besagte Öffnung für die Batterien freigelegt, jetzt konnte ich sie plazieren. Ich griff in die Schachtel, holte die Batterien heraus und plazierte sie, schraubte den Deckel wieder fest und wog mich erneut.

»Sie wiegen oiiink«, erklärte die Waage. Die Digitalanzeige übersetzte das mit lauter liegenden Achten, dem mathematischen Symbol für unendlich. Ich sah erschrocken in der Gebrauchsanweisung für das Wunderwerk fernöstlicher Präzision nach. Dort stand: *Wann Leuchterziffer nicht mehr zeigt optimali, überprüf Batteria und tausch ihm aus gegen neu.*

Neue Batterien. Man brauchte acht Stück. Ich schloß die Augen und dachte einen Moment nach, dann rannte ich durchs Haus und plünderte alle in Frage kommenden batteriegetriebenen Geräte. Die erbeuteten Batterien plazierte ich in der Waage und wog mich erneut.

»Sie wiegen dreiundoiiink«, sagte die Waage.

Wieviel war das? Laut Digitalanzeige genau 333,333. Das war zuviel. Ich stieg aufs Bett und sprang aus fünfzig Zentimetern Höhe auf die Waage. »Oiiink!« sagte die Waage gepreßt. Die Anzeige zitterte einen Moment bei 999,999, sprang um auf EEE,EEE und erlosch dann endgültig.

Ich war außer mir, weil ich für diesen Schrott neunundneunzig Mark rausgeschmissen hatte. Jetzt stand ich da und wußte nicht, wieviel ich wog. Wenn ich nicht wußte, wieviel ich wog, konnte ich auch nicht wissen, wieviel ich abzunehmen hatte.

Ich hätte jetzt zurück in die Stadt fahren und die

Schrottwaage umtauschen können, aber dazu hatte ich keine Lust, und außerdem reichte dafür die Zeit nicht, weil ich Timmy aus dem Kindergarten abholen mußte. Mir fiel ein, daß ich unterwegs kurz an einer Apotheke anhalten und rasch hineinspringen und mich wiegen könnte. Ja, das war eine hervorragende Idee. Die Apothekerwaagen waren ein Musterbeispiel an europäischer Exaktheit und Unbestechlichkeit, und außerdem könnte ich, wenn ich sowieso schon in der Apotheke war, einen von diesen überraschend schmackhaften Schlankheitsdrinks kaufen, mit denen man in nur dreiunddreißig Wochen sechsundsechzig Kilo abnehmen konnte.

Bevor ich das Haus verließ, warnte ich Oma eindringlich, niemanden aufs Grundstück zu lassen und unter keinen Umständen die Tür zu öffnen. Falls doch jemand auftauchte, den sie nicht kannte, sollte sie sich nicht scheuen, Zeter und Mordio zu schreien. Keine Sorge, versicherte sie würdevoll, sie wäre ja nicht blöd, und außerdem wäre sie noch sehr gut bei Stimme, der Mörder würde sein blaues Wunder erleben.

Vor unserer Gartenpforte stand ein schmächtiges Kerlchen, einen dünnen Finger auf dem Klingelknopf. Seine sandbraunen Haare waren sauber gescheitelt und mit Wet-Gel an den eckigen Kopf geklatscht. Er war ungefähr in meinem Alter.

»Wollen Sie zu uns?« fragte ich in meinem verbindlichsten Tut-mir-leid-aber-wir-kaufen-prinzipiell-nichts-Ton.

Er nickte und streckte mir die Hand hin. »Gerade eben wollte ich klingeln. Mein Name ist Magnus.«

Automatisch ergriff ich die Hand und schüttelte sie.

Sie war schmal wie die eines Kindes. »Herkfelder-Henkesheim, angenehm, aber wir kaufen prinzipiell nichts an der Haustür.«

»Ich bin von der Post.«

Ich musterte ihn. Die kleine, schlanke Gestalt steckte in einem schlichten, aber gediegenen Anzug. Gehobener Dienst, schätzte ich.

»Ich komme wegen des unglücklichen Herrn Süß.«

Die von mir zur Verdrängung des Vorfalls aufgebauten Blockaden brachen zusammen. Sofort entstand vor meinem inneren Auge wieder der Anblick des hingemeuchelten Briefträgers.

»Ich habe keine Zeit«, sagte ich nervös. »Ich muß dringend in die Apotheke.«

»Hoffentlich nichts Ernstes«, kommentierte er bedauernd. Er reckte den Kopf an mir vorbei und versuchte, über die üppig wuchernden Sträucher in den Vorgarten zu spähen.

»Hier war es also. Der arme Mann!«

»Ja. Ich muß jetzt aber wirklich los«, sagte ich, schon auf dem Weg zum Auto, das in der Einfahrt stand.

»Schade. Ich hatte so sehr gehofft... Na, egal. Die trauernden Hinterbliebenen werden sich eben damit abfinden müssen.«

Ich blieb stehen.

»Womit abfinden müssen?« Dann fiel der Groschen. »Ich verstehe.« Ich nestelte an meiner Handtasche herum, kramte mein Portemonnaie hervor und nahm fünfzig Mark heraus. »Sie haben völlig recht. Hier, bitte, das ist wirklich das wenigste. Für einen Kranz reicht es natürlich nicht, aber ein anständiger Blumenstrauß müßte dafür zu kriegen sein.«

Er rollte den Schein zusammen und schob ihn kommentarlos in seine Brusttasche.

»Ich weiß natürlich nicht, ob wir zur Beerdigung kommen können«, sagte ich. »Wir kannten ihn ja genaugenommen überhaupt nicht, wissen Sie?«

»Piepegal«, meinte er.

»Wie bitte?« fragte ich perplex.

»Wen schert es schon, wer zur Beerdigung kommt.«

»Ach so«, sagte ich lahm. Irgendwie wußte ich plötzlich nicht mehr, wie ich es anstellen sollte, in mein Auto zu steigen, während dieser Typ von der Post hier herumstand und meine Einfahrt blockierte.

»Dann kommt ja meine kleine Spende für die Trauerfeier gerade recht«, versuchte ich ihn loszuwerden. Er nickte gedankenschwer, machte aber keine Anstalten zu verschwinden.

»Wissen Sie, wir fragen uns bei der Post natürlich, wo die Posttasche von Herrn Süß hingekommen ist.« Er blickte mich erwartungsvoll von schräg unten an. Er war ein paar Zentimeter kleiner als ich. »Die Post gewährleistet gewissermaßen, daß alle Briefe, die in ihren Hoheitsbereich gelangen, auch den jeweiligen Empfänger erreichen.«

»Das ist mir bekannt. Die Polizei hat hier aber schon alles abgesucht. Die Tasche war weg. Post haben sie auch keine mehr gefunden.«

»Jammerschade.« Er wippte auf den Fußballen. Seine Schuhe sahen genauso gediegen aus wie der Anzug. Vielleicht doch höhere Laufbahn. Allerdings hatte er eine merkwürdige Art, Leute um Kranzspenden anzugehen. Ich stieg entschlossen in mein Auto und ließ den Motor an. Er schob eilig seinen glattgekämmten Kopf neben die Scheibe. Ich kurbelte das Fenster ein winziges Stück nach unten.

Er schrie durch den engen Spalt: »Wenn Sie wider Erwarten doch noch irgendwelche Sendungen hier auffinden sollten – teilen Sie es mir bitte mit!« Er hielt ein Stück Papier hoch, sicher war es seine Dienstanschrift.

»Ganz bestimmt, Herr Magnus!« schrie ich. »Schon gut, ich brauche Ihre Anschrift nicht. Ich rufe bei der Post an und lasse mich zu Ihnen durchstellen.« Ich gab Gas, und er sprang zur Seite. Ich setzte den Wagen aus der Einfahrt zurück. Bevor ich um die Ecke bog, sah ich in den Rückspiegel. Herr Magnus stand mit in den Jackentaschen versenkten Händen auf dem Bürgersteig und blickte mir nach.

In der Apotheke gab es ein ganzes Regal der überraschend schmackhaften Schlankheitsdrinks, in den Geschmackssorten Kirsche und Kakao. Ich sah die Waage in der Ecke und sagte zu dem Apotheker: »Haben Sie das auch in Karamel da?«

»Da müßte ich mal kurz im Lager nachsehen, Moment bitte.«

Ich wartete gern einen Moment, denn das war genau der Moment, den ich brauchte. Ich flitzte zur Waage. Ich wog null Kilo. Probeweise hopste ich ein bißchen hoch, aber die Waage ächzte nur schwach. Der Zeiger bewegte sich nicht. Dann sah ich einen Schlitz neben der Gewichtsanzeige, unter dem stand, daß ich bitte 1,– DM einwerfen sollte. Ich warf eine Mark ein, der Zeiger zitterte und begann eigenartig zögernd, sich zu bewegen. Ich hielt die Luft an und machte mich so leicht wie möglich. Der Zeiger kroch nach oben, ungewöhnlich langsam schlich er über immer neue Kilomarkierungen. Sechzig Kilo. Mir wurde übel. Siebzig Kilo. Der Apotheker kam zurück und erklärte, Karamel wäre alle, aber letzte Woche wäre ein hervorragend ausgereiftes Blutdruckmeßgerät eingetroffen, ob er mir mal den Blutdruck messen solle, Dienst am Kunden. Ich hörte nicht hin und starrte auf die Waage. Achtzig Kilo. Ich wog soviel wie ein Schwergewichtsboxer. Hundert Kilo. Nein, ein Superschwergewichtsboxer. Hundertfünfzig Kilo. Da war die Skala zu Ende. Kein Zweifel, ich war die schwerste Frau der Welt. Ich dachte überhaupt nicht mehr daran, einen Schlankheitsdrink zu kaufen. Statt dessen griff ich mir fahrig ein Apothekermagazin aus dem Mitnahmeregal und ging. Im Auto blätterte ich es zerstreut durch. In meinem Horoskop stand: *Sie sollten sich nicht krampfhaft bemühen, Ihr Leben zu verbessern. Das bringt Ihren Kräftehaushalt durcheinander und führt zur Nervenkrise. Versuchen Sie, zuerst Ihre anderen Probleme in den Griff zu bekommen.*

Die Sterne lügen nicht, überlegte ich während der Fahrt zum Kindergarten. Ich hatte genug um die Ohren. In unserem Vorgarten hatte ein Toter gelegen, und der Mörder hatte möglicherweise in unserem Haus mit unserer Feile aus unserer Luftpumpe die Mordwaffe gebastelt. Es bestand die nicht von der Hand zu weisende Möglichkeit, daß er irgendwann in naher oder ferner Zukunft erneut aufkreuzte, um sich möglicher Zeugen zu entledigen. Wir würden auf Oma aufpassen müssen. Vielleicht hatte sie den Mord doch beobachtet. Vielleicht war der Mörder ein Wiederholungstäter.

Das reichte an Sorgen. Bei der Verwirklichung meiner Lebensverbesserungsabsichten sollte ich deshalb besser nichts überstürzen.

Schon gar nicht beim Abnehmen. Wenn schon, dann wollte ich es richtig machen, in aller Ruhe. Fürs erste würde es reichen müssen, daß ich ein bißchen weniger aß, vielleicht sollte ich einfach die Erdnüsse am Abend weglassen. Sobald ich eine vernünftige Waage im Haus hatte, konnte ich mich immer noch daran machen, ein ausgefeiltes Diätprogramm zusammenzustellen, mit dessen Hilfe meine Pfunde nur so wegschmelzen würden, problemlos, ohne Hungergefühle, wie von allein, mühelos in nur acht Tagen, auf Dauer, praktisch im Schlaf, fit und gesund. Ich durfte nicht vergessen, meine Freundin Heike nach der zur Zeit angesagten ultimativen Abnehmmethode zu fragen.

Im Kindergarten fand ich einen heulenden Timmy vor. »Was ist los, Schätzchen?« fragte ich. »Hast du dich geprügelt?«

Er schüttelte den Kopf.

»Die Renate, die ist so gemein! Sie hat gesagt, ich muß das Bienchen sein, aber ich will überhaupt nicht das Bienchen sein, das Bienchen ist so doof, und ich will nicht immer bloß so flattern und summen.« Er schluchzte laut auf.

»Was denn für ein Bienchen?« Er gab keine Antwort, sondern heulte nur noch lauter. Also ging ich zu Renate, der Kindergartentante, und befragte sie. Ich erfuhr, daß die Kindergartenkinder zum Anlaß des Pfarrfestes eine kleine Darbietung zum besten geben würden. Begleitet von passender Musikuntermalung sollten die Kleinen nützliche und beliebte Tierchen darstellen, die man in Wald und Flur und Garten findet, und Timmy hätte nun einmal die Biene gezogen.

»Ich kann unmöglich jedem Kind das Tier geben, das es haben will, das ist ausgeschlossen, und um einen Riesenkrach zu vermeiden, haben wir gelost«, verteidigte Renate die Rollenverteilung.

»Aber das Bienchen ist so blöd!« schrie Timmy zornig.

»Es ist nicht blöder als die Ameise«, behauptete Renate.

»Die Ameise ist viel besser, die muß nicht so rumsummen!«

»Dafür muß sie schwere Lasten transportieren.«

»Ja, das stimmt«, warf ich ein, »ein Vielfaches ihres Körpergewichts sogar.« Das hatte ich mal gelesen.

»Du lügst!« brüllte Timmy. »Ich will nicht das Bienchen sein!« Das war sein letztes Wort, ich sah es an seiner Unterlippe.

»Er will nicht das Bienchen sein«, wandte ich mich an Renate.

»Er hat aber das Bienchen gezogen«, sagte sie halsstarrig.

Du liebe Zeit, war das eine unflexible Person. Es mangelte ihr eindeutig an Entscheidungsfreude und Improvisationstalent.

»Vielleicht könnte er ein Schmetterling sein«, überlegte ich.

»Nein!« kreischte Timmy.

»Was möchtest du denn gerne sein, Timmylein?« wollte ich wissen.

»Ein Marder.«

»Marder spielen überhaupt nicht mit«, erklärte Renate. »Bloß Igel und Mäuse.«

»Warum kann er nicht ein Marder sein? Marder sind sehr nützliche Tiere, sie fressen zum Beispiel …« Ja, was fraßen sie?

»Wir wollen aber keine Raubtiere mitspielen lassen«, sagte Renate widerspenstig.

Ha, jetzt hatte ich sie! »Igel sind auch Raubtiere.«

»Wie bitte?« Sie starrte mich an, als hätte ich nicht mehr alle Tassen im Schrank.

»Ja, sie jagen zum Beispiel Mäuse und fressen sie auf.«

»Das kann ich mir nicht vorstellen«, meinte sie steif.

»Es ist aber so.«

»Ich kann mir aber trotzdem nicht vorstellen, daß Igel Raubtiere sind. Löwen und Tiger sind zum Beispiel Raubtiere.«

»Gerade haben Sie noch behauptet, daß Marder auch Raubtiere sind, oder nicht?« nagelte ich sie fest.

»Nein, aber sie jagen kleine Tiere und fressen sie, das ist nicht so schön.«

»Igel jagen auch kleine Tiere und fressen sie, zum Beispiel Mäuse, das ist dann auch nicht schön. Wieso lassen Sie Igel mitspielen, wo sie doch Mäuse jagen, aber keine Marder?«

»Ich hab noch nie was davon gehört, daß Igel Mäuse jagen. Soweit ich weiß, trinken sie Milch aus dem Schälchen.«

»Wollen Sie sich über mich lustig machen?«

»Keineswegs«, sagte sie schnippisch. »Wir haben hier ein sehr nettes Buch, da steht es ausführlich drin.« Sie rannte sofort los, um das Buch zu holen. Es hieß »Der kleine Igel Stichelmann«, und gleich auf der ersten Seite stand: *Der kleine Igel Stichelmann, er wohnt bei uns im Garten. Sein Häuschen, das steht ganz dicht dran, am Beet mit den Tomaten.*

Darunter war das Konterfei eines vergnügt grinsenden stachligen Stichelmanns abgebildet, mit derben Stiefeln – klar, im Garten, bei den Tomaten, war's bestimmt ziemlich dreckig. Er stand mit deutlichem Besitzerstolz vor seiner windschiefen Hütte.

Auf der nächsten Seite hieß es dann: *Wenn Stichelmann mal Hunger hat, dann kommt er schnell gelaufen. Er trinkt an seiner Milch sich satt, da braucht er nichts zu kaufen.*

Renate sah mich mit unverkennbarem Triumph an. Siehst du, da hast du's, du besserwisserische Alte, höhnten ihre Augen.

Ich starrte mit offenem Mund auf den Stichelmann, der sich mit ekstatisch verzücktem Igelgesicht über ein Milchschälchen auf der Veranda beugte und es leerschlabberte. Das Schälchen hatte ein hübsches Zwiebelmuster, und der brave kleine Stichelmann hatte ordentlich seine schmutzigen Stiefel ausgezogen und vor der Veranda abgestellt. Ich blinzelte und konnte meine Blicke nicht von der Stichelmannszenerie lösen. Ich überlegte, wieso zum Teufel ich hier im Kindergarten stand und mir ein Bilderbuch anschaute. Irgendwann mußte ich einen geistigen Aussetzer gehabt haben. Ich wußte nicht mehr, was ich tat.

»Ich glaube, ich muß jetzt gehen«, sagte ich geistesabwesend. »Auf Wiedersehen. Komm, Timmy, wir gehen.«

»Aber ich *will* nicht das blöde Bienchen sein!« brüllte er.

Bienchen? Stichelmann? Heute war nicht mein Tag.

Zu Hause wartete dann die nächste Prüfung auf mich. Auf den Stufen vor der Haustür stand Brigitte, zusammen mit einem Mann, den ich nicht kannte, der aber nach Briefträger aussah, weil er eine Posttasche dabeihatte.

»Oh, hallo«, sagte ich höflich, »was machst du denn hier?«

»Ich bin der neue Briefträger«, erklärte der Briefträger.

»Ich bin gleich mit reingekommen. Ich wollte guten Tag sagen«, meinte Brigitte. »Ich hatte doch deinem Mann gesagt, daß ich diese Woche bei dir reinschaue, und vielleicht möchtest du dich nach dem schrecklichen Erlebnis in der vergangenen Woche mal aussprechen. Bei mir war die Polizei auch schon. Ich hab mir gedacht, daß du um diese Zeit von deiner Arbeit bei der Verwaltung heimkommst, und ich hatte einfach Lust, dich wiederzusehen, und wir waren doch so viele Jahre getrennt ...«

Da wäre es auf ein paar mehr auch nicht angekommen. »Wie bist du überhaupt reingekommen?« fragte ich. »War das Tor offen?«

»Der Türsummer wurde gedrückt«, antwortete der Briefträger. »Ich hatte geläutet.«

»Ich auch«, sagte Brigitte.

»Warum?« fragte ich.

»Ich wollte dich besuchen.«

»Ich hab ein Einschreiben.«

»Ach so.«

Ich bestätigte den Empfang. Es war wieder ein Brief von Amalie, meiner Schwiegermutter. Sie schrieb alle Briefe per Einschreiben, damit wir später nicht behaupten konnten, wir hätten bloß deswegen noch nicht zurückgeschrieben, weil wir leider ihren letzten Brief nicht gekriegt hätten.

»Hauen Sie ganz schnell ab!« schrie ich den Briefträger an, denn ich hörte Omas schlurfende Schritte im Inneren des Hauses.

Der Briefträger – ein nett aussehender Typ um die Dreißig – zuckte entgeistert zusammen.

»Susi, also weißt du …«, beschwerte sich Brigitte.

»Gleich passiert's«, sagte Timmy zufrieden. »Alle Mann klar zum Gefecht!«

»Schnell!« rief ich und schubste den Mann die Stufen vor unserer Haustür hinab, aber es war schon zu spät. Die Tür ging auf, und ein fliegender Bettvorleger segelte geräuschlos durch die Luft, knallte gegen den Briefträger und riß ihn mit sich zu Boden.

»Hilfeee!« kreischte das Opfer, unterbrochen von hechelnden, sabbernden Lauten.

»Volle Breitseite!« rief Timmy begeistert.

»Da ist ja ein Brief von meiner lieben Tochter«, freute sich Oma.

»Tannhäuser, bei Fuß. Laß los! Nicht beißen, nicht beißen, lieber Hund, lieber Hund!« rief ich und versuchte ihn von dem armen Briefträger herunterzuzerren. Tannhäuser blieb liegen, wo er war, beide Pfoten rechts und links vom Kopf des erlegten Wildes aufgestützt. Er sabberte heftig auf das Gesicht unter ihm.

»Ärgh!« würgte der Briefträger, unfähig, sich unter der schweren Last zu bewegen.

»Wenn du brav bist und dich nicht wehrst, frißt er dich nicht«, beruhigte Timmy ihn.

»Ich hab schon lange keine Post mehr von Amalie gekriegt«, beklagte sich Oma. »Sie sollte mir öfter schreiben, ja, das sollte sie tun.«

Tannhäuser drehte den Kopf und sah mich an. Hab ich das nicht gut gemacht?

»Fein, guter Hund, du hast ihn geschnappt, brav. Aber jetzt mußt du ihn loslassen, hörst du? Loslassen! Komm, Tannhäuser, komm zu Susi-Frauchen!« lockte ich ihn. Er guckte wieder auf den Briefträger unter sich und zögerte. Wahrscheinlich überlegte er, ob er ihn doch ein bißchen beißen sollte.

»Tannhäuser!« sagte ich ängstlich.

Unser Hund ist der freundlichste, netteste Hund, den man sich vorstellen kann – sieht man von gelegentlichen boshaften Anwandlungen im Zusammenhang mit Omas Gebiß einmal ab –, aber als Wachhund taugt er nicht viel. Jedermann hätte jederzeit bei uns einbrechen können, und Tannhäuser hätte dem Dieb noch freudig die Hände geleckt und Wertsachen apportiert – es sei denn, der Einbrecher wäre zufällig Briefträger, dann hätte unser Hund ihn vermutlich in der Luft zerfetzt. Er haßt Briefträger, und irgendwie scheint er für die Frage Briefträger oder nicht Briefträger eine Art eingebauten Detektor zu besitzen, denn die Uniform war dabei nicht entscheidend. Der neue

Briefträger, den er im Moment auf den Kiesweg nagelte, war in ganz normaler Freizeitkluft erschienen.

Der Haß auf Briefträger sei eine weitverbreitete Hundeneurose, hatte uns unser Tierarzt erklärt. Da würde nichts helfen, nur strikte Trennung von Hund und Briefträger.

Herr Süß hatte Bescheid gewußt. Er hatte niemals geklingelt, nicht einmal, wenn er ein Einschreiben hatte. In solchen Fällen hatte er stets einen Abholzettel in den Briefkasten geworfen. Er hatte unser Grundstück nur dann betreten, wenn er sicher sein konnte, daß Tannhäuser ihn nicht erwischen konnte.

»Um Gottes willen«, stöhnte Brigitte, »die Bestie wird ihm die Gurgel durchbeißen!«

»Quatsch«, sagte ich ärgerlich. »Tannhäuser, ich zähl bis drei. Eins, zwei ...«

Er winselte, sprang mit einem Satz von dem Briefträger und kam hechelnd auf mich zugerobbt. Er sabberte und fiepte mitleiderregend.

»Geht es dem Hundchen nicht gut?« fragte Oma besorgt. Ihr Tonfall wurde streng. »Wieso liegt der Mann da auf unserem Kiesweg herum und hält Maulaffen feil? Das finde ich höchst ungehörig. Junger Mann, entfernen Sie sich augenblicklich von unserem Grund und Boden, sonst werde ich die Behörden verständigen.«

»Schon gut, guter Hund«, sagte ich besänftigend zu Tannhäuser, und augenblicklich rollte er sich auf den Rücken und zeigte mir seinen Bauch. Ich klopfte und streichelte ihn und gab dem Briefträger hastig ein Zeichen. Aber das wäre nicht nötig gewesen, er hatte auch so kapiert. Er rappelte sich hoch, umrundete mit einem wilden Satz die verwitterte marmorne Vogeltränke neben dem Kiesweg und stolperte auf den Gehweg vor dem Haus. Zwei Sekunden später sah man von ihm außer der wild hin- und herschwingenden Posttasche nur noch den flatternden Hemdzipfel, der ihm aus der Hose gerutscht war.

»Wir sind versichert!« rief ich ihm nach.

»Das Hemd, der Schock ... die Allianz kommt für alles auf!«

»Tannhäuser ist unheimlich stark«, sagte Timmy mit leuchtenden Augen zu Brigitte. Sie wich zurück bis zur Hauswand. Ihr Gesicht war so weiß wie ein Laken. Tannhäuser hob den Kopf, legte ihn schräg und musterte Brigitte freundlich.

»N-nein!« flüsterte sie.

Ich hätte jetzt gemein sein können. Ich hätte zum Beispiel sagen können: Wenn du auf der Stelle verschwindest, wird er dir nichts tun, aber wenn du ins Haus gehst, kann ich für nichts garantieren. Der Gedanke war verlockend, aber natürlich sagte ich nichts dergleichen. Ich sagte: »Tannhäuser, ab in den Garten!«

Er schnupperte kurz an Brigittes Knien, und sie wimmerte, aber dann war er auch schon verschwunden.

»Komm rein«, sagte ich und ging an Oma vorbei, die murmelnd Amalies Brief las.

»Was hättest du bei drei getan?« fragte Brigitte. Sie bekam langsam wieder Farbe.

»Wie bitte?« fragte ich verständnislos.

»Na, du hast doch bis zwei gezählt. Was hättest du gemacht, wenn er bei drei immer noch auf dem armen Kerl gelegen hätte?«

»Meine Flinte geholt und ihn erschossen.«

Sie starrte mich entsetzt an. Ich lachte herzlich. »Ach, Brigitte, komm schon, das war ein Scherz. Ich hab keine Ahnung, was ich getan hätte.«

»Ja, aber ...«

»Das ist eine Art Bannspruch, wußtest du das nicht? Wenn du nicht sofort das und das machst oder sein läßt, dann zähle ich bis drei. Für Kinder und Hunde ist das sozusagen die ultima ratio. Ich hab noch nie bis drei zählen müssen. Bei zwei spuren sie immer, allerspätestens. Möchtest du einen Kaffee?«

Sie mochte. Wir setzten uns in die Küche, ich goß Wasser in die Kaffeemaschine und musterte verstohlen ihr flottes Outfit. Heute trug sie einen knallengen, kurzen Lederrock in sattem Mintgrün und farblich dazu passend ein Paar exquisite, filigrane Pumps, es sah aus wie auf die Haut gemalt.

»Du bist aber heute wieder schick«, meinte ich und ärgerte mich sofort über den Neid, der aus meiner Stimme klang.

»Danke.« Sie strich sich durch die blonden Locken. »Ich tu aber auch was für mein gutes Aussehen, weißt du? Von allein kommt das nicht.«

Ich konnte mir schon denken, was sie damit zum Ausdruck bringen wollte. Mit unbewegtem Gesicht holte ich Tassen aus dem Schrank.

»Vor zwei Monaten zum Beispiel, da war ich zum Ayurveda.«

»Was ist das denn?« fragte ich gereizt. Ich hatte schon wieder so ein ungutes Gefühl. Irgendwie kam mir dieses Gefühl bekannt vor. Was war es nur? Ach ja, das Out-Gefühl.

»Ayurveda, das ist traumhaft!« schwärmte Brigitte. »Wenn deine Doshas durcheinander sind, hilft dir nur Ayurveda!«

»Ja, kann sein, daß es mir helfen würde, falls ich wüßte, was Doshas sind.«

»Du hast drei Doshas im Körper, Pitta, Vata und Kapha, und wenn die durcheinanderkommen, bildet sich ein idealer Nährboden für Bakterien. Dann hilft nur noch die Panchakarma-Kur. Ich habe ein Zimmer in einem ganz zarten Apricot bekommen, bei mir mußte das Kapha reduziert werden. Es war herrlich, ein verlängertes Schnupperwochenende, das könnte ich dir auch mal empfehlen. Das kostet nicht mal zweieinhalbtausend, mit Vollpension. Das Essen ist exquisit, vegetarisch natürlich, und der Speisesaal ist ganz in gedämpftem Rot gehalten, um die Verdauungsfeuer anzufachen.«

»Und zu trinken gibt's Kräutertee in Mengen.«

Sie hob überrascht den Kopf. »Woher weißt du das?«

»Instinkt. Wieso bist du heute überhaupt hergekommen? Wegen der Reinigung? Oder wolltest du mir von deiner Schnupperkur erzählen?«

»Reinigung? Ach, du meinst die Sabberflecken auf meinem Rock. Nicht schlimm, das Kostüm ist aus Waschleder. Und die Strumpfhosen hatten sowieso schon eine Laufmasche. Nein, ich wollte dich bloß mal so besuchen, weißt du? Ich ... bin doch erst seit kurzem in der Stadt, und ich kenn überhaupt noch niemanden, und ...«

»Schorschi hat mir aber erzählt, daß du mit jemandem zusammenlebst.«

»Ja!« strahlte sie. »Mit Jacques, er ist wundervoll! Ich

hab ihn erst vor ein paar Wochen in Paris kennengelernt.«

»Ist er Franzose?«

»Ähem«, antwortete sie ausweichend, »du fragst sicher, weil dein Mann auch Franzose ist, oder?«

Auch ein Franzose? Ach ja, jetzt fiel es mir wieder ein. Schorschi stammte ja angeblich von Franzosen ab.

»Also, um genau zu sein«, sagte Brigitte gedehnt, »er ist ... äh ... ein sagenhafter Künstler.«

»Er ist Lederdesigner, hat Schorschi mir gesagt.«

»O ja, bei Leder, da ist er in seinem Element«, sagte Brigitte und strich sacht über ihren engen Lederrock. In stiller Verzückung blickte sie auf ein dickes, geflochtenes Lederarmband an ihrem Handgelenk. Es sah aus wie ein Halsband von Tannhäuser, nur in klein.

»Hat er das gemacht?«

»Ja. Ist es nicht ganz superb?«

Ich starrte zweifelnd das Ding an. Vielleicht war's ja superb, aber ich verstand nicht viel davon. Ich war zu out. Möglicherweise war es sogar dermaßen hip und top, daß sich die ganze Schickeria die Finger danach leckte und bei seinem Anblick in schrille Her-damit-Schreie ausbrach. Für mich sah es aber trotzdem wie ein Hundehalsband in klein aus.

»Es ist sehr hübsch«, sagte ich höflich.

»Mein Halsband paßt auch dazu!« sagte sie mit glänzenden Augen und zeigte auf ihren Hals.

Ich schluckte. Tatsächlich, ich hatte es noch gar nicht bemerkt. Das Ding um ihren Hals sah wie ein Hundehalsband im Maßstab 1:1 aus, fehlte nur noch die Leine. Ich räusperte mich nervös. »Ähm, nett, wirklich nett.«

»Ja, er macht all diese wunderbaren Dinge in seinem Atelier. Das ist sehr schön gelegen, in dem Haus, wo wir wohnen. Unten das Atelier und das Verkaufsstudio, und oben die Maisonette.«

»Ich muß jetzt mit dem Kochen anfangen«, erklärte ich und stand auf.

»Natürlich, nimm auf mich keine Rücksicht. Ich leiste dir gern noch ein bißchen Gesellschaft, wenn du werkelst. Jacques mag das auch so gern, wenn ich ihm beim Werkeln zuschaue.«

Wie Jacques darüber dachte, war mir schnurzegal. Ich für meinen Teil haßte es wie die Pest, wenn mir andere Leute beim Werkeln zuguckten. Vor allen Dingen dann, wenn es sich dabei um solche Leute handelte, die ihr nutzloses Dasein in einer Maisonette fristeten und die weder Kosten noch Mühen scheuten, täglich mit dem Taxi Leute niederen Standes aufzusuchen, um sie in ihrer zwar schlampigen, aber dafür sehr pittoresken Umgebung bei der Bewältigung des Alltagsstresses zu studieren.

»Interessiert es dich, wie Jacques und ich uns kennengelernt haben?«

Es interessierte mich nicht die Spur.

»Er hat mich ganz zufällig in Paris gesehen, bei der Messe.«

Ich schälte Kartoffeln und schnitt sie in Würfel. »Ich wußte gar nicht, daß du in die Kirche gehst.«

»Nicht doch!« lachte sie. »Es war eine Lederwarenmesse. Ich habe da Schuhmode präsentiert, und da ist er auf mich zugekommen und hat mich gehuntet.«

»Für sein eigenes Unternehmen?« fragte ich, herrlich cool und überlegen. Schließlich wußte ich genau, wovon die Rede war.

»Ja, er bestand darauf, daß ich seine Creative-Directrice werde, und er hat mich sofort vom Fleck weg engagiert, als ich ja sagte. Ich konnte nicht anders, Susi. Da war diese wahnsinnig erregende, knisternd-erotische Spannung zwischen uns, dieses animalisch-magnetische Funkeln in seinen Augen...«

Ich putzte ein paar Möhren, schnibbelte sie in Scheibchen und holte die Mettwurst aus dem Kühlschrank. »Willst du mitessen? Es gibt aber bloß Möhrengemüse mit Mettwurst.«

»Ich weiß nicht«, sagte sie geziert. Auf einmal fiel mir siedendheiß ein, daß Oliver gleich aus der Schule kommen würde, in wenigen Minuten schon. Der Liegenschaftsbetrug würde sofort mit einem Riesenknall auffliegen. Meine Güte, wie schaffte ich es jetzt, sie rechtzeitig rauszuwerfen?

»Nun ja, eigentlich habe ich schon ein bißchen Hunger, und wenn du mich einlädst...«

»Oh, das macht nichts. Dann ißt du eben ein anderes Mal bei uns!«

»Nein, ich sagte doch, ich esse gern mit euch. Für Mettwurst war ich schon immer zu haben...«

»Also, dann will ich dir mal ein Taxi rufen.«

Sie schaute mich verwirrt an, als ich in die Diele zum Telefon ging, aber es war sowieso schon zu spät. In diesem Moment wurde die Haustür mit einem gewaltigen Dröhnen ins Schloß getreten, und Oliver stand auf der Matte.

»Ahoi. Miampf?«

»Möhrengemüse. Zehn Minuten.«

»Spotz! Kotz!«

Krachend landete seine Tasche auf dem Boden. Oliver zog die Jacke aus, hob die Tasche wieder auf und raste mit zwei Sätzen nach oben. Wenige Sekunden später war gedämpftes Preßluftgehämmer aus seinem Zimmer zu vernehmen.

Brigitte streckte den Kopf aus der Küche. »War das nicht eben dein bildhübscher junger Schwager? Wieso redet er so komisch?«

»Das ist ein ganz gebräuchlicher juveniler Kommunikationsmodus«, belehrte ich sie. Ich hatte das irgendwann beim Friseur gelesen und es sofort verinnerlicht.

Timmy kam auf einem Bein die Treppe heruntergehüpft. »Was ist ein Schwager?«

»Jemand, der auf der Postkutsche mitfährt«, sagte ich mechanisch und drängte Brigitte wieder in die Küche zurück. Es war sinnlos, Timmy kam hinterher. »Wieso darf Olli auf der Kutsche mitfahren und ich nicht? Das ist gemein, ich will auch auf der Kutsche mitfahren!«

»Geh doch rauf und frag ihn, ob er dich das nächste Mal mitnimmt!« sagte ich verzweifelt.

»Ißt dein Schwager nachher auch mit uns?« fragte Brigitte.

»Wieso darf Olli ein Schwager sein? Darf ich auch mal Schwager sein? Darf man da die Pferdchen lenken?«

»Kinder können einem mit ihren Fragen manchmal unglaublich die Nerven töten«, wandte ich mich erklärend an Brigitte.

»Wo wir gerade von Kindern reden – wo ist denn dein anderes Kleinchen?«

»Ich … oben!« stotterte ich.

»Schläft es?«

»Ja, vielleicht … nein, ganz sicher. Ja, es schläft, tief und fest, und man darf es auf keinen Fall stören!«

»Vielleicht solltest du in dem Fall raufgehen und deinem Onkel Bescheid sagen, daß er die Anlage besser etwas leiser drehen sollte«, meinte Brigitte zu Timmy.

In diesem Moment dankte ich dem Herrgott dafür, daß ich einen Bruder hatte, dazu noch einen, der sich ab und zu mit Fünfmarkstücken und Schokoladentafeln bei uns blicken ließ.

»Oh, Onkel Berti ist oben!« quietschte Timmy begeistert, und einen Moment später war er auch schon verschwunden.

»Heißt er Berti? Ich dachte, er heißt Olli.«

»Ja, weißt du, eigentlich … er heißt genaugenommen Ollibert!« stammelte ich.

»Ungewöhnlicher Name. Hört sich irgendwie germanisch an.«

»Ja«, sagte ich eifrig, »ja, genau, germanisch. Da gibt's doch diese Sage, Siegfried und Ollibert.«

»Echt? Komisch, daran erinnere ich mich gar nicht mehr, bloß an einen Olifant.«

Olifant? Ja, jetzt fiel es mir auch wieder ein. Wer war das noch gewesen? Ich rührte heftig das Möhrengemüse um. Ein Horn. Olifant war ein Horn gewesen, und es hatte nicht Siegfried gehört, sondern Roland. Ein Horn! Und gleich würde sie auch drauf kommen. Dann wäre alles zu spät, und sie würde hämisch gackernd mit spitzem Finger auf mich zeigen und rufen: Ätsch, Olifant war bloß ein Horn, eins zum Reintuten, hahaha, und ich wäre als absolut bescheuerte Ignorantin enttarnt. Mir wurde übel. Ich schnitt mit zitternden Fingern die Mettwurst klein und schmiß sie in den Topf zum Gemüse. Dann wurde mir noch viel schlechter, denn auf einmal dachte ich daran, daß sie noch viel lauter lachen würde, wenn sie erst herausfand, daß Olifant in Wahrheit mein Sohn war.

Mir fiel ein, womit ich sie ablenken konnte. »Du sagtest vorhin, daß die Polizei schon bei dir war?« fragte ich sie beiläufig.

»Ja, stell dir vor. Ich war ja so aufgeregt, als dein Mann mir am Samstag diese Schauerstory erzählt hat. Ich dachte, ich falle auf der Stelle in Ohnmacht. Eine Leiche bei euch im Vorgarten, und ich habe sie nur um Haaresbreite verpaßt! Vielleicht hat der Mörder sogar schon irgendwo im Gebüsch gelauert. Vielleicht ist es ja jemand aus eurer unmittelbaren Umgebung. Jemand aus der Nachbarschaft zum Beispiel. Stell dir vor, ein Mörder, der dir jeden Tag über den Weg läuft und vielleicht nur auf eine Gelegenheit wartet, dich auch noch abzumurksen!«

Sie hatte entschieden mehr Phantasie als ich. Wieso fielen mir solche Dinge immer erst ein, wenn andere mich mit der Nase darauf stießen? Schaudernd ließ ich die gesamte Nachbarschaft vor meinem geistigen Auge Revue passieren. Die meisten Männer in unserer Straße waren handwerklich ziemlich begabt. Zum Beispiel der stiernackige und bullige Herr Zwicker von nebenan. Er hatte für seinen Neffen in Eigenarbeit ein elektrisches Go-Kart gebastelt und spaltete im

Schweiße seines Angesichts klafterweise Kaminholz. Mit überaus kräftigen Armen und einer rasiermesserscharfen Axt. Seine Frau machte auf mich oft einen sehr unbefriedigten Eindruck. Und letztes Jahr im Herbst hatte er Schorschi angemeckert, weil ein Sturm den ganzen Mulch von unserem Grundstück in seine Kellerlichtschächte geweht hatte.

»Der Kommissar war sehr nett«, riß Brigitte mich aus meinen Grübeleien. »Ich konnte natürlich bestätigen, daß ich bei euch nichts Verdächtiges gesehen oder gehört hatte, schon gar keinen toten Briefträger. Das muß ja furchtbar für dich gewesen sein, als du ihn gefunden hast!«

»Ich habe ihn nicht gefunden, Oma war's.«

»Die arme alte Frau.« Nachdenklich zog sie die Stirn in Falten. »Ob sie möglicherweise den Mörder gesehen hat?«

»Das weiß kein Mensch. Sie kann sich an nichts erinnern.«

»Wer weiß, vielleicht ist es besser so«, meinte Brigitte vage. »Und sonst? Ist denn nichts gefunden worden, ich meine, irgendwas, das einen Hinweis auf den Täter zuläßt? Irgendwelche … verdächtigen Sachen oder so?«

Ich schüttelte den Kopf und rührte im Gemüse.

»Hm«, schnupperte sie, »das riecht aber lecker. Ich könnte schon den Tisch decken.«

»Ja, sei so lieb. Drüben im Eßzimmer findest du alles.«

Sie ging, kam aber nach zehn Sekunden wieder. »Es ist schon gedeckt, deine Schwiegermutter hat das wohl schon erledigt.«

»Sie ist meine Schwiegeroma. Was hat sie denn für Teller genommen?«

»Ja … jetzt, wo du es sagst – es sind Suppentassen. Eßt ihr das Gemüse aus Suppentassen?«

»Nein. Ihr etwa?«

Sie sah betroffen auf ihre Pumps. »Ach so, ich hab gar nicht mehr dran gedacht, du hattest mir ja erzählt, daß eure Oma ein bißchen tütüt ist.«

Oma kam in die Küche. »Tütüt? Waf ift daf?«

»Sie hat ihre Zähne wieder nicht an«, stellte Brigitte fest.

»Das seh ich selber!« fuhr ich sie an.

»Soll ich deinen Schwager runterholen, damit er vor dem Essen noch rasch im Garten nachsieht? Ich würd's ja auch machen, aber der Hund …«

»Fwager? Mein Fwager ift im Feld geblieben, anno neunfehnachtfehn, Gott hab ihn felig.«

Oliver kam ebenfalls in die Küche. »Oh, guten Tag«, sagte er zu Brigitte und gab ihr wohlerzogen die Hand. Mein Herz floß über vor Stolz, weil er sich so nett benahm.

»Guten Tag, Ollibert. Heute muß ich nicht so schnell wieder aufbrechen wie vorgestern. Ihre Schwägerin hat mich zum Essen eingeladen«, sagte Brigitte strahlend, »da können wir uns ein bißchen unterhalten.«

Ich stand starr. Dieses Weib, was tat sie da? Sie flirtete mit meinem Kind! Sie guckte ihn an, als ob sie ihn gleich zum Mittagessen wegputzen wollte, zusammen mit einer ordentlichen Portion Möhrengemüse. Sie geiferte förmlich nach seiner jugendlich-frischen, unschuldig-kindlichen, kaum erwachten Männlichkeit. Surrend und gurrend umschwirrte sie ihn wie eine riesige, männerfleischfressende Spinne. Kankras Lauer, jawohl, genau das war es, was ich da vor mir sah, ein menschgewordenes Schauermärchen. Und mein Sohn, mein eigen Fleisch und Blut, er stand stumm und hilflos vor ihr, ausgeliefert ihrer gewissenlosen Gier!

Dabei sah Oliver im Moment alles andere als verlockend aus. Sein Gesicht wirkte eher debil als attraktiv, sein Mund stand offen, seine Augen waren halb geschlossen, er machte den Eindruck eines völlig begriffsstutzigen Idioten. Ich zuckte zusammen, weil mir im nächsten Moment klar wurde, *wieso* er so dämlich guckte. Er blickte bei dieser Ollibert-Schwägerin-Geschichte nicht durch. Lieber Himmel, was würde er jetzt sagen? Wer zum Teufel ist Ollibert? Er drehte sich zu mir um und sah mich fragend an.

Sei mein Schwager, Ollibert, flehten ihn meine Augen stumm an. Er nickte unmerklich. Er hatte kapiert. Mein herrlicher, wunderbarer, intelligenter Sohn! Er ließ mich nicht im Stich.

»Sei so gut und hol deinen Neffen Timmy zum Essen runter, Ollibert«, sagte ich langsam und deutlich. Er kniff ein Auge zu und ging, um Timmy zu holen.

Oma guckte ziemlich verwirrt, aber zum Glück sagte sie nichts.

Ich trug das Gemüse ins Eßzimmer, und wir setzten uns.

»Onkel Berti war nicht oben!« jammerte Timmy, als er mit Oliver ins Eßzimmer kam.

»Er ist wieder runtergekommen«, meinte Brigitte freundlich. »Mhm, das schmeckt aber wirklich ganz toll«, lobte sie mich, und dann sagte sie zu Oliver: »Ihre Schwägerin kocht ausgezeichnet, nicht wahr, Ollibert?«

»Wo ist Onkel Berti jetzt? Im Keller?« fragte Timmy hoffnungsvoll.

»Stell nicht so dusselige Fragen, iß dein Gemüse«, befahl ich ihm.

»Ich wufte gar nicht, daf dein Bruder auch da ift.« Oma schob sich einen Löffel Gemüse in den Mund und schluckte es. Dann verzog sie das Gesicht. Sie brauchte ihre Ersatzzähne für die Mettwurst.

Ich sprang auf, raste ins Wohnzimmer und holte sie aus ihrem Versteck. Ich kam gerade noch rechtzeitig zurück, um zu hören, wie Brigitte fragte: »Sollten wir das Kleinchen nicht zum Essen wecken? Bestimmt ist es hungrig. Nach so einem anstrengenden Morgen in der Schule sollten Kinder was Vernünftiges essen.«

»Was für'n Kleinchen?« fragte Timmy. »Hat Onkel Berti mir was mitgebracht?«

»Ja, fünf Mark, die geb ich dir nachher«, fiel ich ihm ins Wort.

»Sie sollten den Kleinen nicht so verwöhnen, Ollibert«, sagte Brigitte zu Oliver.

»Ach, das kommt nicht oft vor«, antwortete Oliver grinsend.

»Warum redet sie so komisch?« wollte Timmy wissen. »Wieso sagt sie andauernd Ollibert zu Olli? Kann sie nicht richtig sprechen?«

»Iß deine Wurst.«

»Müßten wir für Berti nicht auch ein bißchen von der Wurst aufheben?« meinte Oma und liebäugelte mit der restlichen Mettwurst in der Schüssel. »Wo ist er überhaupt? Ist er wirklich im Keller? Hab ihn lange nicht gesehen.«

»Ich könnte ihm einen Teller Gemüse in den Keller bringen und ihm mein Knochenpuzzle zeigen«, überlegte Timmy.

»Wir könnten dem Kleinchen ein Tellerchen Gemüse zurechtmachen und es ihm später aufwärmen«, schlug Brigitte vor.

»Er frißt kein Möhrengemüse«, erklärte Oma. »Das würde er nur im Napf lassen und es vollsabbern. Die Mettwurst, die würde er schon fressen, aber die kriegt er nicht!« Sie guckte verlangend auf die letzten drei Mettwurststückchen in der Schüssel. Ich legte sie ihr auf den Teller, und sie machte sich glücklich darüber her.

»Jetzt ist für das Kleinchen keine Wurst mehr da!« sagte Brigitte leicht pikiert.

Ich sah entsetzt, wie Oliver zuckte und bebte. Es schüttelte ihn förmlich. Kein Zweifel, er stand kurz vor einem wahnsinnigen, gräßlichen Lachanfall.

»Ollibert!« rief ich schrill.

»Entschuldigt mich einen Moment«, keuchte er und preßte sich die Hand vor den Mund. Einen Augenblick später fiel die Eßzimmertür hinter ihm ins Schloß, und ich hörte, wie er wiehernd die Treppe hochhetzte.

»Was ist mit deinem Schwager?« fragte Brigitte beunruhigt.

Ich starrte sie blicklos an. Ja, was war mit ihm? Ich überlegte wie rasend. »Er … äh … es … manchmal, da überkommt es ihn einfach, weißt du?«

»Was überkommt ihn?«

Ja, was nur?

»A-a-aaah-As-As-Asthma!« rief ich. »Er hat einen Asthmaanfall!«

»Mein Gott!« sagte Brigitte verstört. »Das ist ja tragisch! Wer hätte das geglaubt! So ein kerniger junger Mann! So saft- und kraftstrotzend, so kräftig, muskulös und lebendig!«

Diese elende Kankra! In Gedanken fraß sie ihn schon!

»Was ist Assma?« fragte Timmy.

»Der arme Junge! Ich hab ihm am Samstag gleich gesagt, er soll nicht ohne Hemd rasenmähen«, sagte Oma beunruhigt. »Ich werde ihm nachher einen heißen Brustwickel machen.«

»Was ist Assma?«

»Was ist eigentlich mit den Eltern Olliberts?« wandte sich Brigitte an Oma. »Leben sie nicht mehr?« Und zu mir sagte sie: »Ich finde es enorm tapfer von dir, daß du die Angehörigen deines Mannes so ganz selbstlos in dein Haus aufgenommen hast und sie versorgst.«

»Wer ist Ollibert?« fragte Oma. »Müßte ich ihn kennen?«

Brigitte guckte sie mitleidig an und tippte versteckt mit dem Zeigefinger an ihre Schläfe. Tütüt, sagte sie lautlos.

»Was ist mit seinen Eltern?« fragte sie erneut, diesmal mich.

»Wessen Eltern?« fragte ich, um Zeit zu gewinnen.

»Na, den Eltern deines Schwagers.«

»Ich wußte gar nicht, daß du einen Schwager hast, Susi«, sagte Oma interessiert. »Müßte da nicht Schorschi einen Bruder haben?«

»Aber er hat doch einen Bruder«, sagte Brigitte begütigend, wie zu einem kleinen total verwirrten Kind.

»Ach?« Oma kaute nachdenklich auf ihrer Wurst herum.

»Meine Eltern sind auch die Eltern vom Schwager«, erklärte Timmy plötzlich triumphierend. »Wenn Olli der Schwager ist, und Mama und Papa meine Eltern, dann sind sie auch Mama und Papa von Olli, weil er der Bruder ist. Also sind sie die Eltern von Olli!«

»Wenn Schorschi einen Bruder hat, müßte das mein Enkel sein. Schorschi ist auch mein Enkel. Dann müßte ich doch noch einen Enkel haben«, sinnierte Oma mettwurstkauend.

Ich hielt entsetzt die Luft an, aber Brigitte tippte sich nur wieder vielsagend an die Stirn. Du kannst einem leid tun, sagten mir ihre mitfühlenden Blicke.

Ich stand abrupt auf.

»So, jetzt sind wir alle fertig. Ich hebe die Tafel nun auf.«

»Welche Tafel? Was ist Assma? Darf ich jetzt graben?«

Ich öffnete Timmy die Terrassentür und ließ ihn hinaus in den Garten. »Und außerdem muß ich jetzt Tannhäuser reinlassen«, verkündete ich in Brigittes Richtung. »Er hat noch kein Fressi gekriegt.«

»Ach … vielleicht könntest du mir vorher noch rasch ein Taxi rufen!«

»Oh, sicher, kein Problem«, sagte ich zuvorkommend. Ich ging ans Telefon, rief ein Taxi und räumte dann den Tisch ab. Brigitte half mir dabei, eilfertig stöckelte sie auf ihren zarten Pumps zwischen der Küche und dem Eßzimmer hin und her.

»Ob Ollibert sich schon wieder von seinem Asthmaanfall erholt hat?«

»Nein, der dauert noch mindestens eine Stunde«, sagte ich herzlos. Ich reinigte Tannhäusers Napf, bis man die Aufschrift *Ich freß euch die Haare vom Kopf!* wieder richtig lesen konnte, dann schüttete ich eine Dose Chappi hinein.

»Kommt der Hund jetzt schon rein?« fragte Brigitte ängstlich.

»Nein, ich warte, bis dein Taxi da ist.«

Dann seufzte ich.

Ich sollte nicht so grob mit ihr umspringen. Schließlich hatte sie viele Jahre neben mir die Schulbank gedrückt. So etwas schmiedet einen für den Rest des Lebens zusammen.

Großmütig meinte ich: »Wenn ich demnächst zufällig mal Zeit habe, könnte ich dich ja in eurer Maisonette in der Stadt besuchen. Dann schaue ich mir das Atelier und das Studio an, und du kannst mir diesen tollen Jacques vorstellen. Wir könnten bei dir zusammen Kaffee trinken.«

»Das wäre im Moment völlig sinnlos«, erklärte sie. »Wir gestalten gerade das gesamte Interieur des Anwesens neu. Die nächsten Monate wimmelt es bei uns nur so von Handwerkern. Der Innenarchitekt hat gemeint, wir könnten von Glück sagen, wenn es bis Weihnachten fertig wird. Nein, nein, wir machen es anders. Ich melde mich einfach wieder bei dir, in Ordnung? Wir könnten ja auch mal nett zusammen essen gehen!«

»Wir vier?«

»Vier?«

»Ja, du und Jacques und Schorschi und ich.«

»Nein, wozu?« wehrte sie ab. »Die Männer hat man doch jeden Abend sowieso um sich. Ich find's netter, wenn wir Frauen unter uns sind.«

Ich zuckte die Achseln. »Wie du meinst. Ruf mich halt wieder an.«

Nachdem sie verschwunden war, beschloß ich widerwillig, endlich in Sachen Riesentombola aktiv zu werden. Der erste potentielle Spender auf der Liste trug den aussagekräftigen Namen Guitbert Geber, er war also geradezu prädestiniert, für einen guten Zweck eine kleine Sachspende locker zu machen. Allerdings betrieb er eine Gastwirtschaft, wie aus den näheren Angaben hervorging. Eigentlich war es eher eine ziemlich schmuddelige Kneipe, ich kannte den Laden vom Vorbeifahren, womit sich sofort die Frage stellte, welche Gegenstände aus seinem Betrieb Guitbert Geber überhaupt spenden könnte. Beim Friseur war das einfacher. Da gab es allerlei Kämme, Haarspangen, Kurpackungen, Rasiercremes, und diese Dinge wurden immer gern in einer Tombola gewonnen. Bei einer Kneipe fielen mir spontan nur Bierdeckel, Aschenbecher und Stammtischwimpel ein. Natürlich könnte Guitbert Geber auch einen Gutschein spenden, aber wen würde es schon anmachen, einen Gutschein über zehn Bierchen oder ein fettiges Schnitzel einzulösen?

Nach einigem Nachdenken kam ich auf die Idee, daß im Notfall – das hieß im Falle absoluten Mangels an geeigneten Sachspenden – auch eine kleine Geldspende genehm wäre. Davon könnte ich dann selbst irgendwo einen netten Tombolagewinn erstehen.

Guitbert Geber stöhnte, als ich ihm mein Anliegen am Telefon unterbreitete.

»Was glauben Sie, was ich hier habe? Ein Wohlfahrtsinstitut? Eine Armenküche? Ein Sozialamt? Ein katholisches Hilfswerk? Eine Bahnhofsmission?«

»Eine Gaststätte?« schlug ich schüchtern vor.

»Werden Sie nur frech, dann lege ich sofort wieder auf. Ich will Ihnen mal was sagen: Sie sind nicht die einzige, die hier wegen so was anruft. Es ist ein wahres Kreuz damit. Ich kriege praktisch jede Woche Bettelanrufe. Ständig gibt's irgendwo eine Tombola. Das glaubt kein Mensch, wie viele Tombolas es in dieser Stadt gibt. Jede Schule, jeder Kindergarten, jede Pfarrei bildet sich ein, zu ihrem Sommerfestchen eine Riesentombola veranstalten zu müssen, und dreimal dürfen Sie raten, wer jedesmal die Preise dafür rüberschieben soll.«

»Sie?«

»Exakt, Sie haben's exakt durchschaut. Das treibt mich langsam, aber sicher in den Bankrott. Aber ich sage Ihnen was: Bei Ihnen will ich mal 'ne Ausnahme machen, weil's für die Kirche ist, obwohl's ein wahres Kreuz ist. Die Kirchen sind sowieso diejenigen, die am allermeisten Sommerfeste machen. Sie rufen auch immer dieselben Leute an. Dreimal dürfen Sie raten, wen.«

»Sie?«

»Exakt, Sie haben's exakt durchschaut. Weiß der Himmel, wieso sie immer wieder ausgerechnet auf mich verfallen. Es ist ein wahres Kreuz, ein guter Christ zu sein.« Er seufzte wieder, tief und schmerzvoll.

Ich war so überwältigt von seiner ans Martyrium grenzenden Opferbereitschaft, daß ich nicht wagte, ihm den Vorschlag mit der Geldspende zu machen. Außerdem war ich froh, daß er überhaupt etwas spenden wollte.

Ich bedankte mich überschwenglich, und er erklärte ungnädig, ich könnte in den nächsten Tagen vorbeikommen. Aber nicht nach achtzehn Uhr, da war Hochbetrieb, auch nicht vor siebzehn Uhr, da war noch zu, und ich sollte gefälligst eine Tüte mitbringen. Er würde nicht einsehen, daß er immer gleich die Tüten auch noch mitspenden müßte.

Ich malte ein dickes Kreuz neben Guitbert Geber (nicht weil's ein wahres Kreuz war, es sollte ein Plus sein) und wählte die nächste Telefonnummer auf meiner Liste.

Diesmal war der Spender eine Frau. Sie hatte den mildtätigen Namen Edelgard Hilfreich und betrieb einen Bizarr-Shop. Augenblicklich spürte ich wieder dieses ekelhafte Out-Gefühl. Ich lauschte dem Rufzeichen und grübelte darüber nach, was ein Bizarr-Shop sein mochte. Vielleicht hatte es etwas mit Kunst zu tun. Sicher hatte sie eine Galerie mit exotischer afrikanischer, südamerikanischer und südostasiatischer Kunst.

»Hilfreich«, meldete sich eine warme, liebevolle Frauenstimme.

Ich sagte artig guten Tag, nannte meinen Namen und fragte Edelgard Hilfreich vorsichtig, ob sie der Kirche aufgeschlossen gegenüberstünde.

»Ich weiß genau, worauf Sie hinauswollen«, sagte Edelgard sanft.

Erleichtert atmete ich auf. Diesmal würde ich kein

Gejammer hören. Die gute Person, sie wußte es schon. Sicher bekam sie auch ständig Bettelanrufe für gute Zwecke.

»Wir sind genau der richtige Ansprechpartner für Sie«, erklärte Edelgard mit rauchiger Stimme.

»Wir haben erst kürzlich eröffnet und sind in diesem Bereich bestens sortiert. Haben Sie keine Skrupel, persönlich bei uns vorbeizuschauen. Sie können sich in absolut vertraulicher Umgebung umtun, sich informieren, sich etwas aussuchen. Kommen Sie ruhig ganz schnell zu uns, meine Liebe! Nur keine Hemmungen! Wir geben Ihnen das, was Sie brauchen.«

Ich konnte mir etwas aussuchen! Voller Begeisterung malte ich sofort ein dickes Plus neben ihren Namen. Bestimmt würde sie sich nicht lumpen lassen. Die entzückend primitiven, bizarren Kunstwerke aus Übersee würden die begehrtesten Preise der Riesentombola sein. Ich malte mir sofort aus, wie dämlich die Schwammschnecke dreinschauen würde, wenn ich mit derartig wertvollen, ansprechenden Sachspenden im Pfarrheim aufkreuzte, während sie mit ihrem Kombi bloß einen Haufen popeliger Aufkleber und Werbebroschüren ankutschierte. Genau in dem Moment, als ich das dachte, klingelte es.

»Bleiben Sie eine Sekunde am Apparat, bei mir klingelt es gerade. Ich bin sofort wieder da!« rief ich aufgeregt, legte den Hörer hin und rannte zur Haustür. Ich unterdrückte nur mühsam ein Stöhnen, als ich sah, wer dort stand. Die leibhaftige Bestätigung des Sprichwortes, daß der liebe Gott kleine Sünden sofort bestraft. Die Schwammschnecke grinste wie ein Honigkuchenpferd, streckte mir ihre dickliche Rechte hin und schob mir gleichzeitig mit der dicklichen Linken ihre dickliche Tochter entgegen.

»Has' du Schokolade?« wollte das Schwammschneckenkind wissen.

»Schönen guten Tag!« strahlte die Strafe Gottes.

»Guten Tag. Ich führe gerade ein wichtiges Telefonat.«

»Das macht nichts, ich bin auch sofort wieder weg. Ich hole gleich die erste Fuhre Spenden für die Riesentombola ab. Ich wollte Ihnen nur schnell Simone vorbeibringen.«

»Simone vorbeibringen?« echote ich verständnislos.

»Na, zum Spielen. Wir unterhielten uns doch kürzlich darüber, stimmt's? Diese Idee von Ihnen war wirklich ganz ausgezeichnet!«

»Welche Idee?«

»Die Idee, uns mit der Betreuung abzuwechseln, während eine von uns der Spendenabholung nachgeht.«

»Ich eß am liebsten Trauben-Nuß!« krähte Simone. »Aber nur die mit ganzen Nüssen drin!«

»Ich muß wieder ans Telefon«, sagte ich nervös.

»Das macht doch nichts«, meinte die Schwammberger-Schneckesheim fröhlich. »Ich muß sowieso los. Wenn ich die Spenden abgeholt habe, will ich noch zum Callanetics, aber es dauert nicht lange. Und Simone spielt in der Zwischenzeit schön mit Timmy, dann sind alle beide beschäftigt. Damit schlagen Sie praktisch zwei Fliegen mit einer Klappe.«

Was auch immer dieses Callanetics sein mochte, sie würde bestimmt als nächstes auf der Stelle ihre absolute Könnerschaft auf diesem Gebiet hervorheben.

»Natürlich braucht es einige Übung, um ein vollständiges, wirklich umfangreiches und effektives Trainingsprogramm durchziehen zu können, aber dafür sind die Ergebnisse dann um so zufriedenstellender. Übrigens – für die Figur ist Callanetics das Beste, was je erfunden wurde«, erklärte sie mit herablassender Freundlichkeit, wobei sie mich von oben bis unten ansah.

»Ich eß auch Überraschungseier, zusammenbauen darf Timmy dann«, verkündete Simone großmütig.

»Ich bin schon wieder weg! Tschüsichen, Simonchen, bis halb acht dann!« Mit einem neckischen Winken ging die Schwammschnecke zu ihrem Kombi. Ich starrte ihr sprachlos hinterher. Simone war bereits irgendwo im Haus verschwunden.

Ich lief rasch zum Telefon. »Hallo, Frau Hilfreich?« fragte ich in den Hörer. Die Leitung war tot. Edelgard hatte schon aufgelegt.

Wütend tippte ich die nächste Nummer von meiner Spendenliste ein.

Während ich wartete, daß jemand in der Schusterei des potentiellen Spenders Jakob Engelbert Gutfreund ans Telefon ging, hörte ich Timmy und Simone auf der Kellertreppe.

»Wieso wills du einen Tyrannosaurier aus den ganzen schönen Knochen machen? Wieso machs du nich einen Zombie?« fragte Simone.

»Einen Zombie?« antwortete Timmy. »So einen wie bei euch neulich?«

»Ja, wie in dem Video, einen mit echt Schleim und Fetzen und ausgelaufenen Augen und klapprigen Zähnen und dem Messer, das da im Ohr drinsteckt.«

Nachdenkliche Pause, dann Timmy: »Wo soll ich denn den Schleim und die Fetzen herkriegen? Und das Blut?«

»Du kanns ja ein Messer von deiner Mami nehmen und es dem Zombie ins Ohr reinstecken.«

»Es sieht aber dann nicht wie ein Zombie aus. Es sieht dann bloß wie ein totes Gerippe aus.«

»Es könnte aber vielleicht auch der Terminator sein. Weißt du noch, als der Terminator total verbrannt aus dem Laster rausgekommen is, war er genauso, bloß aus lauter Knochen.«

Bei Jakob Engelbert Gutfreund ging niemand dran. Ich ließ es weiterklingeln, legte den Hörer neben den Apparat und ging zur Kellertür. Timmy und Simone hockten nebeneinander auf der Treppe.

»Wovon redet ihr da eigentlich?« fragte ich.

»Vom Terminator«, erklärte Timmy, »aber der Terminator war bloß aus so Stahlknochen, nicht aus richtigen Gerippeknochen.«

»Was für ein Terminator?« fragte ich alarmiert.

»Der auf'm Video«, sagte Simone. »Ich hätt jetzt Hunger auf'n Überraschungsei. Timmy darf auch hinterher die Überraschung zusammenbauen, wenn's nich was am Stück is.«

»Was für ein Video?« fragte ich, noch alarmierter.

»Na, das von Simone seinem Bruder«, erklärte Timmy. »Ich würd auch gern 'n Überraschungsei haben.«

»Von *ihrem* Bruder, nicht *seinem*«, meinte ich mechanisch. Ein gräßlicher Verdacht keimte in mir auf.

»Nein, es ist *Simone* sein Bruder«, widersprach Timmy. »Er hat gesagt, es wär nichts für uns, weil wir erst fünf sind, und sechzehn muß man sein. Aber er ist auch erst zehn, und ich hab gesagt, wenn er sie guckt, wollen wir sie auch gucken, sonst sagen wir's Simone seiner Mama.«

»Ihrer Mama. Oder besser Simones Mama.«

»Sag ich doch.«

»Timmy, habt ihr bei Simone solche Videos gesehen? Mit Zombie und Terminator?«

»Klar doch, der Terminator ist total geil. Hasta la vista, Baby, das sagt er immer, wenn er die Feinde terminiert.« Er legte eine imaginäre Pistole auf Simone an und zischte drohend: »Hasta la vista, Baby!«

Simone kreischte und rannte ins Wohnzimmer und von dort durch die geöffnete Terrassentür hinaus in den Garten, verfolgt von meinem terminierungswütigen Sohn.

Ich blickte ihnen sprachlos nach. Kein Wunder, daß die Schwammschnecke stundenlang ungestört irgendwo herumhing, wenn Timmy zum Spielen bei Simone war. Simone hatte nicht nur den kleinen Japaner zum Freund, sondern auch einen großen Amerikaner mit Namen Arnold.

»Hallo? Hallo? Ist da jemand?« quäkte es aus dem Telefonhörer.

Ach du liebe Zeit, das mußte Jakob Engelbert Gutfreund sein! Ich lief zum Telefon, drückte den Hörer ans Ohr und rief: »Ja? Ist da jemand?«

»Ja, hier ist jemand, und dort? Ist dort auch jemand?«

»Ja, hier ist jemand, ich bin's, ich bin hier. Ich meine, guten Tag, hier ist Herkfelder-Henkesheim, ich hätte da eine kleine Bitte, es geht um ein Pfarrfest…«

»Warten Sie, sagen Sie es nicht, lassen Sie mich

raten«, sagte die Männerstimme entnervt. »Sie brauchen eine kleine Spende für irgendeine Tombola, stimmt's?«

Aus dem Garten ertönte wildes Kriegsgebrüll, und zwei Sekunden später tauchte ein dreckstarrender Timmy in der Diele auf.

»Die blöde Simone, sie soll sofort nach Hause!« schrie er wütend. »Ich war schon dreimal der Zombie, und sie hat gesagt, beim nächstenmal legt sie sich auch in das Grab und ist der Zombie, aber dann hat sie sich doch nicht in das Grab gelegt. Das find ich gemein! Sie soll sofort nach Hause!«

»Ja … ganz richtig«, stotterte ich, »für eine Zombo … äh … Tombola, genauer gesagt eine Riesentombola …«

»Ich leg mich ja in das Grab!« brüllte Simone zänkisch, Lehmklumpen von ihren Sandalen schleudernd. »Aber ich will nicht so'n olles scharfes Messer ins Ohr gesteckt kriegen!«

»Vielleicht … eine Sachspende … und wenn das nicht geht, eventuell eine ganz kleine Geldspende …«, rief ich in die Sprechmuschel.

Tannhäuser kam ebenfalls aus dem Garten, vergnügt wuffend und eine Erdbrockenspur hinter sich herziehend.

»Ich hab gesagt, ich nehm bloß ein Buttermesser!« schrie Timmy zornig.

»Vielleicht ein Buttermesser«, stammelte ich in den Hörer.

»Buttermesser? Nein, so etwas führe ich nicht. Aber keine Sorge, ich habe immer ein kleines Sortiment netter Tombolageschenke vorrätig. Ich werde nämlich ständig wegen Spenden für irgendeine Tombola angerufen. Weiß der Himmel, wieso.« Er seufzte ergeben.

»Aber wenn man was ins Ohr reinsteckt, kommt das ins Gehirn«, protestierte Simone. »Ich will nich so'n doofes Buttermesser in meinem Gehirn haben!« Sie stampfte den Lehm von ihren Sandalen in den Läufer und sagte unvermittelt höhnisch: »Du bis ein Aa-Loch!«

»Das lügst du! Das lügst du! Das lügst du!« kreischte Timmy.

»Ich danke Ihnen vielmals!« Ich mußte schreien, um Tannhäusers Kläffen und Timmys Gebrüll zu übertönen.

»Keine Ursache!« schrie der Wohltäter Jakob Engelbert Gutfreund zurück. »Kommen Sie mal vorbei!«

Am frühen Abend klingelte es, und ein kompetent dreinschauender, rundlicher Herr bat um Einlaß.

»Mein Name ist Klüber. Ich bin etwas spät, tut mir leid, aber besser spät als nie, das ist unsere Geschäftsdevise. Sie hatten unsere Firma kontaktiert, wegen der Sicherheit Ihres Anwesens.« Dabei sah er sich mit hochgezogenen Brauen in der schlechtgeputzten Diele unseres Anwesens um. In der einen Ecke lagen Tannhäusers abgekaute Spielknochen, in der anderen Timmys verdreckte Gummistiefel. Irgend jemand mußte nach dem letzten Regenguß vergessen haben, sie wegzuräumen.

Ich rief den Herrn des Hauses zur Unterstützung herbei. Schorschi schilderte dem ernst dreinblickenden Herrn Klüber unser Problem mit dem auf unserem

Grund und Boden herumstreifenden Luftpumpenkiller.

Herr Klüber nickte ernst und schlug als erstes eine Begehung unseres Anwesens vor, einschließlich freien Geländes sowie Umfriedung desselben.

Er stapfte zusammen mit uns ums Haus, musterte mit schmerzlich verkniffenem Mund unsere Lichtschächte, Terrassentüren, Fenster, begutachtete die klapprigen Pfähle der Umfriedung, die nur von den meterhoch wuchernden Sträuchern zusammengehalten wurde, und meinte nach einer knappen Viertelstunde: »Nun ja.«

»Nun was?« wollte Schorschi wissen.

»Da kann man einiges tun. Eigentlich kann man eine Menge tun. Nein, ich drücke mich falsch aus. Man *muß* eine Menge tun.«

Das klang unangenehm. »Was denn alles?« wollte ich von Herrn Klüber wissen.

»Da wären die Fenster. Es gibt da zwei Möglichkeiten. A, man vergittert sie.«

»A kommt nicht in Frage«, widersprach ich sofort. »Ich würde mir wie im Gefängnis vorkommen. Was wäre B?«

»B wären Schließanlagen. Will sagen, verschließbare, dreifach gesicherte, bruchsichere Fenster. Spezialschlösser, Spezialglas.«

»Das hört sich teuer an«, sagte Schorschi. »Was würde uns der Spaß denn kosten?«

»Sehen Sie«, erklärte Herr Klüber wendig, »Spaß, das ist ein ganz verkehrtes Wort. Sie müssen das anders sehen. Eine Investition in Ihre Sicherheit, mit anderen Worten, eine Investition in ein besseres, ruhigeres, friedlicheres, kurzum gesünderes und damit letztlich längeres Leben.«

Das klang überzeugend. Ich wollte gerne länger und gesünder leben.

»Zusammen mit den spezialgefertigten Türen eine echte Wertanlage. Für das Freigelände empfehle ich Lichtsensoren. Zwei – nein, besser drei Videokameras. Infrarotschranken, eventuell gekoppelt mit externer Anlage.« Herr Klüber kam ins Schwärmen, als er unser Häuschen mental zu einem Hochsicherheitsbunker aufmotzte. Dann sah er mit deutlichen Anzeichen von Verzweiflung unseren dürftigen Zaun an. »Allerdings die Umfriedung … Mit dieser Strauchhecke und dem Zaun, das ist so eine Sache … Sie sollten da in Erwägung ziehen … etwas Solides … Stein auf Stein …«

Schorschi kickte einen Kiesel weg. Er knallte mit einem vernehmlichen *Pling* gegen die Vogeltränke. »Das hört sich alles sehr interessant an«, meinte er verbindlich.

Er schaute auf die Uhr.

»Am besten, Sie schicken uns Prospekte. Wir kommen dann wieder auf Sie zu, wenn wir uns entschieden haben.«

Das war ganz der glatte, nonchalante Politiker, den er sonst nur zu offiziellen Anlässen hervorkehrte. Herr Klüber war nicht von gestern. Er kapierte sofort, worauf mein Mann hinauswollte. Die Maske freundlicher Kompetenz auf seinem Gesicht bekam Risse, bröckelte ab und machte einem Ausdruck unverhohlenen Mißmuts Platz. »Sicher«, meinte er gedehnt. Sein Händedruck zum Abschied war längst nicht so warmherzig wie der zur Begrüßung.

»Das war wohl nichts für uns, oder?« fragte ich überflüssigerweise, als Herr Klüber in seiner vielfach gegen Diebstahl gesicherten Limousine davongebraust war.

»Natürlich nicht. Ich hätte es wissen müssen. Ich kenne doch diesen Kram. Im Ministerium haben wir genug davon. Jede Woche mindestens dreimal Fehlalarm. Wenn es irgendwo piept oder tutet, interessiert sich kein Mensch dafür. Ständig kommt jemand vom Sicherheitsdienst und repariert herum. Aber das ist nicht der springende Punkt.«

Ich nickte. Mir war sofort klar, was der springende Punkt war.

Schorschi ärgerte sich und kickte noch einen Kiesel weg, diesmal durch die Hecke bis auf die Straße. »Solche Sachen kosten Unsummen. Irgendwann habe ich sogar mal die Zahlen gesehen. Wie konnte ich das bloß vergessen?«

»Wir werden auch so zurechtkommen«, tröstete ich ihn, »wir haben immerhin einen Hund.«

Das hob seine Laune. »Ja«, grinste er, »der wird den Täter sicher in der Luft zerreißen, falls er wiederkommt. Vorausgesetzt, er ist ein Briefträger.«

Am Abend rief Heike an.

»Was gibt's Neues in eurem Mordfall?« fragte sie sofort. Als meiner besten Freundin hatte ich ihr natürlich unter dem Siegel der Verschwiegenheit davon erzählt.

»Es ist nicht *unser* Mordfall«, wehrte ich ab. »Und es gibt auch nichts Neues. Und erzähl es bloß niemandem, hörst du? Ich habe keine Lust, in die Zeitung zu kommen.«

Das würde sie nie tun, erklärte sie und empfahl mir dann eindringlich, mit ihr zusammen den Kurs *Selbstverteidigung für Frauen* an der VHS zu belegen. Sie wiederholte den Kurs jedes Jahr.

»Du wirst dich wesentlich sicherer fühlen, Susi. Stell dir vor, der Typ kreuzt noch mal bei euch auf! Oder irgendein Brutalo lauert dir im Parkhaus auf. Du machst dann einfach Kleinholz aus ihm, knallst ihm richtig eins auf seine Testikel!«

Ich versprach ihr, bis zum nächsten Semester darüber nachzudenken.

»Sag mal«, fragte ich sie dann ganz beiläufig, »findest du eigentlich, daß ich dick bin?«

Sie hätte jetzt theoretisch sagen können: Ach wo, was heißt dick? Wie kommst du denn auf diese absurde Idee?

Statt dessen sagte sie seufzend: »Ja, wir haben alle unser Päckchen Fett zu tragen. Wenn man erst mal ein Kind gekriegt hat, ist alles zu spät. Und beim zweiten erst! Dann heißt es nur noch, dick, dicker, am dicksten. Ich meine, wenn es ja bloß die Schwangerschaftsstreifen oder die Krampfadern wären oder die Hämorrhoiden oder die Cellulite. Als wenn das nicht schon reichte. Aber nein, man muß ja außerdem noch fett sein. Da bist du nicht die einzige, Susi. Guck mich nur an! Ich hab auch immer ein paar Pfündchen zuviel.«

Ich versuchte, es nicht persönlich zu nehmen, und erkundigte mich forsch, ob sie denn eine Idee hätte, mit welcher maßgeschneiderten Diät ich mein Päckchen Fett loswerden konnte.

Heike ließ einen Laut der Erschütterung hören. Sie erklärte mir sofort, es sei völlig sinnlos, eine Diät zu machen. Sie selbst hätte schon alles mögliche ausprobiert, von A wie Ananas bis Z wie Zucchini, aber alles umsonst.

»Weißt du, es liegt an den Zellen«, erläuterte sie mir. »Der Körper des Menschen besteht aus Abermillionen von Zellen, und eine ist raffinierter als die andere. Vor allen Dingen die Fettzellen. Sie merken sofort, wenn sie auf Sparflamme gesetzt werden, essensmäßig, meine ich. Dann schalten sie auf stur. Sie werfen praktisch ihr Notaggregat an, wenn du verstehst, was ich meine.«

Ich verstand es nicht.

»Es bedeutet, daß bei reduzierter Energiezufuhr zuerst die Zellen ihren Geist aufgeben, auf die der Körper am ehesten verzichten kann«, erklärte Heike. »Das sind zum Beispiel die Muskelzellen. Das Fett wird dagegen eisern gehortet. Der Körper will es nicht rausrücken. Lieber läßt er das Eiweiß sausen. Da gehen dann zum Beispiel auch Gehirnzellen drauf.«

Ich war entsetzt.

»Und das ist noch nicht alles«, fuhr Heike erbarmungslos fort. »Die Zellen sind noch schlauer. Sie merken sich nämlich, daß man ihnen mit einer Diät zu Leibe gerückt ist.«

»Wieso merken sie es sich?«

»Na, für alle Fälle. Genauer gesagt, für den Wiederholungsfall. Das bedeutet, daß die Zellen nach der Diät Fett einlagern wie verrückt, um für schlechte Zeiten vorzusorgen, und bei der nächsten Diät schalten sie dann noch mehr auf stur und wollen ihr Fett erst recht nicht mehr rausrücken. Man wird praktisch von Diät zu Diät fetter. Du solltest also besser gar nicht erst damit anfangen. Es gibt für dich eigentlich nur einen Weg, dich aus dem Teufelskreis zwischen Übergewicht, Diät, Gehirnauszehrung und noch mehr Übergewicht zu befreien. Weißt du, Susi, wenn du wirklich und ernsthaft ein paar Pfündchen abnehmen willst, solltest du einfach abends keine Nüßchen mehr essen.«

Die übrigen Tage dieser Woche waren nervenaufreibend. Zusätzlich zu meinem normalen Alltagsstreß hatte ich noch die undankbare Aufgabe zu erledigen, Spenden für die Riesentombola abzuholen und ins Pfarrheim zu transportieren. Die Ausbeute meiner ersten Fuhren waren beklagenswert dürftig. Der Gastwirt Guitbert Geber spendete unter zahlreichen Seufzern, mit denen er ein ums andere Mal bekräftigte, daß es ein wahres Kreuz war, folgende Gegenstände:

1 Aschenbecher, leicht abgestoßen

1 Stammtischwimpel, rot

1 Paket Bierdeckel zu 10 Stück, neu, und, nach langem Nachdenken und mit vielen gequälten Stoßseufzern

1 Tütchen Salzstangen, alle durchgebrochen.

Ich ließ mir die Preise in meine mitgebrachte Plastiktüte packen, katalogisierte sie sorgfältig auf der von mir angelegten Spendenliste und brachte sie ins Pfarrheim, wo ich sie ordentlich in dem dafür vorgesehenen Raum deponierte.

Auf dem Weg zum Bizarr-Shop der Edelgard Hilfreich kam ich bei meinem Friseursalon vorbei. Kurz entschlossen stellte ich meinen Wagen in der Nähe ab und ging hin, um ein paar Spenden locker zu machen. Immerhin war ich Stammkundin.

Carmen begrüßte mich freundlich, aber erstaunt. Schließlich war noch nicht der erste Freitag im Monat. Ich erklärte ihr, wieso ich außer der Reihe erschienen war, und sie war sofort entzückt von der Spendensammelidee. Damit wäre noch nie jemand an diesen Laden herangetreten, das wäre aber mal eine tolle Sache. Der Chef wäre zwar nicht da, aber er hätte bestimmt nichts dagegen, für einen guten Zweck etwas zu geben. Sie verschwand in irgendeinem Hinterzimmer, auf der Suche nach Spenden. Ich nutzte die Gelegenheit, am Puls der Zeit zu fühlen, und blätterte in einer der bunten Friseurzeitschriften. Als erstes erfuhr ich, daß Steffi jetzt doch keinen Therapeuten braucht, eine Kennedy-Tochter einen Exknacki heiratet und Victoria Principal alias Dallas-Pam von einem Sexgangster in den Wahnsinn getrieben wird. In einer anderen Zeitschrift fand ich dann einen hochinteressanten Artikel, in dem ausgeführt wurde, wer statistisch gesehen im internationalen Vergleich der beste Lover war. Das war eindeutig der Franzose, hieß es da. Der tat es im Schnitt zweimal die Woche, während es der Amerikaner nur auf knapp einmal brachte. Ferner taten es einundsiebzig Prozent der Franzosen am liebsten morgens, von den Amerikanern aber nur zwölf Prozent. Ich las es zweimal, um ganz sicher zu gehen, daß es wirklich dort stand. Ja, es stand da. Die Franzosen standen auf Morgensex. Vielleicht sollte ich Oma mal fragen, ob unter ihren und Schorschis Vorfahren Hugenotten gewesen waren.

Carmen kam mit einem Arm voll Spenden wieder zurück.

»Sag mal, Carmen, hast du eine Ahnung, was Callanetics ist?«

Sie stapelte die von ihr mitgebrachten Sachen vor mir auf die Theke. »Klar, das ist so 'ne Art Gymnastik, das ist von einer Amerikanerin erfunden worden. Die Frau war total am Ende, körperlich meine ich, denn sie ist in Europa herumgezogen, auf einer Rucksacktour, ihr Rucksack war schwerer als sie selber, und als sie in die Staaten zurückkam, war sie reif für den Rollstuhl, und weil sie sich nicht unters Messer legen wollte, hat sie das Callanetics erfunden.«

»Wie konnte sie denn Gymnastik machen, wenn sie reif für den Rollstuhl war?« fragte ich mich sehr zweifelnd.

»Das ist ja gerade der Trick. Diese Sache ist auch was für halbe Krüppel. Man muß kein bißchen dabei rumhopsen, man muß sich *überhaupt* nicht viel bewegen, bloß die Muskeln anspannen.«

Ich notierte Carmens Spenden auf meiner mitgebrachten Liste:

1 Stielkamm
3 Paar Haarspangen, bunt, mit Schleifen
1 Flasche Kurspülung für strapaziertes Haar
1 Rasierschaum, duftneutral
1 Glas Nescafé.

Ich starrte den Nescafé an und fragte: »Hast du das schon mal gemacht? Callanetics, meine ich.« Ich zögerte. »Ist das eigentlich sehr bekannt?«

»Es ist total bekannt. *Jeder* kennt es doch. Das ist einfach irgendwie cool, so soft zu seinem Körper zu sein. He, hier ist noch was, Kulis, jede Menge, wollen Sie die auch? Wir haben soviel von dem Kram, der Chef merkt das gar nicht. Ist aber ein Werbeaufdruck drauf.«

»Egal, ich nehm sie trotzdem.« Ich notierte auf meiner Liste:

10 Kugelschreiber, blau, Werbeaufdruck: Coiffeur Schmalhans.

Ich schob die Preise in meine mitgebrachte Plastiktüte und verabschiedete mich von meiner topinformierten Friseuse.

Edelgard Hilfreichs Bizarr-Shop befand sich in einer ziemlich schmuddeligen Nebenstraße etwas außerhalb. Leider war er an diesem Tag geschlossen. Unter dem neonpinkfarbigen Schriftzug, dem zu entnehmen war, daß es sich bei dem Laden um einen *Bizarr-Shop, auch für Ausgefallenes* handelte, war ein stählerner grauer Rolladen herabgelassen, so daß man nicht einmal eine Auswahl der fremdartigen, bizarren Kunstwerke im Schaufenster bewundern konnte. Ich verschob meine Spendensammelaktion bei Edelgard auf später und fuhr weiter.

Bei Jakob Engelbert Gutfreund hatte ich dafür mehr Glück. Sein kleiner Schusterladen war im Erdgeschoß eines windschiefen, schindelgedeckten alten Häuschens in der Nähe der Innenstadt untergebracht. Das anderthalbgeschossige angejahrte Ziegelhaus hatte starke Ähnlichkeit mit der Behausung des kleinen Igels Stichelmann, bloß daß kein Tomatenbeet in der Nähe war. Im Schaufenster des Ladens sah ich orthopädische Schuhe und Gesundheitssandalen mit Bad Wörishofener Fußbett. Die Tür neben dem Schaufenster stand offen. Sie führte in einen schmalen, schattigen, nach Terpentin stinkenden Flur, in dem eine hölzerne, ausgetretene Stiege nach oben ins Dachgeschoß führte.

Es war anscheinend einer dieser altmodischen Läden, wo der Handwerker noch unter einem Dach lebte und arbeitete.

Die Tür fiel mit einem ausgeleierten Ding-Dong-Türglockengeräusch hinter mir ins Schloß.

»Niemand da?« rief ich. Es war gerade sechs Uhr, vielleicht war der Laden schon zu, und Jakob Engelbert Gutfreund hatte nur vergessen, die Tür zu schließen.

»Rechts die Tür geht in den Laden«, kam eine Stimme von der Treppe her. Ich schrie vor Schreck auf, und die Stimme meinte: »Ich bin bloß der Maler.«

Ach so, der Maler. Tatsächlich, im Schatten des Geländers saß ein weißbekittelter Typ auf den Stufen und strich die Wand in einem zarten Mintgrün, in demselben Grün wie Brigittes Lederkluft neulich.

»Ich suche einen Herrn Jakob Engelbert Gutfreund«, erklärte ich.

»Ja, das ist der Chef hier. Gehen Sie nur rein.« Er deutete auf die Tür rechts von mir. »Aber Vorsicht, bitte nicht ans Holz kommen, die Tür hab ich heute erst gestrichen.«

Gehorsam berührte ich beim Öffnen der Tür nur mit spitzen Fingern die Klinke. Wieder ertönte ein altmodisches Ding-Dong. Der Ladenraum, von dem ein Durchgang zur angrenzenden Werkstatt führte, war genauso altertümlich wie die Schaufensterauslagen. Der Mann hinter der Theke war offensichtlich das Jüngste in diesem Raum. Er war etwa Ende Dreißig, blond und schlank. Als er mich sah, lächelte er. Sein Gesicht war offen und nett. »Schönen guten Tag. Eigentlich haben wir schon zu, die Tür vorn haben wir nur zum Lüften offenstehen. Sekunde noch, ich bin gleich soweit.« Er deutete mit dem Kopf auf seine Arbeit; er war gerade damit beschäftigt, mehrere lange, dünne Lederschnüre zusammenzuzwirbeln und sie an einem kurzen Stock zu befestigen. Auf seinem Arbeitstisch herrschte ein buntes Durcheinander. Neben allerlei Lederzubehör und verschiedenem Werkzeug lag eine Zeitung, eine ausgetrunkene und zerdrückte Coladose, eine komische, lederne Dominomaske, wie man sie zum Fasching trägt, und ein bunt bebildertes Werbeblättchen mit hübschen Gartenblumen und der Aufschrift: *Dünge Deinen Lieblingsgarten*. Daneben lag ein aufgerissenes Plastiktütchen mit derselben Aufschrift. Offenbar genauso ein Reklamezeug, wie wir es neulich auch bekommen hatten.

»Guten Tag«, sagte ich höflich. »Ich will nichts kaufen. Sind Sie Herr Gutfreund?«

Als er nickte, erklärte ich ihm den Grund meines Kommens.

»Ach, Sie sind das«, meinte er. »Sie hatten doch angerufen, stimmt's?«

»Ja, stimmt. Sie sagten, Sie hätten immer ein paar Preise vorrätig, weil Sie öfter wegen Spenden angesprochen werden.«

»Richtig«, seufzte er, wenn auch nicht annähernd so märtyrerhaft wie Guitbert Geber, der Gastwirt. Er legte seine Lederschnüre beiseite und zog unter der Ladentheke eine Schublade auf. »Da hätten wir doch schon unser kleines Spendensortiment. Wird immer sehr gern gewonnen, habe ich mir sagen lassen.« Er sah mich an. Seine Augen glänzten vor Begeisterung unnatürlich hell.

Sprachlos starrte ich auf die geflochtenen Lederarmbänder, die er mir hinschob. Anscheinend bezog er seine Verkaufsstücke bei demselben Designer wie Brigitte, nur schien es mit dem künstlerischen Stellenwert der Dinger doch nicht so weit her zu sein, wie sie mich glauben machen wollte. Wenn das Zeugs wirklich so superb gewesen wäre, hätte der Schuster Gutfreund es bestimmt nicht dutzendweise für eine Riesentombola über den Tresen geschoben, noch dazu umsonst. Es sah ganz so aus, als wäre dieser Kram geradezu das Paradebeispiel eines Ladenhüters.

Egal, es waren viele, und viel war Trumpf. Viele Armbänder, viele Lose, viel Geld fürs kleine Jesulein, nur das war wichtig. Ich zählte die Armbänder und schrieb dann auf meine Liste:

28 St. Lederarmbänder, geflochten.

Nachdem ich mich herzlich bedankt und verabschiedet hatte, überlegte ich, ob ich Brigitte davon erzählen sollte, wenn sie das nächste Mal bei mir auftauchte. Nein, entschied ich sofort großmütig, ich wollte ihr nicht die Illusionen rauben. Wenn sie davon überzeugt war, die Arm- und Halsbänder von ihrem Jacques seien das Salz der Erde, würde ich ihr das nicht vermiesen. Vielleicht wurde dieser Lederkram ja sogar noch der letzte Schrei; wenn erst die halbe Pfarrgemeinde damit ausgerüstet war, stellte das sicher einen nicht zu unterschätzenden Werbefaktor dar.

Als ich die an diesem Tag abgeholten Spenden anschließend ins Pfarrheim brachte, traf ich dort zu meinem großen Verdruß die Schwammschnecke beim Sortieren der Tombolapreise.

»Na?« begrüßte sie mich lauernd. »Wie war denn heute Ihre Performance?«

Ich hatte keine Ahnung, wie meine Performance war. Vielleicht wäre das anders gewesen, wenn ich gewußt hätte, was sie damit meinte. Das Wort war mir zwar geläufig, aber anscheinend war es ein Teekesselwort, denn die Schwammschnecke hatte sicher etwas anderes im Sinn als Körperkunst, und so konnte ich nur ehrlich antworten: »Tut mir leid, das kann ich Ihnen nicht sagen.«

»Ach, haben Sie sich etwa die Katze im Sack andrehen lassen?« Sie kicherte albern. »Vielleicht sollten Sie wirklich besser in die Tüten reinschauen. Womöglich liegt tatsächlich eine tote Katze drin!«

Bei toter Katze fiel mir augenblicklich Zombie ein. »Wo Sie gerade bei dem Thema sind«, fing ich an, aber sie winkte ab.

»War nur ein Scherz, hihi.«

»Wenn Sie schon von tot reden«, fuhr ich unbeirrt fort, doch sie meinte sofort munter: »Also, dann will ich doch mal wieder los. Meine Spenden habe ich schon allerliebst dekoriert, finden Sie nicht?« Die Betonung lag dabei auf *meine*, und sie blickte angelegentlich auf die Regale an den Wänden, wo sie die von ihr gesammelten Sachen an herausragender Stelle deponiert hatte. Ich sah Plüschbären, Malkästen, Bodylotions, Handtäschchen, Cognac, Bilderbücher, bunte Gummistiefel, sogar eine Kuckucksuhr. Es war nicht zu leugnen, daß ihre Preise und die der drei anderen Spendenabholmuttis des Kindergartens weit besser waren als meine. Sicher hatte sie die Aufteilung bei der Zusammenstellung der Spenderlisten manipuliert, damit ich ausschließlich solche armseligen Spender wie Guitbert Geber abzuklappern hatte. Bisher tat ich mich jedenfalls bei den von mir erbeuteten Spenden mehr durch Quantität als durch Qualität hervor.

»Es ist doch vollkommen egal, wo der Kram steht«, sagte ich. »Die Leute kaufen doch hier nichts, sie gewinnen das Zeugs, egal wo's steht.«

»Oh, aber das Auge will auch was haben bei einer Tombola, wer die vielen schönen Preise sieht, der kauft auch viele Lose! Tschüsichen!« zwitscherte sie beim Rausgehen.

Sie hatte mal wieder das letzte Wort behalten, und das ärgerte mich. Und sie hatte recht, das ärgerte mich noch mehr. Außerdem hatte sie es irgendwie geschafft, mich abzuwürgen, als ich das Zombiethema zur Sprache bringen wollte, und das ärgerte mich am allermeisten.

In der folgenden Nacht weinte Timmy. Er weckte uns durch sein Schluchzen, und als Schorschi und ich in den Flur stürzten, fanden wir ihn zitternd und durchgefroren in der Ecke kauernd.

Schorschi kniete sich hin und nahm ihn in die Arme. Über den blonden, zerzausten Schopf hinweg sah er mich an. Das war das erste Mal seit zwei Jahren, daß Timmy nachts aufgestanden war. Er umklammerte Schorschis Schultern und murmelte mit tränenerstickter Stimme: »Er war wieder da, Papa, er hatte meine Luftpumpe!«

»Pst, ist ja gut. Niemand war hier, du hast bloß schlecht geträumt.« Schorschi stand auf und trug Timmy zurück in sein Zimmer, aber er wollte nicht allein in seinem Bett bleiben. Schorschi nahm ihn bereitwillig mit in unser Schlafzimmer, wo er zwischen uns im Bett schlafen durfte.

Er war ziemlich schnell wieder ruhig, aber ich fand keinen Schlaf. An den Bewegungen meines Mannes merkte ich, daß er ebenfalls wach war.

»Ich muß auch oft dran denken«, sagte ich leise in die Dunkelheit. Er streckte seinen Arm über Timmys kleinen Körper hinweg in meine Richtung und suchte nach meiner Hand.

»Nicht nur du. Manchmal denke ich auch, er kommt wieder. Ich habe sogar schon davon geträumt, genau wie Timmy.«

Ich schloß die Augen und sah den blutigen Fleck auf dem grauen Uniformhemd und den daraus emporwachsenden Luftpumpengriff. Wie war der Mörder an die Luftpumpe gekommen? Wo hatte er sie auseinandergebaut und zugefeilt? Warum hatte er Herrn Süß ausgerechnet bei uns umgebracht? Ich hielt die Hand meines Mannes fest wie eine Rettungsleine.

Wir lagen beide noch lange wach.

Am nächsten Morgen rief ich im Polizeipräsidium an und ließ mich mit dem Bohrer verbinden. Am Mordtag hatte er angekündigt, uns mit Erkenntnissen über die Tatwaffe konfrontieren zu wollen. Meine anfängliche Entrüstung über diese Wortwahl hatte sich in die ungeduldige Erwartung verwandelt, daß er es endlich tun möge. Ich wollte endlich wissen, was los war. Ich gierte förmlich nach Neuigkeiten.

Aber es gab keine.

»Tut mir wirklich leid«, sagte der Bohrer. »Keine neuen Erkenntnisse zur Zeit.«

Seine Stimme klang am Telefon irgendwie sonorer und autoritärer.

»Was ist mit Fingerabdrücken?« drängte ich.

»Bis jetzt noch keine verwertbaren Spuren.«

»Und die Feile? Der Staub von der Werkbank? Hat er es hier getan oder nicht? War er hier im Haus oder nicht?« Ich war wütend über den hysterischen Unterton in meiner Stimme und bemühte mich um mehr Gelassenheit. »Sie müssen doch inzwischen irgendwas rausgefunden haben!«

Er seufzte. »Diese Dinge brauchen ihre Zeit. Glauben Sie mir, sobald wir etwas wissen, erfahren Sie es als erste.«

Am folgenden Freitag begann mein Computerkurs. Die Aussicht, demnächst überall über dieses eminent wichtige Thema mitreden zu können, hatte mich während der ganzen Woche moralisch aufgerichtet, aber als dann der Freitag gekommen war, fühlte ich mich ziemlich mulmig. Je näher der Abend rückte, um so mehr packte mich die Panik. Mir kam dumpf in den Sinn, was mir die nette junge Angestellte über obercoole Männer erzählt hatte, die Megabytes mit Löffeln fraßen.

Aber dann fiel mir ein, daß ich für meinen Teil ja gar nicht völlig unbeleckt am ersten Kursabend aufkreuzen mußte, schließlich hatte ich einen fünfjährigen Sohn, der wie ein Profi am Computer hantierte.

»Timmylein, sag mal, hättest du ein bißchen Zeit für deine liebe Mami?« umschmeichelte ich ihn am Nachmittag in der Küche. Er machte einen ausgeglichenen, vergnügten Eindruck. Das nächtliche Weinen hatte sich nicht wiederholt. Im Moment war er damit beschäftigt, in der Spüle ziemlich große Lehmklumpen von seinen Armen zu waschen. »Wofür?« wollte er sofort mißtrauisch wissen.

»Ach, du müßtest mir nur mal für ein ganz klitzekleines Momentchen zeigen, wie der Computer funktioniert. Ein, aus, Maus und solche Sachen.«

»Na schön«, sagte er mit gnädiger Herablassung, ganz im Vollgefühl seiner männlichen Überlegenheit. Mit tropfenden Händen hüpfte er vor mir her zu Schorschis Schreibtisch, auf dem der PC mit allem Drum und Dran aufgebaut war.

»Hier ist on«, sagte Timmy lapidar und drückte einen großen schwarzen Kippschalter, was sofort eine Reihe von Lichtern zum Blinken brachte.

»Darfst du denn einfach mit dreckigen Fingern den Computer anfassen?« fragte ich besorgt. »Das ist bestimmt nicht gut für die Elektronik.«

Er hörte gar nicht hin. »Hier macht man den Bildschirm an«.

Wieder betätigte er irgendwo einen Schalter.

»Jetzt kommt C Doppelpunkt, da machst du *win*« – er tippte in rasender Reihenfolge mit seinen feuchten, lehmigen Händen ein paar Buchstaben – »machst *enter*« – das war wieder eine andere Taste irgendwo rechts neben den Buchstaben – »und hier kannst du nachher klicken und mit der Maus so rumrollen. Aber auf dem Pad bleiben, wenn's geht. Roll mal.«

Ich nahm das mausartige Klick-Roll-Ding und klickte und rollte versuchsweise. Auf dem Bildschirm war eine Sanduhr, die rollte mit, ziellos von einer Ecke des Bildschirms in die andere.

»Und jetzt ist's da, jetzt kannst du gucken.«

Ich guckte. Auf dem Bildschirm leuchteten eine Menge unverständlicher Felder mit unverständlichen Worten auf.

»Hast du geguckt?«

»Ja«, sagte ich vorsichtig. Ich guckte immer noch, es war alles sehr übersichtlich angeordnet und deutlich zu lesen, aber das war nicht der springende Punkt. Einen Augenblick dachte ich darüber nach, was der springende Punkt war, dann kam ich darauf. Ich begriff nichts, das war der springende Punkt.

Unter einer Vielzahl von hübschen bunten Feldern standen unter anderem so aussagekräftige Worte wie *Aldus, Dashboard, Hauptgruppe, Zubehör, Main, X-Tree Apps, Fibu, Norton Backup* und *WEEP*.

»Ich geh mit der Maus auf Spiele, Doppelklick, Menü, was nehm ich? Tetris oder was anderes?«

»Timmy!« sagte ich beunruhigt. »Was machst du da?«

Er drehte den Kopf und schaute mich verständnislos an. »Ich such mir ein Spiel aus. Mach ich doch immer!«

»Aber… ich meine, was macht man denn, wenn man was anderes haben will als Spiele?«

»Weiß ich doch nicht. Ich spiel immer bloß.«

Ich war wie vor den Kopf geschlagen. Ich mußte an meinem ersten Kursabend in der VHS erscheinen mit keiner anderen Vorbildung als der schlichten Kenntnis, wie man ein- und ausschaltete und Computerspiele aufrief! Warum hatte ich nicht schon gestern Schorschi oder Oliver gefragt, wie es ging? Jetzt war es zu spät, sie waren heute nachmittag beide nicht da. Oliver hatte Fußballtraining, und wenn Schorschi nach Hause kam, mußte ich auch schon los. Ich würde mich grauenhaft blamieren!

»Timmy, zeig mir noch mal, wie man ein- und ausschaltet!« Ich hatte es schon wieder vergessen.

»Hier ist *on*, hier der Bildschirm, wenn C Doppelpunkt kommt, machst du *win*, dann enterst du. Wenn du nicht enterst, passiert überhaupt gar nichts. An das Entern mußt du denken. Aber was ganz wichtig ist, wenn du rausgehst, mußt du Datei schließen drücken, mit dem Mausklick, weil sonst gibt das total viele temporäre Dateien. Das kostet Speicherkapazität, und auf keinen Fall darfst du Format C Doppelpunkt tippen, weil damit putzt du total die Festplatte!«

»Festplatte putzen?« fragte ich höflich. »Meinst du das im übertragenen Sinne oder …« Er hörte es nicht mehr, sondern lärmte schon wieder irgendwo im Garten herum. Und außerdem wußte ich auch gar nicht genau, was ich ihn überhaupt hatte fragen wollen. Ich wollte den Computer ausmachen, aber ich wußte nicht wo. Ich zog den Stecker raus.

Dann dachte ich: Wozu regst du dich auf? Es ist ja nur ein Schnupperkurs. Schnuppern, das ist unverbindlich und harmlos, es ist weder Pflicht noch Kür, sondern bloß Ausprobieren. Und das kann schließlich jeder.

Als ich abends aus dem Haus ging, lungerte der Postmensch vor unserer Einfahrt herum.

»Hallo, Herr Magnus«, sagte ich höflich, die Hand schon am Türgriff meines Kombi.

Er musterte mich eingehend. Für meinen ersten Schnupperabend hatte ich mir ziemlich viel Mühe mit der Auswahl meines Outfits gemacht. Ich wollte dezent, aber nicht bieder aussehen, weder schrill noch matronenmäßig. Eben unauffällig. Ich trug meine preußischblaue Bluse und Jeans und hoffte, angemessen schnupperfreudig zu wirken.

»Ich hab's leider wieder eilig. Ich muß weg. Gleich fängt mein Computerkurs an der VHS an.«

Er nickte unbeeindruckt. »Ich habe noch keine Blumen gekauft.«

»Das macht nichts«, sagte ich freundlich.

»Die Beerdigung hat nämlich noch nicht stattgefunden«, ergänzte er.

»Ach!« sagte ich betroffen. Ich rechnete rasch nach. Es war eine Woche her. Dann mußte ich heftig schlucken, weil mir klar wurde, warum Herr Süß noch nicht zur letzten Ruhe gebettet worden war. Ich stellte mir seine sterbliche Hülle auf den edelstahlblitzenden Seziertischen der Gerichtsmedizin vor. Wie sie seinen Brustkorb aufschnitten und sich ansahen, welchen Weg die Luftpumpe durch seinen Körper genommen hatte. Ich spürte, wie sich die Härchen auf den Armen unter meiner preußischblauen Bluse aufrichteten.

»Armer Kerl, was?« Herr Magnus blickte mich mitleidheischend an.

»Ja, wirklich. Das muß ein herber Schlag für seine Kollegen und Angehörigen sein. Ich meine, daß sie so lange darauf warten müssen, um ihm … äh … sein letztes Geleit zu geben.«

»Hat die Polizei schon was rausgefunden? Wegen der Post, meine ich.«

Ich zuckte die Achseln. »Keine Ahnung, tut mir leid. Herr Bohrer von der Kripo war letztes Wochenende da, aber seitdem hat sich nichts Neues ergeben. Sie sollten sich vielleicht besser direkt an ihn wenden, wenn Sie Neuigkeiten erfahren wollen.«

Er studierte seine tadellos manikürten Fingernägel. »Das habe ich natürlich schon längst getan. Aber es gibt nichts Neues. Deshalb … Nun ja, theoretisch wäre ja auch denkbar, daß nicht der Mörder die Post mitgenommen hat, sondern ein … sagen wir Dritter.«

Das ließ mich aufhorchen. »Dritter? Sie meinen irgend jemanden, der zufällig vorbeikam oder so?«

»Ja, zum Beispiel.«

»Das kann ich mir nicht vorstellen. Welcher unbeteiligte Dritte sollte Interesse an der Post wildfremder Menschen haben? Das wäre außerdem strafbar. Verletzung des Postgeheimnisses, wissen Sie?« Ein Kenntnisrelikt aus meinem abgebrochenen Jurastudium. Dann fiel mir ein, daß er ja Postler war und es selbst wissen mußte.

Er hob die Schultern.

»So etwas interessiert viele Leute gar nicht. Was im Strafgesetzbuch steht, meine ich. Die Neugier ist stärker. Wir von der Post machen uns natürlich Sorgen, daß die Post in falsche Hände gekommen ist. Eine rein berufliche Sorge.«

Ich schüttelte den Kopf.

»Außer der Großmutter meines Mannes war niemand auf dem Grundstück. Die Pforte war zu, als die Polizei kam. Es kann also kein Unbeteiligter zufällig vorbeigekommen sein und die Post gestohlen haben.«

»Und Ihre Frau Großmutter?«

»Was ist mit ihr?«

»Könnte sie nicht …?«

»Also hören Sie«, beschwerte ich mich, »diese Idee können Sie sich sofort aus dem Kopf schlagen. Sie unterstellen hier integren Mitbürgern und über jeden Zweifel erhabenen Postkunden …«

Er hob beschwichtigend beide Hände, die Handflächen nach oben gekehrt, zarte, glatte Kinderhände. »So habe ich das keineswegs gemeint!« Er strich sich über die mit Wet-Gel plattgekämmten Haare, ließ die Hände sinken und schob sie in die Taschen seines Jacketts. Auf den Zehen wippend, äugte er von unten zu mir herauf. »Vielleicht hat Ihre Frau Großmutter aber gewisse … Beobachtungen machen können.«

Ich schloß die Wagentür auf und setzte mich auf den Fahrersitz. »Nein, leider nicht. Sie hat nichts gesehen. Und wenn sie doch was gesehen hat, kann sie sich nicht mehr dran erinnern. Das Alter, wissen Sie?«

Hoffentlich reichte das jetzt. Ich fragte mich, wieso er schon wieder hier aufgekreuzt war. Jede Kollegialität hatte ihre Grenzen. Auch wenn Herr Süß und Herr Magnus die allerbesten Kumpel gewesen waren, rechtfertigte das noch lange nicht die penetrante Art von diesem Menschen. Als ob es nicht schon genug war, daß der Mord ausgerechnet in unserem Vorgarten passiert war. Ständig versuchte jemand, uns irgendeine Beteiligung an diesem unglückseligen Vorfall anzuhängen.

»Tut mir leid, daß ich Ihnen nicht weiterhelfen kann«, rief ich ihm zu, bevor ich die Tür zuschlug.

»Macht nichts, ich melde…«, rief er zurück, unterbrochen vom Türknall.

Ich setzte mit einem unguten Gefühl aus der Einfahrt zurück. Einen kurzen Moment wiegte ich mich in der Hoffnung, daß er gesagt hatte: Ich melde mich bestimmt nicht mehr bei Ihnen. Aber dann sah ich im Rückspiegel sein Gesicht. Es zeigte einen merkwürdig mißtrauischen, grüblerischen Ausdruck, und ich wußte plötzlich, daß er sich doch wieder melden würde.

Ich hatte Mühe, während der Fahrt zu meinem ersten Computerkurstreffen mental wieder auf Schnuppererwartung umzuschwenken. Mir ging die Frage nicht aus dem Kopf, wo Oma wohl gewesen sein mochte, als sich die Bluttat in unserem Vorgarten ereignet hatte. Sie hatte behauptet, sich mit Herrn Süß unterhalten und dann die Post ins Haus gebracht zu haben. Als sie wieder herauskam, war der Mord schon passiert. Die Frage war, ob das stimmte oder ob sie es doch gesehen und es bloß in das gnädige Dunkel ihrer Altersdemenz versenkt hatte. Es war zum Verrücktwerden.

Ich war bei der Volkshochschule angekommen und

starrte das häßlich graue Betongebäude an, alles andere als schnupperfreudig.

Als ich den Kursraum betrat, dachte ich zuerst, ich hätte mich in der Tür geirrt. Soweit ich es auf einen Blick beurteilen konnte, war unter dem runden Dutzend anwesender Personen, die in lockeren Grüppchen zusammenstanden oder an den Computertischen herumsaßen, kein einziges weibliches Wesen. Ich *mußte* mich in der Tür geirrt haben. Sicher war das der Schnupperkurs für Männer. Ich suchte hektisch in meinem Verzeichnis und guckte auf das Nummernschild neben der Tür. Der Raum stimmte, die Zeit stimmte. Aber die Leute stimmten nicht!

»Suchen Sie was?« Einer der herumstehenden Typen kam auf mich zugeschlendert. Er war etwa Mitte Dreißig und rothaarig wie ein Feuermelder.

»Ich suche den Computer-Schnupperkurs«, erwiderte ich und schaute wieder krampfhaft auf mein Verzeichnis.

»Der Frauenkurs geht erst nächste Woche los«, erklärte er.

Ich sah mich nervös um.

Inzwischen waren die Gespräche verstummt, und alle Blicke ruhten auf mir.

»Eigentlich wollte ich in den gemischten Kurs«, flüsterte ich. In der darauf einsetzenden Stille hörte man nur ein flaches, aufgeregtes Atmen. Mein Atmen.

»Gemischt?« fragte er stirnrunzelnd.

»Ja, den gemischten Männer- und Frauen-Schnupperkurs«, sagte ich. Mein Gesicht fühlte sich warm an, und ich wußte, daß es so rot war wie seine Haare.

»Nur herein, schöne Frau!« rief einer der anderen

Typen leutselig durch den Raum. Die anderen stimmten lautstark zu.

Ich spürte, wie ich mich von scharlachrot zu zinnoberrot verfärbte. »Ich hatte mich angemeldet.«

»Angemeldet?« fragte der Rotschopf. »Ach, jetzt fällt's mir ein, in der Liste, da war doch … warten Sie mal …« Er ging zu einem Tisch in der Nähe der Tafel an der Stirnseite des Übungsraumes und blätterte in irgendwelchen Unterlagen. »Richtig, hier ist ja tatsächlich eine Frau. Susanne Herkfelder-Henkesheim.«

Allgemeines Hallo, ein paar beifällige Pfiffe. Das war zuviel. Ich straffte zu allem entschlossen die Schultern und blickte herausfordernd in die Runde. »In der Tat. Ich habe mich zu diesem Kurs angemeldet.«

»Stimmt, entschuldigen Sie, aber es kommt so selten vor … praktisch kommt es überhaupt nicht vor«, sagte der Rothaarige, ziemlich frech grinsend.

»Was kommt nicht vor?«

»Daß eine Frau an den gemischten Schnupperkursen teilnimmt.«

Er ließ mich einfach stehen, ging zur Tafel und schrieb schwungvoll seinen Namen drauf. »Meine Dame« – er hüstelte, immer noch grinsend – »meine Herren, ich darf mich vorstellen, ich bin Erich Erker und Ihr Kursleiter in diesem« – er grinste noch frecher – »gemischten Schnupperkurs. Nehmen Sie doch Platz, dann können wir anfangen.«

Dabei starrte er wieder mich an. Ich drehte mich um, ob er vielleicht jemand anderen angeguckt hatte, aber er hatte definitiv mich gemeint. Alle anderen saßen nämlich inzwischen an den PCs. Ich ging zögernd zu einem der Doppeltische, deutete auf den unbesetzten Stuhl und fragte den jungen, dunkelhaarigen Burschen – ein halbes Kind, kaum älter als Oliver: »Ist hier noch frei?«

»Klar«, sagte der junge Bursche mit kindlich-heller Stimme.

Ich setzte mich langsam, völlig verkrampft, und starrte auf den schwarzen Bildschirm vor mir. Hinter mir, vor mir, neben mir hörte ich murmelndes Stimmengewirr.

»…Hardware, das hier… Letzte Woche erst… High Screen Localbus… PCI…. Drei-Komma-Fünf-Zoll-Floppy, Siebzehn-Zoll-Farbmonitor…«

»A vier dreihundert DPI, sieben Fonts, acht KB Speicher, Einzelblatteinzug, Bitstream Fontpack…«

»Proprinter, Multisync, VESA- und VGA-kompatibel… fünfhundertvierzig MB…«

Der junge Bursche neben mir schnaubte verächtlich und tippte sich bezeichnend an die Stirn. Ich nickte ihm erleichtert zu. Wenigstens ein vernünftiger Typ unter all den megabytefressenden Angebern.

»…kennenlernen, machen wir einfach mal an!« sagte Erich Erker fröhlich.

Ich zuckte vor Schreck zusammen. Er hatte schon mit dem Erklären angefangen, und ich hatte nicht aufgepaßt, weil ich dem Geraune der Obercracks gelauscht hatte! Aufgeregt suchte ich nach dem ON-Schalter. Da war er schon. Was für ein Glück, daß es das gleiche Gerät war wie das bei uns daheim! Ich fummelte an dem Bildschirm herum, bis ich den Schalter gefunden hatte, drückte ihn und versuchte, die lehrreichen Erklärungen meines Sohnes zu rekapitulieren. Entern müßte ich, wenn ich nicht enterte, würde nichts passieren. Ich suchte fieberhaft die Tastatur ab. Um mich herum klickte und summte es schon geschäftig. Wahrscheinlich waren alle anderen bereits mittendrin in irgendwelchen Programmen.

Dann erinnerte ich mich, daß Timmy bei entern auf eine Taste rechts von den Buchstaben gedrückt hatte. Da waren drei, die mit E anfingen, auf einer stand *Einfg*. Das sah nicht gerade nach entern aus. Und es erschien auch kein C Doppelpunkt. Entsetzt bemerkte ich, daß ich den Computer gar nicht eingeschaltet hatte. Ohne Computer konnte der Bildschirm nicht arbeiten, oder war es umgekehrt? Ich drückte die ON-Taste und sah erfreut die bunt blinkenden Lichter. Und jetzt entern. Ich fand es nicht. Es gab außer *Einfg* noch eine Taste mit *Ende*, aber Ende war eher das Gegenteil von entern, das konnte es nicht sein. Also war es die Taste, auf der *Ent* stand, es kam ja nur die in Frage. Ich drückte sie rasch und lauschte befriedigt dem Summen und Rauschen der Maschine.

»Diesen Vorgang des Ladens nennt man Booten«, erklärte Erich Erker. Er hatte zwischendurch noch viel mehr erzählt, aber ich hatte es nicht mitbekommen, weil ich mich so auf das Entern konzentriert hatte. Als nächstes merkte ich, daß auf der Taste, die ich gedrückt hatte, gar nicht *Ent* stand, sondern *Entf*. Und das C Doppelpunkt war auch nicht erschienen, dafür eine Menge anderer Wörter. Ich las:

*BIOS SETUP PROGAM – AMI BIOS SETUP UTILITIES*

*© 1990 American Megatrends Inc., All Rights Reserved,*

und darunter stand:

*STANDARD CMOS SETUP*

*ADVANCED CMOS SETUP*

*ADVANCED CHIPSET SETUP* und noch ein paar Zeilen mehr von solchem Kram.

»Jetzt, wo Sie alle soweit sind, wollen wir einmal den Cursor betätigen. Nein, bitte nicht mit der Maus. Wir nehmen die Pfeile, da gibt's genug von, hahaha, für jede Richtung einen. Probieren Sie mal!«

Erich Erker war schon wieder in seinen Erklärungen fortgefahren. Die Pfeile fand ich sofort. Erleichtert betätigte ich sie, und glücklich stellte ich fest, wie der Computer meinem Befehl gehorchte. Ich ließ den Pfeil nach unten hopsen, bis zu einer Zeile, in der *AUTO CONFIGURATION WITH POWER-ON DEFAULTS* stand, dann wieder nach oben, und immer tauchte in der untersten Zeile, die in einem Extrafeld untergebracht war, irgendein anderer unverständlicher Satz auf. Wenn ich mit der Pfeiltaste zum Beispiel auf die Zeile *HARD DISK UTILITY* kam, leuchtete unten auf dem Bildschirm: *Format the Hard Disk, Auto Interleave Detection and Media Analysis.* Sicher würde Erich Erker gleich alles haarklein erklären. Ich probierte als nächstes eine große Pfeiltaste rechts von den Buchstaben, dieser Pfeil ging um die Ecke. Da, jetzt tat sich was. Auf dem Bildschirm erschien eine ganz andere Tafel, dort stand:

*Cyln Head WPcom LZ Zone Sect Size (MB)*

*Hard Disk C:*, und darunter ähnlich unverständliches Kauderwelsch.

Hochzufrieden sah ich das C Doppelpunkt. Jetzt hatte ich es endlich geschafft! Ich tippte *win* und drückte die *Entf*-Taste, aber nichts tat sich, es gab keine Sanduhr. Ich machte es noch einmal und noch einmal und noch einmal. Nichts.

»Haben Sie Schwierigkeiten?« fragte mich Erich Erker stinkfreundlich. Dann sah er mir befremdet über die Schulter. »Was machen Sie denn da? Um Himmels willen, wie sind Sie denn dahin gekommen?« Jetzt klang seine Stimme eindeutig beunruhigt.

»Ich hab bloß das gemacht, was Sie gesagt haben«, antwortete ich verunsichert.

»Gestatten Sie?« fragte Erich Erker meinen jungen dunkelhaarigen Nebenmann. Der nickte und stand auf. Erich Erker setzte sich an den freigewordenen PC, schaltete ihn ab und sagte: »So, jetzt führen Sie mir mal bitte an dieser Maschine hier vor, was Sie genau gemacht haben.«

Ich blickte nervös auf. Sämtliche Megabytefresser glotzten mich hämisch an.

»Na schön«, sagte ich und beugte mich an Erich Erker vorbei. »Zuerst habe ich hier eingeschaltet« – ich knipste den Bildschirm an – »dann hier« – jetzt den Computer – »und dann habe ich gleichzeitig geentert.« Ich drückte rasch die *Entf*-Taste. Erich Erker stieß einen schwachen Laut des Entsetzens aus, aber ich machte unbeirrt weiter. »Dann habe ich das mit den Pfeilen gemacht, alle Richtungen, auch den, der um die Ecke geht.« Ich tat es, und Erich Erker stöhnte. »Ach, da ist ja das C Doppelpunkt«, freute ich mich. »Dann hab ich …«

»Stop!« brüllte er und riß meine Hände von den Tasten, aber es war schon passiert. Anscheinend hatte ich etwas verkehrt gemacht.

»Habe ich etwas verkehrt gemacht?« fragte ich.

Erich Erker keuchte entsetzt. »Das Suppenhuhn hat beim Hochbooten das *BIOS SETUP* reingeholt!«

Fassungsloses, allgemeines Aufstöhnen in der Runde. Erich Erker schlug mit der flachen Hand gegen den Bildschirm. »Die hat mir doch jetzt glatt zwei Maschinen getillt! *BIOS SETUP!* Zwei Festplatten gefedert! Zwei!« Das letzte *Zwei* brüllte er in voller Lautstärke.

Ich spürte, wie mir das Blut aus dem Gesicht wich. Erstarrt saß ich da und beobachtete mit seltsamer Faszination, daß aus Erich Erkers weit aufgerissenem brüllendem Mund ein Spuckeregen auf die Tastatur niederging. Er raufte sich die Haare, Schuppen rieselten heraus und mischten sich auf den Tasten mit seiner Spucke.

»Kommen Sie«, sagte mein junger dunkelhaariger Nebenmann von vorhin, »wir besser hauen ab.«

Ich stand widerspruchslos auf, ließ mich von dem Jungen beim Arm nehmen und aus dem Raum begleiten. So lernte ich Laila kennen.

»Diese Kerle da so blöd, daß schon weh tut«, erklärte Laila in gebrochenem Deutsch, dafür aber im Brustton der Überzeugung, trank das Bierglas leer und winkte dem Ober wegen eines neuen. Ich stimmte dieser Feststellung sofort enthusiastisch und vorbehaltlos zu. Lailas Bemerkung stellte keinen Verrat an den männlichen Mitteilnehmern des Schnupperkurses dar, sondern war schlicht und einfach die Wahrheit. Außerdem war Laila gar kein Junge, sondern eine junge Frau, und wir hatten spontan entschieden, zusammen ein Bier trinken zu gehen, nachdem es mit dem ersten

Kurstreffen nicht so optimal gelaufen war. Sie war zwanzig Jahre alt, Marokkanerin und seit zwei Jahren in Deutschland, erzählte sie mir beim ersten Bier. Außerdem war sie eingefleischte Feministin, ein in Marokko eher seltenes Phänomen, wie sie mir mitteilte.

Dann fragte sie mich unverblümt: »Hast du Mann?«

Bereits im Flur vor Ort, das heißt in der Volkshochschule, waren wir zum Du übergegangen, als Laila sich zu meiner Überraschung als Geschlechtsgenossin entpuppt hatte. Sie hatte aus ähnlichen Gründen wie ich den gemischten Schnupperkurs gebucht, wollte sie doch den Kerlen zeigen, daß sie es genauso gut konnte, mindestens.

»Ich bin verheiratet und habe zwei Söhne«, erzählte ich.

»Bestimmt sie verpissen alle drei dein Klo.«

Ich erwiderte bestürzt ihren Blick. Bisher hatte ich noch gar nicht darüber nachgedacht, ob sie es taten. Aber sie taten es! Augenblicklich entstanden vor meinem inneren Auge die männlichen Pißflecken, die ich im Laufe meines Lebens schon weggeputzt hatte. Es mußten Millionen und Abermillionen gewesen sein!

»Du nix Putzfrau?« fragte Laila.

Ich schüttelte stumm den Kopf. Woher sollte ich auch eine Putzfrau haben? Putzfrauen waren in dieser Stadt nur mittels massiver Protektion oder Beziehungen zu bestinformierten Kreisen erhältlich.

»Ich geputzt wie Bekloppte. Haushalt mit fünf Männer, die waren Weltmeister im Danebenpissen.«

»Bist du etwa Putzfrau?« fragte ich sie erstaunt.

Sie schnaubte wieder. »Seh ich so aus?«

Nein, eigentlich sah sie nicht wie eine Putzfrau aus,

eher wie eine schlanke, knabenhafte junge Frau in Jeans und Schlabber-T-Shirt. Ursprünglich war auch nicht eingeplant, daß sie bei fremden Leuten putzen sollte, erzählte Laila. Das hätte sich zufällig so ergeben. Ihre Tante sei eine der bekanntesten marokkanischen Feministinnen, was allerdings nichts Besonderes sei, es gebe ja so wenige von der Sorte, und sie selbst hätte das quasi mit der Muttermilch eingesogen, den Feminismus also, weil ihre Tante sie aufgezogen hatte.

»Mit achtzehn ich bin hier rüber. Meine Tante hat gemeint, Deutschland Land für Frauen, verstehst du? Aber war nix. Alles Mist, Schuß in den Ofen.« Ihre Tante hatte Beziehungen zu diplomatischen und politischen Kreisen spielen lassen und hatte so erreicht, daß Laila vor zwei Jahren mit einem großen Koffer, einem fast ebenso großen Herzen und noch viel größeren feministischen Idealen nach Deutschland übersiedeln konnte, und zwar in den Haushalt eines leibhaftigen Ministers. Was zunächst als gehobenes Au-Pair-Mädchendasein gedacht war, entpuppte sich dann allerdings schnell als simple Putzstelle mit Schwerpunkt Pißfleckenwegschrubben und Schuhewienern.

»Frau von Minister stinkend faul, die nix hat geputzt, und zu geizig für Putzfrau bezahlen, also ich putz Klo, Klodeckel, Klobrille, Kloschüssel, außerdem Schuhe, Fenster, Küche«, zählte Laila an den Fingern auf. »Und dann auch noch aufpassen auf die kleinen Pisser, wenn die großen im Theater oder auf Empfang.«

»Und dann? Hast du's hingeschmissen?«

Sie nickte. Ja, sie hatte es hingeschmissen, sich von

ihrer Tante Geld schicken lassen und sich ein Apartment gemietet. Nein, nach Marokko wollte sie auf keinen Fall zurück, die Kerle da wären dermaßen hinterm Mond. Wenn irgendwo der Ausdruck patriarchalisch paßte, dann auf die. Nein, nein, sie würde hierbleiben, jedenfalls vorerst. Sie wäre jetzt in einer tollen Frauengruppe, da würde was abgehen, feministisch gesehen, und Deutsch lernte sie auch, außerdem Schneidern und Computer, und demnächst wollte sie sich selbständig machen, da gäbe es nur ein kleines Problem. Nachdem sie mir das ohne Punkt und Komma erzählt hatte, machte sie eine Pause und trank mit trübsinnigem Gesicht von ihrem Bier. Ich erriet sofort, worin das kleine Problem bestand.

»Dein Geld ist wohl alle, stimmt's?«

»Ja, fast pleite. Tante hat auch nix mehr, sie hat gesagt, ich soll zurückkommen und an ihre Seite weiterkämpfen.«

»Und das ist nicht dein Ding?«

»Null Bock.«

»Und was willst du jetzt machen? Womit willst du dich überhaupt selbständig machen?« Ich überlegte kurz. »Du willst sicher ein Restaurant aufmachen oder eine Änderungsschneiderei, stimmt's?«

Sie sah mich ärgerlich an. »Glaubst du, alle Ausländer aus moslemisch Länder macht so was? Änderungsschneiderei oder Kebabgrill?«

Ich hob betroffen die Schultern. Schuldbewußt überlegte ich, welche selbständigen ausländischen Moslems ich sonst noch kannte. Da gab es Mustafa, Aysche, Özal, ach ja, und Tülay. Mustafa und Tülay betrieben eine Änderungsschneiderei, Özal einen Kebabgrill und Aysche ebenfalls eine Änderungsschneiderei. Ich dachte fieberhaft nach, und dann atmete ich erleichtert auf, wie hatte ich nur Ali vergessen können!

»Jetzt weiß ich's! Du willst einen Gemüseladen aufmachen!«

Sie krauste unwillig die Nase, doch dann lachte sie. »In Gemüseladen ich kann nix verkaufen meine Entwürfe, oder? Das wär was, meine Designersachen neben Olive und Knoblauch und Melone!«

Staunend erfuhr ich, daß sie nicht nur einfach Schneidern lernte, sondern auch Modezeichnen. Sie besuchte eine Fachschule und würde in zwei Jahren, wenn alles gutging, staatlich geprüfte Modedesignerin sein – vorausgesetzt, es gelänge ihr, bis dahin irgendwo eine Einnahmequelle aufzutun.

»Du nicht kennst Familie, die braucht Putzfrau?« fragte sie mich hoffnungsvoll.

Ich starrte sie mit offenem Mund an. Hatte sie eben Putzfrau gesagt? Nein, das konnte nicht sein, ich hatte mich verhört.

»Susi, hast du verstanden, was ich sag?«

»Was denn?« fragte ich mit unsicherer Stimme.

»Ich würd irgendwo putzen, ich sonst ja nix kann, und gescheite Kohle gibt's auch.«

»Laila«, sagte ich – jetzt klang meine Stimme wieder fest –, »ich glaube, das Schicksal hat uns beide zusammengeführt!«

»O nein, Schorschi, jetzt nicht!« stöhnte ich verschlafen und versuchte, seine suchenden Hände von mir wegzuschieben. Aber es war schon zu spät.

»Es – geht – ganz – schnell!« stieß er schweratmend hervor.

Ich schaute hinter seinem Rücken auf meine Armbanduhr. »Ich muß aufstehen und saubermachen, heute kommt die Putzfrau!«

»Heut – ist – doch – Samstag!«

Ja, was sonst? Ich lag seufzend still, bis auf den Moment, als mich seine Locken wieder in der Nase kitzelten und ich niesen mußte. Das spornte ihn sofort zu verstärkter Leidenschaft an.

»Bin – gleich – soweit!« keuchte er. »Ich liebe dich! Aaah – aaah – aaahhh!«

Mir fiel ein, was ich mir nach dem letzten Samstagmorgensex vorgenommen hatte. »Halt!« rief ich wütend.

»Ahmpfff!« Zufrieden schnaufend blieb er liegen.

»Jetzt reicht es aber!« sagte ich zornig und schlängelte mich unter ihm hervor.

»Ja«, murmelte er folgsam. Er schlief fast wieder.

»Das nächste Mal will ich vorher gefragt werden!« verlangte ich.

»Mmhm.«

»Ich will wenigstens die Gelegenheit haben, auch mal nein sagen zu können!«

»Mmhm.«

»Ich habe keine Lust, jeden Samstag auf diese Weise geweckt zu werden! Ich will samstags ausschlafen! Du kannst hinterher immer noch schön pennen, aber ich nicht, ich bin hellwach! Das ist ungerecht! Du weißt genau, daß ich danach nicht mehr schlafen kann!«

»Mmhm.«

»Und überhaupt habe ich null Bock mehr, es morgens zu tun, hörst du? Ich steh da nicht drauf, ich bin einfach nicht so veranlagt, hast du das kapiert? Und wo wir schon beim Thema sind – ich will in Zukunft nur noch Sex mit Orgasmus, und zwar mit *meinem*, ist das klar? Schorschi? Hast du mich verstanden? Schorschi?«

Er schnarchte leise.

Kochend vor Wut stand ich auf, um mich unter der Dusche abzukühlen. Das sollte ich mal mit ihm tun! Ich war immer noch wütend, als ich mich anschließend anzog und nach unten ging, um das Frühstück zu machen. Aber dann fiel mir beim Kaffeekochen ein, welches große Ereignis mir dieser Tag bescheren würde, und augenblicklich verflüchtigte sich meine Mißstimmung. Heute würde meine erste, richtige, wahrhaftige, lebendige Putzfrau kommen! Ich strahlte vor Glück und freudiger Erwartung. Doch dann sah ich mich bestürzt um. Bei uns sah es aus wie im Schweinestall! Ich stellte Timmy, der zusammen mit Tannhäuser schon lärmend im Garten rumstromerte, eine Schüssel mit Cornflakes hin und beschloß, das weitere Frühstückmachen heute anderen zu überlassen. Statt dessen fing ich sofort mit der Arbeit an. Schließlich konnte ich meiner Putzfrau nicht ein derart dreckiges Haus präsentieren. Was sollte sie denn denken, wenn sie hier ankam und überall die Staubflocken lagen und die Fenster so schlierig und streifig waren, daß sofort jedem auffallen mußte, wie schlampig dieser Haushalt geführt wurde!

Ich hatte schon alle Fenster im Erdgeschoß geputzt, den Fußboden feucht aufgewischt und die Toilette porentief rein geschrubbt, als Schorschi eine gute Stunde später nach unten kam. Ich war gerade hingebungsvoll damit beschäftigt, die Scheibe in der Haustür zu polieren. Er küßte mich auf den Hals. »Morgen, Schätzchen. Täßchen Kaffee?«

»Kaffee gibt's in der Küche.«

»Ja, das ist mir klar, aber ...«

»Du mußt dir heute ausnahmsweise mal selbst Kaffee eingießen«, sagte ich patzig. »Heute kommt nämlich die Putzfrau.«

»Putzfrau? Ja, aber ...«

»Ich hatte dir doch erzählt, daß heute unsere neue Putzfrau kommt!«

»Ja schon, aber ...«

»Aber du hast natürlich mal wieder nicht zugehört. Du hörst mir ja nie richtig zu.« Ich spritzte ausgiebig Ajax auf die Scheibe und verteilte es sorgfältig, bevor ich alles glasklar und streifenfrei sauberrieb.

»Worauf ich hinauswill ...« meinte er geduldig.

»Deinen Kaffee mußt du dir schon selbst eingießen«, unterbrach ich ihn.

»Wieso, zum Teufel, putzt du wie eine Verrückte, wenn gleich die Putzfrau kommt?« platzte er heraus.

Ich starrte ihn an. »Spinnst du, oder was? Ich kann sie doch nicht hier reinlassen, wenn alles total eingedreckt ist! Was soll sie denn von uns denken?«

Er starrte zurück, als wäre ich nicht mehr ganz dicht, dann zuckte er resigniert die Achseln und verschwand in der Küche. Kurz darauf wurde sein heftiges Rumoren von einem kläglichen »Scheibchen Toast?« unterbrochen, aber ich kannte kein Erbarmen. Außerdem war der Läufer in der Diele widerlich fleckig, noch von dem Lehm, den die dicke kleine Simone dort eingestampft hatte. Ich rubbelte verbissen mit dem Lappen daran herum, als Oliver die Treppe runterkam. »Ahoi, Miampf?«

»Morgen, Olli. Dein Vater ist heute mit dem Frühstückmachen dran. Ich muß putzen, weil nachher die Putzfrau kommt.«

Schorschi kam in die Diele, hilflos in den Taschen seines Bademantels herumwühlend. »Zigarettchen?«

»Sie liegen irgendwo unter einem halben Zentner Papier auf deinem Schreibtisch«, rief ich ihm nach. Dann erstarrte ich. Im nächsten Moment schmiß ich den Lappen auf den Läufer, sprang hoch wie von einem unter Strom stehenden Nagelbrett und stieß die Tür zur Toilette auf.

»Was machst du da?« fragte ich meinen Mann entgeistert.

Er drehte sich überrascht zu mir um, und ich schrie erschrocken auf.

»Du lieber Himmel, was glaubst du denn, was ich hier mache?« grinste er.

»Du pinkelst das Klo voll!« schrie ich anklagend.

»Wohin soll ich sonst pinkeln? Daneben?«

»Du *hast* danebengepinkelt, gerade eben!«

»Ich hab eine Sekunde nicht richtig gezielt«, gab er zu. »Aber bloß deswegen, weil du mich so erschreckt hast.«

Ich unterdrückte mit Mühe ein Wimmern. »Ich hab's gerade erst saubergemacht!«

»Ins saubere Klo mache ich am liebsten«, erklärte er lächelnd.

»Allmächtiger, was machst du denn jetzt?«

»Was denn?« fragte er verständnislos.

»Da! Du hast ... du hast ihn geschüttelt!«

»Geschüttelt ist nicht das richtige Wort. Geschlenkert.«

Ich sah angeekelt die frischen gelben Flecken auf der Klobrille, dem Klodeckel, dem Kloschüsselrand und die Schlenkertropfen auf dem Fußboden.

»Kannst du mir einen vernünftigen, stichhaltigen Grund sagen, weshalb du dein Ding so abschütteln mußt?«

»Liebling, wenn ein Mann gepinkelt hat, wird immer geschlenkert. Das liegt in der Natur der Sache. Schließlich ist das nur zum besten der Frauen.«

Mir blieb die Spucke weg. »Zum besten?«

»Aber klar. Oder würdest du es toll finden, wenn meine ganzen Unterhosen voller Flecken wären?«

»Wieso kannst du nicht ein Stück Klopapier nehmen und ihn abtupfen?«

»Das ist nicht dein Ernst, Susi. Welcher Mann hätte jemals sein Ding nach dem Pinkeln abgetupft? Ich schwöre dir, kein einziger Mann auf der ganzen Welt würde so einen hirnverbrannten Blödsinn machen. Außerdem ist das Schlenkern gründlicher.«

»Schorschi«, bettelte ich, »was würdest du davon halten, wenn du dich dabei hinsetzt? Wenn du dann schlenkerst, würde nicht soviel in der Gegend rumfliegen!«

»Susi«, meinte er in dem ganz speziellen, widerwärtig nachsichtigen, oberlehrerhaften Armes-Ding-du-hast-ja-keine-Ahnung-Tonfall, »wenn du mir einen einzigen Mann auf der Welt zeigst, der im Sitzen pinkelt – nur einen einzigen –, dann, das verspreche ich dir in die Hand, werde ich ernsthaft über diese Pinkeltechnik nachdenken.« Er verstaute den Gegenstand unserer Debatte in der Unterhose, drückte die Wasserspülung, knotete den Bademantel zu und schlenderte ins Wohnzimmer, auf der Suche nach seinen Zigaretten. Ich starrte die Pißflecken an und fing an, sie zu zählen. Bei zehn rannte ich mit der Ajaxflasche hinter Schorschi her. »Was ist mit dem Klo?«

»Was soll damit sein?«

»Dreimal darfst du raten.« Ich knallte demonstrativ die Ajaxflasche vor ihn auf die Schreibtischplatte.

Er seufzte. »Ich habe dir gerade gesagt, was es zu diesem Thema zu sagen gibt. Ich werde mich *nicht* hinsetzen, das ist unmännlich.«

»Das meine ich im Moment nicht. Ich möchte dich darauf hinweisen, daß das Klo versaut ist.« Ich machte eine bedeutungsvolle Pause. »Von *dir* versaut ist!«

»Tatsächlich?« lachte er gutmütig. »Na, dann trifft es sich ja ausgezeichnet, daß heute die Putzfrau kommt!«

»Oh, hast du eine Putzfrau gefunden?« fragte Oma freundlich. Sie kam frisch gewaschen und ordentlich frisiert und angezogen aus ihrem Zimmer. »Kann sie auch mein Zimmer putzen? Morgen kommt Amalie, sie hat's gern sauber.«

Ich gab ihr zerstreut ein Gutenmorgenküßchen. »Ja, heute kommt unsere neue Putzfrau, aber sie putzt heute nicht, sie will sich nur unser Haus anschauen und unsere Familie kennenlernen.«

»Dann könnte sie doch besser morgen kommen, wenn Amalie da ist. Vielleicht möchte sie auch gerne Amalie kennenlernen«, überlegte Oma.

»Amalie?« fragte ich erstaunt. »Wie kommst du darauf, daß sie morgen hier ist?«

»Ach ja, Susi«, warf Schorschi zerstreut ein, »ich hatte

ganz vergessen, es dir zu sagen. Meine Mutter hat vor ein paar Tagen angerufen. Sie kommt morgen.«

»Zum Mittagessen?« fragte ich argwöhnisch. »Oder will sie etwa bis zum Kaffee bleiben?«

»Ach, weißt du«, mein Mann wedelte ziellos mit der Hand in der Luft herum und verteilte Zigarettenqualm, »wenn ich mich recht erinnere, etwas länger.«

»Länger?« Ich sah ihn alarmiert an. »Du meinst, bis zum Abendessen?«

»Äh … nein.« Es klang unbehaglich.

»Schorschi!« rief ich entsetzt.

»Bloß für ein paar Tage, höchstens eine Woche, allerhöchstens zwei«, sagte er schnell. »Du mußt auch die praktische Seite sehen, mein Schatz!«

Ich griff haltsuchend nach dem nächstbesten Gegenstand. Es war die Ajaxflasche.

Es war schwierig, eine Beschreibung zu finden, die meiner Schwiegermutter gerecht wurde. Am ehesten konnte man sie vielleicht mit einer Art Naturereignis vergleichen, das von Zeit zu Zeit über meine Familie hereinbrach, aber kein so schlichtes Ereignis wie Regen oder Wind, sondern eher wie eine Heuschreckenplage oder eine Springflut.

Jedesmal, wenn sich die Heuschreckenplage Amalie wieder nach M. verzog, von wo aus sie bei uns eingefallen war – das passierte durchschnittlich etwa ein- bis zweimal im Jahr –, ließ sie mich plattgewalzt, kahlgeschlagen und restlos am Boden zerstört zurück.

Amalie war ein Star. Sie war eine Wagnerinterpretin von Gottes Gnaden, wie ein Feuilletonist sie einmal enthusiastisch definiert hatte. Der Typ war ihr damaliges Verhältnis gewesen.

Ihr Zuhause waren in erster Linie die Opernbühnen in aller Welt, in zweiter Linie M. und in dritter Linie unser Haus in B. Zum Glück standen wir in der Rangfolge ihrer Zuhause an letzter Stelle. Das brachte uns den Vorteil, sie nur während weniger Wochen im Jahr um uns haben zu müssen.

Nachdem mein Mann mir ihr Kommen angekündigt hatte, ging ich in die Küche und goß mir einen Löffel von Omas Nerventonikum voll. Für zwei Wochen. Das hieß im Klartext, es könnten auch drei werden. Oder, wenn es ein gehässiges Schicksal so wollte, sogar vier. Ich schluckte einen zweiten Löffel. Tannhäuser – seinen Namen verdankte er aus naheliegenden Gründen Amalie – hockte sabbernd vor seinem Freßnapf und verschlang unter solidarischem Geschlürfe seine Chappibrocken.

Ausgerechnet jetzt mußte sie uns besuchen, wo sich alles zu meiner Zufriedenheit entwickelte! Ich hatte unter Aufbietung meiner gesamten Willenskraft Heikes guten Rat befolgt und die ganzen letzten Abende vor dem Fernseher auf jegliche Form von Naschkram verzichtet. Es war zwar nicht mit dem uralten weisen Königsweg zu vergleichen, sondern eher so eine Art punktuelles, reduziertes Spezialfasten, aber immerhin hatte ich auf meiner ausgeleierten Waage in der vergangenen Woche mindestens fünf Pfund abgenommen und paßte wieder problemlos in Größe achtunddreißig. Außerdem war ich im Begriff, meine geistigen Qualitäten durch den Besuch eines Computerkurses aufzupolieren – zugegeben, das hatte sich nicht so berauschend angelassen, aber das würde ich spätestens beim nächstenmal wieder ausbügeln. Ferner arbeitete ich hart daran, solche männlichen Unarten wie Stehpinkeln und Morgensex in diesem Hause abzuschaffen, und – das war das Allerbeste – ich hatte endlich eine Putzfrau.

Amalie würde mit ihren ständigen Bevormundungen meine Lebensverbesserungsbemühungen auf den Nullpunkt zurückschrauben. Ich goß mir noch ein Löffelchen Tonikum ein. Was hatte Schorschi bloß gemeint, als er sagte, ich müsse auch die praktische Seite sehen? Hilfe im Haushalt konnte es nicht sein. In solche menschlichen Niederungen war meine Schwiegermutter noch nie herabgestiegen. Ich überlegte hin und her, und schließlich kam ich auf die einzig nur denkbare Möglichkeit: Oma. Sofort schob ich beschämt die Flasche mit dem Nervensaft beiseite. Wie hatte ich das nur übersehen können? Natürlich, Amalie würde ein wachsames Auge auf Oma haben können! Das war es doch, was uns, Schorschi und mir, die ganze Woche auf der Seele gebrannt hatte! Oma und ihre mögliche Gefährdung aufgrund ihrer ebenso möglichen Eigenschaft als Tatzeugin. Amalie war *die* Lösung. Genaugenommen konnte ich froh sein, daß sie kam – je länger, desto lieber. Ich versuchte, meine persönlichen Gefühle hintenanzustellen und mich mit dem Gedanken anzufreunden, daß sie sich für mehrere Wochen bei uns einnistete, aber es wollte mir nicht gelingen.

»Nein, wie ihr mir alle gefehlt habt!« schmetterte Amalie, als sie am nächsten Mittag mit majestätischem Gehabe bei uns einrauschte, dezent und edel gewandet in ihrem feinen, marineblauen Reisekostüm. Sie drückte uns alle an ihren voluminösen Operndivabusen und säuselte uns ihre große Zuneigung in die Ohren. Timmy und Oliver waren wie immer am meisten begeistert. Sie standen wie die Zinnsoldaten ordentlich gekämmt (mit Seitenscheitel, das liebte Amalie) neben der Tür Spalier und warteten begierig darauf, daß die Hand mit den korallenrot lackierten Nägeln in der riesigen, sündhaft teuren Krokoledertasche verschwand und mit einem Bündel Geldscheine wieder zum Vorschein kam.

»Hier, meine Süßen, meine Herzblättlein, meine Lämmchen, nehmt diese Kleinigkeit von eurer lieben Amalie!« Sie hielt ihren Enkeln mit königlicher Geste ein paar Scheine hin. Ich sah mit Luchsaugen zu, wie jeder seine Ration in die Hosentasche schob, damit ich später, wenn ich es zwecks vernünftiger, kindgerechter Zuteilung konfiszierte, auch die korrekte Summe vorfand. Timmy und Oliver bedankten sich artig bei Amalie (sie durften sie nur Amalie nennen, auf gar keinen Fall Oma, das machte alt), und Amalie schloß voller Rührung Oma in die Arme.

»Mamilein, wie ist es dir ergangen? Was für gräßliche Nachrichten mußte ich hören! Hast du meinen Brief bekommen?«

»Du solltest mir öfter schreiben, Kind«, beschwerte sich Oma.

Amalie erklärte seufzend, daß ihr leider so wenig Zeit für familiäre Verpflichtungen bliebe, sie hätte sich schließlich mit Haut und Haaren der Kunst verschrieben. Damit meinte sie nicht nur die Oper, sondern sämtliche Ausstellungen und Vernissagen in ihrer jeweiligen engeren und weiteren Umgebung. Als wir uns zu Tisch setzten – sie war gerade rechtzeitig zum Mittagessen erschienen –, erzählte sie uns langatmig, welche reizvollen, entzückenden, hinreißenden Kunstlädchen und Galerien sie seit ihrem letzten Besuch entdeckt hatte.

Dann, im selben Moment, als ihr Hintern den Stuhl berührte, ächzte Amalie schmerzerfüllt. Ich hielt voller Schreck die Luft an und spürte, wie in meinen Handflächen der Schweiß ausbrach. Das letzte Mal war es der Knöchel gewesen, davor die Hüfte und das Mal davor der Schleimbeutel am Knie.

»Du lieber Himmel, das ist ja fürchterlich!« jammerte sie dramatisch. »Ich spür's, ich spür's, ich spür's!« Es hörte sich an wie »ich spühürs«, sie sang es wie eine Arie, und beim letzten »ich spühürs« klirrten alle Gläser auf dem Tisch. Wimmernd sank sie auf ihren Stuhl, legte die Hand an die Stirn und erklärte mit leidendem Gesichtsausdruck, es sei ein Hexenschuß. Sie würde das schon kennen. Es sei genauso wie vor zwei Jahren (ja, daran konnte ich mich bestens erinnern, sie hatte drei Wochen bei uns im Schaukelstuhl gesessen, mit einem Heizkissen im Kreuz) oder wie vor fünf Jahren (richtig, das war in dem Sommer gewesen, als Timmy ein Baby war; sie hatte auf unserer besten gepolsterten Liege draußen auf der Terrasse gelegen, während ich in den Stillpausen eisgekühlten Tee für sie zubereitete).

»Es tut mir so wahnsinnig leid, Susi!« beteuerte sie und ließ sich von mir zwei Scheiben Rinderbraten auftun. »Dabei wollte ich dir doch diesmal so gerne ein bißchen zur Hand gehen. Aber keine Sorge, ich werde mit Argusaugen über Mamilein und über euer Haus wachen. Ihr wißt, daß ich in Selbstverteidigung und erster Hilfe geübt bin. Gib mir doch bitte noch ein paar von den Kroketten, Susi.«

»Schon gut, Amalie«, antwortete ich resigniert und rieb die feuchten Handflächen an meinem Glitzerapplikations-Sonntags-T-Shirt ab. »Ich komm im Haushalt schon allein zurecht.«

»Die Polizei war schon ein paarmal da, wegen dem toten Briefträger«, erzählte Timmy, »aber ich hatte ein Alibi, und Mama hat jetzt 'ne Putzfrau. Sie heißt Laila. Sie war gestern hier und hat sich das Haus angeguckt. Ich will auch Fleisch.«

»Tatsächlich?« Amalie musterte mich neugierig. »Was ist das für ein Name? Polnisch?«

Ich legte Timmy ein Stück Braten auf den Teller. »Es heißt, ich möchte bitte auch Fleisch. Nein, Laila ist Marokkanerin. Sie ist eine sehr nette junge Person.«

»So. Marokko – ist das nicht in Afrika? Der Afrikaner neigt ja bedauerlicherweise an und für sich zum Phlegma, das ist allgemein bekannt.«

»Mutter, ich bitte dich«, sagte Schorschi indigniert.

Sie hob beleidigt die Schultern. »Nicht, daß ihr denkt, ich hätte etwas gegen Afrikaner. Ich nehme gern noch ein Scheibchen Fleisch, Hans-Georg. Susi, ich würde es sehr schätzen, wenn du mich später, nachdem ich meinen Kaffee genommen habe, im Kreuz ein wenig massieren könntest. Du hast das beim letzten Mal so nett gemacht, das tat sehr gut. Ich habe kein Massageöl, aber du kannst etwas von Mamis Frei-

Öl nehmen, das tut's auch. Mami, du hast es doch noch, oder?«

Oma sah mich fragend an, und ich schüttelte den Kopf. »Nein, es war neulich alle.«

»Wie bitte?« fragte Amalie pikiert. »Ich hatte dir doch beim letztenmal vier Flaschen mitgebracht, Mami. Die kannst du doch unmöglich alle aufgebraucht haben! Ein winziges Tröpfchen genügt doch zum Einreiben! Es ist doch *so* ergiebig!«

»Meine Haut ist sehr spröde«, verteidigte Oma sich unsicher, »ich bin schon über achtzig.« Sie schlang nervös ihre dünnen, welken Finger ineinander.

Ich hätte Amalie jetzt erzählen können, daß Oma allein zwei Flaschen gebraucht hatte, um Tannhäusers sprödes Fell geschmeidig zu machen, aber das hätte unweigerlich zu heftigen Vorwürfen geführt. Amalies Meinung zufolge paßten wir sowieso nicht gut genug auf ihre Mutter auf. Andauernd versicherte sie uns, wie weh es ihr doch täte, daß sie sich nicht selbst um Oma kümmern konnte, und wie sehr es sie doch in Konflikte stürzte, daß die Opernwelt sie so vereinnahmte.

»Das hätte einem ja auch mal gesagt werden können.«

»Was denn?« wollte Oliver wissen. Es hörte sich ziemlich frech an, und ich warf ihm einen warnenden Blick zu.

»Daß es alle ist. Ich hätte selbstverständlich neues mitgebracht.« Dann schnitt sie das verbotene Thema an, obwohl Schorschi ihr am Telefon schon alle bekannten Einzelheiten bis ins kleinste Detail geschildert und sie gebeten hatte, diese Sache nicht in Anwesenheit der Kinder und Oma breitzutreten.

»Ihr könnt euch nicht vorstellen, wie erschüttert ich war, als Hans-Georg mir von diesem entsetzlichen Vorfall erzählt hat«, sagte sie gefühlvoll. Wie unabsichtlich fügte sie hinzu: »Mamilein, kannst du dich wirklich nicht an den Mörder erinnern?«

Oma furchte grübelnd die Stirn und schüttelte den Kopf. »Ich habe nichts getan. Ich habe ein Alibi.«

»Mutter, laß das!« befahl Schorschi Amalie in seinem allerbesten Bis-hierher-und-nicht-weiter-Tonfall. Amalie fügte sich, wenn auch mit sichtlichem Widerwillen.

Als wir eine halbe Stunde später beim Kaffee im Wohnzimmer saßen, klingelte es an der Haustür, und als ich öffnete und sah, wer draußen stand, traf mich fast der Schlag. Es war Brigitte.

»Hallo«, sagte ich verzweifelt. Jetzt war alles zu spät. Ollibert, die Liegenschaften ... und Amalie. Mir schoß das Blut ins Gesicht, und der Sonntagsbraten hüpfte in meinem Magen herum.

»Hallöchen, Susi!« strahlte sie. »Ich hab mich die ganze Woche schon darauf gefreut, euch wieder zu besuchen. Willst du mich nicht hereinbitten? Oder ist der Hund ...?«

»Er ist im Garten«, sagte ich tonlos und öffnete die Haustür weiter, damit sie hereinkommen konnte. »Es ist nur ...«

»Komme ich ungelegen? Ist jemand krank?« fragte sie besorgt.

»Nein, aber wir haben Besuch. Meine Schwiegermutter ist da.« Ich hätte mir am liebsten die Zunge abgebissen. Wieso hatte ich jetzt nicht schneller geschaltet und gesagt: Ja, wir sind krank, alle, und zwar schrecklich krank, todkrank, und es ist was wahnsinnig Ansteckendes.

»Die Mutter deines Mannes! Wie nett!« freute sich Brigitte. »Wie gut es tun wird, wieder mal vertraute Klänge zu hören!«

War sie etwa Opernfan? Woher wußte sie überhaupt …

Ich führte sie widerstrebend ins Wohnzimmer, und als ich sie meiner Schwiegermutter vorstellte, stürzte sie sich sofort mit einem nicht enden wollenden französischen Wortschwall auf Amalie. Ich verstand außer »Je suis très enchanté« und »Paris« und »Maman« und »Georges« (bei »Georges« guckte sie Schorschi an) bloß Bahnhof. Französisch war in der Schule nicht gerade meine Stärke gewesen. Oliver, der neben Schorschi auf dem Sofa saß, hatte sie anscheinend besser verstanden. Er bekam plötzlich eine Art Muskelkrampf, verbunden mit einem leichten Erstickungsanfall. Brigitte redete so begeistert auf Amalie ein, daß sie es gar nicht bemerkte.

Amalie sagte milde abfällig zu Brigitte: »Ich nix verstehn. Du nix sprech Deutsch?« Sie betrachtete tadelnd Brigittes hautengen Hosenanzug. Er war aus feinem schwarzem Leder. Dazu passend trug sie wieder jeweils eins von diesen geflochtenen Hals- und Armbändern.

»Der Franzose neigt ja an und für sich zur Eleganz«, sagte Amalie kritisch zu mir, »allerdings sollte jemand deiner Bekannten mal sagen …«

»Nimm doch bitte Platz!« rief ich beklommen und deutete auf einen der freien Sessel.

Brigitte lächelte dankend, setzte sich und schlug geziert die schlanken, belederten Beine übereinander.

»Ollibert, wie nett Sie heute aussehen«, flötete sie, an Oliver gewandt. »Diese Frisur mit dem Scheitel steht Ihnen hervorragend!« Er nickte, mit zusammengepreßten Lippen und hochrotem Gesicht.

»Du doch sprech Deutsch?« wollte Amalie mit schmalen Augen wissen.

»O ja, ausgezeichnet, immerhin bin ich Deutsche. Und woher stammen Sie, gnädige Frau?«

»Ich bin auf allen großen Bühnen der Welt zu Hause«, erklärte Amalie überlegen. »Ich habe mich völlig der Kunst verschrieben und finde selten die Muße, mich der Rast im Schoße der Familie hinzugeben. Meine Darbietungen erfreuen sich weltweiter Anerkennung.« Sie machte eine kunstvolle Pause. »In der letzten Saison gab ich die Isolde in der Scala.«

»Wie nett«, sagte Brigitte höflich. »Leider steh ich nicht auf Theaterstücke. Ich geh lieber in Konzerte. Letztes Jahr war ich zum Beispiel bei Grönemeyer, toller Typ. Allerdings habe ich für so was insgesamt wenig Zeit. Ich arbeite mit einem der bekanntesten Lederdesigner der Republik zusammen. Er entwirft wirklich die wundervollsten Kunstwerke. Ach, bevor ich's vergesse …« Strahlend griff sie in ihre Tasche und zog zwei bunte Geschenkpäckchen heraus. »Ich habe doch deinen Kleinchen was mitgebracht.« Sie sah sich suchend um. »Wo sind sie denn?«

Ich hielt entsetzt die Luft an. Schorschi grinste wie ein Honigkuchenpferd und zuckte in ratloser Mitwisserschaft die Achseln. Oliver sprang geistesgegenwärtig auf, riß Brigitte die Päckchen aus der Hand und sagte eifrig: »Ich bringe es den Kindern nach oben, sie müssen nämlich ihren Mittagsschlaf halten.« Er zwinkerte mir beim Rausgehen zu und sagte: »Ich paß auf, daß sie nicht gestört werden, Mama.«

Ich blickte ihm stöhnend nach. Er hatte Mama gesagt. Jetzt war es aus.

Brigitte sah mich gerührt an. »Er sagt *Mama* zu dir!«

»Ja«, stammelte ich.

»Weißt du, das finde ich echt unheimlich toll von dir«, sagte Brigitte leidenschaftlich. Gleichzeitig warf sie Amalie einen bitterbösen Blick zu.

»Was, bitte schön, sollte der Junge denn sonst zu ihr sagen?« fragte Amalie spitz.

Brigitte runzelte die Stirn. »Ich finde es keineswegs selbstverständlich, daß er Susi Mama nennt. Immerhin sind *Sie* doch …«

»Möchtest du auch eine Tasse Kaffee?« schrie ich.

Sie zuckte erschrocken zusammen. »Ja, gern.«

Ich sprang auf, raste in die Küche, schnappte mir eine frische Tasse samt Untertasse und rannte wieder zurück.

Brigitte fragte gerade Amalie: »Vermißt der Junge Sie denn nicht gelegentlich, wenn Sie nur so selten Zeit finden, bei ihm zu sein? Als Mutter, meine ich?«

Amalie blickte Schorschi zweifelnd an. »Nun, ich denke doch, daß er alt genug ist, um ohne mich auszukommen. Für eine Mutter-Sohn-Beziehung ist es sehr ungesund, wenn die Mutter sich zu sehr an ihr Kind klammert und umgekehrt. Nicht wahr, mein Junge?« fragte sie Schorschi.

»Du hast vollkommen recht, Mutter. Er ist wirklich alt genug.« Er kniff in meine Richtung ein Auge zu.

»Er?« fragte Amalie verwundert. »Ich rede von dir, mein Junge.«

»Immerhin ist er nicht so alt, als daß er nicht noch eine Mutter bräuchte!« wandte Brigitte empört ein. »Würde er sonst Mama zu *ihr* sagen?« Dabei wies sie mit spitzem Finger auf mich.

»Ach?« staunte Amalie und blickte von Schorschi zu mir und wieder zu Schorschi. »Nun, ich muß sagen, mir war dieser Umstand bislang gar nicht bekannt. Allerdings – ich bin doch ziemlich selten hier, und die Zeit vergeht so schnell …« Sie wandte sich zu Brigitte und erklärte von oben herab: »Junge Frau, Ihnen ist dergleichen vielleicht nicht geläufig, aber es ist durchaus ein verbreitetes Phänomen, daß der Ehemann an und für sich dazu neigt, seine Frau Mama zu nennen, sogar ich habe zu Lebzeiten meines verstorbenen Mannes zuweilen …«

Brigitte beugte sich eindringlich vor. »Das mag für einen Ehemann normal sein, aber für einen Schwager, noch dazu einen, der ein halbes Kind ist?«

»Welcher Schwager?«

»Nun, Ollibert.«

»Sie meint Berti«, warf ich schnell ein. Immerhin, Berti war ein Schwager, wenn auch nicht meiner, sondern Schorschis.

»Oh, Berti«, nickte Amalie. »Tut er das denn auch? Ich meine, Mama zu seiner Frau sagen. Hat er inzwischen geheiratet, Susi?«

»Ich weiß nicht«, sagte ich schwach. »Nimmst du Milch und Zucker?«

»Nur etwas Milch, bitte.« Brigitte rührte ihren Kaffee um. »Zu schade, daß die Kleinchen im Bett sind, ich hätte gern mal deinen anderen Sohn kennengelernt.«

»Er ist ein sehr aufgeweckter Junge«, meldete sich Amalie stolz.

»Das glaube ich gern, wenn er auch nur halb so reizend ist wie der kleine Timmy.«

»Oliver«, verbesserte Amalie, »das war eben Oliver. Timmy heißt der andere Junge.«

»Ach«, wandte sich Brigitte an mich, »heißt dein anderes Kleinchen Oliver?«

Schorschi verschluckte sich an seinem Kaffee, und Oma, die bisher in ihrem Sessel gedöst hatte, schreckte hoch. »Was ist mit Oliver? Ich muß ihm einen Brustwickel machen!«

Wie sollte es jetzt weitergehen? Ich saß auf meiner Sesselkante wie auf einem Pulverfaß.

»Susi, du wirkst nervös«, bemerkte Amalie.

Ich spuckte einen Fingernagel aus. »Ach, findest du?«

»Ja, in der Tat. Ich nehme gern noch ein Täßchen Kaffee, Susi. Bist du in letzter Zeit sehr beansprucht?«

Ich schenkte ihr nach. »Ja, also ...«

»Wir wissen doch alle, was sich letzte Woche hier abgespielt hat, oder?« leistete Schorschi mir Schützenhilfe. »Wir schlafen seitdem nicht mehr besonders gut. Und das ist noch nicht alles. Susi muß die ganze Woche irgendwelchen Tombolaspendern nachjagen. Sie kommt praktisch zu nichts anderem mehr. Demnächst findet unser Pfarrfest statt, müßt ihr wissen, und der Clou des Ganzen soll eine einträgliche Riesentombola werden.«

Ich warf meinem Mann einen dankbaren Blick zu. Wie toll er doch war, wie gut er aussah mit seinen dunklen Locken, den blauen Augen und den verführerischen Grübchen! Komisch, wegen irgend etwas war ich doch gestern morgen noch sauer auf ihn gewesen. Ich hatte vergessen, warum. Es konnte nicht allzu schlimm gewesen sein.

»So eine Tombola ist etwas Herrliches«, schwärmte Amalie. »Ich erinnere mich noch ganz genau, wie es früher war, als du klein warst, Hans-Georg. Nein, was warst du für ein hübscher kleiner Junge, so nett und brav und ordentlich, und ich habe dich an die Hand genommen und bin von Haus zu Haus gelaufen und habe für die große Tombola des Sommerfestes gesammelt.«

»Ach, du hast auch gesammelt?« meinte ich verdrossen.

»Ja, stell dir vor, ich hatte die entzückendsten Preise, das meinte damals jeder. Die ersten drei Preise hatte *ich* requiriert, das war eine Ballonrundfahrt, ein Gutschein über hundert Mark von einem Friseur und eine echte Mandoline.«

Ich starrte sie neidisch an. Was war ein Haufen geflochtener Lederarmbänder und ein Paar Bierdeckel schon gegen eine Ballonfahrt und eine echte Mandoline?

»Schade, daß ich so plötzlich und unerwartet diesen fürchterlichen Hexenschuß bekommen habe«, seufzte Amalie. »Wie schön hätte ich dir beim Sammeln von Spenden für die Tombola zur Hand gehen können! Ach, wo wir gerade von Spenden reden, ich habe da kürzlich erst von bahnbrechenden neuen Erkenntnissen in der Namensforschung gehört. Es gibt da erwiesenermaßen hochinteressante psychologische Zusammenhänge zwischen der Spendenbereitschaft eines

Menschen und seinem Namen. Stellt euch zum Beispiel mal jemanden vor, der Klammbeutel oder Sparbier heißt…«

Am Montagmorgen kam Heike zu Besuch. Wir saßen zusammen in meiner Küche und tranken Kaffee, ein Ereignis, das seit Monaten nicht mehr stattgefunden hatte, was aber nun wieder möglich war, dank Laila, die in diesem Augenblick summend im Wohnzimmer die Regale abstaubte. Ich rührte in meiner Kaffeetasse und erzählte von Brigittes Abgang am Vortag. »Und nachdem ich eine Stunde lang dagesessen hatte wie auf heißen Kohlen, ständig in der Erwartung, daß gleich die Bombe platzt, hatte dieses Weib doch tatsächlich die Stirn, mir zum Abschied an der Haustür zuzuflüstern, wie toll sie es von mir fände, mit welcher nervtötenden, kräftezehrenden, zeitraubenden Verwandtschaft ich mich den ganzen Tag behänge. Andere Frauen würden das nicht fertigbringen, die würden lieber ihre Energie und ihre Freizeit in ihr Äußeres investieren, sich hübsch zurechtmachen und nett anziehen. Dabei guckte sie an mir runter, so als ob ich aus irgendeinem schleimigen Loch im Garten gekrochen wäre.«

Heike grinste. »Da kann ich ja froh sein, daß Brigitte noch nicht spitzgekriegt hat, daß es mich auch nach B. verschlagen hat. Sie ist mir damals in der Schule schon grausam auf den Geist gegangen.« Dann fragte sie unvermittelt: »Wieso hast du ihr nicht einfach die Wahrheit gesagt?«

»Du bist gut. Nach allem, was ich vorher unternommen hatte, um es vor ihr zu verbergen? Nach dieser Liegenschafts- und Olifant- und Asthma-Sache? Heike, ich bin da einfach zu tief reingerutscht. Außerdem – du weißt doch selbst, daß ich von uns allen in der Klasse damals immer am lautesten getönt habe, daß ich auf gar keinen Fall vor dreißig mit dem Kinderkriegen anfangen wollte, daß ich mein Leben erst in vollen Zügen genießen wollte.«

»Du könntest ihr doch erzählen, wie es dazu gekommen ist.«

»Wie denn? Soll ich ihr sagen, daß ich total bekifft war, so zugedröhnt wie noch nie? Soll ich sagen, daß Schorschi damals diesen erstklassigen Schwarzen Afghanen mitgebracht hat, weil wir seinen großen BGB-Schein feiern wollten, und daß der uns alle beide einfach umgehauen hat? Und daß ich dadurch schon zehn Jahre früher als geplant schwanger wurde?«

Heike wiegte nachdenklich den Kopf. »Wahrscheinlich war es kein richtig guter, sauberer Schwarzer Afghane, denn da passiert so was eigentlich nicht. Bestimmt war's in Wahrheit bloß irgendso 'n zweitklassiger verschnittener Türke.«

In der Diele fiel mit lautem Klatschen ein nasser Lappen auf die Fliesen. Laila kam in die Küche marschiert. Sie wirkte eigenartig aufgeregt.

»Was ist los, Laila?« fragte ich erstaunt.

»Ich bin fertig mit Wischen. Soll ich im Garten was machen?«

»Im Garten?« Komisch, dachte ich, wenn sie sich Mühe gibt, kann sie fehlerfrei Deutsch reden.

»Ja, Rasenmähen oder so.«

Ich schüttelte den Kopf. »Eigentlich kümmern sich

die Männer ums Rasenmähen, weißt du? Und die Blumen sind Omas Domäne. Sie pflegt die Beete mit Hingabe.«

»Ich wollte es dir vorhin schon sagen«, mischte Heike sich ein. »Das Steingartenkraut in eurem Vorgarten, der Phlox – das war doch immer der ganze Stolz von eurer Oma.«

»Was soll damit sein?« fragte ich verständnislos.

»Es ist kaputt. Irgendwie verdorrt oder so.«

Merkwürdig, daß ich das noch nicht bemerkt hatte. Dann fiel mir ein, daß ich seit dem Mord nicht mehr im Vorgarten gewesen war. Und wenn ich aus dem Haus kam und den Kiesweg entlangging, wandte ich immer die Blicke von der Stelle ab, wo die hingestreckte Gestalt gelegen hatte.

»Den Phlox hat Oma neulich gedüngt. Vielleicht hat sie zuviel von dem Dünger genommen«, sagte ich geistesabwesend. »Nein, warte mal. Wir hatten neulich so ein Tütchen, es kam mit einer Werbebroschüre. Oma hat es ausprobiert, aber da war ja nicht viel drin, es kann kaum für den Steingarten gereicht haben. Das leere Tütchen hat sie danach mit der übrigen Post reingebracht, das war an dem Freitag, als … Der Kommissar hat es sogar noch gesehen und mir davon erzählt.« Ich seufzte. »Ist ja auch jetzt egal. Vielleicht war es einfach nicht der richtige Dünger. Ich werd mir bei Gelegenheit das Beet ansehen.«

Nachdem Heike eine Stunde später wieder gegangen war, putzte ich zusammen mit Laila noch einträchtig ein paar Fenster, dann ging ich auf die Terrasse und fragte Amalie, ob sie irgend etwas brauchte. Sie reckte sich stöhnend auf unserer guten, dick gepolsterten Liege, legte ihren blau eingebundenen Opernrollentext beiseite und bat um eine Wärmflasche für ihr wehes Kreuz, der Hexenschuß hätte sich jetzt erst so richtig festgesetzt. Oma stand mit emporgerecktem Gesicht an der Hecke, die unser Grundstück vom Nachbargrundstück trennte, und unterhielt sich mit Herrn Zwicker. Unser Nachbar stand ganz oben auf einer Klappleiter und stutzte säuberlich die mannshohe Hecke um schätzungsweise einen Zentimeter. Das war außer dem Autowaschen und der Heimwerkelei eine seiner liebsten Beschäftigungen, der er mindestens zweimal im Monat regelmäßig nachkam. Schorschi hatte ihm zwar irgendwann mal angeboten, das Heckenschneiden zu übernehmen, aber dazu war es nie gekommen. Herr Zwicker tat es einfach zu oft. Schorschi hatte keine Chance.

Herr Zwicker rief einen knappen Gruß und winkte mir aus luftiger Höhe zu. Die Heckenschere blitzte in seiner Hand, und die rötlichen Haare auf seinen muskulösen Unterarmen leuchteten metallisch. Ich überlegte, ob er wohl sportlich sein mochte. Eigentlich wirkte er nicht untrainiert, so wie er da auf der Leiter herumturnte.

Als ich Amalie ihre Wärmflasche brachte, bat ich sie, auf Omas Aktivitäten besonders gut aufzupassen.

Tannhäuser, der neben dem neuen Komposthaufen nach Fliegen jagte, spitzte die Ohren und kläffte freundlich zu mir herüber, als ich über den Gartenweg zur Garage ging. Herr Zwicker wedelte zum Abschied mit der tückisch blinkenden Heckenschere.

Ich fuhr zum Kindergarten, um Timmy abzuholen. Er erwartete mich schon an der Garderobe. Das Täschchen hing artig um seinen Hals, aber er hatte keine Schuhe an.

»Du hast ja deine Schuhe noch nicht an, Schatz.«

»Sie sind weg.«

»Unsinn.«

Ich ging auf die Knie und suchte in der Schuhablage, und in diesem Moment bemerkte ich aus den Augenwinkeln, wie Pfarrer Kunibert Ährenfried sich mit flatternder Soutane anschlich.

»Grüß Gott, wie nett, daß ich Sie hier antreffe!«

»Guten Tag, Herr Pfarrer.« Ich kroch zur Schuhablage des benachbarten Gruppenraums und suchte dort weiter. »Timmy, wo sind deine Schuhe?«

»Weiß nich. Heut morgen hatte ich sie noch beide an.«

»Tja, also«, meinte der Pfarrer, »ich hätte da noch eine kleine Frage ...«

»Ich komme sehr gut voran mit dem Sammeln!« rief ich unter der Schuhablage hervor.

»Das ist schön. Ich habe das nie bezweifelt. Aber da gibt es noch etwas ...«

»Vielleicht habe ich sie im Sandkasten gelassen«, mutmaßte Timmy.

»Dann geh doch bitte ganz schnell dort nachsehen, Schätzchen. Ich warte hier.«

»Nun, da ist noch folgendes kleine Problem. Um einen reibungslosen Verlauf der Riesentombola zu gewährleisten, wäre erforderlich, daß ...«

»Ich hab nachgeguckt, im Sandkasten sind sie auch nicht. Ich muß Pipi.«

»Dann geh rasch.«

»Nein, ich will nicht!« brüllte er sofort.

»Jemand müßte sich bereit erklären, die ganzen Lose zu verkaufen. Wir haben da an die älteren Geschwisterkinder gedacht, die schon zur Schule gehen. Sie haben doch einen halbwüchsigen Sohn, und außerdem …«

»Warum denn nicht?« fragte ich fassungslos.

»Weil du gesagt hast, ich darf nur noch im Sitzen Pipi, weil das im Stehen unhikenisch ist, und heut wollt ich im Sitzen Pipi machen, und da haben Sandra und Ilka behauptet, ich würde Aa machen, aber ich hab gar nicht Aa gemacht, ich mach hier doch *nie* Aa. Aber sie haben geschrien, ›Tim-my macht Aa, Tim-my macht Aa‹, ganz laut!«

»Wenn die Lose dann alle verkauft sind, müßte auch jemand an der Losausgabe die Preise an die Gewinner …«

»Und ich hab gesagt, ich mach bloß Pipi, und da haben sie gesagt, das ist nicht wahr, bloß Mädchen machen im Sitzen Pipi, und dann haben sie geschrien: ›Tim-my ist ein Mäd-chen, Tim-my ist ein Mäd-chen, Tim-my ist ein …‹ Au weia, jetzt kommt's schon!«

Er preßte sich heftig die Hand zwischen seine Beine.

»Bitte nicht! Tu's nicht! Los, lauf schnell! Mach's einfach im Stehen!«

»Wenn die Gewinner kommen, um ihre Preise abzuholen …«

Timmy rannte zu den Kinderklos, und ich merkte, daß ich auf dem Boden saß.

»Ist Ihnen nicht wohl?«

»Ja … ich suche Schuhe. Die Schuhe meines Sohnes, um genau zu sein.«

»Wie fürsorglich. Kann ich auf Ihre Mitarbeit beim Losverkauf und der Preisausgabe zählen?«

»Ein paar Tröpfchen sind schon in die Hose gegangen«, verkündete Timmy, »und ich hab auch was danebengemacht, es war so viel drin. Heut morgen hab ich's ganz doll eingekniffen, weil die Weiber so gelacht haben.«

»Timmy, wo könnten denn deine Schuhe sein?« fragte ich völlig entnervt.

»Ich geh mal Renate fragen.« Er hüpfte auf schmutzigen Socken in seinen Gruppenraum.

»Nun?« fragte Pfarrer Ährenfried geduldig, die Hände vor seinem Bäuchlein gefaltet.

»Ja?« fragte ich verständnislos.

»Oh, wie schön!« freute er sich. »Die Kirche schuldet Ihnen nun noch mehr Dank! Auf bald!« Er machte eine segnende Geste und glitt geräuschlos aus meinem Blickfeld.

Renate kam aus dem Gruppenraum, Timmys Turnschuhe mit spitzen Fingern hochhaltend. Ich stand erleichtert auf. »Gott sei Dank, da sind sie ja!«

»Guten Tag«, begrüßte sie mich, »leider waren die Schuhe im Schweineeimer.«

»Was um Himmels willen ist ein Schweineeimer?«

»Der Schweineeimer ist ein Eimer für Schweine. Und im Schweineeimer sammeln wir die Essensreste von der ganzen Woche, weil Essen Gottesgabe ist, das darf man nicht in den Müll geben.«

»Und deshalb tun Sie es in den Schweineeimer?«

»Ganz recht.«

»Und was passiert dann mit dem Schweineeimer?« Ich schnüffelte. Die Turnschuhe verströmten einen infernalischen Gestank und waren von einer schlierigen, glitzernden Schicht überzogen.

»Montags wird er vom Bauern abgeholt. Dann ist alles schon leicht angegoren, das haben die Schweine gern.«

Es *war* Montag, also Abholtag, und wenn man vom Stinkgrad auf den Gärungsgrad schließen durfte, hatten die Schweine heute ihr Fressi noch nicht gekriegt.

»Wie sind Timmys Schuhe denn da reingekommen?« fragte ich.

»Nun, das läßt sich zu unserem Bedauern nicht mehr rekonstruieren.«

Ich dachte nach. Die Schuhe waren versaut, und dabei hatte ich sie erst letzte Woche gekauft. Ich konnte sie in der Maschine waschen, das machte ich immer, aber wenn man sie einmal auf diese Weise gereinigt hatte, ging es rapide mit der Lebensdauer der Turnschuhe bergab. Streng juristisch gesehen hatte ich es hier mit einem Haftungsproblem zu tun. Ich sah mich um, dann bedachte ich Renate mit einem berechnenden Lächeln. »Hier hängt kein Schild, daß für Garderobe keine Haftung übernommen wird.«

»Nein, natürlich haben wir nicht so ein Schild! Wir sind doch keine Gaststätte! Worauf wollen Sie hinaus?« wollte Renate entrüstet wissen.

»Damit meine ich, daß der Kindergarten für eingebrachte Garderobe haftet. Wenn die Schuhe meines Kindes in den Schweineeimer gesteckt werden, muß der Kindergarten dafür aufkommen.«

»Ich sagte doch schon, daß wir nicht wissen, wer die Schuhe in den Schweineeimer gesteckt hat«, wehrte sie ab.

Meine Geduld ließ nach. »Mich interessiert überhaupt nicht, wer die Schuhe in den Schweineeimer gesteckt hat. Sie waren neu, und jetzt sind sie hinüber, und irgend jemand muß sie bezahlen. Der Kindergarten ist doch bestimmt versichert.«

»Ich glaube nicht, daß der Kindergarten für die Garderobe der Kinder die Haftung übernimmt«, meinte sie steif.

Ich starrte sie an. Komisch, auf einmal hatte ich das Gefühl, etwas Ähnliches schon einmal erlebt zu haben. Ich grübelte, wieso plötzlich dieses heftige Déjà-vu-Gefühl an mir zerrte, es hatte irgend etwas mit ... da, jetzt hatte ich es! Sie litt an dem Stichelmannsyndrom. Diese Frau war unbelehrbar, sie war notorisch rechthaberisch, penetrant engstirnig und intolerant bis zum Exzeß. Da gab es nur eins zu tun.

Zehn Minuten später verfrachtete ich meinen Sohn und seine stinkenden Schweineeimerturnschuhe in meinen Kombi, äußerst zufrieden mit mir und meinem Verhandlungsgeschick. Ich hatte es tatsächlich geschafft, der penetrant engstirnigen Renate für meinen Sohn die Marderrolle abzuluchsen. Im Gegenzug hatte ich mich bereitwillig damit einverstanden erklärt, auf sämtliche gegenwärtigen oder künftigen Schadensersatzansprüche wegen des Schweineeimervorfalls zu verzichten. Mit ihrem schrecklich zickigen Getue war es ihr zwar gelungen, mir die Verantwortung für das Marderkostüm zuzuschanzen – das Bienchen-Outfit hätte der Kindergarten gestellt –, doch dafür hatte ich ihr nach zähem Ringen noch einen Sprechtext für die Marderrolle abgehandelt. Zwischen sechs und zehn Zeilen dürfte er haben, aber dichten müßten wir ihn selber.

Ich sah während des Fahrens in den Rückspiegel. Timmy wirkte nachdenklich.

»Na, überlegst du dir schon deinen Rollentext?« fragte ich ihn gutgelaunt. »Es könnte zum Beispiel so anfangen: Ein Marder bin ich, schaut mich an, ich wohn im tiefen Wald, ich schleich mich an die Waldmaus ran und mache sie dann ...« Nein, das war vielleicht doch nicht der ideale Anfang. Außerdem schien es ihn gar nicht zu interessieren. Tat es auch nicht, wie sich sofort herausstellte. Er zerbrach sich über wesentlich elementarere Dinge den Kopf. »Mama, wenn man den Kopf in den Schweineeimer steckt, montags, wenn er ganz voll und glibberig ist – muß man dann erstinken oder ertrinken?«

Nach einem stressigen Mittagessen – ich mußte Amalie die Erbsensuppe auf der Terrasse servieren, sie kam von der Liege nicht mehr hoch, das heißt, sie kam schon hoch, aber nur in eine maximal 45 Grad betragende Sitz-Eßposition – kündigte ich an, daß ich in einem Laden für exotische Kunst noch Tombolaspenden abholen müsse. Augenblicklich kam Leben in Amalie. Plötzlich fühlte sie sich viel besser, und mit meiner Hilfe gelang es ihr sogar aufzustehen. Als Mensch, der sich der Kunst verschrieben habe, könne sie sich diese einmalige Gelegenheit von Kulturkontakt nicht entgehen lassen. Und jetzt sei ja auch

Oliver zu Hause, der könne ein Auge auf Oma haben. Und im Ertragen von Schmerzen sei sie schon immer ganz groß gewesen.

Sie stöhnte dann auch nur ganz leise, als ich sie untergefaßt zum Auto führte.

Auf der Fahrt malte ich mir aus, wie ich mit der herrlichen Bizarrkunst bei der Riesentombola Eindruck schinden konnte. Sicher würde man eins von den gespendeten Kunstobjekten für den ersten Preis ausgucken. Dabei fiel mir ein, daß ich überhaupt nicht wußte, nach welchen Richtlinien die Preisrangfolge festgesetzt wurde, und sofort drängte sich mir der üble Verdacht auf, daß die intrigante Schwammschnecke in diesem Punkt bestimmt für ihre Entscheidungskompetenz vorgesorgt hatte.

An diesem Tag hatte ich mehr Glück, die Bizarrkunst-Galerie war geöffnet. Geduldig half ich der schwerbehinderten Amalie aus dem Wagen. Mit erwartungsvoll glänzenden Augen ließ sie sich von mir zur Eingangstür führen.

Leider war im Schaufenster nichts von den Kunstwerken ausgestellt, auf plüschig rotem Samt standen bloß ein paar Schildchen, zum Beispiel eins mit dem Aufdruck: *Neue Kataloge eingetroffen*, ein anderes mit dem Text: *Diskret testen – Ihr Vorteil*, und wieder ein anderes, etwas größeres: *Schnupperwochen – lassen Sie sich verführen*. An der Tür hing ein Schild: *Jugendliche unter achtzehn Jahren haben keinen Zutritt, auch nicht in Begleitung Erwachsener*. Komisch.

Ich öffnete die Tür, und wir gingen hinein. Es war stockfinster, und ich tastete nach dem Lichtschalter. War der Strom ausgefallen? Dann merkte ich, daß es in

Wahrheit gar nicht so dunkel war. Nach dem strahlenden Sonnenschein draußen war es mir nur so vorgekommen. Tatsächlich konnte man es allenfalls als dämmerig bezeichnen, und die diffuse, rötliche Beleuchtung offenbarte mir auch sogleich, warum keine Jugendlichen den Laden betreten durften. Die derzeitige Ausstellung in dieser Galerie konnte gewisse pornographisch anmutende Charakteristika nicht leugnen. An einer der Wände befanden sich in einer matt beleuchteten Glasvitrine eine Reihe von Exponaten, die mir augenblicklich klarmachten, um welche Art von »Kunst« es sich hier handelte. Ich packte Amalie am Arm und zog sie zum Ausgang.

Sie machte sich unwillig los und ging zu der Vitrine, um die Objekte besser studieren zu können. Staunend fragte sie mich, ob ich nicht auch der Meinung sei, daß der Künstler hier in seinen Ausführungen sehr kühn gewesen sei, geradezu waghalsig, wo doch die bizarren Kunstgegenstände sich in ihrer Linienführung teilweise äußerst naturgetreu, teilweise in nur leicht abgewandelter Form an männlicher Geschlechtssymbolik orientierten.

»Findest du nicht auch, Susanne?«

Ich rang nach Worten.

»Gefällt es Ihnen?« fragte eine sanfte Frauenstimme über meine Schulter.

Ich fuhr zusammen und drehte mich um. Hinter mir stand eine kunstvoll geschminkte Blondine um die Vierzig. Sie trug ein purpurrotes, tiefausgeschnittenes Kleid und Pumps mit schätzungsweise fünfzehn Zentimeter hohen Absätzen. Das mußte Edelgard Hilfreich sein, ich hatte sie an ihrer Stimme erkannt.

»Es ist sehr … ungewöhnlich«, erwiderte ich, verlegen wie noch nie. Ich fühlte, wie mir das Blut ins Gesicht schoß.

»Ungewöhnlich ist nicht der richtige Ausdruck«, sagte Amalie kategorisch. »Es ist vielmehr in der Darstellung ausgesprochen viril, ja, um nicht zu sagen kraftvoll.«

»Der da unten in der Ecke, der große schwarze mit den dicken Noppen, ja, der da, der hat Netzteilanschluß«, erläuterte Edelgard.

Ich schob mich hinter meine Schwiegermutter und versuchte, ihr eine wichtige Information ins Ohr zu flüstern.

»Das ist aber interessant«, unterbrach Amalie mich entschieden. »In der Tat, es ist sehr ausgefallen. Wie es wohl auf den Betrachter wirken mag, wenn man es ans Stromnetz anschließt? Was der Künstler damit wohl zum Ausdruck bringen will?« Ein kühner Gedankenblitz durchzuckte sie plötzlich. »Man könnte eventuell Parallelen herstellen zur Honigpumpe eines Joseph Beuys!«

»Wie belieben?« meinte Edelgard.

»Nun – vielleicht ist das doch zu weit hergeholt«, schwächte Amalie ihren Vergleich sofort ab. Sie betrachtete die anderen Exponate in dieser Vitrine. Es gab größere und kleinere Kunstwerke in phallisch-symbolischer Optik, manche gebogen, andere genoppt oder gerippt, in verschiedenen Farben und Materialien.

»Das exotische schwarze Objekt mit dem Netzteilanschluß – ja, das da, wie heißt der Künstler? Sicher ein Afrikaner, stimmt's?« fragte Amalie wißbegierig.

Der Hexenschuß war vergessen. Sie starrte mit schmalen Augen in die Vitrine. »Das ist aber günstig, bloß neunundachtzig Mark neunzig. Gemessen an dem, was auf dem überhitzten Kunstmarkt in heutiger Zeit für horrende, ja geradezu utopische Summen gezahlt werden, ist diese Bizarrkunst wirklich erschwinglich, das muß ich schon sagen. Auch der Kunstfreund mit kleinem Geldbeutel könnte sich durchaus eines oder mehrere dieser Ausstellungsobjekte leisten.«

Ich riß an ihrem Ärmel, aber sie ignorierte es. »Andererseits …«, sagte sie nachdenklich.

»Ist was?« fragte Edelgard Hilfreich freundlich.

»Nun ja, ich dachte gerade darüber nach … Verzeihen Sie die indiskrete Frage …«

»Nur heraus damit!« ermunterte Frau Hilfreich meine Schwiegermutter. »Möchten Sie's vielleicht mal anfassen? Bei uns dürfen Sie alles anfassen!«

»Äh … nein, was ich wissen möchte … man hört und liest doch so viel von der Ausbeutung der dritten Welt …«

»Wenn Sie auf den Kautschuk hinauswollen …«

»Nein, nein, es ist nicht der Kautschuk, der mich interessiert.« Amalie räusperte sich, »Nein, vielmehr … äh … nun … bei diesem Exponat hier zum Beispiel – wieviel erhält der Künstler unterm Strich letztlich von der Kaufsumme?«

Edelgard starrte sie an, als wäre ihr plötzlich ein zweites Paar Ohren gewachsen. Amalie winkte ab. »Vergessen Sie's, es geht mich schließlich nichts an! Und außerdem – der Afrikaner neigt an und für sich zur Anspruchslosigkeit.«

Neugierig ging sie weiter in den Laden hinein.

»Man erlebt selten, daß die Dekoration dem Charakter und der Thematik einer Ausstellung auf so geschmackvolle Weise angepaßt ist«, bemerkte sie wohlwollend zu der purpurroten Samtbespannung an den Wänden und der dezent schummrigen Beleuchtung.

»Ich glaube, ich bekomme Migräne«, meldete ich mich. »Ein bißchen frische Luft ...«

Sie hörte gar nicht hin. Ehrfürchtig wies sie auf eine lebensgroße Puppe aus fleischfarbigem, nachgiebig wirkendem Material. Ich blinzelte ungläubig.

Amalie machte mich wortgewandt auf die künstlerisch augenfälligen Einzelheiten aufmerksam. Eine vom Künstler verblüffend naturgetreu ausgestaltete weibliche Skulptur, befand sie, vor allem die surrealistisch ins Extreme vergröberten und vergrößerten Brüste mit den erdbeerrosa leuchtenden, riesigen Spitzen.

»Wahnsinnstitten, stimmt's?« sagte Edelgard zufrieden.

»Sie bringen es auf den Punkt, wenn es auch leicht vulgär klingt«, erwiderte Amalie mißfällig. Dann legte sie den Kopf auf die Seite. »Andererseits – dieser Ausdruck ist vielleicht am ehesten geeignet, treffend die ausdrucksstarke Konzeption des Künstlers zu skizzieren, den Kern der Aussage dieses Artefakts signifikant in Worte zu fassen, ihn gewissermaßen aus einer Ummantelung nichtssagender und bezeichnungsarmer Nomenklatur zu extrahieren ...«

»Man kann was reinfüllen!« erklärte Edelgard Hilfreich und klappte mittels eines verborgenen Mechanismus eine der gewaltigen Brüste auf. »Der Behälter hier ist mit den Nippeln verbunden, und wenn man dran zieht oder draufdrückt, kommt's raus. Man kann praktisch alles nehmen, was schmeckt. Viele Kunden stehen natürlich auf Milch, aber man kann genausogut was Alkoholisches reintun.« Ich schluckte.

»Hochinteressant!« staunte meine Schwiegermutter. Eloquent setzte sie Edelgard und mir auseinander, wie ungemein evident die dialektische Symbolik dieses versteckten, in das Basisobjekt integrierten multifunktionellen Charakteristikums in all seiner artifiziell-humanitären Bedeutung zum Ausdruck komme.

Ihre Augen wanderten an der Skulptur nach unten. »Mhm. Die Beine gespreizt, die Knie leicht angewinkelt. Hier wollte der Künstler offenbar auf elegante Art pointiert-weibliche Dynamik darstellen ...«

Ich kniff die Augen zusammen und stellte mir vor, alles nur zu träumen. Aber als ich sie wieder aufmachte, stand die Gummipuppe mit den Riesenbrüsten immer noch da.

»Sagen Sie – suchen Sie eigentlich etwas Bestimmtes?« fragte Edelgard Hilfreich neugierig.

»Nein, wir sind nicht festgelegt, aber von dem, was wir bisher gesehen haben, ist für die Tombola wirklich nichts geeignet«, erklärte Amalie resolut.

»Tombola?« fragte Edelgard. »Ach, Sie treffen sich in einem netten kleinen Zirkel und verlosen etwas, wie hübsch, was für eine delikate Abwechslung zu den üblichen primitiven Pfänderspielen! Tolle Idee! Aber glauben Sie mir, wir haben für jeden Geschmack etwas, Gummi, Leder, Highheels, alles in Übergröße, auch für den Herrn. Dort den Gang durch, ganz hinten sind die Kabinen. Da können Sie auch probieren. Das ist unsere Geschäftsmaxime: probieren geht über studieren ...«

Amalie übersah meine heftigen Gesten.

»Es müßte etwas … Dezenteres sein als das hier«, sie deutete auf die Vitrine und die Frauenskulptur, »etwas, das dem kirchlichen Aspekt besser entgegenkommt.«

»Kirchlicher Aspekt? Ach, ich erinnere mich! Sie hatten doch angerufen, stimmt's?« meinte sie erfreut. »*Natürlich* habe ich etwas für Sie! Ich habe praktisch genau das, was Sie brauchen! Es ist erst letzte Woche frisch eingetroffen. Sekunde, ich hol's aus dem Lager. Es dauert nur einen ganz kleinen Augenblick!« Sie verschwand mit klapperndem Absatzgestöckel und einem verheißungsvollen Blick über die Schulter in einem Nebenraum.

»Amalie, bitte …« Ich blickte mich verzweifelt um, aber nirgends war Hilfe in Sicht. Auf der Kassentheke, die an der Längswand des Raums untergebracht war, lagen farbenprächtige Kataloge ausgebreitet, die nur so strotzten von künstlerischen Bizarr-Einzelheiten. Ich fühlte, wie mein Gesicht heiß wurde.

Meine Schwiegermutter ging beschwingt weiter und widmete sich den anderen Exponaten der Ausstellung. Ihr besonderes Interesse wurde als nächstes von einer Art Kleiderpuppe auf einem Sockel gefesselt. Deren Gesicht war unter einer Ledermaske verborgen, um den Hals trug sie ein Lederband mit Metallstacheln, und ihr Torso war in einer glänzenden, panzerartigen Lederrüstung eingeschnürt.

»Erstaunlich!« rief Amalie aus. »Welch beeindruckende Technik! Die Gestalt ist geradezu dämonisch verfremdet.«

Sie ging um die Figur herum und behauptete, daß man die schlaffen, dünnen Pseudopodien, die von dem Lederkorsett herabbaumelten, bei flüchtigem Hinschauen beinahe für Strapse halten konnte. Dann blinzelte sie. »Nein so etwas! Es sind tatsächlich Strapse! Was für ein raffinierter, effektvoller Mode-Manierismus! Wer hat denn dieses Oeuvre geschaffen?«

Auf einem Schildchen stand *S.-M.-Zub.*

Klang auch afrikanisch, meinte Amalie, wie Kisuaheli vielleicht.

Edelgard Hilfreich kam zurückgestöckelt und drückte meiner Schwiegermutter eine Schachtel in die Hände. »Das wäre Nummer eins, die übliche Standardausführung für die Dame«, sagte sie atemlos. »Aber ich hab auch noch was für den Herrn. Sekunde, bin gleich wieder da!« Und schon war sie wieder verschwunden. Amalie blickte neugierig auf die Schachtel. Gerade, als sie Anstalten machte, sie zu öffnen, ertönten merkwürdige Geräusche.

Es klang gedämpft und leise, war aber dennoch deutlich hörbar. Ein heiseres Keuchen und Wimmern, begleitet von einem saftigen Klatschen.

Irritiert sah ich mich um, aber ich konnte niemanden sehen. Das Klatschen und Wimmern kam von weiter hinten. Amalie und ich tauschten Blicke.

Die Stimme hörte sich so schrill-heiser an, daß man unmöglich sagen konnte, ob das Opfer ein Mann oder eine Frau war. Aber unabhängig davon war völlig klar, welchen tieferen Sinn dieser Lärm hatte.

»Wir gehen!« sagte ich entschieden und wandte mich zum Ausgang. Amalie nahm es nicht zur Kenntnis. Ihre Hände krampften sich fester um die Schachtel, und sie ging entschlossen in die Richtung, wo sie den Ursprung der Foltergeräusche vermutete, nämlich um die Ecke, durch einen schmalen Gang in den hinteren Teil der Galerie. Dort befanden sich mehrere dunkelrote Samtvorhänge an der samtbespannten Wand, die in der schwachen Beleuchtung schwülschillernd glänzte.

Das Wimmern war hier besser zu hören.

Meine Schwiegermutter stieß einen empörten Laut aus.

»Verstehst du, das ist so: Es gibt gewisse Leute, die mögen …«, begann ich zu erklären.

Mit einer raschen Handbewegung riß Amalie den ersten Vorhang beiseite, und der Schmerzensschrei, der sich zum absoluten Diskant gesteigert hatte, brach schlagartig ab.

»Was tun Sie da?« fuhr sie den Mann vor mir mit barscher Stimme an. »Wen haben Sie da eben geschlagen?«

Sie versuchte, hinter den merkwürdig gekleideten Mann zu gucken, aber da war nur ein Spiegel an der Wand, der außer einem nackten Rücken einen nicht minder nackten Hintern widerspiegelte.

Amalie zog die Brauen zusammen. Ich wußte sofort, was sie jetzt überlegte. Ihre Gedanken leuchteten wie eine Signalboje auf ihrer Stirn: Komisch, irgend etwas stimmt hier nicht. Von vorne sieht der Kerl ganz angezogen aus, von oben bis unten in enges, schwarzes Lackleder gezwängt. Wieso ist er von hinten nackt? Ist das vielleicht ein Trickspiegel, und in Wahrheit ist doch noch jemand anderes in der Kabine?

Amalie starrte in dumpfem Nichtbegreifen auf den Spiegel und sah, was ich auch sah: den Hintern. Er war feuerrot, wie ein Pavianhintern. Der Kerl trug zu seinem schwarzen Lackrederanzug (vorn zu und hinten offen) und den schwarzen Lacklederstiefeln und der schwarzen Domino-Ledermaske eine Art Peitsche, die er in der Hand hielt, und es bestand nicht der geringste Zweifel, daß er allein in der Kabine war und sich selbst den Hintern damit versohlt hatte.

Amalies sonst so voluminöse Stimme klang piepsig vor Aufregung. »Haben … haben Sie sich etwa selbst …?«

Er nickte stumm und hob leicht die Peitsche, lauter dünne Lederschnüre an einem kurzen Stock.

Amalie griff sich ans Herz. Verängstigt wich sie zurück und hob schützend die Schachtel vor ihr Gesicht. Dann wandte sie sich um und rannte wie von Furien gehetzt aus dem Laden, gelenkig wie ein junges Reh.

»Entschuldigung«, sagte ich lahm zu dem Zorrotyp. Dabei wunderte ich mich über die vage Empfindung, die mich dabei durchfuhr, das eigentümliche Gefühl, diesen Menschen zu kennen. Dann sah ich zu, daß ich ebenfalls verschwand. Amalie wartete draußen beim Wagen auf mich, die Schachtel vor den wogenden Busen gepreßt. Ihr Kinn zitterte vor Entrüstung. Ich half ihr auf den Beifahrersitz. Erst als ich um drei Ecken gebogen war, atmete sie ruhiger. Jetzt fiel mir auch ein, was mir an dem Typ bekannt vorgekommen war. Er hatte genau so ein komisches Lederarmband getragen wie Brigitte. Anscheinend waren die Dinger doch verbreiteter, als ich gedacht hatte.

»Das war ja furchtbar!« sagte Amalie, immer noch erschüttert. »Wie ist dieser gräßliche Mensch nur in die Galerie eingedrungen?«

Sie wirkte immer noch ganz benommen unter dem

Eindruck des Erlebten. Ihren empörten Mutmaßungen zufolge mußte der Kerl sich dort eingeschlichen haben, um sich an den Exponaten so richtig aufzuheizen und dann in der Abgeschiedenheit der Kabine seinen abartigen Neigungen nachzugehen. Dann zuckte sie zusammen. »Meine Güte! Die arme Frau!«

»Frau?«

»Ja, die Galeristin! Sie ist jetzt ganz allein da drin, mit diesem Verbrecher! Susanne, er wird ihr etwas antun!«

»Meinst du?« fragte ich und fuhr ungerührt weiter.

»Wie kannst du nur so eiskalt sein?« warf sie mir vor. »Wir müssen sofort umdrehen und der armen Person zu Hilfe eilen!«

»Weißt du, man darf das nicht so eng sehen«, beruhigte ich sie. »Das gehört in gewisser Weise dazu.«

»Wozu?« fragte sie streng.

»Na, zur ... ähm, Kunst.«

Sie furchte die Stirn, bis ihre Brauen fast den Haaransatz berührten. Ich glaubte beinahe, den Blitz zu sehen, mit dem ihr plötzlich ein Licht aufging.

»Mein Gott!« Sie wirkte erleuchtet. »Himmel, war ich dumm! Wie konnte ich nur so absolut und total blöd sein!« Stöhnend hieb sie sich die flache Hand gegen die Stirn. Ich widersprach ihr nicht.

Amalie stöhnte wieder. »War ich naiv!«

Wahrscheinlich, so argwöhnte sie als nächstes, wälzten die Galeristin und der Mann sich gerade in diesem Augenblick immer noch auf dem purpurroten Teppichboden herum und hielten sich die Rippen vor Lachen. Ausgerechnet ihr mußte das passieren, die sich ihre Kunstbegeisterung stets zugute gehalten hatte! Wie sie nur das Naheliegende so radikal hatte übersehen können?

»Ja, wie?« pflichtete ich ihr bei.

»Dabei war es doch so offensichtlich gewesen. Es lag ja förmlich auf der Hand. Es war ganz klar, was das für ein Mann war, der in der Kabine.«

»Sicher.«

»Ein Performance-Künstler!« schrie Amalie triumphierend. Umgehend erläuterte sie mir, daß der Mann vorhin eine sorgfältig und sicher unter größten Mühen einstudierte Körperkunst-Darbietung zu inszenieren im Begriff gewesen sei, und sie habe ihn aufs Frevelhafteste mitten aus seiner Vorstellung gerissen.

Ich war so verblüfft, daß ich beinahe gegen ein parkendes Auto fuhr.

Amalie war völlig außer sich über ihre eigene Ignoranz. »Das war schlimmer als schlimm. Das war mindestens so ein Debakel, wie es seinerzeit jenem Werk von Beuys widerfahren war.«

»Beuys?« fragte ich verständnislos.

»Ja«, sagte sie erregt. »Erinnerst du dich nicht? Die legendäre Fettecke?«

Ja, ich erinnerte mich. Er hatte nur gute Butter dafür genommen, mindestens drei Pfund, es war unter Brüdern bestimmt achtzigtausend Mark wert, und die ignoranten Putzfrauen dachten, es wäre bloß dreckig, einfach eine schmierige, ranzige, dreckige Ecke, und sie wischten es weg.

Ihr Gesicht war starr vor tief empfundener Trauer.

»Und ich habe mich nicht viel besser benommen!« Sie war den Tränen nah.

»Was habe ich getan? Diese liebenswürdige Person,

diese Galeristin – was wird sie jetzt von mir denken?«

»Mach dir doch nichts draus«, versuchte ich sie zu beruhigen. Wir waren beim nächsten Geschäft auf meiner Liste angekommen, einem Metzgerladen.

»Willst du mit reingehen?«

Sie schüttelte stumm den Kopf.

In dem Laden fragte ich nach Fleischermeister Großherz, mit dem ich vorher telefoniert hatte.

Friedbert Großherz war nicht da, er war im Kühlraum, Schweine zersägen, aber seine Frau konnte mir weiterhelfen. Mit flinken roten Wurstfingern packte sie in meine mitgebrachte Plastiktüte:

1. 1 Dauerwurst, 1 A Cervelat, 1000 g
2. 1 Glas Mayonnaise, 250 g
3. 1 Gutschein für 1 Topf Hausmacher Leberwurst, 500 g
4. 1 Gutschein für 1 kg Hausmacher Sauerkraut.

Ich bedankte mich und trug die großherzigen Spenden ins Auto.

Amalie hatte sich offenbar beruhigt. »Mir ist gerade eingefallen, daß wir uns die Spende dieser netten Galeristin noch gar nicht angesehen haben!« empfing sie mich aufgeregt. Mit leuchtenden Augen öffnete sie die Schachtel. Ich sah etwas Schwarzes und etwas Weißes. Vorsichtig, mit flatternden Fingern hob Amalie das Objekt aus der Schachtel. Es war aus feinem, schwarzen Stoff mit schmalen weißen Applikationen. Sie hielt das Ganze mit gestreckten Armen hoch, bis zum Wagenhimmel. Es schien eine Art Gewand zu sein, tatsächlich, es fiel auseinander …

Es war ein Gewand, ein Nonnengewand. Und noch

etwas fiel heraus, als sie das Gewand schüttelte. Ein buntes, etwa fünf mal fünf Zentimeter großes, zugeschweißtes Plastiktütchen, das mir bekannt vorkam. Ich griff danach, hob es auf und sah es mir näher an. *Dünge Deinen Liebesgarten*, stand auf der mit prachtvollen roten Rosen bedruckten Tüte. Irgendwo hatte ich das doch schon mal gesehen...

Ich dachte nach, dann erinnerte ich mich. Oma hatte damit unseren Steingarten gedüngt. Das leere Tütchen hatte zusammen mit der übrigen Post auf unserem Tischchen in der Diele gelegen, und beim Schuster Jakob Engelbert Gutfreund hatte ich auch so ein Tütchen gesehen. Aber irgend etwas war anders.Ich dachte angestrengt nach, dann hatte ich es. Es war die Aufschrift. Auf diesem Tütchen hier stand: *Liebesgarten*. Groß und deutlich, in romantisch verschlungener, rosenroter Schrift vor üppig prangendem Rosengartenhintergrund. Hatte auf den anderen Tütchen nicht *Lieblingsgarten* gestanden? Vielleicht hatte sich ausgerechnet auf dieser Tüte ein Druckfehlerteufel eingeschlichen. Ich konnte mir zwar einen Lieblingsgarten vorstellen, aber bei Liebesgarten mußte ich passen.

Nein, überlegte ich weiter, das mit dem Druckfehler war Schwachsinn. Wenn, dann müßte auf allen Tüten derselbe Druckfehler erscheinen. Es mußte einen anderen Grund für diese merkwürdige Wortentgleisung geben. Ich war verunsichert, bis mir eine plausible Erklärung einfiel. Ich hatte mich bei den beiden anderen Tüten verlesen. Natürlich stand auf allen Tüten dasselbe, nämlich *Liebesgarten*. Damit war allerdings noch nicht erklärt, was damit gemeint war. Vielleicht hatte sich der Designer vertan. Oder er war Japaner. Sicher, das mußte es sein. Sprachliche Inkongruenz sozusagen. Aber noch etwas stimmte nicht. Ganz und gar nicht. Und diesmal mußte ich nicht erst darüber nachdenken, was es war. Wieso war das Tütchen überhaupt zusammen mit dem Kostüm verpackt worden? Diese Frage überforderte allerdings meine derzeit verfügbare Kombinationsgabe. Ich kam nicht weiter als bis zu der Idee, daß derjenige, der die Sachen in die Schachtel getan hatte, ein rosenliebender Kostümfetischist war. Oder ein verkleidungsbesessener Rosenliebhaber. Zerstreut schob ich schließlich diese Überlegungen beiseite und den Liebesgartendünger in meine Handtasche, ganz tief in ein selten benutztes Seitenfach für unwichtigen Krimskrams.

Ich wollte das Kostüm auf der Stelle zurückbringen, aber Amalie wies das entrüstet zurück. Wir könnten unmöglich diese hilfsbereite, zuvorkommende Dame aus der Galerie ein zweites Mal brüskieren, indem wir die wertvolle Spende zurückwiesen. Ich zuckte ergeben die Schultern und tröstete mich damit, daß es auch schlimmer hätte kommen können. Frau Hilfreich hätte ja auch etwas Geripptes oder Genopptes aus der Vitrine spenden können. Na ja, eigentlich konnte von Spenden überhaupt keine Rede sein. Edelgard hatte uns das Kostüm natürlich nicht schenken, sondern verkaufen wollen. Dabei war sie ganz selbstverständlich davon ausgegangen, daß wir mit *kirchlichem Aspekt* genau das gemeint hatten, was sie selbst darunter verstand, nämlich hübsch perverse Verkleidungsspielchen.

Für das, was Amalie und ich gemacht hatten, gab es nur ein Wort: Diebstahl. Ich nahm mir vor, bei der nächsten sich bietenden Gelegenheit das dämliche Ding zurückzubringen, egal, was Amalie von dieser Idee hielt.

Allerdings schien das schwieriger zu werden, als ich gedacht hatte. Amalie bestand nämlich darauf, sofort zum Pfarrheim zu fahren, um eigenhändig die Spende dort abzuliefern, und sie ließ sich durch nichts davon abbringen. Als sie zwanzig Minuten später in der Tombolasammelstelle das Nonnenoutfit über einen Kleiderbügel drapierte, meinte sie immerhin selbstkritisch, daß das Ding der Traumvorstellung vom absoluten und ultimativen Hauptgewinn nicht ohne weiteres entsprach.

»In diesem Punkt muß ich mir gegenüber ehrlich sein«, seufzte sie. »Es ist nicht unbedingt eine Ballonrundfahrt oder eine Mandoline.« Kummervoll dachte sie laut darüber nach, wer von den Besuchern des Pfarrfestes soviel Kunstverstand mitbringen mochte, um diese unbarmherzige Anprangerung bigotter Frömmelei, diese schonungslose Decouvrierung von Sittenverfall, Dekadenz und moralischer Doppelbödigkeit unter dem klerikalen Mäntelchen – besonders gekonnt zum Ausdruck gebracht durch die Strapse an dem versteckt-integrierten Bodysuit – angemessen würdigen zu können.

Sie seufzte wieder, diesmal noch schwerer. Der Hexenschuß war auch wieder da. Der schmerzerfüllte Gesichtsausdruck und die Hand im Kreuz bezeugten es. Nein, resümierte sie, es sei völlig sinnlos, dieses Bizarrkunst-Opus als Hauptgewinn etablieren zu wollen. Wer würde schon den tieferen Gehalt des Kunstwerkes erkennen, die unverhohlen kirchenkritische Aussage akzeptieren?

Darin konnte ich ihr nur recht geben. Ich sah die Schwammschnecke förmlich vor mir, die Schweinchenaugen zu amüsierten Schlitzen zusammengekniffen, die wulstigen Lippen zu einem herablassenden Grinsen verzogen.

Schaudernd betrachtete ich die feine schwarze Seide, die blütenweiß abgesetzten Flügel an der abknöpfbaren Haube.

Traurig meinte Amalie: »Der Gewinner wird vermutlich dem Werk nicht einmal den ihm gebührenden Platz in einem Schaukasten einräumen.«

»Nein, das ist wohl nicht anzunehmen.« Ich wußte genau, was der Gewinner damit tun würde. Zum nächsten Fasching als Nonne aufkreuzen.

Meinen Vorschlag, die Spende wegen Untauglichkeit lieber doch zurückzubringen, wischte Amalie mit einer Handbewegung beiseite. Wie ich denn auf so eine blöde Idee käme? Vielleicht hätte der Gewinner ja doch Kunstverstand. Sie werde auf jeden Fall bei der Auslosung anwesend sein und sich persönlich davon überzeugen.

Ich fügte mich stumm und überlegte, was das blöde Ding wohl kosten mochte. Bestimmt nicht mehr als das schwarze Noppengerät mit Netzteilanschluß. Oder doch? Schließlich gab ich es auf, darüber nachzudenken. Ich würde es spätestens dann wissen, wenn ich Edelgard Hilfreich demnächst aufsuchte, um es zu bezahlen.

Amalie erwies sich die Woche über weiterhin als schwere Prüfung. Ihr Hexenschuß verschlimmerte sich derartig, daß sie nur noch unter Einsatz nackter Muskelkraft von der Polsterliege hochkam – nicht ihrer eigenen Muskelkraft versteht sich, sondern meiner und Olivers. Amalie ertrug ihr schreckliches Los mit erstaunlichem Gleichmut. Wahrscheinlich lag es daran, daß sie ihre blau eingebundenen Arientexte immer vor Augen hatte. Zum Glück übte sie stumm, ohne Koloraturen.

Dennoch war sie nicht um Worte verlegen. Sie hatte ziemlich viel zu sagen, zum Beispiel, daß der Sonnenschirm ein bißchen näher gerückt werden könnte oder daß sie zufällig gerade wahnsinnig Appetit auf Stachelbeerkuchen hätte oder ob ich ihr nicht mal eben etwas zum Eincremen holen könnte, ihre Haut über den Jochbögen spannte so von der Sommerhitze. Ach ja, und wenn ich gerade mal fünf Minütchen Zeit hätte – vielleicht könnte ich ihr ein klitzekleines Täßchen Eistee …?

Ich rückte den Sonnenschirm zurecht, machte Stachelbeerkuchen und Eistee und holte Sonnenmilch aus der Drogerie, weil ihre mitgebrachte Flasche zufällig aufgebraucht war.

Abends unterhielt Amalie sich aufs prächtigste mit meinem Mann. Sie ergänzten sich bestens in ihren Gesprächsbeiträgen. Sie fütterte ihn mit Operngerüchten, er gab ihr Kostproben aus seinen Reden zu schmecken. Einmal sagte er hinterher zu mir, seine Mutter sei doch wirklich eine Frau, mit der man sich sehr angeregt unterhalten könne.

Noch unangenehmer wurde es, als Laila am Mittwoch zum Putzen kam. Amalie beobachtete Laila von ihrer Liege aus durch die geöffneten Terrassentüren mit Habichtaugen und registrierte genau, wie lange sie in jedem Zimmer fürs Saubermachen brauchte.

»Sag mal, wieviel kriegt diese Afrikanerin eigentlich dafür? In der Stunde, meine ich?« fragte sie mich einmal im Flüsterton auf der Terrasse, während Laila im Wohnzimmer die Fensterbank abstaubte.

»Diese Afrikanerin heißt Laila. Was hast du gegen Afrikaner?«

»Überhaupt nichts«, sagte Amalie beleidigt. »Erwähnte ich das nicht schon einmal?«

Ja, ich erinnerte mich dunkel. Selbstverständlich hatte sie nichts gegen Afrikaner.

»Nun, was bekommt sie?«

»Sie kriegt vierzehn Mark in der Stunde.«

»Was?« schrie Amalie entsetzt auf.

»Ja. Mußt du so schreien? Sie hört dich doch!«

»Du hast recht, entschuldige. Das war gerade eben sträflich von mir. *Pas devant les domestiques*, wie konnte ich das vergessen. Aber sagtest du gerade *vierzehn* Mark?«

»Ja«, erwiderte ich entnervt, »das sagte ich. Es ist wirklich nicht viel, weißt du? Das ist hier in B. die Untergrenze.«

Sie ließ die Hand mit den Operntexten schlaff von der Liege fallen, die andere Hand legte sie leidend an die Stirn. »Es ist nicht zu fassen!« flüsterte sie. Sie sah mich unter ihrer Hand hindurch an, als hätte ich ihr gerade eröffnet, daß sie den Rest ihres Lebens im Rollstuhl zubringen müßte.

»Wir hatten früher auch Dienstmädchen. Als Hans-

Georg ein kleiner Junge war, brauchte ich jemanden für den Haushalt, sonst hätte ich die auswärtigen Vorstellungen niemals mit der mir eigenen Grandezza bewältigen können. Das Mädchen kam vom Lande, aus Bayern. Sie war sehr fleißig und gründlich. Schnell und sauber. Zehnstundentag. Kost und Logis frei. Sie hatte ein Mansardenkämmerchen mit fließend kaltem Wasser und Strom. Weißt du, was wir ihr bezahlt haben?«

»Keine Ahnung.« Das war gelogen. Ich hatte eine Ahnung, jedenfalls eine ungefähre. Wahrscheinlich nicht mehr als fünfzig Pfennig in der Stunde.

»Sie bekam ein monatliches Salär. Umgerechnet auf eine Stunde Arbeit waren es nicht mehr als fünf Groschen. Und du zahlst vierzehn Mark! Dreimal zwei Stunden in der Woche! Das sind ja im Monat... O mein Gott, ist das viel! Das ist ja mehr, als ein guter Chorknabe an der Oper verdient. Du lieber Himmel, Susanne! Dabei bist du noch nicht mal berufstätig! Ich verstehe das nicht. Wozu brauchst du eine Haushaltshilfe, wenn du nicht berufstätig bist? Schau mich an! Ich gebe nicht einen Pfennig für solchen Luxus aus!«

Natürlich tust du das nicht, weil du deine Nachbarin, die immer bei dir putzt, mit Opernfreikarten versorgst, die sie dann für teures Geld verscherbelt, dachte ich zornig. Laut sagte ich: »Möchtest du noch ein bißchen Eistee, Amalie?«

»Bitte«, sagte sie gnädig.

Meine Laune war auf dem Tiefpunkt, so tief, daß der Tee bis an die Decke spritzte, als ich die Eiswürfel in die Kanne schmiß.

Aber sie sollte noch tiefer sinken. Mittags, kurz

bevor sie ging, teilte Laila mir nämlich mit, daß sie Freitag leider nicht zum Putzen kommen könne. Sie müsse nach K., da würde ein Gleichberechtigungs-Workshop steigen.

Das allein machte mir nichts aus, denn statt Freitag würde sie einfach am Samstag zum Putzen kommen. Das Problem war nur, daß sie abends auch nicht zum Computerkurs kommen würde. Keine Laila, keine andere Frau außer mir im Kurs, kein Mensch, bei dem ich ohne Gesichtsverlust abgucken konnte. Ich hatte ein Gefühl, als hätte mir jemand gerade einen Rettungsanker entrissen.

Lailas freundliches Angebot, ein bißchen im Garten zu werkeln, bevor sie ginge, vermochte mich nicht aus dem Loch der Verzweiflung zu reißen, in das ich soeben gestürzt war. Auf ihre Frage, wo ich denn den Blumendünger aufbewahrte, fiel mir keine Antwort ein, weil ich in Gedanken schon dabei war, mir eine Überlebensstrategie für den nächsten Schnuppertreff zurechtzulegen.

Am Freitagnachmittag gelang es mir, Oliver zu einer Nachhilfestunde in Sachen Computer zu überreden. Ich fand ihn in seinem Zimmer, auf dem Bett liegend, die Beine übereinandergeschlagen und blicklos an die Decke stierend. Der Krach des Düsenjägers, der direkt neben ihm durch die Wand brach, wurde nur schwach durch die Kopfhörer über seinen Ohren gedämpft.

»Aber wirklich nur eine Stunde!« erklärte er, während er sich vor den PC setzte. »Ich muß gleich zum Fußball, und ich hab keinen Bock, zu spät zum Training zu kommen. Sonntag spielen wir um den Klassenerhalt!«

»Bei mir geht's um mehr, nämlich um den Rassenerhalt.« Das war die reine Wahrheit, schließlich hatte ich nichts Geringeres zu tun, als stellvertretend für die gesamte weibliche Rasse den Männern ein für allemal klarzumachen, daß frau mühelos am PC mithalten konnte.

Er drehte sich verständnislos zu mir um, doch ich winkte ab. »Schon gut. Fang an.«

»Ich hätte da noch eine kleine Bedingung.«

»Ja, und?« fragte ich mißtrauisch.

»Diese Geschichte mit dem Pinkeln im Sitzen ...«

»Vergiß es.«

»Ich hab aber kein Bock mehr, wie ein kleines Mädchen im Sitzen zu pinkeln!« brauste er auf. »Papa hat zum Beispiel gesagt ...«

»Dein Vater ist in dieser Beziehung kein Maßstab für dich. So wie die Sache aussieht, gibt es zwei Möglichkeiten. Erstens, du pinkelst im Sitzen, dann ist es okay. Zweitens, du pinkelst im Stehen, das ist auch okay, aber nur, wenn du dir hinterher – und zwar *jedesmal* hinterher – einen nassen Lappen holst und nachwischst, alles. Brille, Deckel, Rand, Heizung. Und glaub ja nicht, daß du dabei schummeln kannst. Ich gucke nach. Jedesmal. Und wenn ich jedesmal sage, meine ich *jedesmal*!«

»Papa muß auch nicht nachwischen, und außerdem kann doch Laila ...«

»Laila ist allergisch gegen Pißflecken, und ich seit neuestem auch. Außerdem ist Papa ein hart arbeitender, verantwortungsvoller Ministerialrat, da muß man ihm gewisse Privilegien zugestehen. Trotzdem, daran arbeite ich noch.«

»Ich weiß nicht...« Er sah mich mit unschuldig blauen Augen an und blickte dann angelegentlich auf die Tastatur.

»Oliver!« sagte ich mahnend in dem Tonfall, der meist zog. Es war der Denk-an-dein-Taschengeld-Tonfall. Er zuckte die Achseln und schaltete das Gerät ein. »Na gut. Aber du mußt schon genau aufpassen. Ich erklär nicht alles zehnmal.«

Dann fing er an zu erklären. Ich paßte auf wie ein Geier, aber zwischendurch ertappte ich mich immer wieder dabei, wie ich nachdachte, anstatt seinen Erläuterungen zu folgen. Hauptsächlich dachte ich darüber nach, wieso ich völlig außerstande war, seinen Erläuterungen zu folgen. Vielleicht hatte es damit zu tun, daß in seinen Ausführungen ziemlich viele merkwürdige Wörter vorkamen, zum Beispiel Autoexe, Backslash, Dateiinfo, Dialogfenster, Docpath, Excel und Feldfunktion, das waren nur ein paar von den hundert merkwürdigen Wörtern, die in dieser Nachhilfestunde den Weg in mein Gehirn fanden und dort in der großen Docdatei für merkwürdige Wörter gespeichert wurden. Ich merkte gar nicht, daß Oliver irgendwann mit dem Erklären aufhörte, den PC ausschaltete und pfeifend in sein Zimmer ging, um die Sporttasche für sein Fußballtraining zu packen.

Mit brennenden Augen starrte ich auf den Bildschirm, der genauso dunkel und leer war wie die Speichereinheiten in meinem Kopf. Ich hatte nichts kapiert. Woran mochte das liegen? Selbstkritisch versuchte ich, die Fehlfunktionen meiner Aufnahmefähigkeit zu analysieren. Vielleicht war ich überlastet. Zuerst der emotionale Schock wegen Herrn Süß. Dann die nervenzermürbende und immer noch ungeklärte Frage, warum der Mord ausgerechnet in unserem Vorgarten passiert war und ob Oma womöglich etwas von dem Mörder zu befürchten hatte. Ob er bei uns im Haus gewesen war. Ob er auf unserer Werkbank mittels unserer Feile die Luftpumpe zum Stilett umfunktioniert hatte, mit Augen, in denen der Wahnsinn funkelte.

Und dann, nicht zu vergessen, Amalie. Sie hatte mich in der vergangenen Woche viel Kraft gekostet.

Außerdem hatte ich nicht ein einziges winziges Erdnüßchen geknabbert. Möglicherweise zehrte dieser schwere Verzicht nicht nur meinen Körper, sondern auch mein Denkvermögen aus. Schließlich waren Gehirnzellen besonders diätgefährdet. Diese Idee fand ich beruhigend. Wahrscheinlich war meine Begriffsstutzigkeit nur eine Folge fastenbedingter Überbeanspruchung.

Oder? Machte ich mir da nicht was vor, log mir in die Tasche? War ich vielleicht ganz einfach ein geistig absolut minderbemittelter Trollo?

Dieser Gedanke ließ mich nicht mehr los; er verfolgte mich auf Schritt und Tritt. Er hämmerte in meinem Kopf, als ich Amalie zum Abendessen auf der Terrasse Frischkäseschnittchen mit Schnittlauchröllchen servierte. Er hämmerte weiter, als ich schnell noch eine Ladung Wäsche in die Maschine stopfte und Timmy ins Bett brachte, bevor ich aus dem Haus ging. Er hämmerte immer noch, als ich zur Volkshochschule fuhr, und vor allem, als ich die Treppen hochstieg, auf dem Weg zu meinem Computerkurs.

Dann erinnerte ich mich an einen Artikel, den ich neulich beim Friseur gelesen hatte. Trotz aller verbissenen Forschung und immensen Entwicklungsaufwands ist es der Wissenschaft bis heute nicht gelungen, den Computer auch nur ansatzweise in die Nähe menschlichen Intelligenzniveaus zu rücken. Der Schachcomputer besiegt den Großmeister zum Beispiel nicht etwa deswegen, weil er besser spielen kann, sondern bloß wegen seiner brutalen Rechenkraft, genauso hatte ich es gelesen. Wieso machte ich mich wegen eines Computers verrückt? Ich war viel intelligenter, und Schach spielte ich sowieso nicht.

Als ich vor der Tür des Schulungsraumes stand, die Klinke in der Hand, fiel mir plötzlich ein, daß ich möglicherweise an diesem Abend Migräne kriegen könnte. Es kam zwar nicht allzu oft vor, daß ich Migräne bekam, vielleicht alle zwei Jahre einmal, aber wenn ich dann doch mal eine hatte, war es furchtbar. Dann war überhaupt nicht daran zu denken, daß ich *irgend etwas* tat, geschweige denn daß ich in den flimmernden Computerbildschirm schaute. Das war ja angeblich sowieso sehr schädlich.

Ich hatte schon lange keine Migräne mehr gehabt, schon fast zwei Jahre nicht mehr. Es war nicht unwahrscheinlich, daß ich heute abend wieder einen Anfall bekam. Ich horchte in mich hinein. Spürte ich nicht bereits dieses dumpfe Pochen über den Nackenwirbeln? Der Anfall konnte sich jederzeit explosionsartig entwickeln, akut und brutal. Dann säße ich da, am Computer, ohne Migränetablette. Die Typen würden sich amüsieren, weil ich mich in irgendeine dunkle Ecke schleppen müßte, wo ich die grauenhaften Schmerzen besser ertragen konnte, bis mein Mann mich abholen kam. Dieses häßliche Migräne-Szenario entwickelte sich vor meinem inneren Auge, leuchtendgrell, mit allen möglichen peinlichen, würdelosen Details. Ich sollte lieber auf Nummer Sicher gehen und diesmal den Kurs ausfallen lassen. Mit Migräne war nicht zu spaßen, das war praktisch höhere Gewalt. Froh ließ ich die Klinke los und wandte mich zum Gehen.

»Guten Abend, Frau Hähnlein-Henkelmann.«

Ich schrie erschrocken auf und trat einen Schritt zurück, weg von dem Hindernis, in das ich hineingerannt war. Das Hindernis war Erich Erker, der rothaarige Kursleiter.

»Herkfelder-Henkesheim«, verbesserte ich automatisch.

»Angenehm. Ich bin Erich Erker, der Kursleiter. Äh, Quatsch, nein. Was ich sagen will, ist folgendes: Sie sind doch die, die die zwei Festplatten am letzten Freitag über den Jordan gejagt hat, oder?!«

Im ersten Moment dachte ich nur, der arme Bursche, er stottert ja. Es hatte sich angehört wie »dididi«, so, als könnte er eine Sitzung beim Sprachtherapeuten vertragen. Dann erst wurde mir klar, was er da von sich gegeben hatte. Ich war verantwortlich für das Hinscheiden zweier Festplatten! Hatte ich nicht gerade in seiner Stimme einen Unterton von Aggressivität gehört?

»Ich bin haftpflichtversichert«, sagte ich hastig.

»Nicht nötig. Ich wollte Ihnen nur sagen, daß ich das geregelt habe. Mit der Schulleitung, meine ich. Wir sind selbst gegen solche Dinge versichert. Das kommt halt vor.«

Gott sei Dank!

»Allerdings ist bei mir so was noch nie vorgekommen. Ich kenn persönlich auch niemanden, bei dem es schon mal vorgekommen ist. Eigentlich ist das total selten. Und dann gleich zwei! Aber Schwamm drüber. Es wird Ihnen bestimmt nie wieder passieren!« Er nahm kameradschaftlich meinen Arm und schob mich in Richtung Tür. »Dann woll'n wir mal.«

Ich versuchte kraftlos, mich loszumachen. Gerade als ich den Mund öffnen wollte, um Erich Erker von meiner latenten Migräne zu erzählen, erschienen vier, fünf weitere Kursteilnehmer hinter uns und drängten Erich Erker und mich in den Raum.

Ich umklammerte den Riemen meiner Handtasche und hätte mich am liebsten unsichtbar gemacht. Ich konnte doch unmöglich jetzt von Migräne anfangen. Das wäre so, als würde ein kleines Mädchen in der Schule den Finger heben und sagen: Entschuldigung, Herr Lehrer, aber ich hab solches Kopfweh, darf ich bitte heim? Auf der anderen Seite konnte ich auch nicht einfach ohne Kommentar verschwinden. Bevor ich das Dilemma lösen konnte, saß ich auch schon wie die anderen vor einer Tastatur und hatte den Computer und den Bildschirm eingeschaltet.

»Wir rekapitulieren jetzt, was wir in der letzten Woche gelernt haben«, rekapitulierte Erich Erker mit auf dem Rücken verschränkten Händen.

Was hatten wir denn gelernt? Ich biß mir heftig auf die Lippe und versuchte, mich an das Gelernte zu erinnern. Es klappte nicht. Aber dann fiel mir ein, daß

Laila und ich beim letztenmal früher als die anderen gegangen waren. Ich *konnte* ja gar nichts gelernt haben! Beruhigt lauschte ich Erich Erkers Worten.

»Wir rufen jetzt das Programm auf, wie gehabt«, erläuterte er.

Ich reckte den Hals nach rechts und nach links. Überall waren die Bildschirme schon zum Leben erwacht, nur bei mir noch nicht. Wie, zum Teufel, rief man das Programm auf? Mit dem Dateinamen natürlich! Wie konnte ich nur so dämlich sein, das zu vergessen? Oliver hatte mir doch mindestens dreimal gesagt, daß man den Dateinamen eingeben mußte, um das Programm aufzurufen. Ich tippte mit zwei Fingern sorgfältig und langsam: PROGRAMM AUFRUFEN! Erfreut sah ich, wie die Buchstaben auf dem Bildschirm aufleuchteten. Ich wartete einen Augenblick, aber das Programm erschien nicht. Normalerweise hätte es zack-zack erscheinen müssen, aber auf dem Bildschirm stand nur: *C:\>PROGRAMM AUFRUFEN!*

Es wollte sich nichts tun. Dann wußte ich, wieso sich nichts tat. Himmel, war ich blöd! Ich hatte ja gar nicht geentert! Ohne entern lief am PC überhaupt nichts, das war die eherne, goldene Grundregel aller Befehle. Ich enterte – inzwischen hatte ich auch von Oliver erfahren, daß entern nicht mit der Entf.-Taste geht, sondern mit dem Pfeil, der um die Ecke zeigt – und beobachtete gebannt den Bildschirm. Da, jetzt passierte etwas. Ich las begierig die neu erscheinenden Worte: *Befehl oder Dateiname nicht gefunden.*

Erich Erker hatte unterdessen immer weiter doziert, und ich war wieder nicht mitgekommen. Die anderen hatten offenbar schon diverse Male umgeschaltet. Ich sah auf den umliegenden Bildschirmen weiße Schrift auf mitternachtsblauem Grund und dann eine Menge winziger maisgelber Felder. Ohne auch nur das Geringste zu begreifen, hörte ich gerade: »Die Optimierung mit dem Norton Commander ist ein wichtiges Instrument zur Strukturierung, das heißt zur idealen Anordnung der gespeicherten Dateien auf der Festplatte.« Er kicherte albern. »Man könnte fast sagen, es ist so eine Art Putzmittel für die Festplatte.« Dabei guckte er in meine Richtung. Natürlich, Putzmittel war schließlich ein bekanntes Synonym für Frau.

Ich kam keinen Schritt weiter. Verzweifelt tippte ich: programm. Diesmal schrieb ich es klein und ließ das AUFRUFEN! weg. Ich enterte und las: *Befehl oder Dateiname nicht gefunden*. Den Tränen nahe, starrte ich auf den Bildschirm. Dann plötzlich wurde mir klar, was Erich Erker eben gerade gesagt hatte: Putzmittel für die Festplatte. Die Festplatte putzen. Das kannte ich doch! Timmy hatte mir davon erzählt! Format C Doppelpunkt! Das war es, damit konnte ich die Festplatte putzen! Ich seufzte erleichtert.

»Ist was?« fragte Erich Erker. Er hatte mein Seufzen gehört und kam besorgt näher.

»Nein, ich weiß Bescheid. Festplatte putzen!«

»Festplatte putzen?« Stirnrunzelnd trat er hinter mich.

»Ja, das haben Sie doch eben selbst gesagt. Ich drücke einfach format C Doppelpunkt« – ich tat es – »und dann entere ich« – das tat ich auch – »und dann …«

Und dann brach das Chaos über mich herein, in Gestalt eines brüllenden, gestikulierenden Erich Erker.

Er raufte sich die Haare, schleuderte Hunderte von Schuppen und Speicheltropfen über mich und die Tastatur und beschuldigte mich, ich hätte es wieder getan. Ich beugte mich schützend über die hochempfindliche Elektronik und blickte verstört zu ihm hoch.

»Wollen Sie damit sagen, ich hätte ... Aber ich habe doch bloß ... Sie sagten doch, wir sollten die Festplatte putzen ...«

»Geputzt!« schnaufte er. »Sie hat die Festplatte geputzt, Jungs. O ja, das hat sie, das muß man ihr lassen, blitzeblank sogar!«

Mit puddingweichen Knien stand ich auf und nahm meine Handtasche. Ich bemühte mich um einen würdevollen Abgang, aber es wurde eher ein Spießrutenlaufen daraus, durch ein Spalier von zischelnden, nur höhnisch grinsenden Männern. Dieser gemischte Schnupperkurs war einfach nicht mein Ding. Vielleicht sollte ich besser auf den vernünftigen Schnupperkurs umsteigen. Den für Frauen.

Draußen waren die Laternen an. Ich blieb mit gesenktem Kopf unter einer stehen und atmete tief durch. Ich hatte immer noch das Gefühl, im Boden versinken zu müssen. Das Gewicht des Mißerfolges drückte mich nieder, nagelte mich fest. Dann sah ich meinen Schatten. Er wurde durch das Neonlicht über mir zu einem ausladenden Kreuz unter meinen Fußsohlen vervierfacht. Jeder einzelne war doppelt so groß wie ich und mindestens zehnmal so schwer.

Jemand sprach mich von hinten an. »Na so was! Sind Sie das, oder täusche ich mich?«

»Sie täuschen sich«, sagte ich dumpf und drehte mich um. Er stand inmitten eines Kreuzes von sehr schlanken Schatten, wippte auf den Fußballen und hatte die Hände in den Taschen seines in dezentem Fischgrät gemusterten Sakkos vergraben. Das Wet-Gel verlieh seinen plattgekämmten Haaren unter dem kalten Neonlicht der Straßenlaterne eine merkwürdige Fluoreszenz.

»Herr Magnus. Ich bin auf dem Heimweg.«

»Keine Zeit«, nickte er verständnissinnig. »Aber ich halte Sie nicht auf, keine Sorge. Ich komme nur zufällig hier des Wegs, und da sehe ich Sie, und da wäre es doch sehr unhöflich, nicht guten Abend zu sagen, oder?« Er reichte mir eine kleine, gepflegte Hand. Ich drückte sie unbehaglich.

»Wie geht's denn so?« Ich sah mich um. Die Straße war menschenleer. Kein Auto, keine Passanten. Und außerhalb des Lichtkreises unter der Laterne war es ziemlich dunkel. Ich überlegte, ob es wohl angebracht wäre, Maß für einen zielsicheren Testikeltritt zu nehmen, nur für den Fall, daß er mir zu nahe treten wollte, aber dann machte ich mir klar, daß er ja immerhin Beamter war, sogar im höheren Dienst, und Zufall war Zufall. Was konnte er dafür, wenn er mir ausgerechnet hier über den Weg lief, ganz zufällig? Es war zwar auf den ersten Blick etwas merkwürdig, aber das hatten Zufälle oft so an sich. Ich mußte ja nur an die Ziegen denken.

Dann überfielen mich doch Zweifel. Hochgerechnet auf die Bevölkerungszahl und die Größe von B. war die Wahrscheinlichkeit, diesem Magnus zum drittenmal innerhalb weniger Tage rein zufällig zu begegnen, bestimmt nicht so groß wie die, vom Bus überfahren oder von einem Terroristen erschossen zu werden. Eher kleiner.

»Wollten Sie auch zu einem VHS-Kurs?« fragte ich. Ich machte mir nicht die Mühe, meinen Argwohn zu verbergen.

Er nickte. »Ja, zum Karaoke. Aber ich war heute schlecht drauf, da bin ich eher gegangen.«

»Ach so«, sagte ich betroffen. Ich hatte nicht die geringste Ahnung, was er mit Karaoke meinen mochte. Ich mußte mich auf lange Sicht eben doch damit abfinden, out zu sein. Ayurveda und Callanetics waren wohl nur die Spitze vom Eisberg derjenigen Disziplinen, die das Leben lebenswert machten, mir aber völlig unbekannt waren. Immerhin war jetzt geklärt, was er hier verloren hatte.

Er sagte mit leidgeprüfter Stimme: »Inzwischen war auch die Beerdigung. Ich habe von Ihren fünfzig Mark Rosen gekauft, einen Riesenstrauß. Er mochte Rosen, wissen Sie?«

Ich nickte. »Ja, er war sogar in irgend so einem Rosenzüchterverein, glaube ich.«

»Woher wissen Sie das?«

Ich mußte kurz darüber nachdenken, bis es mir wieder einfiel. »Die Großmutter meines Mannes erwähnte das mal, wenn ich mich recht entsinne. Ja, sie hat es mal erzählt, als der Herr Kommissar bei uns war. Ab und zu unterhielt sie sich mit dem armen Herrn Süß, wissen Sie? So zwischen Tür und Angel, wenn unser Hund gerade nicht im Garten war.«

»Aha.« Es hörte sich irgendwie bedeutungsschwanger an, wie er das sagte. Auch das anschließende Schweigen lastete schwer zwischen uns, schon fast so schwer wie die Schatten, die an meinen Füßen zogen.

Ich wurde nervös.

»Die Rosen waren prachtvoll«, erzählte Herr Magnus, »herrliche, voll aufgeblühte Exemplare. Solche Qualität erzielt man heutzutage nur mit besonderem Dünger.«

Die Art, wie er *Dünger* betonte, machte mich noch nervöser, ohne daß ich hätte sagen können, wieso. »Ich muß jetzt los«, sagte ich und setzte mich in Bewegung. Wo hatte ich bloß meinen blöden Wagen geparkt? Ich sah mich suchend um. Kein Kombi in Sicht.

Herr Magnus trabte neben mir her. »Düngen Sie Ihre Rosen auch von Zeit zu Zeit?«

»Nein«, antwortete ich, »dafür bin ich nicht zuständig.« Komisch, in letzter Zeit schien ich überdurchschnittlich häufig mit dem Thema Blumendünger konfrontiert zu werden. Wieder so ein merkwürdiger Zufall. Ich versuchte zu schätzen, wie hoch die Wahrscheinlichkeit war, innerhalb von zwei Wochen bei mindestens vier verschiedenen Gelegenheiten mit Blumendünger in Berührung zu kommen. Gleichzeitig versuchte ich, meinen Wagen wiederzufinden und dabei zu schätzen, wie hoch die Wahrscheinlichkeit war, daß er sich einfach in Luft aufgelöst hatte.

»Soll ich Sie nach Hause bringen? Mein Wagen steht gleich hier um die Ecke.«

»Nein, danke«, lehnte ich sein Angebot höflich ab. »Mein Wagen muß hier auch irgendwo stehen.« Vielleicht war er aber auch gestohlen worden. Die Anzahl der Autodiebstähle war im letzten Jahr überdurchschnittlich stark angestiegen.

Er lief immer noch neben mir her. »Ich fahre Sie gern, wenn Sie ihn nicht wiederfinden. Ach, sehen Sie nur, da vorn steht er ja!«

»Tut mir leid, daß die Posttasche immer noch nicht aufgetaucht ist«, verabschiedete ich mich von Herrn Magnus, der mit vor der Brust gekreuzten Armen neben meinem Wagen Stellung bezogen hatte.

»Für den Fall, daß Sie doch noch was erfahren – vielleicht können Sie mich anrufen. Ich gebe Ihnen mal meine Karte.« Er zog ein Visitenkärtchen aus seiner Sakkotasche und reichte es mir. Ich schob es in meine Handtasche, tief hinab in das Verstau-es-und-vergiß-es-Fach, ohne auch nur einen Blick darauf zu werfen.

»Vielen Dank, daß Sie die Rosen gekauft haben«, rief ich beim Einsteigen, bevor ich die Tür zuschlug. Einen Augenblick dachte ich noch darüber nach, was zum Teufel Karaoke war. Vielleicht eine Mischung aus Karate und Harakiri. Bei Harakiri fiel mir augenblicklich der mißglückte Schnupperversuch am PC ein. Ich sah Erich Erkers wutsprühendes Gesicht vor mir, und in der nächsten Sekunde hatte ich Herrn Magnus auch schon vergessen.

Abends beim Fernsehen war ich still und in mich gekehrt. Das Computerdesaster beschäftigte mich unablässig. Ich fragte mich ein ums andere Mal, wieso ich neulich nicht auf die nette junge VHS-Angestellte gehört und mich gleich für einen Frauenkurs angemeldet hatte. Die Sache mit dem gemischten Kurs konnte ja gar nicht gutgehen. Welche Frau war schon imstande, unter dem massiven Druck der männlichen Übermacht aller anderen Teilnehmer und der mitleidlos-selbstherrlichen Lehrmethode eines unsensiblen Kursleiters die nötige Schnupperfreude aufzubringen? Höchstens eine eingefleischte Feministin wie Laila. Ich seufzte, starrte in die Glotze – irgendeine Sportsendung – und hörte unbeteiligt der Unterhaltung der anderen Familienmitglieder zu.

»Warum laufen da nur lauter schwarze Männer mit?« fragte Oma interessiert.

»Eins, zwei, drei, vier, fünf, sechs, sieben, acht, alles nur Schwarze!«

»Weil das ein Hundertmeterlauf ist«, erklärte Amalie. Sie räkelte sich wohlig – wegen ihres Hexenschusses mit hochgelagerten Beinen – in Omas Fernsehsessel.

»Dürfen nur Neger am Hundertmeterlauf teilnehmen?« fragte Oma wißbegierig.

»Nein, natürlich nicht. Aber der Neger ist schneller, deswegen. Obwohl bekannt ist, daß der Neger an und für sich eher zu schleppenden Bewegungen neigt, ist doch inzwischen erwiesen, daß er mehr Muskelmasse in den Beinen hat als der weiße Mann.«

»Du vergißt, daß der weiße Mann deswegen die hundert Meter langsamer läuft, weil sein Gehirn schwerer ist. Er hat mehr zu tragen«, warf Oliver grinsend ein. Ich sah strafend zu ihm hinüber, aber er zuckte nur gleichmütig die Achseln.

»Tatsächlich!« staunte Amalie. »Nun, das wundert mich nicht. Die schwarze Rasse war der weißen schon immer unterlegen, das beweist die Geschichte der Sklaverei zweifelsfrei.«

»Wieso sind Schwarze den Weißen unterlegen? Sie können doch schneller rennen«, wandte Oma ein.

»Pferde können auch schnell rennen. Nicht wahr, Hans-Georg?«

»Sicher, Mutter. Übrigens, die Schwarzen laufen beim Hundertmeterlauf auch nur deswegen so wahnsinnig schnell, weil an der Innenbahn – das kann man jetzt nicht erkennen, weil es nicht gezeigt werden darf, wegen der Rassismusbestimmungen – ganz blitzschnell auf einer automatischen Vorrichtung eine hübsche reife Banane entlanggezogen wird, immer gerade außer Reichweite der Läufer.«

»Na so was, das wußte ich gar nicht!« Amalie staunte noch mehr, und Oliver und Schorschi bekamen einen Hustenanfall.

Jetzt war ich interessiert. Warum liefen Schwarze die hundert Meter denn nun wirklich schneller als Weiße? Ich fragte meinen Mann, ganz ernsthaft, und er sagte, auch ganz ernsthaft: »Weil sie scharf auf die Banane sind, deshalb.« Amalie nickte zustimmend und schlitzte die Augen, um vielleicht doch einen Blick auf die Banane in der Innenbahn zu erhaschen. Mir wurde ganz heiß vor Wut.

»Du mußt das im übertragenen Sinn verstehen«, lächelte Schorschi. Ich sah seine Grübchen und wurde sofort schwach. Meine Wut verrauchte wie der Qualm von seiner Zigarette. »Im Grunde genommen ist es schon so eine Art Banane, nämlich Ruhm, Ehre, Anerkennung, soziales Prestige. Die meisten schwarzen Läufer kommen von ganz unten, aus elenden Verhältnissen. Sie wachsen in Slums auf, ohne Hoffnung, ohne Perspektive. Ihre einzige Möglichkeit, es zu etwas zu bringen, ist der Sport. Sie wollen raus aus dem Bodensatz, ganz nach oben. Das schaffen sie aber nur, wenn sie schneller sind als Weiße. Also kämpfen sie. Sie trainieren härter, verbissener, ausdauernder als Weiße, denn sie streben nicht nur nach Medaillen, sondern nach dem Sieg über sich selbst, über ihr eigenes ärmliches, hoffnungsloses Dasein am Rande der Gesellschaft. Darum laufen sie schneller. Es ist einfach eine Frage der inneren Einstellung.«

Ich hatte atemlos seinen Worten gelauscht. Wie gut er reden konnte! Wie intelligent er war! Mir fiel plötzlich ein, daß er mit dem Computer umgehen konnte, ohne daß er jemals an einem Schnupperkurs teilgenommen hatte. Er hatte sich alles selbst aus einem Buch beigebracht. Hingerissen schaute ich Schorschi an. Er war leicht vernebelt vom Zigarettenrauch, aber ich sah immer noch klar genug, um zu erkennen, wie unglaublich attraktiv mein Mann war. Er zwinkerte mir zu, und ich zwinkerte zurück. Das war das Zeichen. Drei Minuten später erklärte er, daß er leider müde sei und ins Bett müsse. Fünf Minuten später war ich ebenfalls müde und mußte ins Bett. Im Bett stellten wir dann übereinstimmend fest, daß wir eigentlich noch gar nicht müde waren. Deshalb beschlossen wir, dem sportlichen Motto des Abends treu zu bleiben und den Tag mit einer netten Turnübung ausklingen zu lassen.

Ich stand auf meinem stromlinienförmigen Surfboard, mein schimmernder, durchnäßter Sarong schmiegte sich hauteng an meinen Körper und offenbarte dem Betrachter all meine atemberaubenden Kurven. Der Wind brachte mein goldglänzendes, langes Haar zum Flattern, und am Strand konnte ich die hochgewachsene, durchtrainierte Gestalt von Thomas Magnum ausmachen, der mir strahlend zuwinkte. Der Sonnenuntergang färbte das Wasser tiefrot und überhauchte die Küstenlinie mit einem unwirklich rosigen Schein. Thomas winkte jetzt eifriger. Es war nicht zu übersehen, daß er sich nach unserer vergangenen rauschenden Liebesnacht nach mir verzehrte. Ich winkte zurück und glitt elegant mit meinem Board auf den Sand. Er eilte auf mich zu, und ich sank willenlos in seine muskulösen Arme, preßte meine Lippen auf seine warme, behaarte Brust. Aaah … Die Knie gaben unter mir nach, und Thomas zog mich nieder in den sonnendurchglühten Sand.

Böse Zungen behaupten, daß Thomas es lieber mit Männern tut, aber nach meinem Dafürhalten ist das eine dreiste Lüge. Jedenfalls ist er bi, mindestens. Seine nervigen, frauenerfahrenen Hände lassen da keinen Zweifel zu. Er brachte mich in die korrekte Position für die Missionarsstellung, und dann …

Irgendwann hatte ich mal vom Elf-Phasen-Modell eines amerikanischen Verhaltensforschers gelesen. Diese elf Phasen unterteilen die verschiedenen Stadien sexueller Annäherung streng wissenschaftlich, und zwar wie folgt:

1. Auge – Körper
2. Auge – Auge
3. Hand – Hand
4. Arm – Schulter

5. Arm – Taille
6. Mund – Mund
7. Hand – Kopf
8. Hand – Körper
9. Mund – Brust
10. Hand – Geschlechtsorgan
11. Geschlechtsorgan – Geschlechtsorgan.

Wenn man sich gut kennt, kann man natürlich die ersten fünf Stufen ruhig weglassen, die sind eher was für Verliebte oder für Leute, die sich gerade zum ersten Mal getroffen haben.

Wenn man dann aber auch noch um die Stufen sechs bis zehn betrogen wird, ist das weniger nett. In der vergangenen Nacht war Thomas ohne jede Frage viel aufmerksamer gewesen. Es hatte sogar zwischen Punkt zehn und elf noch einen Zwischenpunkt gegeben, der dem amerikanischen Verhaltensforscher anscheinend nicht geläufig war (die Amerikaner zählen oralen Sex ja bekanntlich gern zu den Perversitäten).

»Thomas!« murmelte ich, verstört über sein mangelndes Einfühlungsvermögen.

»Mmhmpfff!« keuchte er mir ins Ohr.

»Laß das!«

»Bin – gleich – fertig!«

»Du bist gemein!«

»Ich – liebe – dich!«

Jetzt wurde ich schlagartig wach. Ich stemmte meine Hände gegen Schorschis Schultern, aber das hatte keinen Sinn. Seufzend sah ich hinter seinem Rücken auf die Uhr. Es war halb acht. »Weißt du, ich finde das total ätzend von dir. Sex am frühen Morgen liegt mir nicht!«

Er atmete heftig in mein Ohr.

»Eins sag ich dir: Dein Frühstück kannst du dir heute selbst machen, von wegen Täßchen Kaffee und Scheibchen Toast!«

Langgezogenes Stöhnen. Er schwebte fast im Nirwana. Es war höchstens noch eine Sache von zwanzig Sekunden. Ich versuchte mir vorzustellen, er wäre Thomas Magnum, aber es klappte nicht. Mein Sarong war weg, und anstelle des Meeres hörte ich nur noch die Klospülung rauschen. Wahrscheinlich hatte Amalie sich schon ohne Hilfe ins Bad geschleppt.

»Und kochen tu ich heute auch nicht. Ich hol höchstens für die Kinder, Amalie und Oma eine Pizza beim Italiener.«

»O-o-o-oooh!«

»Ich seh's gar nicht ein, mich extra in die Küche zu stellen, wo wir doch heute abend bei den Brumms zum Essen eingeladen sind.«

Er ächzte und lag schlagartig still, gleichzeitig starr und schlaff. Ich bewegte meine Hüften. »He, was ist denn?«

Er rollte laut aufstöhnend von mir herab, wälzte sich auf den Rücken und legte die Hand über die Augen.

»Was ist los? Ist dir übel? Spürst du plötzlich Stiche in der linken Brustseite? Einen reißenden Schmerz im Kopf?« Beunruhigt beugte ich mich über ihn. »Oder ist es ein Wadenkrampf?«

»O mein Gott!«

»Was soll das? Wieso o mein Gott?«

»Ich hab's vergessen, einfach total vergessen!«

»Was denn, um Himmels willen? Etwa wie man's

macht? Oder wie man ohne Rücksicht auf seine Frau einen Orgasmus bekommt, oder was?«

»Susi, mein liebes Schätzelchen, kannst du mir verzeihen?«

Er blickte mich zutiefst zerknirscht und reuevoll an. In seiner rechten Wange zitterte zaghaft der Anflug eines Grübchens, und ich schmolz wie Softeis am Strand von Hawaii. »Na ja, warum nicht, wenn du mir versprichst, daß du in Zukunft Samstag morgens nicht mehr …«

»Ich hab ehrlich noch gestern nachmittag fest dran gedacht, es dir zu sagen, aber dann hatte ich im Büro so viel um die Ohren. Der Minister hatte da noch ein paar dringende, unaufschiebbare Änderungswünsche in dieser Rede, die ich für die nächste Plenarsitzung …«

Mißtrauisch kniff ich die Augen zusammen. »Mir *was* zu sagen?«

»Na, die Sache mit dem Abendessen. Ach Susi, es tut mir ja so leid, wirklich!«

»Wieso? Was ist mit dem Abendessen? Fällt es aus? Hat der Brumm dir abgesagt? Aber das macht doch nichts! Du weißt doch, wie sehr ich es hasse, zu diesen Oberangebern zum Abendessen zu gehen, diese spießige, spitzmäulige Strohhalmtante mit ihrer französischen Küche geht mir dermaßen auf den Geist …« Ich starrte meinen Mann an. Er wirkte wie ein kleiner Junge, der eine Schaufensterscheibe eingeworfen hat.

»Hans-Georg, hast du mir etwas zu sagen?«

Er verzog unbehaglich das Gesicht. »Genaugenommen findet das Abendessen doch statt, Schatz.«

»Ach? Wollen wir uns außerhalb treffen? In einem netten Lokal vielleicht?«

»Nicht direkt außerhalb, sondern ... äh ...« Er wich meinen Blicken aus.

»Nein!« hauchte ich entsetzt.

»Doch. Letzte Woche kam der Brumm in mein Büro und meinte, die zahlreichen Verpflichtungen seiner Frau hätten sie leider bezüglich der Esseneinladung zum Umdisponieren gezwungen, und da fiel mir ein, daß wir schon zweimal bei denen waren. Laut Protokoll waren wir sowieso schon längst dran mit einer Gegeneinladung. Also habe ich ihm gesagt: ›Kein Problem, wir würden uns freuen, wenn Sie uns an dem Abend die Ehre geben.‹«

»Nein!«, flüsterte ich heiser.

»Na ja, vielleicht nicht direkt freuen, aber es mußte doch mal sein. Außerdem dachte ich, wenn die Alte schon solche zahlreichen Verpflichtungen hat, können sie gar nicht zu uns zum Essen kommen, aber er hat sofort gesagt, klar, sie kämen sehr gern.«

»Nein«, murmelte ich tonlos.

»Doch, genau das hat er gesagt.« Er guckte kleinlaut auf die Bettdecke. In seinem Gesicht arbeitete es.

»Hans-Georg!« rief ich schrill. »Da ist noch was!«

Ja, da war noch etwas. Die Brumms hatten ursprünglich noch jemanden eingeladen. Dieser Jemand war aus Gründen der Höflichkeit und der Opportunität auch auf uns umgeladen worden, und dieser Jemand hatte dankend sein Kommen zugesagt. Dieser Jemand war der Minister.

»Wie stellt ihr euch das vor?« fragte ich erbittert und rührte hektisch meinen Kaffee um.

»Zigarettchen?« meinte Schorschi nervös.

»Nein danke.«

»Äh ... ich wollte damit eigentlich zum Ausdruck bringen ...«

»Ja, weiß schon. Sie liegen im Wohnzimmer im Regal, auf dem Zeitschriftenstapel.« Wütend starrte ich seinem blau-weiß-gestreiften Bademantelrücken hinterher, warf vier Stücke Zucker in meine Tasse und holte mir zwei Überraschungseier aus dem Kühlschrank. Der Mann hatte Nerven! Etwas Schlimmeres hätte er mir gar nicht antun können. Nicht, daß ich nicht ganz gern Gäste empfing. Ich bekochte sie auch gern und, wie es allgemein hieß, auch passabel. Wir hatten außerdem ein nettes vorzeigbares Haus mit einem netten vorzeigbaren Eßzimmer, nettes vorzeigbares Geschirr und echt antikes Tafelsilber, von meiner Uroma geerbt. Außerdem kam Laila heute mittag noch zum Putzen vorbei, es würde also nett und vorzeigbar sauber sein. Und Ministers waren als unterhaltsame, kein bißchen großkotzige Leute bekannt. Aber das war nicht das Problem. Das Problem war viel schlimmer. Ich biß mir in die Fingerknöchel und holte mir ein drittes Überraschungsei aus dem Kühlschrank, um mich durch noch mehr Schokoladefuttern abzulenken. Es half nichts. Ich öffnete die kleinen gelben Plastikbehälter und schüttete die Überraschungen auf den Tisch. Fahrig begann ich mit dem Zusammenbauen eines winzigen Plastikautos aus vielen winzigen Plastikteilen.

»Wo liegt denn dein Problem?« fragte Amalie mich in jovialem Tonfall. Gestützt von Oliver kam sie in die Küche und ließ sich mit einem melodramatisch gejuchzten Schmerzenslaut an den Tisch fallen. Leidend schaute sie dann mit dem typischen Täßchen-Kaffee-Blick zu Oliver hoch, aber der war schon im Begriff, sich ein gewaltiges Frühstück zusammenzustellen. Seufzend stand ich auf und goß meiner Schwiegermutter Kaffee ein.

»Das Problem ist, daß der Minister und seine Frau Vegetarier sind!«

»Ach!« staunte sie. »Aber Kind, das ist doch heutzutage keine Seltenheit. Da kochst du eben einfach etwas Gutes ohne Fleisch.«

Ich brachte ihr Brot, Butter, Käse, Wurst, Marmelade, Honig. Sie hatte gut reden. Etwas Gutes ohne Fleisch. Sollte ich etwa anstelle des Fleischgangs ein Tofuschnitzel servieren? Eine Grünkernfrikadelle? Einen Dinkelpfannkuchen?

»Sei doch so gut und gib mir noch ein bißchen Sahne in den Kaffee. Warum machst du nicht ein hübsches Gericht aus Fleischersatz? Da gibt es doch so nahrhafte, bekömmliche Sachen, zum Beispiel Tofu, oder solch kerngesundes Getreide wie Grünkern oder Dinkel.«

»Spotz! Kotz!« rief Oliver mit vollen Backen durch seinen Frühstücksschinken.

»Nach dem Essen könnte ich die Isolde geben, a capella«, bot Amalie großzügig an.

Ich pellte geistesabwesend das Stanniolpapier von dem letzten Überraschungsei. Ich könnte Spargel machen. Spargel war das Königsgemüse. Außerdem machte es unheimlich satt, wenn man dicke Buttersauce dazu servierte. Vorher vielleicht ein Käseomelett. Nein, besser nicht. Omelettes waren eine kritische Sache, das sollte man nur guten Freunden vorsetzen, schließlich konnten sie jederzeit zusammenbrechen. Und als Suppe? Dillschaumcreme mit Lachsstreifchen? Damit hatte ich schon öfter Erfolg gehabt. Aber Lachs war unvegetarisch, oder? War Fisch eigentlich Fleisch im vegetarischen Sinne?

»Dürfen Vegetarier eigentlich Fisch essen?« fragte ich meine Schwiegermutter.

Sie dachte nach. »Warum nicht? Schließlich darf man an fleischlosen Tagen sogar mit dem Segen der Kirche Fisch essen, zum Beispiel freitags oder am Aschermittwoch. Auch am Karfreitag, das ist ein ganz, ganz strenger Fastentag. Fisch ist nicht Fleisch, das weiß doch jeder.«

Mit aufkeimender Hoffnung biß ich in das Schokoladenei. Herrliche Fischgerichte schwebten vor meinem inneren Auge durch den Raum, dampfend und duftend und dekorativ angerichtet. Seeteufelfilet an Safranreis. Gratinierte Scholle im Gemüsebett. Eine Tranche vom Lachs auf Spinatsalat mit Pinienkernen. Herrlich! Der Abend war gerettet! Erleichtert fing ich an, im Geiste meine Einkaufsliste für nachher zusammenzustellen.

»Natürlich essen echte Vegetarier keinen Fisch«, belehrte Oliver uns von oben herab.

»Nicht?« zweifelte Amalie.

Ich sah ihn erschrocken an.

»Bist du sicher, Olli?«

»Klar. Die essen überhaupt keine Tiere, das ist doch der Witz an der Sache. Nix, was mal lebendig rumgelaufen oder -geschwommen ist. Was du nicht willst, das man dir tu, das füg auch keinem anderen zu. Es ist eine ganz humanitäre Kiste, wißt ihr?«

Das Überraschungsei verklumpte sich in meiner Kehle zu einem Zementbrocken, der quer in meiner Speiseröhre steckenblieb. Jetzt war ich geliefert! Kein Fisch!

»Sie essen auch sonst nix, was vom Tier kommt. Keine Eier, keine Milch, keinen Käse.«

Kein Käseomelette, keine Buttersauce, ergänzte ich stumm. Noch nicht mal ein Überraschungsei zum Nachtisch, denn Überraschungseier kamen vom Tier; sie bestanden aus Kinderschokolade, und die war bekanntlich aus viel Milch und wenig Kakao.

Das war das kulinarische Aus, was das Abendessen betraf. Außer Wirsing hatte ich noch nie etwas ohne tierische Produkte gekocht. Nein, gar nicht wahr, in den Wirsing gehörte ja Mettwurst, genau wie ins Möhrengemüse, und außerdem ein ordentlicher Stich Butter, die kam auch vom Tier. Ich stand mühsam auf, holte meine Jacke und meine Einkaufskisten und ging wortlos zu meinem Wagen. In der Auffahrt sprang mein lehmverschmierter Jüngster umher und spielte Fangen mit Tannhäuser. Als er die Kisten sah, schrie er sofort: »Ich will mit! Ich will mit! Ich will mit!«

Tannhäuser jaulte solidarisch und jagte kläffend und sabbernd um den Kombi herum.

»Auf keinen Fall!« Ich sprang in den Wagen und schlug dem wütend aufheulenden Timmy die Tür vor der Nase zu. Mit quietschenden Reifen setzte ich aus unserer Einfahrt heraus, und vorn an der Straße hätte ich um ein Haar Brigitte über den Haufen gefahren. Ich stieß einen Schreckensschrei aus, dann stöhnte ich qualvoll.

Sie tippte mit einem pinkfarbig lackierten Fingernagel an die Scheibe der Fahrertür und grinste mich mit pinkleuchtenden Lippen fröhlich an. Ich drehte die Scheibe runter, zu allem entschlossen.

»Hallo, Brigitte. Ich muß leider weg, einkaufen. Heute abend haben wir Gäste, die kommen ganz unverhofft, und ich muß vegetarisch kochen, weil sie nämlich Vegetarier sind. Aber ich weiß nicht, was. Ich muß mich erst mal informieren. Das kostet Zeit, ich bin bestimmt den ganzen Tag weg. Du mußt ein andermal wiederkommen …«

»So was!« unterbrach sie meinen Wortschwall, dabei sah sie womöglich noch fröhlicher aus als vorher. Sie rannte flink um den Kombi herum, riß die Beifahrertür auf und stieg zu mir in den Wagen. »Da komme ich ja gerade richtig! So ein Zufall!«

»Bitte?« Ich sah sie verständnislos an. Heute trug sie ein Kostüm in leuchtendem Pink, genauso pink wie die Fingernägel und die Riemchenpumps und das winzige Handtäschchen.

»Ja, denk dir, so ein Glück. Was würdest du nur ohne mich tun? Und ich habe zufällig den ganzen Mittag Zeit!«

»Willst du damit sagen, daß …«

»Natürlich! Ich begleite dich zum Einkaufen. Du brauchst dich um nichts zu kümmern. Überlaß das nur mir, ich kenne mich da bestens aus!«

Als nächstes erfuhr ich, daß sie vor ihrer derzeitigen Flamme, dem Lederdesigner Jacques, mit einem Körnerfresser namens Theo liiert gewesen war, für den sie stets die leckersten, vollwertigsten und vegetarischsten Gerichte gekocht hatte. Ihr könne niemand mehr ein Dinkel für ein Grünkern vormachen.

»Ich kann aber unmöglich so was Primitives kochen«, wandte ich ein. Zögernd setzte ich hinzu: »Heute abend kommt nämlich der Minister zum Essen, Schorschis Chef. Der ist was Besseres gewöhnt. Das Beste vom Besten.«

Sie schürzte die Lippen zu einem nachdenklichen Pinkherz. »Das erfordert natürlich um so sorgfältigere Vorbereitung. Ich würde sagen, Polenta scheidet schon mal aus. Polenta ist nämlich sehr nahrhaft und vollwertig und unheimlich schnell in der Vorbereitung, mußt du wissen. Außerdem liegt sie so steinhart im Magen, daß man hinterher garantiert keinen Nachtisch mehr braucht. Aber es ist zu schlicht, das ist klar, wenn's der Minister ist ... Schade. Was für eine Sorte ist er, der Minister? Ganz verbissen oder eher ovo-lacto?«

»Keine Ahnung. Schorschi hat mir nie was über seine intimen Angewohnheiten erzählt.«

»Wenn du es nicht weißt, mußt du streng vegetabil vorgehen«, meinte sie leicht enttäuscht. »Das grenzt unsere Möglichkeiten leider ziemlich ein.«

Sie hatte *unsere* Möglichkeiten gesagt! Dankbar warf ich ihr einen Blick von der Seite zu. Wie gut, wenn man Freunde hat, auf die man sich verlassen kann!

»In diesem Fall müssen wir uns was einfallen lassen«, überlegte sie weiter. »Ich denke, wir nehmen als *amuse-gueules* kleine, aber wirklich ganz kleine, getrüffelte Rübchen-Spargel-Sülzchen, *vraiment très petit*. Als Suppe natürlich eine klare Gemüsebrühe. Dann ein wahnsinnig guter Salat, ich denke da an

Feldsalat mit Croûtons an Apfelvinaigrette. Anschließend als ersten Hauptgang Spargel. Es ist schließlich noch Spargelsaison, da wäre es eine Unterlassungssünde, wenn du keinen servierst.«

»Daran hab ich auch schon gedacht. Aber was ist mit der Sauce? Es darf doch überhaupt keine Butter dabei sein!«

Sie sah mich erstaunt an. »Wozu braucht der Spargel Sauce?«

»Keine Ahnung«, antwortete ich beschämt. »Wohin soll ich überhaupt fahren?« fragte ich sie dann demütig.

»Als erstes zu einem erstklassigen Gemüsehändler«, beschied sie mich.

Gehorsam lenkte ich den Kombi weiter in Richtung Innenstadt, zu dem erstklassigsten Gemüsehändler, den ich kannte.

»Weißt du, der Spargel entfaltet seinen vollen, unverfälschten Geschmack am Gaumen des Spargelfreundes, und zwar *naturel, à point*«, erklärte sie mit französischem Nachdruck. »Jeder Versuch, das königliche Aroma in Sauce zu ertränken, vernichtet zwangsläufig den reinen Spargelgenuß.«

»Ach so.«

»Als Zwischengericht kommt dann natürlich ein Sorbet. Warte mal ... Champagner-Erdbeer-Sorbet, das ist sehr delikat und passend zur Saison.«

»Ich hab noch nie ein Sorbet gemacht«, wagte ich einzuwenden.

Sie winkte ab. »Das geht ruckzuck, und außerdem komme ich ja heute nachmittag vorbei und koche dir das Abendessen.«

Mein Herz wurde ganz weit vor heftiger Zuneigung

und tief empfundener Freundschaft. »Echt? Das würdest du echt für mich tun?«

»Sicher. Schließlich bist du meine Freundin.«

Jetzt krampfte sich mein Herz wieder zusammen, vor lauter schlechtem Gewissen. Meine Freundin! Und wie ich sie behandelt hatte! So schlimm nämlich, daß es an Schnödigkeit schon nicht mehr zu überbieten war. Und sie wollte ihren freien Samstagnachmittag opfern und für meine Gäste kochen, wo sie noch nicht mal zum Essen eingeladen war.

»Du kannst natürlich herzlich gern auch mit essen!« sagte ich schnell.

»Ach, wo denkst du hin, Susi? Jemand muß doch servieren. Wie würde es denn aussehen, wenn jemand am Tisch mitißt, der ständig aufspringen muß, um nach dem nächsten Gang zu sehen? Nein, nein, ich bin für die Küche und fürs Servieren zuständig.«

»Du würdest auch *servieren*?« fragte ich mit vor Rührung zugeschnürter Kehle. Ruckartig brachte ich den Wagen vor dem Gemüsehändler zum Stehen.

»Na hör mal! Ich kann dich doch bei einer so wichtigen Sache nicht allein lassen! Wenn der *Minister* kommt!« Sie runzelte die Stirn. »Nach dem Sorbet folgt dann etwas Raffiniertes. Ich würde sagen, ein Topinamburgratin.«

»Was ist das denn?«

»Du wirst schon sehen.«

»Und als Nachtisch?«

»Natürlich einen Obstsalat mit verschiedenerlei Nüssen, was sonst?«

»Ja, natürlich.« Ich trottete wie ein braves Hündchen hinter ihr her, als sie in den Gemüseladen stöckelte und mit lässiger Überlegenheit beim Chef persönlich die erforderlichen Zutaten orderte. Ich wurde ein kleines Vermögen los und schleppte alles zum Auto. Anschließend fuhren wir zum erstklassigsten Weinhändler der Stadt, wo ich ein weiteres Vermögen loswurde. Ein drittes Vermögen wurde ich dann in der Boutique los, die sich zufällig neben dem Weinhändler befand. Nach einem bezeichnenden Blick auf mein Jeans-und-T-Shirt-Outfit stieß Brigitte mich durch die Eingangstür und versperrte mir mit vor der Brust verschränkten Armen den Weg zurück. »Ich dulde keinen Widerspruch!«, sagte sie streng. »Du wirst heute abend, wenn der Minister kommt, nicht nur ein erstklassiges Essen servieren, sondern auch erstklassig aussehen.«

Auf ihren Befehl hin erstand ich ein Ensemble aus cremeweißem Leinen, mit knielangem Rock und auf Taille geschnittenem Jäckchen. Es sah wirklich dezent gut aus. Man merkte sofort, daß ich mich entschieden einer androgynen Silhouette annäherte. Nur die Turnschuhe wollten nicht so recht zu meiner eleganten Erscheinung passen. Also wurde ich ein viertes Vermögen bei dem erstklassigen italienischen Schuhlädchen um die Ecke los, wo Brigitte mit zielsicherer Genauigkeit die zu dem Leinenensemble passenden Riemchenpumps für mich aussuchte, Schuhe, die pro Quadratzentimeter Leder ungefähr fünfzig Mark kosteten. Als ich schwer beladen mit meinen immens teuren Neuerwerbungen wieder in den Kombi stieg, hatte ich soviel für Kleidung ausgegeben wie normalerweise in zwei Jahren. Schorschi würden die Augen aus dem Kopf fallen, wenn er die nächsten Kreditkartenauszüge zu sehen bekam.

Brigitte musterte kritisch meine Haare. »Das ist ja irgendwie nicht das Wahre, diese biederen Hausfrauenlocken.«

»Bitte nicht!« protestierte ich matt.

»Doch!« sagte sie unnachgiebig. Ich gab zu bedenken, daß mein Mann nur ein schlechtbezahlter Ministerialrat war, daß er und meine Kinder, meine Schwiegermutter, unsere Oma und unser Hund zu Hause hungrig auf Atzung warteten und daß ich im übrigen erst nächste Woche wieder beim Friseur dran wäre, aber es half nichts. Sie schleifte mich zu einem erstklassigen Coiffeursalon, einem Laden voller Spiegel, Marmor und Gold, der zufällig auch ganz in der Nähe war. Über dem Eingang prangte in goldenen Lettern und verheißungsvollem Französisch *Chez Alphonse.*

Alphonse sei ein wahrer Meister seines Fachs, berichtete Brigitte. Erst neulich hätte er ihr wieder so sagenhaft stilsicher die Haare gemacht. Sie fuhr sich durch die kurzen blonden Locken, sich unter meinen neidischen Blicken streckend, und nötigte mich in Richtung eines schlanken, schwarzlockigen Menschen mit Menjoubärtchen und fanatisch glühenden Künstleraugen, in dem man unschwer den Maestro erkannte. Der Maestro drängte mich in einen der ausladenden Ledersessel, ließ mich hydraulisch in die Höhe schweben und griff mit beiden Händen und verzweifeltem Augenaufschlag in meine biederen Hausfrauenlocken.

*»Cette couleur est impossible!«*

Ich starrte ihn im Spiegel an. »Was hat er gesagt?« fragte ich Brigitte.

»Laß mich nur machen, Susi.« Sie redete in rasendem Französisch auf den Maestro ein, der ab und zu nickte und mit Kennermiene an meinen Haaren zupfte.

»Es dürfen aber nur zwei Finger breit ab«, sagte ich schüchtern. Aufgeregt sah ich mich um. Du liebe Zeit, sah das hier teuer aus!

Die beiden hörten nicht auf mich, sondern entfernten sich, in lebhafte französische Unterhaltung vertieft. Ein junges Mädchen in strahlendweißem Overall mit breitem Goldgürtel, passend zum noblen Interieur gekleidet, kam zum Haarewaschen. Sie konnte es sehr gut. Mit geübten Fingern massierte sie meine Kopfhaut. Ich lag entspannt mit nach hinten gelegtem Kopf in meinem weichen Sessel und döste vor mich hin. Warum sollte ich mir eigentlich keine schicke, neue Frisur leisten? Vielleicht würde dieser Haarkünstler mir die Frisur bescheren, die aus meinem biederen Hausfrauentyp die mondäne, erotisch-mysteriöse Mittdreißigerin machte, nach der sich alle Männer auf der Straße umdrehten.

Ich wurde kurz wach, als das Mädchen eine Flasche vor meiner Nase hin- und herschwenkte.

»Was ist los?« fragte ich schläfrig. Aha, die Kurpackung. Natürlich. Wenn ich schon ein Vermögen ausgab, gehörte die Kurpackung dazu. Schließlich wollte ich nicht den Eindruck erwecken, eine knickrige, biedere Hausfrau zu sein.

*»Merci«,* nickte ich, stolz auf meine schlagfertige Antwort. Dann fiel mir ein, daß das »danke« hieß und nicht »bitte«.

Dem Mädchen war es anscheinend egal. Sie schmierte mir behutsam das Zeug in die nassen Haare, und ich schloß die Augen und döste wieder ein, nachdem sie mir ein Handtuch um den Kopf gewickelt hatte und leise durch eine Spiegeltür in einem benachbarten Raum verschwunden war. Dann hörte ich schwache Stimmen, Brigitte schien irgend etwas zu sagen, dann Alphonse, der Maestro, schließlich das Mädchen, das mir die Haare gewaschen hatte. Was sie sagte, klang merkwürdig, einen Moment glaubte ich zu hören: »Alfons, dieses Französischgelaber geht mir auf den Geist!« Aber bestimmt hatte ich mich verhört. Im nächsten Augenblick ertönte sanfte, klassische Musik aus verborgenen Lautsprechern, und ich glitt wieder ins Reich der Träume. Mit geschlossenen Augen erinnerte ich mich dumpf an irgendwelche Leute, die ich flüchtig kannte und die jetzt ohne Mittagessen zu Hause saßen und keine Ahnung hatten, wo ihre Frau, Mutter und Schwiegertochter abgeblieben war. Doch für diese Gedanken blieb mir keine Zeit, denn nun war es endlich soweit: Der Maestro trat in Aktion. Er riß mir schwungvoll das Handtuch vom Kopf. Feuchter Atem schlug mir in den Nacken, und eine noch feuchtere Stimme zischte in mein Ohr: »Okay, wo ist es?«

Eine Hand faßte ziemlich unsanft in meine Haare und zog meinen Kopf nach hinten. Erstaunt schlug ich die Augen auf und musterte an dem blitzenden, vor meinem Gesicht aufgeklappten Rasiermesser vorbei den hemdsärmeligen Mann im Spiegel, der sich hinter meinem Stuhl aufgebaut hatte. Das war gar nicht der Maestro. Dieser halslose Zweizentnerkoloß dort hatte in etwa das Format eines Kleiderschranks, so groß wie breit. Seine Haare waren schwarz und fettig. Sie wuchsen ihm tief in die Stirn, wie bei einem Gorilla. Sie hätten einen vernünftigen Schnitt vertragen, genauso wie seine Fingernägel. Nicht gerade die beste Reklame für seinen Stand. Außerdem hätte sein Atem deutlich frischer sein können und weniger spritzig. Und er roch nach zu vielen, zu strengen französischen Zigaretten.

»Ach ... hören Sie«, sagte ich verunsichert, »nicht, daß ich mich beschweren will, aber ich dachte eigentlich, daß der Maestro heute bei mir eigenhändig ...«.

Er verzog den Mund zu einem breiten Grinsen und entblößte einen goldenen Backenzahn, farblich passend zu der noblen Einrichtung. Er zog eine Haarsträhne zwischen zweien seiner grobschlächtigen Finger hoch, es gab ein kurzes Geräusch, *raaatsch*, und die Strähne rieselte an meiner Nasenspitze vorbei auf meinen Schoß. »Heute lege ich mal Hand an, Süße«, kicherte er. »Alles eine Frage der notwendigen Kooperation. Und, fällt dir jetzt dazu was ein?« *Raaatsch*.

Ja, mir fiel sofort etwas ein, er sprach Deutsch, Gott sei Dank. Ich zwinkerte durch die rieselnden Haare. Mir fiel noch etwas ein. »Finden Sie nicht, daß Sie ziemlich dicht über der Kopfhaut schneiden?« wagte ich schüchtern zu fragen. Sicher hielt er mich für rettungslos verschroben, weil ich nicht zeitgeistesgegenwärtig genug war, ihn ebenfalls zu duzen.

Er schüttelte den Kopf, immer noch grinsend, und griff sich die nächste Locke. Und wieder trat das Rasiermesser in Aktion. Während Strähne um Strähne fiel, schloß ich ergeben die Augen, um seinen herablassend-höhnischen Blick nicht mehr sehen zu müssen. Kein Zweifel, er glaubte, ich hätte in meiner spießig-gutbürgerlichen Art keine Ahnung, was derzeit im Bereich des Hairstyling en vogue war. Womit er recht hatte. Dumpf dachte ich darüber nach, wie out ich war. Immerhin, einen Trost gab es: Ich war nicht die einzige. Carmen mußte sich diesen Schuh auch anziehen. Ich hatte in meinem Stammfrisiersalon noch nie gesehen, daß jemand diese neue Rasierschnittmethode anwandte. Die Locken segelten an meinem Gesicht vorbei, über meinen weiß-goldgemusterten Frisierumhang nach unten. Ich holte tief und frustriert Luft, und eine herabfallende Strähne stob in meinen Mund.

»Spuckst du's jetzt aus?« fragte der Friseur hinter mir und krampfte seine Hand fester in meinen Schopf. Unangenehm fest. Ich riß erschrocken die Augen auf und spuckte gehorsam die Haare aus.

Er blickte seltsam suchend umher, wobei er irgendwie erbost wirkte. Schließlich schien er das Gesuchte gefunden zu haben. Er warf das Rasiermesser klirrend auf das Ablagetischchen vor mir und griff sich eine Flasche aus dem Regal neben dem riesigen Goldspiegel.

»Du hast es so gewollt!« stieß er hervor. Mit einer kühnen Bewegung kippte er mir den Inhalt der Flasche über den Kopf und rubbelte eine ätzende, grausig stinkende Flüssigkeit in meine Haare. War das jetzt die Tönung? Du liebe Zeit, es war so viel! Hoffentlich wußte er, was er da tat! Die Flüssigkeit lief mir in die Ohren und die Nase. Ich wimmerte und krümmte mich abwehrend zusammen, weil er so heftig rubbelte und an meinen Haaren riß. Im nächsten Moment ließ er mich los. Vorsichtig machte ich ein Auge auf. Die gräßliche Flasche war weg, genau wie der Typ. Gott sei

Dank, er war fertig. Im Spiegel hinter mir war wieder das weiß-gold-gewandete Mädchen von vorhin.

*»Merde!«* sagte sie mit fassungslosem Gesicht. Sie schob eilig ein Waschbecken herbei, drückte es gegen mein Genick und ertränkte mich beinahe unter einer Kopfdusche, während sie aufgeregt auf französisch nach dem Maestro rief. Dann sagte sie etwas auf deutsch, und ich erkannte überrascht, daß sie es fließend konnte. Ihr Lehrer mußte ein Rheinländer gewesen sein. »Nein, du liebe Jüte, wat haben Se nur jemacht? Konnten Se nit auf misch warten?« Sie nahm ein Handtuch aus dem Regal und frottierte meinen Kopf. Ich erstarrte, als ich das Ergebnis der Haarschneidekunst ihres Kollegen im Spiegel sah. Eine völlig fremde Frau glotzte mich mit Riesenaugen an. Nein, nicht völlig fremd, das Gesicht kam mir vage bekannt vor. Du lieber Himmel, mein Nacken und mein Hals wirkten auf einmal so seltsam nackt! Der Kerl hatte mich kahlgeschoren!

»Da ist zuviel ab«, protestierte ich entgeistert. »Ich wollte nur zwei Zentimeter! Und die Tönung! Um Himmels willen, was ist das für eine Tönung?«

Die funkelnden Äuglein und das schmale, flotte Bärtchen des Maestros erschienen neben dem Mädchen im Spiegel. Mit wilden Blicken sah ich mich um. Wo war Brigitte, dieses verräterische Weibsbild? An allem war nur sie schuld! Sie hatte mich hierher geschleift!

»Wo ist sie?« herrschte ich Alphonse an.

*»Comment? Ah, votre amie, elle est partie.«* Dann sagte er, mit einem Blick auf meinen Kopf: *»Ah, merde alors!«*, so ähnlich wie das Mädchen vorhin. Es hörte

sich ziemlich konsterniert an, und er durchbohrte die Friseuse mit seinen Blicken. Sie zog einen Schmollmund und hob beide Hände in einer Geste der Unschuld.

Ich hatte kein einziges Wort des Maestro verstanden. »Brigitte!« rief ich in voller Lautstärke. Keine Antwort. Sie war weg.

Ich guckte wieder die Frau im Spiegel an. Wo vorher schulterlange Locken gewesen waren, glänzte jetzt ein kahler Hals und darüber, kaum die Ohren verhüllend, ein paar traurige, borstige feuchte Büschel. Aber das war nicht das Schlimmste. Das Schlimmste war die Farbe. Die dürftigen Fransen, die Alphonses Angestellter noch auf meinem Kopf gelassen hatten, schillerten in einem reinen, intensiv leuchtenden Orange.

Im Wagen wußte ich nicht mehr, wie ich den Weg dorthin geschafft hatte. Ich befand mich in einer Art Trance. Mir war, als starrte mich immer noch die karottenhaarige Fremde aus der Schaufensterscheibe von Alphonses Coiffeursalon an, wo ich mir nach dem Verlassen des Ladens das Standing ausgebürstet hatte. Das Standing hatte mir die weißgoldene Friseuse verpaßt, allerdings erst nachdem ein merkwürdig schweigsamer Alphonse – diesmal mit einer Schere – noch ein bißchen an meinen Haaren herumgeschnipselt hatte. Aber soviel er auch schnipselte, und soviel das weiß-goldene Mädchen nachher fönte und Standing versprühte –, die Farbe blieb drin.

Ich überlegte krampfhaft, wieso mir die Frisur so bekannt vorkam. Wo hatte ich sie bloß schon gesehen?

An Linda Evangelista bestimmt nicht, das stand fest. Schließlich erinnerte ich mich. Bei McDonald's, an Ronald McDonald, dem Hausclown. Fehlte nur noch der bunte Anzug und ein kleines Fähnchen, dann wäre ich komplett gewesen.

Natürlich hatte ich Alphonse keine müde Mark für diese Straftat gegeben. Im Gegenteil, ich hatte ihm mit kalter Stimme angekündigt, wegen gegenwärtiger und zukünftiger Schadensersatzansprüche in Bälde wieder auf ihn zuzukommen. Die Unfähigkeit seines Angestellten müsse er sich unter Haftungsgesichtspunkten zurechnen lassen. Er hatte bloß die Achseln gezuckt und in unverfälschtem rheinischen Dialekt gemeint, das käme schon mal vor. Manche Haare hätten eben eine etwas merkwürdige Struktur, die würden dann die Colorierung anders annehmen als normale Haare, und ich hätte doch besser die Finger davon lassen sollen, das käme eben davon.

Ich hatte ihn erzürnt angefunkelt. Meine Haare wären ganz normal, bloß sein ekelhafter Saftladen nicht, und was hieße hier Finger davon lassen, es wäre ja förmlich über mich gekommen, und seine Angestellten seien keine Friseure, sondern Kurpfuscher. Sofort war Alphonse merklich kühler geworden und sein Dialekt noch platter und rheinischer, es hatte sich fast wieder französisch angehört. »Isch bin versischert. Dat muß reischen.«

Mir reichte es sowieso. Auf der Fahrt nach Hause betrachtete ich mich im Innenspiegel. Vielleicht war es ja gar nicht so kurz und orange, wie es mir in Alphonses Laden vorgekommen war. Ich fing sofort an zu heulen. Es war noch kürzer, und es war noch oranger.

Es war eine einzige Katastrophe. Als ich meinen Wagen schluchzend in unserer Einfahrt geparkt hatte, hielt das Schicksal schon den nächsten Hieb für mich bereit. Die volle Einkaufskiste unterm linken Arm, stand ich vor der Haustür und fummelte mit der Rechten in meiner Handtasche nach dem Schlüssel, als Amalie plötzlich die Tür aufriß, mich mißbilligend anstarrte und in hochnäsigem Tonfall erklärte: »Wir kaufen nichts!« und mir – peng – die Haustür wieder vor der Nase zuschlug.

Ich sackte auf den Treppenstufen zusammen. Ich war entstellt! Meine eigene Schwiegermutter hatte mich nicht wiedererkannt! Von hinten legten sich tröstende weibliche Arme um mich. »Was ist los, Susi? Du krank?«

Laila, das gute Mädchen! Schluchzend ließ ich mich von ihr hochziehen.

»Was du geschmiert in deine Haare? Sieht total beschissen aus, echt!«

Mit tränenerstickter Stimme erzählte ich ihr, was Brigitte und Alphonse mir in verbrecherischer Mittäterschaft angetan hatten, und sie schnalzte mitleidig mit der Zunge.

»Das ein Ding, ehrlich!«

»Was soll ich jetzt tun, Laila? Wir haben heute Gäste! Brigitte wollte mir das Essen kochen, aber sie kommt bestimmt nicht, nach dem, was sie sich da geleistet hat!«

»Ich dir helf kochen. Ich servier auch!« bot sie mir spontan an. Ich blinzelte dankbar und drückte ihr den Schlüssel in die Hand, damit sie aufschloß. Anschließend wuchtete ich die Kiste bis in die Diele. Amalie stand in der Wohnzimmertür und sah mich mit weit offenem Mund an. Dann drückte sie sich plötzlich die Hand ins Kreuz und ächzte schmerzvoll, um einen Augenblick später gebückt ins Wohnzimmer zu humpeln, wo sie sich mit vernehmlichem Plumpsen in den Fernsehsessel fallen ließ. »Mein Rücken macht mir wieder ganz furchtbar zu schaffen«, rief sie mir durch die offene Tür zu, während ich die Kiste in die Küche schleppte. »Vielleicht kann mir die kleine Afrikanerin nachher ein Glas Eistee bringen, natürlich nach dem Essen. Was ist eigentlich mit dem Essen, Susi? Warst du beim… äh… Friseur? Ach, sei so gut und bring mir doch mein Textbuch, ja?«

Den Teufel würde ich tun. Wer so schwungvoll die Haustür aufreißen und wieder zuwerfen konnte, sollte sich sein blödes Textbuch doch selbst holen!

Laila ging in den Keller, um die Putzsachen raufzuholen, und ich hielt nach dem Rest der Familie Ausschau. Ich brauchte jetzt alle Hände, die zupacken konnten, denn wenn eines hundertprozentig sicher war, dann die Tatsache, daß meine beste Freundin Brigitte heute nachmittag nicht mehr kommen würde. Sicher hatte sie mitgekriegt, was Alphonses unfähiger Mitarbeiter mit meinen Haaren veranstaltet hatte, und als sie das gesehen hatte, war sie sofort fluchtartig abgehauen, bevor das Donnerwetter losging.

Ich riß die Terrassentür auf. »Olli, Timmy!« rief ich in den Garten. Doch da waren nur Oma, die im Schaukelstuhl döste, und Tannhäuser, der zu ihren Füßen schlief.

»Ihr Mann ist mit den Jungs zu einem Fußballspiel gegangen, danach wollen sie zu McDonald's, einen

Big Mäc essen«, rief Herr Zwicker. »Sie wollen aber rechtzeitig zum Abendessen wieder zurück sein!« Er saß in der Gabelung seines Kirschbaumes und sägte mit einer überdimensionalen Säge an den Ästen herum. Er lebte in der ständigen Angst, sie könnten zu uns herüberwachsen und uns Fallobst bescheren.

Entkräftet fiel ich auf den nächstbesten Stuhl. Amalie kam in die Küche gehinkt, mit leidender Miene ihren Hexenschuß massierend. »Kann ich dir ein bißchen helfen, Kind?« fragte sie, triefend vor Opferbereitschaft. Sie sah dabei aus, als hätte sie noch höchstens drei Tage zu leben.

»Laß nur, Amalie.« Ich zog mich mühsam wieder hoch und inspizierte die Essensvorräte, die Brigitte ausgesucht hatte. Erdbeeren und anderes Obst, Feldsalat, Spargel, verschiedene Gemüse. Eine Sorte war dabei, die ich nicht kannte, es sah aus wie ein paar Brocken Ingwer. Das mußte das (der?) Topinambur sein. Was zum Teufel tat man damit? Ich beschloß, mir darüber später Gedanken zu machen, und sortierte erst mal alle Zutaten. Als ich sie nebeneinander auf dem Tisch aufgereiht hatte, fuhr mir eisiger Schrecken in die Glieder. Das, was ich da an Obst und Gemüse in den Tüten gefunden hatte, war wunderbar frisch und von hervorragender Qualität, es hätte gar nicht besser sein können. Aber es war so wenig! Wie sollte ich bloß aus diesem bißchen für so viele Leute ein vernünftiges Abendessen kochen?

»Amalie, ich mache heute abend für dich und Oma Rührei mit Schinken«, erklärte ich.

»Mach dir keine Mühe, Susi. Ich brauche keine Extrawurst. Ich werde heute abend mit euch und euren

Gästen eine Kleinigkeit zu mir nehmen. Ich esse lieber in Gesellschaft, weißt du? Ich könnte nach dem Dessert die Isolde …«

»Na gut«, unterbrach ich sie müde. Die Kinder würden sowieso nicht mit essen. Oliver war wieder irgendwo eingeladen, Timmy würde ich ins Bett bringen, bevor der Besuch kam. Ich würde einfach eine Magenverstimmung vorschützen und Schorschi eintrichtern, daß er sich beim Nachschlag zurückzuhalten hätte. Es würde schon für alle reichen. Es *mußte* reichen.

»Deine Haarfarbe ist irgendwie merkwürdig. Oder liegt es an der Beleuchtung? Mir scheint es ziemlich orange zu sein. Warst du nicht sonst immer blond?«

Himmel, die Haare! Daran hatte ich überhaupt nicht mehr gedacht. So konnte ich mich unmöglich vor den Brumms und den Ministers zeigen.

»Ich muß noch mal weg«, sagte ich geistesabwesend und rieb die fransigen Büschel auf meinem Kopf.

»Du mußt heute mittag nichts für mich kochen«, sagte Amalie großmütig. »Ein Brot mit Schinken, ein Ei, eine Tomate und ein Glas Eistee reichen mir. Mami ist bestimmt auch damit zufrieden.«

Sie sackte mit melodischem Wimmern auf einem Stuhl zusammen und sah mich erwartungsvoll an.

»Ja. Du könntest außerdem schon den Spargel schälen und das Gemüse putzen«, erwiderte ich zerstreut und holte meine Handtasche.

Beim Rausgehen erklärte ich Laila, daß ich ihr Angebot, mir beim Kochen zu helfen, gern annähme und daß ich nur mal eben ganz kurz weg müßte, in eine Drogerie.

Unterwegs ließ ich die verfügbaren Essenszutaten vor meinem geistigen Auge Revue passieren und versuchte, mich genau an Brigittes Menüvorschläge zu erinnern. Rübchen- und Spargelsülzchen. Das würde ich schon hinkriegen, Sülzchen hatte ich schon öfter gemacht. Dann fiel mir siedendheiß ein, daß Sülze, wenn sie nicht frisch aus Kalbsfüßen gekocht wird, auf Gelatinebasis hergestellt wird. Und Gelatine wurde aus Knochen gemacht, vom Tier. Mir wurde übel, und an der nächsten Kreuzung hätte ich beinahe einen Fußgänger überfahren. Wie sollte ich ohne Gelatine Sülzchen machen? Gab es so was überhaupt in vegetarisch? Wen konnte ich denn jetzt noch danach fragen?

Ein glücklicher Zufall richtete es so ein, daß ich auf meinem Weg zur Drogerie an einem Reformhaus vorbeikam. Ich erklärte dem freundlichen Reformhausmenschen, daß der oberste und immens wichtige Chef meines Mannes zum Essen käme, ein eingefleischter Vegetarier, und ich hätte keinen Schimmer, womit ich die Sülze machen sollte. Der Reformhausmensch wußte Rat. Er brachte mir ein pflanzliches Geliermittel mit dem verrückten Namen Agar-Agar. Es sei aus Algenextrakten, erklärte er. Dann wollte er wissen, was ich sonst noch kochen wollte. Gemüsebrühe? Da könnte ich unmöglich Brühwürfel vom Rind reintun, ob ich mir darüber im klaren wäre. War ich nicht. Ob ich denn gekörnte Gemüsebrühe zu Hause hätte. Hatte ich nicht. Vor Dankbarkeit wäre ich ihm fast um den Hals gefallen. Außerdem hatte er ein paar Tüten Walnüsse, Cashewkerne, Haselnüsse, Paranüsse, Pinienkerne und Mandeln vorrätig, für den Obstsalat. Zum Süßen des Obstsalats empfahl er mir Ahornsirup, Sucanat,

Lindenblütenhonig und zum Würzen Delifrut. Zur Anreicherung des Topinamburgratins hatte er zufällig Tofuhefeflocken da, sehr nahrhaft, bekömmlich und eiweißreich, in der großen Familien-Sparpackung. Zum Nachwürzen der Gemüsebrühe bei Tisch sei Delikata unentbehrlich, aber auf alle Fälle sollte ich auch mal Gomasio, Piccata, Tecca und Miso mitnehmen. Außerdem werde die Gemüsebrühe schmackhafter, wenn man sie mit gerösteten Sesamkörnern bestreute.

Er griff in die Regale und warf alle möglichen Flaschen, Tüten und Schachteln in einen Einkaufskorb. Ich sah ihm sprachlos dabei zu.

»Die Brisoletten sind rein pflanzlich, die können Sie sehr gut zu dem Topinamburgratin reichen«, sagte er. »Zum Ausbacken müssen Sie Distelöl nehmen, das ist kaltgepreßt.«

Danach wühlte er irgendwo hinten im Laden zwischen den Getreidemühlen, Körnerkochbüchern und Biozwiebelsäcken herum, bis er schließlich noch ein sehr empfehlenswertes Erfrischungsgetränk, nämlich köstlichen Löwenzahnblütensekt hervorgekramt hatte, der hervorragend als Aperitif gereicht werden konnte. Unter dem anderen Arm klemmte ein Biokochbuch.

Als ich zehn Minuten später aus dem Laden kam, mit beiden Armen einen prall gefüllten Jutesack umklammernd – von den Säcken hatte er ein ganzes Sortiment vorrätig gehabt, gerade erst angeliefert von seiner Dritte-Welt-Bezugsquelle, ein Zehntel des Sackerlöses ging direkt in den Regenwald –, war ich ein fünftes Vermögen losgeworden. Oder war es schon das sechste? Ich hatte die Übersicht verloren. Fünfzehn Minuten später parkte ich vor der Drogerie.

Eine weißbekittelte Frau war im Begriff, den Laden zu schließen. IIch sah von draußen, wie sie den Schlüssel aus der Tasche ihres Kittels holte und bedauernd den Kopf schüttelte. Ich drückte die Tür nach innen, schob meinen Fuß in den Spalt und bettelte: »Es ist ein Notfall! Ich brauch was für meine Haare!«

Sie guckte meinen orangefarbenen Zottelkopf an und nickte. »Ja, das stimmt, das kann man wohl sagen. Ich habe gleich gedacht: Was hat die denn da für komische Haare? Was wollen Sie denn? Blond, braun, schwarz?«

»Blond, bitte.«

»Welche Nummer denn?«

»Nummer?«

Sie seufzte wieder. »Ja, da gibt's mehrere. Es gibt ungefähr … Ach, was soll's, kommen Sie einfach kurz mit rein. Ich schließ aber schon mal zu, sonst kriege ich unheimlich Ärger mit dem Chef.«

Sie zeigte mir das Regal mit den Haartönungen. Nach langem Zögern nahm ich eine Packung, auf der eine Frau abgebildet war, deren Haarfarbe am meisten Ähnlichkeit mit meiner aufwies – das heißt mit meiner früheren Haarfarbe, die, mit der ich morgens noch aufgewacht war. Ich zahlte an der Kasse, wo die Verkäuferin schon mit verschränkten Armen und hochgezogenen Brauen auf mich wartete. Als ich gedankenverloren zu meinem Wagen ging, rannte ich in jemanden hinein. »Entschuldigung«, murmelte ich und ging weiter.

»He, das ist doch … Aber Sie sind doch … Sie haben doch …«, ertönte eine aufgeregte Stimme hinter mir. Ich sah mich erstaunt um. Die blonde Frau mit dem tief ausgeschnittenen dunkelroten Samtkleid kam mir sofort bekannt vor. Sie deutete mit spitzem Finger auf mich. »Sie sind doch die … Sie haben doch …« Auf klappernden Stiletto-Absätzen kam sie näher. Ich wich zurück. Das hatte mir noch gefehlt! Ausgerechnet Edelgard Hilfreich mußte mir hier über den Weg laufen! Sie war sicher auf dem Weg in ihren Bizarr-Shop, der war ganz in der Nähe. So ein blöder Zufall, ich hatte die Tür mit der Ziege erwischt. Bestimmt wollte sie mich jetzt wegen des dämlichen Kostüms zur Rechenschaft ziehen. Womöglich würde sie sogar gegenwärtige und künftige Schadensersatzansprüche anmelden. Und dabei war alles Amalies Schuld. Wenn es nach mir gegangen wäre, hätten wir das Nonnendings längst zurückgebracht. Ich wich noch weiter zurück, dann drehte ich mich um und rannte zu meinem Wagen. Mit ihren Stöckelschuhen hatte sie keine Chance gegen meine Turnschuhe, ich hängte sie mühelos ab, sprang auf den Fahrersitz – Gott sei Dank hatte ich mal wieder vergessen, abzuschließen – und legte einen Kavalierstart hin. Das letzte, was ich von ihr sah, bevor ich mit qualmenden Reifen um die Ecke fegte, waren ihre wild rudernden Arme und ihr weit aufgerissener Mund.

Auf der Heimfahrt plagte mich dann das schlechte Gewissen. Warum war ich nicht einfach stehengeblieben und hatte mich ihr ganz cool gestellt? Warum war ich ihr nicht mit einer lässigen, überlegenen Bemerkung entgegengetreten, zum Beispiel hätte ich sagen können: Das war alles nur ein ganz blödes Versehen, Sie müssen wissen, das war nämlich meine Schwiegermutter … Und es hätte mich nichts gekostet, höchstens fünf Minuten meiner Zeit. Ich sah auf meine Uhr. Eigentlich kam es auf fünf Minuten jetzt auch nicht mehr an. Und außerdem schien es mir dringend angeraten, diese Sache augenblicklich aus der Welt zu schaffen. Nicht, weil ich auf einmal meine Gesetzestreue entdeckt hatte, sondern weil mir urplötzlich eingefallen war, daß Edelgard sich möglicherweise meine Autonummer gemerkt hatte. Von der Autonummer war es nur ein winziger Schritt zu Namen und Adresse, notfalls würde ihr dabei die Polizei unter die Arme greifen. Das ließ mir keine Wahl. Ich würde auf der Stelle zu dem Bizarr-Shop fahren, dort beredt das unselige Mißverständnis aufklären und gelassen den Kaufpreis für das Nonnenkostüm auf die Theke blättern.

Der Laden hatte geöffnet, aber im rötlichen Dämmerlicht des Eingangsbereichs war niemand zu sehen. Ich setzte mein unbefangenstes Gesicht auf und räusperte mich vernehmlich, doch es kam niemand. Aus der Tiefe des Bizarr-Shops hörte ich Stimmen. Eine Frau und ein Mann unterhielten sich in erregtem Ton. Ich zog vorsorglich meine Geldbörse aus der Tasche, bevor ich an der Phallusgalerie, der Bizarrgummipuppe und dem S.M.-Kunstobjekt vorbei in den hinteren Teil des Ladens marschierte.

Als ich in die Nähe der purpurrot schillernden Vorhänge kam, sagte Edelgards Stimme gerade schrill: »Du bist ein Trottel, das war doch *die* Gelegenheit, es ihr wieder abzuknöpfen!« Sie befand sich in dem Raum, aus dem sie beim letztenmal das Nonnenkostüm geholt hatte. Die Tür stand offen.

»Vielleicht hat sie es gar nicht!« rechtfertigte sich der

Mann. Die Stimme klang rauh und heiser, wie nach zu vielen Zigaretten. Und sie kam mir irgendwie bekannt vor.

»Natürlich hat sie es. Wer sollte es sonst haben!«

»Es könnte auch diese alte Scharteke haben, die mit ihr hier war, oder nicht?«

»Egal. Die stecken doch unter einer Decke. Ich sage dir, das ist kein Zufall. Die wollen uns in die Pfanne hauen, so oder so. Du hattest sie am Wickel, und du hast es versiebt«, stellte Edelgard mitleidlos fest.

»Es ist deine Schuld. Du versteckst die Dinger an den unmöglichsten Stellen!« beschwerte sich der Mann.

Worüber sie wohl streiten mochten? Ich griff meine Börse fester und trat näher. Dann zuckte ich erschrocken zurück. Ich hatte die Stimme erkannt. Und jetzt roch ich ihn auch. Es war der Friseur, der mir bei Alphonse die Haare gemacht hatte! Meine Güte, er war ein Bizarrkunde! Auch das noch! Unter diesen Umständen konnte ich mich natürlich unmöglich hier blicken lassen. Auf der ganzen Welt gibt es niemanden, der klatschsüchtiger ist als ein Friseur. Höchstens noch eine Friseuse. Morgen würde ganz B. wissen, welche Etablissements ich in meiner freien Zeit frequentierte. Ich mußte auf der Stelle verschwinden!

Diese blöde Sache mit dem Kostüm würde ich ein anderes Mal aus der Welt schaffen. Ich könnte es sogar telefonisch machen, überlegte ich, und das Finanzielle per Postanweisung. Gerade wollte ich mich dezent zurückziehen, als Edelgard schmeichelnd meinte: »Ich könnte eventuell meinen Ärger vergessen, Ottolein.« Sie stieß einen kehligen Laut aus, und Ottolein stöhnte heiser.

»Na, wie steht's damit?« gurrte sie werbend.

»Ach, ich weiß nicht ... Wir haben doch erst heute morgen ...«

»Komm, mein Großer, mein Guter, mein Obergärtner!«

Obergärtner? Ich blieb unwillkürlich stehen. Nicht, daß ich hätte spannen wollen. Es war nur ganz elementare, unschuldige Neugier. Sie tat irgend etwas mit dem Obergärtner, denn das Stöhnen wurde lauter, wenn auch mit protestierendem Unterton. »Wenn jetzt jemand reinkommt ...«

»Ich sperr rasch ab«, sagte Edelgard, die offenbar praktisch veranlagt war. Ich sah mich voller Panik um. Unmöglich, es bis nach draußen zu schaffen, bevor sie durch die Tür kam und in meinem Blickfeld auftauchte! Ich kriegte es gerade noch hin, mich mit einem gewaltigen Satz hinter einen der plüschigen Vorhänge zu flüchten, in eine verspiegelte Kabine. Mit dem Kreuz knallte ich gegen einen Kleiderhaken an der Wand und stolperte über meine Füße. Ich ächzte hörbar, aber zum Glück nicht so laut wie Otto, der im selben Moment grunzte: »Aber nicht wieder die Nummer mit dem Stachelhalsband!«

»Nicht doch«, säuselte Edelgard, die von der Eingangstüre zurückkam. »Heute will ich's ganz schlicht, schnell und wild, mein Schatz. Komm, nimm mich gleich hier, auf dem Fußboden!«

Ich drückte mich in die hinterste Ecke des Kabuffs und zog die Beine an, als der Vorhang sich bewegte. Unter dem Saum erschienen zwei große, in schmutzigen Socken steckende Männerfüße und schoben sich bedrohlich nahe an mich heran. Otto hatte sich offenbar die Schuhe ausgezogen und dann hingelegt. Oder Edelgard hatte ihn umgelegt. »Oh, du grandioser, großer, großer ... aaah ... Mann«, sagte sie atemlos, »du stinkst wie ein Hammel, weißt du das? Ein Hammel, der französische Zigaretten raucht. Aber ich *liebe* deinen Geruch! Himmel, was hast du denn *da*? Ist das etwa alles für mich?«

»Nicht doch, laß das. Vorsicht, das ist meine Knarre, du dumme Gans!«

Edelgard kicherte schrill, aber anscheinend nicht allzu beunruhigt. Erschrocken hielt ich die Luft an. Knarre, das hieß in meinen Ohren soviel wie Revolver. Ob er das meinte, was ich glaubte, daß er meinte? Oder doch etwas anderes? Ich erfuhr es nicht, denn meine Überlegungen zum etwaigen Waffenbedarf eines Friseurs wurden jäh unterbrochen, als der Vorhang wieder in Bewegung geriet. Ich hörte ein Reißverschlußgeräusch, und dann bauschte sich um die schmutzigen Socken herum eine in aller Eile herabgestreifte Hose. Otto hampelte mit den Füßen herum. Der Gürtel rutschte aus den Schlaufen und schlängelte wie eine bösartige Viper auf mich zu. Ich schrie leise auf, als mich die Schnalle am Knie erwischte. Zum Glück wurde mein Schreckenslaut durch Edelgards hymnische Statements über Ottos Potenz übertönt. »Du riesiger, enormer, unbeschreiblicher ...aaah... Ochse!«

Otto röchelte begeistert.

Ich preßte eine Hand vor den Mund und biß eine tiefe Kerbe in den Ehering, aber es hatte keinen Sinn. Ich grabschte mir einen Zipfel von dem wild herumschwingenden Vorhang und prustete mein hysterisches Lachen in eine Handvoll staubigen roten Samt. Otto hatte anscheinend keine Ahnung davon, was den Bullen zum Ochsen machte. Er verstrickte sich unter dumpfem Gestöhne in ein zunehmend heftigeres Handgemenge mit Edelgard. Der Vorhang schwang immer stärker vor und zurück. Es war nur noch eine Frage von Sekunden, bis sie mich entdecken mußten, ganz hinten an die Wand gequetscht. Ich sah mein Gesicht in der Spiegelwand, eine Grimassenmischung aus Angst und Lachen.

»Komm schon, halt dich nicht zurück. Fall über mich her! Zeig mir, was ein Obergärtner ist!«

Otto keilte aus, in meine Richtung. Er traf mich am Knie, dort, wo mich schon die Schnalle getroffen hatte, und ich zog wimmernd die Luft ein. Ich würde einen gräßlichen blauen Fleck bekommen.

Für die Obergärtnernummer war es anscheinend nicht erforderlich, daß Otto die Stellung wechselte. Die schmutzigen Füße blieben in der Kabine, sie suchten bloß einen besseren Halt. Einer der Füße hakte sich unter meine Kniekehle, und ich erstarrte zur Salzsäule. Ich befahl meinem Körper, die äußere Beschaffenheit eines Möbels anzunehmen, zum Beispiel eines Hockers. Hocker war gut. In jeder Kabine stand ein Hocker. Sofort wurde ich mental und physisch zum Hocker. Der bestrumpfte, feucht-schwitzige Fuß zuckte in meiner Kniekehle, und Edelgard turnte irgendwo dort draußen auf dem großen Ochsen Otto herum und übernahm den Rest. Vor allem das Reden. »Los doch, mein Großer, mein Guter, mein Größter, mein Bester, mein Allerallerbester, dünge meinen Liebesgarten! Oh, ist das *gut*!«

Ich hatte den flüchtigen Eindruck eines Déjà-vu-Erlebnisses, konnte der Sache aber nicht auf den Grund gehen, denn jetzt drängte Ottos Fuß nach oben, unter meinen Rock, und gefährdete die Balance des Hockers. Ich tat das, was jeder vernünftige Hocker in dieser Situation getan hätte. Ich wich langsam zur Seite und entzog mich dem drängenden Fuß. Otto war es anscheinend zufrieden. Ein letztes markerschütterndes Grunzen, und die Füße fielen kraftlos auf den Kabinenboden. Edelgard stimmte mit einem befriedigten Aufschrei in Ottos Seufzen ein.

Ottos Beine verschwanden, der Vorhang kam zur Ruhe.

»Mußt du immer sofort aufstehen? Können wir nicht noch ein bißchen kuscheln? Du bist hinterher immer so abweisend!« beklagte sich Edelgard.

»Ich muß dringend aufs Klo. Ich mußte schon die ganze Zeit.«

Aus meiner Sicht konnte er gar nicht dringend genug müssen. Am liebsten wäre mir gewesen, wenn Edelgard auch gemußt hätte. Ich kroch zentimeterweise an den Spalt zwischen Vorhang und Wand heran und linste hinaus. Otto verschwand hosehochziehend durch die Tür in den Raum, aus dem die beiden vorhin gekommen waren. Edelgard erhob sich und ließ mit graziösem Fingerschnipsen einen Druckknopf zwischen ihren Beinen zuklicken. Ich sah erstaunt, daß sie sich überhaupt nicht ausgezogen hatte. Sie trug nicht mal einen Slip, den sie hätte abstreifen können. Bloß so ein Ding zum Aufknöpfen, sehr praktisch für diese Obergärtnergeschichte. Sie ging in den vorderen Teil des Ladens und schloß die Tür wieder auf, dann kam sie zurück und verschwand ebenfalls durch die Tür in den benachbarten Raum. Ich nutzte die Gunst des Augenblicks und raste mit Lichtgeschwindigkeit zum Ausgang. Die Reifen meines Kombis jaulten beim Start, und ich atmete erst wieder ruhiger, als ich in unsere Straße einbog.

Ich brauchte noch ein paar Minuten, um dieses unglaubliche Erlebnis zu verdauen. Nervös kichernd rieb ich mir während der Fahrt die Kniekehle, die Otto mit seinem verschwitzten Fuß traktiert hatte. Dann verging mir allmählich das Lachen. Das Problem mit dem unbezahlten Nonnenkostüm war immer noch ungeklärt. Und daheim mußte ich die Kleinigkeit eines vielgängigen Menüs vorbereiten.

Und ich sah aus wie Ronald McDonald.

Während die Tönung unter einem Handtuch einwirkte, goß ich etwas von dem heißen Agar-Agar in die Schälchen, warf ein paar Petersilienblättchen hinein und schob die kleinen Schüsseln dann in den Kühlschrank, damit die erste Geleeschicht erstarren konnte. Hoffentlich wurde es richtig fest. Bei diesem komischen Geliermittel kannte ich mich mengenmäßig nicht so gut aus. Der Reformhausexperte hatte gesagt, es würde nicht so stark festigen wie Gelatine, deshalb hatte ich vorsorglich etwas mehr genommen. Laila sortierte die in karamelisiertem Zucker gedünsteten kleinen Rübchen und schnitt die wenigen Spargelstangen klein, die ich mit wehem Herzen für die Sülzchen abgezweigt und gekocht hatte. Amalie, die mich mit todwundem Gesichtsausdruck empfangen hatte, als ich von meinen Besorgungen zurückgekommen war, ruhte sich auf der geblümten Liege von der unmenschlichen Anstrengung des Schinkenbrotschmierens, Spargelschälens und Gemüseputzens aus.

»Diese Sülzchen sind ein bißchen groß für amuse-gueules«, erläuterte ich Laila, während ich in dem Bio-Kochbuch nach Topinambur suchte. »Aber ich mache sie absichtlich größer, mit vielen von diesen zuckrigen Rübchen drin. Das macht satt, weil nicht soviel von dem Spargel da ist. Die Gemüsesuppe bringt sättigungsmäßig nicht viel und der Feldsalat so gut wie gar nichts.«

Aha, da war ja Topinambur. Topinambur, so las ich, hieß soviel wie Erdartischocke, sie wurde auch gern Knollensonnenblume genannt. Man konnte sie wie Kartoffeln zubereiten, und so ähnlich schmeckten sie angeblich auch, nämlich wie eine Mischung aus Artischocke und Kartoffel. Ich beschloß, sie wie Pellkartoffeln zu kochen und hinterher in Scheiben zu schneiden, sie in eine Auflaufform zu schichten und zu überbacken. Mir blutete das Herz, als ich daran dachte, daß ich keinen Käse darüberstreuen durfte.

»Wann ich diese Amiz güls servier?« fragte Laila.

Sie schnitt die Möhren, den Sellerie, den Lauch und die Kohlrabi sorgfältig in mikroskopisch feine Streifchen, während ich die Gemüsebrühe zum Kochen brachte.

»Das sag ich dir schon. Du bringst sie dann einfach rein, immer zwei davon, und stellst sie auf die Platzteller. Die Frau Minister kriegt zuerst, das ist wichtig.«

Ich holte die Sülzchenschüsseln aus dem Kühlschrank und bewegte sie hin und her. Fest.

»Und der Wein?«

»Darum kümmert sich Schorschi. Du mußt nur aufs Essen achten. Jetzt kannst du was von den Rübchen in die Schüsseln legen, zusammen mit ein paar Spargelstückchen. Ich gieß dann von diesem Agarzeugs hinterher.«

Laila legte Rübchen und Spargel, ich goß. Dann kamen die Schälchen wieder in den Kühlschrank, damit die nächste Schicht erstarren konnte. Ich blätterte erneut in dem Kochbuch, während Laila Weißbrot in Würfel schnitt, für die Croûtons. »Ach, da sind ja die blöden Sorbets!« Das Sorbet schien wirklich nicht besonders schwierig zu sein, Brigitte hatte recht gehabt.

Brigitte! Die ganze Zeit hatte ich nicht an sie gedacht! Vor plötzlicher Wut ballte ich die Fäuste. Was dieses Weib mir angetan hatte. Wozu sie diesen Stümper von Alfons angestiftet hatte! Meine schönen, langen Locken! Im nächsten Augenblick erstarrte ich. Das Kochbuch fiel krachend zu Boden, meine Hände flogen zu meinem Kopf. Da, der Handtuchturban! Er war noch drauf! Genau wie die Tönung darunter! Mein Gott! Ich hob mein bleischweres Handgelenk und sah auf die Uhr. Zehn bis fünfzehn Minuten hatte auf der Packung gestanden. Vierzig waren um, es konnten auch fünfundvierzig sein. Mit einem heiseren Schreckensschrei rannte ich nach oben ins Bad, riß mir das Handtuch vom Kopf, hängte mich übers Waschbecken und spülte, spülte, spülte. Ich dachte, wenn ich ein bißchen länger spüle, wird die Tönung vielleicht nicht ganz so intensiv.

Zehn Minuten später starrte ich fassungslos in den

Spiegel. Nein, das war eine optische Täuschung. Außerdem waren die Haare noch naß, das verfälschte das ganze Bild. Ich riß den Badezimmerschrank auf, holte den Fön heraus und fönte. Ich kniff die Augen dabei zu, ich wollte ganz unbestechlich und objektiv sein, mir einen klaren, eindeutigen Eindruck verschaffen, und zwar in dem Moment, wenn die Büschel auf meinem Kopf trocken waren. Das ging schnell, ich hatte nicht mehr allzuviele Haare. Ich ließ den Fön sinken und öffnete die Augen. Machte sie zu. Wieder auf. Der Fön knallte ins Waschbecken, weil ich beide Hände brauchte, um mich am Beckenrand festzuhalten. Spontan überlegte ich, was wohl passieren würde, wenn ich jetzt den Fön wieder anschaltete, Wasser ins Becken ließ und beide Hände hineinhielt. Als ich nach einer Weile wieder zu mir kam, stellte ich fest, daß ich auf dem zugeklappten Toilettendeckel saß und vor- und zurückschaukelte, irgend etwas vor mich hin murmelnd.

Warum eigentlich nicht? Das wäre die Lösung! Es liefen doch so viele namhafte Leute in dem Look rum, der mir auf einmal als Rettung vorschwebte, zum Beispiel Yul Brunner, Telly Savalas, mein alter Biolehrer. Und gab's da nicht sogar eine Frau mit Glatze, eine ganz bekannte Sängerin, wie hieß die noch? War es nicht Skinhead O'Connor oder so ähnlich?

»Das erst recht beschissen«, kommentierte Laila mit unerbittlicher Offenheit mein Aussehen, als ich total verheult in die Küche zurückkam.

»Ich weiß.« Ich warf das kleingeschnittene Suppengemüse in die Brühe und die Weißbrotwürfel in die rein pflanzliche Margarine, die Laila in der Teflonpfanne zerlassen hatte.

»So du kannst echt nicht aufkreuzen.«

»Du hast gut reden! Soll ich mich mit Migräne ins Bett legen, oder was?«

Wieso eigentlich nicht? Ich glaubte förmlich schon das Ziehen über den Ohren und das Pochen im Genick zu spüren. Ja, bestimmt bekam ich Migräne, es konnte gar nicht mehr lange dauern. Ich wendete die Croûtons in der heißen Pfanne und konzentrierte mich auf den herannahenden Migräneanfall. Gegen Migräne konnte selbst ein Minister nichts ausrichten.

»Quatsch, ich hab gute Idee, was du tust«, erklärte Laila.

»Ein verstauchter Knöchel?«

»Ein Tuch um den Kopf. Dann niemand sieht, was für 'ne beschissene Farbe du dir da reingeschmiert hast.«

»Ist es so schlimm? Schlimmer als vorher?«

»Es ist rosa. Total beschissen rosa. Babyrosa. Du nimmst Tuch, dann okay.«

Ein Tuch. Ich pickte die ersten fertig gerösteten Weißbrotwürfel aus der Pfanne und legte sie auf einen Teller. Ein Tuch wäre nicht schlecht, im Urlaub wickelte ich mir auch immer ein Seidentuch um den Kopf, passend zum Strandkleid, Schorschi fand mich rassig mit Tuch und Strandkleid. Ich würde rassig statt rosa aussehen, und kein Mensch würde wissen, was in Wahrheit mit mir los war.

Ich seufzte. »Es geht nicht.«

»Wieso geht nicht?«

»Ich kann doch unmöglich rumlaufen wie am Strand, Laila.«

»Ich mach dir schicken Turban, ganz elegant, sieht bestimmt toll aus.«

Was blieb mir übrig? Ein Turban war sicher noch das geringste Übel, jedenfalls war es weniger schlimm als eine Glatze. Vom Kahlscheren hatte ich nach kurzem Überlegen doch wieder Abstand genommen. Am Dienstag hatten die Friseure wieder geöffnet, ich würde bei Carmen zu Kreuze kriechen und mich von ihr umfärben lassen. Vielleicht konnte sie auch aus diesem zerrupften Schnitt noch irgend etwas zaubern.

Ich hatte ein weißes Seidentuch, das würde bestimmt gut zu meinem teuren neuen Ensemble passen. Hoffnungsvoll dachte ich an das edle Kostüm, es würde so rasant aussehen, daß der Turban quasi wie ein modisches *must* wirken würde! Ich schüttelte die restlichen Croûtons auf den Teller, holte die Sülzchenschalen aus dem Kühlschrank und fabrizierte mit Lailas Hilfe eine nächste Schicht aus Rübchen, Spargelstücken und Agar-Agar. Dann schmeckte ich die Gemüsebrühe großzügig mit Delikata und Gomasio ab. Die Sülzchen waren auch so gut wie fertig, sie würden noch eine Abschlußschicht mit Petersilie kriegen und konnten dann gänzlich erstarren. Die komischen Topinamburkartoffeln zerfielen mir förmlich unter den Fingern, als ich versuchte, sie in Scheiben zu schneiden. Kritisch sah ich mir die Scheiben an. Eigentlich sah es nicht nach Scheiben aus. Mehr nach Brei. Genaugenommen sogar eher wie Matsch. Wahrscheinlich hatten die Dinger zu lange gekocht. Ich quetschte alles, so gut es ging, in die mit reiner Pflanzenmargarine ausgefettete Auflaufform und würzte die Pampe mit Delikata. Jetzt mußte sie nur noch überbacken werden, das würde zwischen Suppengang und Spargel passieren. Gleichzeitig müßten dann die Brisoletten – das waren so eine Art vegetarische Fertigfrikadellen – in dem kaltgepreßten, erhitzten Distelöl gebraten werden.

Ich pürierte die Erdbeeren und verquirlte sie vorschriftsmäßig mit dem Champagner, es blieben zwei winzige Gläschen übrig, eins für mich und eins für Laila. Wir prosteten einander zu und grinsten – sie übermütig, ich eher gequält. Ich hatte das Gefühl, eine leuchtende Fackel auf dem Kopf spazierenzutragen. Das Karottenorange von heute vormittag und das Mittelaschblond von vorhin hatten sich zu einem derart penetranten Rosa vereinigt, daß es fraglich war, ob es überhaupt eine Tönung gab, die das wieder neutralisierte.

Ich räumte das schmutzige Geschirr in die Spülmaschine und überließ Laila die Küchenoberaufsicht, inklusive Kleinschneiden des Obstes für den Obstsalat, weil ich duschen und mich umziehen wollte.

»Wenn ich servier, soll ich das so machen?« Laila blickte an sich herunter. Sie trug ihre ältesten Putzklamotten, durchlöcherte Jeans und ausgewaschenes T-Shirt.

Lieber Himmel, daran hatte ich gar nicht gedacht! Sie konnte jetzt unmöglich weg, um sich zu Hause noch mal umzuziehen. Ich wälzte dieses neue Problem blitzschnell im Kopf herum. »Ich hab's. Du kriegst ein kleines Schwarzes von Oma, sie hat sehr sehr schicke, zeitlose Sachen, und dazu ein kleines

Spitzenschürzchen, das ist mindestens hundert Jahre alt.«

Als ich gerade zum Duschen nach oben gehen wollte, klingelte das Telefon. Es war Brigitte. Es tat ihr wahnsinnig leid, aber sie konnte nicht kommen. Es war etwas dazwischengekommen. Sie konnte jetzt nicht darüber reden, aber etwas Wundervolles war passiert, das Ereignis ihres Lebens. Sie würde mir morgen oder spätestens übermorgen davon erzählen, garantiert, darauf könnte ich mich echt verlassen. Ich legte ohne ein Wort auf und ging unter die Dusche.

Ich war erstaunlich schnell mit allem fertig, das lag daran, daß ich an meinen Haaren nichts machen mußte (machen konnte). Erfreut drehte ich mich in meinem neuen, cremefarbenen Kostüm und den sexy Pumps vor dem Schlafzimmerspiegel hin und her. Was schicke Sachen und ein paar Pfund weniger alles ausmachten! Wenn man sich jetzt noch meinen Kopf wegdachte, konnte man sich sogar vorstellen, eine berühmte Filmschauspielerin vor sich zu haben. Ich überlegte gerade, welche, als Schorschi ins Schlafzimmer kam. »Oh, Verzeihung«, sagte er höflich und ging sofort wieder hinaus. Drei Sekunden später kam er zurück. »Bist du das, Susi?«

Ich nickte und beobachtete ihn erwartungsvoll. Gleich würden seine Augen vor Bewunderung leuchten, und er würde mich in seine Arme nehmen, völlig überwältigt, weil ich so unglaublich attraktiv war.

Er sah aus, als hätte er in eine Zitrone gebissen. »Was hast du da für eine komische Clownsperücke auf?«

»Sonst fällt dir gar nichts an mir auf?« fragte ich unsicher.

»Ja … du hast das Essen schon fertig, hat Laila gesagt.«

»Und sonst?«

»Ja … du hast mein gutes Hemd heute noch gebügelt, das ist sehr lieb von dir. Übrigens, Oma läßt dir ausrichten, daß sie schon den Tisch deckt.«

»Um Gottes willen, geh runter und halt sie auf! Oder sie soll sich von Amalie dabei helfen lassen. Sie holt sonst alles, was nicht niet- und nagelfest ist, aus dem Schrank, das weißt du doch! Verdammt, um alles muß man sich selbst kümmern in diesem Haus! Du könntest wenigstens deinen Sohn ins Bett bringen, Hans-Georg!« Ich sprühte förmlich vor Zorn. Ich hatte fast den Eindruck, als würden rosa Blitze von meinem Kopf schießen. Schorschi beeilte sich, zu verschwinden. Oliver kam an der offenen Schlafzimmertür vorbei. Er hatte sich schon fetenmäßig zum Ausgehen zurechtgemacht. Die Rastalocken hingen ihm wüst in die Stirn, aber dafür kleidete ihn Schorschis guter Pullover ausgezeichnet. Als er mich sah, hob er die Brauen, spitzte die Lippen und pfiff anerkennend.

»Gefällt es dir?«

Schüchtern strich ich mit den Händen über mein elegantes Kostüm und drehte mich.

»Wahnsinn, echt scharf, das sieht voll cool aus, ehrlich! Das ist echt die geilste Matte, die ich je an ’ner Frau gesehen habe!«

»Matte?«

»Ja, Matte, Mähne, Frisur eben. Wahnsinn. Echt voll die Härte, deine neuen Haare, Mama!«

Als es auf acht Uhr zuging, atmete ich tief durch und widerstand der Versuchung, mir noch ein Löffelchen von Omas Nerventonikum zu genehmigen. Die gastgebende Familie saß schon im Wohnzimmer versammelt, fix und fertig für das große Ereignis des Ministerempfangs. Ich stand mit Laila in der Küche und organisierte die letzten Essensvorbereitungen. Die amuse-gueules lagen als perfekte, glänzende Sülzchenhügel auf den Vorspeisentellern, der dazu passende Wein atmete im Eßzimmer, wo der Tisch dank Oma und Amalie festlich gedeckt war.

«Okay, noch mal. Wenn du die amuse-gueules gebracht hast, legst du den Spargel ins kochende Wasser. Dann machst du die Suppe heiß. Wenn sie heiß ist, schüttest du sie in die Terrine und servierst am Tisch. Und nicht vergessen...«

»Frau Minister zuerst«, nickte Laila. Sie sah hübsch aus in Omas kleinem Schwarzen. Oma hatte behauptet, sie hätte es zu ihrer Verlobungsfeier getragen, anno fünfundzwanzig. Wenn man nachrechnete, konnte es hinkommen, schließlich war sie nicht viel jünger als unser Jahrhundert. Laila war in Ehrfurcht erstarrt, als Oma ihr das mit Perlenknöpfen besetzte, fransenverzierte Cocktailkleid herausgesucht hatte. Sie hatte sich zuerst geweigert, diese alte Kostbarkeit anzuziehen, aber Oma hatte darauf bestanden. Es paßte wie angegossen, Oma und Laila standen die Tränen in den Augen. Das Servierschürzchen mit den üppigen, vergilbten Spitzen rundete zusammen mit einem Paar uralter Pumps, die Oma ebenfalls aus den Tiefen ihres Schranks hervorgekramt hatte, das Bild ab. Laila kämmte sich anschließend unter Omas Anleitung mit

Wasser die kurzen dunklen Haare glatt an den Kopf, mit Sechserlocken über den Wangenknochen. Sie sah aus wie eine Original-Charleston-Schönheit aus den Roaring Twenties.

Ich selbst sah ziemlich exotisch aus. Der von Laila kunstvoll gewickelte weiße Seidenturban auf meinem Kopf schrie geradezu nach einem Sari; das Kostüm wirkte wie ein Stilbruch. Amalie behauptete, ich sähe so ähnlich aus wie Lil Dagover in dem Dingsbums-Film, wie hieß er noch mal, den hätte sie als Kind schon immer so gern gesehen. Oma bestritt das energisch, keine Spur von Lil Dagover, nein, es wäre genauso wie im *Tiger von Eschnapur*, ich hätte eine frappierende Ähnlichkeit mit… ja, mit wem denn nur? Es fiel ihr nicht mehr ein, zum Glück, denn ich wurde die unangenehme Vermutung nicht los, daß sie den männlichen Hauptdarsteller meinte.

Oma und Amalie waren ebenfalls festlich gewandet. Oma trug ein perlgraues Kleid, das dem, was sie Laila geborgt hatte, an antiquierter Eleganz in nichts nachstand, sie sah so reizend aus mit ihren frisch frisierten weißen Haaren und ihrem erwartungsvollen Lächeln, daß ich ihr spontan einen Kuß auf die Stirn drückte.

Amalie hatte sich in ein wallendes, eisblaues Operndivagewand gehüllt, das höchste A-capella-Freuden verhieß. Schorschi sah in seinem dunklen, formellen Abendanzug so umwerfend gut aus wie immer. Der Eßtisch war kunstvoll mit Damast, Tafelsilber und Kristallgläsern dekoriert – Schorschi hatte ihn ausgezogen, damit alle Platz fanden.

Um Punkt acht klingelte es. Ich hörte, wie Schorschi zur Haustür ging und unsere Gäste einließ. Laila kam sofort herangeflitzt, in jeder Hand ein wackelndes Sülzchen. »Kann ich jetzt servieren die Amiz gül?«

Sie warf mir tröstende Blicke zu, als ich zitternd an meine Kehle griff. Der Minister, an meinem Tisch! Mit weichen Knien ging ich in die Diele. Dort stand aber kein Minister, sondern bloß mein Mann, zusammen mit Frau Brumm.

»Wo sind die Gäste?«

»Die kommen nicht«, sagte Schorschi achselzuckend mit einem Blick auf Brunhilde. Sie war ausgehmäßig angezogen. Ihre dürre Gestalt hatte sie unter einem schwarzen, paillettenbestickten Hängerchen verborgen.

Mit bedauernd gespitztem Strohhalmmündchen teilte sie uns mit, daß aus dem Abendessen nichts würde, leider. Der Minister hätte bei ihnen angerufen und sich entschuldigt, er hätte einen ganz dringenden Termin, leider, und außerdem ganz unerwartet. Und ihr Mann, der Ministerialdirigent, müßte, wieder leider, auch teilnehmen. Also könnten sie, immer noch leider, nicht zu unserem Abendessen kommen. Dabei bedachte sie meinen Eschnapur-Turban mit abschätzenden Blicken. Nein, mit essen könnte sie leider auch nicht, sie hätte sich in Anbetracht der Umstände kurzfristig entschlossen, einer wohltätigen Veranstaltung beizuwohnen. Sie wäre gerade dorthin unterwegs und hätte nur kurz haltgemacht, um uns Bescheid zu sagen.

Ich war sprachlos vor Zorn. Der ganze Tag war gelaufen. Nichts als Hektik, Panik, Streß und Frust, bloß wegen dieses dämlichen Abendessens! Und dann platzte es auch noch!

Doch dann war ich erleichtert. Kein mühsamer Small talk, keine Ängste, ob es dem Minister auch schmeckte.

Ich begleitete sie zusammen mit Schorschi nach draußen zu ihrem Wagen. Auf dem Kiesweg im Vorgarten blieb sie stehen und legte witternd den Kopf schief. Sie deutete auf den Rhododendron und sagte mit wohligem Gruseltimbre in der Stimme: »Hier war es also. Mein Gott!«

Schorschi und ich tauschten betroffene Blicke. Ich sah ihre geblähten Nüstern und dachte einen verrückten Moment lang, sie hätte es vielleicht gerochen.

»Woher wissen Sie das, Frau Brumm?« fragte Schorschi bemüht freundlich.

»Nun ja, man hört so dies und das«, erklärte sie gönnerhaft, »und man hat so seine Beziehungen.« Dann senkte sie die Stimme. »Es ist wahrhaftig das Gräßlichste, was ich in der letzten Zeit gehört habe. Man stelle sich vor – mit *Ihrer* Luftpumpe!«

Ich erschrak.

»Natürlich werde ich es nicht herumtratschen, keine Sorge«, versicherte Brunhilde scheinheilig. »Lieber Himmel, ich fühle doch mit Ihnen! Das muß ja furchtbar für Sie gewesen sein, ein Toter im Vorgarten! Ermordet mit *Ihrer* Luftpumpe! Mein Gott, was für ein Skandal!«

Als Schorschi sie endlich in ihren Wagen komplimentiert und aus der Einfahrt gewinkt hatte, jammerte ich: »Sie wird es überall zum besten geben! Wir sind erledigt. Übermorgen – ach was, nein, morgen werden mindestens zehn Reporter vor dem Haus herumlungern!«

Er hob die Schultern. »Wenn sie es weiß, wissen es andere auch. Wir werden es drauf ankommen lassen müssen. Das ist eine Sache, mit der man leben kann, Susi. Jetzt laß uns reingehen und was essen. Ich habe einen Wahnsinnshunger.«

Mir war der Appetit vergangen.

Den anderen verging er dann ebenfalls, beim Essen. Ein Glück, daß der Minister verhindert war. Er hätte sich an Ort und Stelle übergeben, noch auf den Vorspeisenteller. Das Essen war widerwärtig. Die Sülzchen schmeckten wie tote Qualle, sogar die Rübchen darin waren glitschig und schleimig. Irgend etwas mußte ich falsch gemacht haben. Vielleicht hatte ich zuviel von dem Agar-Zeugs untergerührt.

Die Suppe war fade, der Spargel holzig, der Feldsalat sauer, das Topinamburgratin zum Abgewöhnen und die Pflanzenklopse zum Würgen. Das einzig Genießbare war der Obstsalat, aber es gab nur ein Händchen voll davon für jeden. Ich dankte dem Schicksal, daß der Minister so hart arbeiten mußte, auch abends.

Dieser Samstag war restlos versaut, resümierte ich schließlich beim Einräumen der Spülmaschine. Für Laila hatte er allerdings sein Gutes, denn Oma schenkte ihr zu ihrem größten Entzücken das hübsche alte Verlobungskleid. Sie meinte, es sei ihr selbst sowieso in den letzten fünfzig Jahren um die Mitte herum etwas zu eng geworden. Laila erklärte, das Kleid als Vorlage beim Entwurf einer Nostalgie-Kollektion benutzen zu wollen, die sie auf einen Schlag als Avantgarde-Designerin bekannt machen würde.

Nachdem Laila gegangen war und Oma und Amalie sich in ihre Gemächer zurückgezogen hatten, umfaßte Schorschi meine Taille und drückte mir einen tröstenden Kuß auf den Hals. »Armer Schatz!«

Ich schmiegte mich an ihn. »Du kannst mich ja gleich noch ein bißchen aufmuntern«, flüsterte ich. Er küßte mich wieder, diesmal nachdrücklicher. »Okay, dann geh ich schon mal rauf und rasiere mich.« Pfeifend ging er nach oben. Ich wickelte aufatmend den Turban von meinem juckenden, rosaroten Kopf. Danach holte ich die Riesenschüssel mit den Essensresten und den Unmengen Gemüse- und Obstabfällen aus der Küche. Ich dachte: Wenigstens einer, der noch von diesem Ekelfraß profitiert, und schleppte die Schüssel in den Garten, um den ganzen Müll auf den Komposthaufen zu kippen.

Hinten im Garten war es dunkel. Das Licht im Wohnzimmer war schon aus, bloß aus dem Badezimmerfenster im ersten Stock drang noch ein schwacher Lichtschimmer nach draußen.

Unterwegs stolperte ich ein paarmal über diverse Erdhügel. Leise fluchend versuchte ich, in der Finsternis vor mir den Komposthaufen auszumachen. Während ich noch überlegte, ob ich nicht doch besser zurückgehen und die Terrassenbeleuchtung einschalten sollte, hörte ich vor mir im Dunkeln ein Geräusch. Im ersten Augenblick glaubte ich, Tannhäuser strolche noch im Garten herum. Aber der lag in der Küche neben seinem Napf auf dem Fußboden und schlief. Vielleicht ein Maulwurf. Im nächsten Moment sah ich den Schatten, der sich irgendwo in der Nähe des Komposthaufens in gebückter Haltung bewegte. Er war entschieden zu groß für einen Maulwurf. Ich erstarrte zur Salzsäule. Der Mörder war zurückgekommen! Er lauerte mir am Komposthaufen auf, um mir beim Abladen der Topinamburschalen den Garaus zu machen. In seiner Rechten funkelte ein riesiges Schlachtermesser, und aus seinen Augen leuchtete der Wahnsinn. Norman Bates war wieder auferstanden! Ich sah ihn deutlich vor mir, ich brauchte dafür nicht das kleinste bißchen Licht. Die Schüssel fiel mit einem dumpfen Geräusch auf meine immer noch in den neuen Pumps steckenden Füße und erwischte mich mit der scharfen Kante. Sie war aus rostfreiem Edelstahl, schwer und gediegen. Wahrscheinlich waren mindestens zwei Zehen amputiert, aber ich schrie nicht. Nicht der leiseste Laut drang über meine Lippen. Wenn man als auserkorenes Opfer eines irrsinnigen Schlachtermessermörders erst anfing zu schreien, war man so gut wie tot, das war bekannt. Jetzt richtete der schwache Schemen am Komposthaufen sich auf. Ich kniff die Augen zusammen, um besser sehen zu können, aber das Messer war in der Dunkelheit nicht zu erkennen. Vielleicht hatte er es unter seiner Jacke verborgen. Die nachtschwarze Silhouette machte eine ruckartige Bewegung, und einen Augenblick lang hatte ich den absurden Eindruck, etwas in hohem Bogen durch die Luft fliegen zu sehen. Ich zwinkerte hastig und ging einen Schritt rückwärts, in Richtung Haus. Der Absatz meines linken Fußes verschwand in einem klaftertiefen Loch im Rasen, das vorhin noch nicht dagewesen war, und ich schlug der Länge nach hin. Bei dem Versuch, mich abzustützen, brach ich mir mindestens drei Finger. Ich schrie immer noch nicht, konnte aber nicht verhindern, daß mir das Wasser in die Augen schoß. Ich biß gegen den Schmerz tapfer die Zähne zusammen und robbte weiter, auf den rettenden Badezimmerlichtschein zu. Sicher leuchtete mein Kostüm in der Dunkelheit wie eine Laterne. Ich drehte den Kopf in Richtung Komposthaufen. Der Schatten bewegte sich auf mich zu, er war groß und hielt einen riesigen funkelnden Gegenstand in der rechten Hand. Mein Leben war keinen Pfifferling mehr wert! Jetzt schrie ich doch, erst quietschend, dann schriller, bis der Schatten über mir war und ich in dem dürftigen Licht erkannte, wer er war. Ich zwinkerte und rieb mir mit der unverletzten Hand die Augen. Das Ding in der Hand des Mörders hatte für ein Messer eine merkwürdige Form. Dann sah ich, daß das Messer unsere große Cromarganschüssel war, die ich vorhin fallen gelassen hatte.

»Guten Abend«, sagte der Schatten. Es war unser Nachbar, Herr Zwicker. »Kann ich Ihnen helfen? Sind Sie gestürzt?« Licht explodierte in der Dunkelheit und traf schmerzhaft meine Augen. Ich stöhnte protestierend und schirmte mein Gesicht mit der Hand ab.

»Tut mir leid«, sagte er und richtete seine Taschenlampe neben mich auf den Rasen.

»Macht nichts«, sagte ich automatisch. Er klemmte sich die Schüssel unter den Arm und hielt mir die Hand hin, um mir aufzuhelfen. Zum Teufel, natürlich machte es etwas. Wieso strich er zu nachtschlafender Zeit mit einer Taschenlampe um unseren Komposthaufen herum? Ich klopfte die Erdklumpen aus meinem ruinierten Kostüm und wartete auf eine Erklärung.

»Ich sah gerade zufällig Ihre nette junge Haushaltshilfe gehen, ich habe sie gebeten, mir das Tor aufzulassen. Ich hatte prima Kohlrabischalen für Ihren Kompost, einen ganzen Eimer voll. Meine Frau hat vorgekocht, für die Truhe. Sie kriegen auch ein paar Portionen.«

Zwickers kompostierten nicht, wegen der Wespen und wegen des Gestanks und überhaupt. Allerdings waren sie zu ökobewußt, um ihre Gemüsereste in den Haushaltsmüll zu werfen. Das kam regelmäßig unserem Komposthaufen zugute und verminderte gleichzeitig den Gestank, zum Beispiel nach verfaulendem Kohl, in ihrem Mülleimer. Da konnte ich wohl nichts machen. Gegen einen ganzen Eimer voll Kohlrabischalen konnte niemand ernstlich etwas einzuwenden haben. Ich blickte an mir herab. Im Lichtkegel der Taschenlampe sah ich einen Sachschaden von ungefähr fünfhundert Mark. Soviel hatte ich heute vormittag für das Kostüm und die Pumps ausgegeben. Der Personenschaden in Form lädierter Zehen und Finger war dabei noch nicht mitgerechnet.

»Keine Sorge«, erklärte Herr Zwicker, »meine Haftpflichtversicherung kommt für alles auf. Sie sind wohl ziemlich schreckhaft, oder?«

In dieser Nacht träumte ich miserabel. Ich saß bei Carmen auf dem Hydraulikstuhl und las in einer Illustrierten. Als ich aufblickte, stand Thomas Magnum hinter mir, braungebrannt und verführerisch lächelnd. Er beugte sich zu mir herab, um mich zu küssen. In der rechten Hand hatte er ein aufgeklapptes Rasiermesser. Er sagte: »Darling, deine Frisur gefällt mir nicht.« Ich zuckte bestürzt zurück, und der Frisiersalon löste sich in Wasserdampf auf. Ich stand unter der Dusche, und während aus dem Abfluß ein Alien kroch und seine gebleckten Zähne ein ums andere Mal in meine blutenden Füße hieb, riß Norman Zwicker den Duschvorhang beiseite und machte aus dem Rest von mir Frikassee mit seinem gewaltigen Tranchiermesser. Ich stöhnte und schlug um mich, der Duschvorhang verwandelte sich in ekelhaft faulige Kohlrabischalen und drohte mich zu ersticken, aber es war nur Schorschi, der mich mit einem Gutenmorgenkuß weckte.

Bei der anschließenden Dusche preßte ich mich eng an die Wand, von wo aus ich den Vorhang und den Abfluß gleichzeitig im Auge behalten konnte. Meine neue Haarfarbe veranlaßte mich dazu, fast eine ganze Flasche Shampoo aufzubrauchen. Ich produzierte Riesenberge von Schaum und wusch mir fast die Haare vom Kopf, mindestens zehnmal, aber vergeblich. Ich war und blieb rosahaarig. Zum obligatorischen Sonntagnachmittagsspaziergang trug ich deshalb einen breitkrempigen Strohhut. Es sah ziemlich albern aus, aber wenn ich mit einem Turban herumgelaufen wäre, hätte es bestimmt noch alberner gewirkt. Amalie erging sich in guten Tips, wie man mit alten Hausmittelchen optimal sein Haar pflegen könne, es reichte von Honigpackungen bis zu warmem Bier. Ich hörte es mir stumm an und beobachtete sie beim Gehen. Sie schien wieder ziemlich gut zu Fuß zu sein. Wenn sie keinen Rückfall erlitt, durften wir sicher in der kommenden Woche mit ihrer Abreise rechnen.

Schorschi, Timmy und Oliver waren vorausgelaufen und spielten mit Tannhäuser Apportieren. Ich hörte Gebell, Kindergebrüll und Männerrufe zwischen den Bäumen des Waldes, hielt mein Gesicht in die Sonne und ließ Amalies nervtötenden Redestrom einfach an mir vorbeirauschen. Winzige Lichtspeere stachen durch meine geschlossenen Lider, und als ich die Augen wieder öffnete und nach oben blickte, sah ich lichtumflirrtes Grün vor blauer Seide.

Das Leben war gar nicht so übel. Man mußte nur die positiven Seiten sehen. Ich hatte eine nette Putzhilfe, ich hatte abgenommen, und ich hatte mich für einen Frauen-Computerkurs angemeldet.

Sogar die weniger schönen Seiten des Lebens hatten einen Sinn. Es kam dabei nur auf die Betrachtungsweise an. Ein grauenhaftes Abendessen war mir erspart geblieben, und so schnell würde ich keine unerwünschten Gäste mehr am Hals haben, dafür würde ich schon sorgen. Und vegetarisch würde ich bestimmt nie mehr kochen. Und spätestens am Dienstag würde ich auch wieder eine vernünftige Haarfarbe haben. Amalie würde wieder abreisen, ich würde bei Edelgard die noch offene Rechnung begleichen und endlich meine Tombola-Sammelaktion Gott sei Dank zu Ende bringen.

Dann kam ich zu den wirklich üblen Seiten des Lebens, den Ereignissen in unserem Vorgarten. Hier wurde es schwierig mit der positiven Betrachtungsweise. Ich blinzelte noch einmal zum Himmel hoch. Er war immer noch prachtvoll blau, und die Baumkronen davor herrlich grün. Ja, das Leben war schön, egal, was sich neulich Gräßliches bei uns abgespielt hatte. Herr Süß hätte genausogut irgendwo anders seinem Mörder begegnen können. Daß es ausgerechnet unter unserem Rhododendron passiert war, war bloß eine

Laune des Schicksals gewesen, ein dummer Zufall, eine Eintagsfliege sozusagen. Es würde nicht wieder vorkommen.

Hinter manchen Türen sind Ziegen, hinter manchen alter Plunder und eine Menge Erinnerungen. So eine Tür gibt es auch bei uns.

Unser Haus ist auf herkömmliche Weise gebaut, es ist das, was man zweieinhalbgeschossig nennt. Das halbe Geschoß ist der Dachboden.

Im Anschluß an den Spaziergang war ich in einer angenehm friedlichen, melancholischen Stimmung, und ich hatte das Bedürfnis, den Dachboden aufzusuchen und mein Leben zu sortieren.

Das Leben besteht im Rückblick normalerweise aus unzähligen Ereignissen, einer Fülle teils flüchtiger, teils intensiver Eindrücke, Erinnerungen an das Erlebte eben. Sie reihen sich – nicht immer chronologisch – aneinander und überlagern sich zum Teil. Natürlich würde es schwerfallen, diese Erinnerungen *richtig* zu sortieren. Kein Mensch, der nicht regelmäßig Tagebuch führt, wäre zu der phänomenalen Gedächtnisleistung imstande, alle Einzelheiten aus seinem vergangenen Leben in einer vernünftigen, logischen, zeitlich korrekten Reihenfolge zu ordnen.

Mit Leben sortieren meine ich deshalb nicht bloß das mentale Schwelgen in vergangenen Zeiten, sondern vor allem das körperliche Wühlen in alten Erinnerungsstücken.

In unregelmäßigen Abständen überkam mich diese Sehnsucht nach den verstaubten Relikten meiner abgelaufenen Zeit. Dann stieg ich auf den Dachboden, öffnete alte Kisten und kramte in den Sachen herum, aus denen sich meine Vergangenheit zusammensetzte.

An diesem Sonntagabend war mir wieder danach. Timmy folgte mir nach oben, auch er hatte schon seine nostalgischen Erlebnisse auf dem Dachboden. Zufrieden turnte er auf dem knarrenden Schaukelpferd herum, das zuerst unter Olivers, dann unter Timmys Kleinkindherrschaft Haare gelassen hatte.

Ich zog aus den abgelegten Hinterlassenschaften meines gesammelten Lebens die Kiste mit den Fotosammlungen und den Babyerinnerungen hervor. Flockiger Dunst stieg auf, senkte sich wieder und reizte meine Schleimhäute.

Ich blätterte in den Fotoalben, betrachtete Oliver und Timmy als niedliche Babys, verschmitzte Krabbelkinder und ungezogene Sandkastenrangen. In einem der älteren Alben fand ich ein Foto von meiner Abiturientenfeier. Schräg hinter mir stand Brigitte, heute Brieschiet. Ihre Haare waren damals nicht blondgelockt, sondern braun und glatt, und ihr Gesicht noch ungestylt.

Ich legte das Album beiseite und griff nach den Rasseln und Beißringen, die ich ebenso aufbewahrt hatte wie die winzigen, gehäkelten Babyschühchen. Oliver hatte solche Schühchen besessen, genauso wie Timmy. Oma hatte sie damals gehäkelt, Masche für Masche mit liebevoller Akkuratesse.

Es gab noch ein drittes Paar. Ich hob die pastellfarbenen Pantöffelchen auf und drückte sie in den Händen zusammen. Sie hätten dem Baby gehören sollen, das zwischen Oliver und Timmy geboren wurde, unserer kleinen Tochter, die tot auf die Welt gekommen war. Es war jetzt fast acht Jahre her, aber es tat immer noch weh.

Ich sah mich nach Timmy um, aber anscheinend war es ihm langweilig geworden. Er hatte sich schon wieder nach unten verzogen.

Ich beugte mich über die winzigen Schuhe und betrachtete sie lange.

»Hallo, jemand hier oben?« rief eine Männerstimme. Schorschi erschien in der offenen Tür. Er sah die Schühchen in meinen Händen und ging neben mir in die Hocke.

»Erinnerungen?« fragte er behutsam.

Ich nickte wortlos. Er schlang einen Arm um meine Schulter, nahm mir vorsichtig die Schuhe aus der Hand und legte sie zurück in die Kiste, zu den anderen Babysachen.

»Weißt du, wir sind noch nicht zu alt für ein kleines Mädchen«, sagte er.

Die rötliche Abendsonne, die schräg durch die Dachluke fiel, überstäubte seine dunklen Haare mit flimmernden Goldpartikeln. Ich sah das Netzwerk feiner Fältchen in seinen Augenwinkeln.

»Wir könnten darüber nachdenken«, sagte ich mit belegter Stimme.

»Wir könnten daran arbeiten.« Er ging zur Tür und verschloß sie sorgfältig. Dann kam er zu mir zurück und nahm mich in die Arme.

»Was hast du vor?« fragte ich atemlos.

»Nichts Ernstes, bloß ein bißchen knutschen. An einer Tochter arbeiten wir später. Wir haben nämlich Besuch unten.« Sein Mund wanderte zu meinem

Nacken, und ich seufzte entzückt. »Besuch?« murmelte ich.

»Ja, aber der kann ruhig fünf Minuten warten.«

Aus den fünf Minuten wurden zehn, und ich mußte mir im Bad kaltes Wasser ins Gesicht spritzen, um meine hochroten Wangen zu kühlen. Schorschi hatte einen starken Bartwuchs.

Unten im Wohnzimmer saß der Bohrer und unterhielt sich angeregt mit Oma und Amalie. Als ich hinter Schorschi im Türrahmen erschien, stand er höflich vom Sofa auf und gab mir die Hand. Sein Gesicht wirkte nicht ganz so kummervoll wie beim letzten Mal. Er riskierte einen zweiten Blick auf meine rosa Haarfransen, verzog aber keine Miene. Ich bewunderte seinen Stoizismus.

»Es tut mir leid, daß ich Sie am Sonntagabend aufsuche, aber das eröffnet mir die Möglichkeit, alle Familienmitglieder gleichzeitig anzutreffen. Das ist unter der Woche so gut wie unmöglich.«

Ich tauschte einen Blick mit meinem Mann. Schorschi war so sicher gewesen, daß der Kommissar niemanden von uns verdächtigte. Wenn er jetzt trotzdem noch einmal auftauchte, und das an einem Sonntag, bloß um uns alle um sich zu haben, konnte das eigentlich nur bedeuten, daß er hoffte, den Täter hier zu finden, im Plenum gewissermaßen, wie Hercule Poirot im Orient-Expreß.

Schorschi erriet meine Sorgen und schüttelte unmerklich den Kopf. Nein, sollte das heißen, der Bohrer glaubt bestimmt nicht, daß einer von uns es war. Der

Bohrer wartete wohlerzogen, bis ich mich gesetzt hatte, dann faltete er seine Don-Quichote-Gestalt zusammen und ließ sich ebenfalls nieder.

»Es gibt einen ganz bestimmten Grund, warum ich Sie aufsuche«, erklärte er. »Ich habe eine erfreuliche Nachricht für Sie. Nein, eigentlich sind es mehrere erfreuliche Nachrichten. Die erste Nachricht ist für Sie vielleicht weniger erfreulich als für die Post. Die Posttasche ist wieder aufgetaucht.«

»Wo denn?« wollte Schorschi wissen.

»Aus dem Baggersee«, sagte der Bohrer.

»Sie wurde dort von einem Tretbootfahrer geborgen.«

»Na, da wird sich Herr Magnus aber freuen«, meinte ich.

»Magnus?« fragte der Bohrer mit hochgezogenen Brauen.

»Ja, dieser Typ von der Post. Andauernd ist er mir über den Weg gelaufen und hat mich wegen der verschwundenen Posttasche genervt.«

»Magnus? Von der Post?« Die Brauen des Bohrer gingen noch höher und trafen gleichzeitig in der Mitte über der Nasenwurzel zusammen. Er sah nicht so aus, als hätte er schon mal mit diesem Mann zu tun gehabt.

»Ich glaube, er ist im höheren Dienst«, sagte ich leicht verunsichert. »Hat er sich denn bei Ihnen nicht gemeldet?«

»Wie genau hat er sich Ihnen denn vorgestellt?« fragte der Bohrer zurück. »Hat er irgendeine Anschrift oder ähnliches hinterlassen?«

Ich schüttelte den Kopf. Doch dann richtete ich mich auf. »Klar, er hat mir doch seine Karte gegeben. Er wollte, daß ich ihn anrufe, wenn ich irgendwas über die Tasche höre. Himmel, wo habe ich das Ding bloß hingetan? Hoffentlich habe ich es nicht weggeworfen!«

»Das ist typisch«, bemerkte Amalie tadelnd. »In diesem Haus kommt laufend etwas weg. Das fängt bei der Zahnprothese an und hört bei wichtigen Adressen nicht auf.« Ich sah ihr an, daß sie im stillen hinzufügte: Von Luftpumpen und Feilen ganz zu schweigen.

»Wir leben in einer Wegwerfgesellschaft«, sagte Oma, glücklich, aktuelles Wissen zur Unterhaltung beisteuern zu können.

»Wann und wo hat dieser Typ dir denn die Adresse gegeben?« wollte Schorschi wissen.

Ich überlegte. »Draußen vor dem Haus. Nein, vor der VHS. Nein. Ach, ich weiß auch nicht. Aber auf jeden Fall war es entweder hier oder dort.«

»Dann hast du sie sicher in deiner Handtasche.«

Ja, natürlich, wo sonst! Ich sah ihn bewundernd an. Er kannte mich besser als ich mich selbst. Ich sprang auf.

»Sekunde, ich suche sie rasch!«

Ich fand schnell die Visitenkarte von Herrn Magnus. Sie steckte in dem kleinen Seitenfach, das in meiner Tasche als Ablage für Unwichtiges fungierte. Das kleine Plastiktütchen, das aus dem Nonnenkostüm gefallen war, war auch noch da drin. Vielleicht konnte Oma es noch verwenden. Ich holte es heraus, legte es in der Diele auf das Tischchen vor dem Garderobenspiegel und ging mit der Karte zurück ins Wohnzimmer. »Hier ist sie.« Ich gab sie dem Bohrer. Er nahm sie und las sie stirnrunzelnd. »Rosalia-Vertriebs-GmbH?«

»Wie bitte?« fragte ich verständnislos. Einen Augenblick hatte ich die verrückte Idee, ich hätte versehentlich die Karte auf das Tischchen gelegt und ihm statt dessen das Tütchen in die Hand gedrückt. Rosendünger. Rosalia. Das Leben strotzte offenbar nur so von eigenartigen Zufällen.

»Kann ich mal sehen?«

Der Bohrer hielt mir und Schorschi die Karte hin. Dort stand:

*Rosalia-Vertriebs-GmbH*
*Import-Export*

Und dann die Adresse, darunter eine Telefon- und eine Faxnummer. Sonst nichts. Schorschi las es laut vor. »Komisch«, sagte er dann, »ich dachte, er ist bei der Post. Rosalia. Nie gehört. Was die wohl vertreiben?«

»Vielleicht hat er mir versehentlich die falsche Karte gegeben. Oder er ist unter dieser Adresse auch zu erreichen, nebenberuflich oder so. Manche Beamte haben ja jede Menge Zeit.«

Der Bohrer seufzte indigniert, doch ich überhörte es. »Vielleicht hat Rosalia irgendwas mit Rosen zu tun«, überlegte ich, »jedenfalls hört es sich nach Rosen an.«

»Er war ein Gründungsmitglied der Victoria Rosenfreunde e.V., eine Stütze des Vereins«, erklärte Oma wie aus der Pistole geschossen.

»Das verwechselst du«, sagte ich, »das war der Briefträger.«

Der Bohrer sah von einem zum anderen und hörte aufmerksam zu. Die Karte hatte er in seine Jackentasche geschoben. »Bevor ich es vergesse«, sagte er, »ich habe noch eine Neuigkeit für Sie. Eine, die Sie besonders freuen wird. Die Mordwaffe ist weder auf Ihrer Werkbank noch mit Ihrer Feile hergestellt worden.«

Ich wechselte überraschte Blicke mit Schorschi, und ein freudiger Stich durchzuckte mich. Kein Norman Bates, kein Tranchiermörder in unserem Haus! Ich hatte recht gehabt. Irgend jemand hatte die Feile nur verlegt, deshalb hatte sie hinter den Einmachgläsern gelegen.

»Natürlich bleibt nach wie vor die Tatsache bestehen, daß es die Luftpumpe Ihres Sohnes war und daß der Mörder sie in seinen Besitz gebracht hat«, dämpfte der Bohrer sofort meine Freude.

»Konnten Sie das Ding denn nicht nach Fingerabdrücken untersuchen?« wollte Amalie wissen. Es klang vorwurfsvoll.

Der Bohrer grinste. »Doch, an diese Möglichkeit haben wir in der Tat gedacht. Aber es waren keine drauf. Im Garten haben wir auch keine verwertbaren Spuren gefunden.«

»Das Tulpenbeet ist zertrampelt, alle Blüten sind geknickt«, widersprach Oma.

Der Bohrer tröstete sie. »Tulpen blühen sowieso nicht lange. Machen Sie sich nichts draus. Der Rest von Ihrem Vorgarten ist doch auch sehr schön.«

Oma wiegte den Kopf. »Jetzt nicht mehr. Der Phlox ist ebenfalls hinüber, müssen Sie wissen. Er ist ganz plötzlich verdorrt, nachdem ich ihn mit diesem neumodischen orientalischen Dünger behandelt habe.«

Anscheinend taugte das Zeug wirklich nicht viel. Ich nahm mir vor, das Tütchen wegzuwerfen. Aber dann vergaß ich es.

Am Montagvormittag hatte ich es mir nach dem Bettenmachen gerade mit einer zweiten Tasse Kaffee und der Tageszeitung am Küchentisch gemütlich gemacht, als es klingelte. Ich öffnete, von einer unguten Vorahnung erfüllt. Mein Gefühl hatte mich nicht getrogen, es war Brigitte.

»Susilein, guten Morgen!« sagte sie strahlend. Ihre Augen glänzten unnatürlich hell, so als hätte sie schon was getrunken, und an ihrem rechten Nasenflügel klebte weißlicher Puderstaub.

»Guten Morgen«, sagte ich kühl. »Du hast bei deinem Make-up nicht aufgepaßt. Du hast noch Puder an der Nase hängen.«

Sie zog hastig ihr Puderdöschen aus der Handtasche und besah sich ihre gestylte Nase im Spiegel. Dann strich sie mit der Quaste den Puderüberschuß weg. »Ach, Susi ... Ich bin vorbeigekommen, um dir zu erzählen ... Kann ich nicht reinkommen?«

Ich ließ sie widerstrebend ein. »Viel Zeit habe ich aber nicht. Ich muß gleich los, zur Liegenschaftsverwaltung.«

»Ich werd' dich nicht lange aufhalten.« Sie blickte sich suchend um. »Wo ist der Hund?«

»Im Garten. Die Jungs sind in der Schule und im Kindergarten, mein Mann zur Arbeit, und meine Schwiegermutter ist mit Oma in die Stadt gefahren. Sonst noch was?«

»Du bist böse auf mich.«

»Was hast du denn erwartet? Machst du dir überhaupt eine Vorstellung davon, was für eine Katastrophe ich am Samstag erlebt habe? Zuerst beim Friseur. Sieh dir das doch mal an! Das hat der idiotische Angestellte von diesem Möchtegern-Starcoiffeur, diesem falschen Franzosen, mir angetan! Und du bist einfach so verschwunden, als du die Bescherung gesehen hast!«

Sie blickte schuldbewußt drein.

»Und dann das Abendessen«, fuhr ich fort. »Es war furchtbar, so was Ekelerregendes würden sogar die Ratten stehen lassen! Wenn wir nicht dieses Glück gehabt hätten, daß der Minister verhindert war ...«

»Das tut mir leid. Ich hätte dir wirklich gern geholfen. Es hätte herrlich geschmeckt, wenn ich es gekocht hätte. Ich bin im Kochen ein Naturtalent, das sagen alle, die mich kennen.«

»Wolltest du herkommen, um mir das zu erzählen?«

Sie schnupperte. »Oh, du hast Kaffee gemacht! Komm, wir setzen uns in deine gemütliche Küche, gießen uns eine Tasse ein, und dann erzähle ich dir die große Neuigkeit.« Sie ging voraus, holte sich eine Tasse aus dem Schrank und nahm die Kaffeekanne. »Komm, setz dich, Susi, ich gieß dir ein. Es ist besser, du sitzt, wenn ich dir diese einmalige, wundervolle Neuigkeit erzähle!«

Ich ließ mich widerstrebend auf einen Stuhl sinken.

Sie goß sich ein. Mit der freien Hand rieb sie sich verträumt die Rückseite, bevor sie sich ebenfalls hinsetzte. »Susi, am Samstag hat sich etwas Unglaubliches zugetragen. Ich kann mein großes Glück gar nicht in Worte fassen.«

»Dann solltest du vielleicht ein anderes Mal wiederkommen.«

»Susi, du wirst es nie erraten«, sagte sie mit glücklich leuchtenden Augen.

»Ich sag es ja. Komm ein anderes Mal wieder her, dann machen wir Ratestunde.«

Sie nahm meinen Sarkasmus gar nicht zur Kenntnis, sondern sprang auf und ging zum Kühlschrank, um sich Milch zu holen. Summend rührte sie ihren Kaffee um und nahm einen Schluck. »Ich bin die glücklichste Frau der Welt«, teilte sie mir aufgekratzt mit.

»Wie nett für dich.«

»Ja, und weißt du wieso?«

»Nein, aber du wirst es mir sicher gleich erzählen.«

»Am Samstag hat Jacquilein mich gefragt, ob ich ihn heiraten will!«

»Herzlichen Glückwunsch.«

»Danke«, meinte sie geschmeichelt.

»Das erklärt aber noch nicht, wieso du nicht wenigstens rechtzeitig angerufen hast. Ich meine, um mir Bescheid zu sagen, daß du nicht zum Kochen kommen kannst.«

»Ach Susi, ich hab es einfach total vergessen. Jacques und ich – wir haben mein Jawort sofort mit einem rauschenden Fest der Liebe gekrönt. Glaubst du, da hätte ich noch Zeit gehabt, an irgendwas anderes zu denken?«

Es klang fast entrüstet, so wie sie das sagte. Ein rauschendes Fest der Liebe. Mit anderen Worten, sie war mit ihrem Designertypen ins Bett gesprungen und hatte die popelige Kleinigkeit, daß ich ein Ministerabendessen im Kreuz gehabt hatte, schlicht und einfach verdrängt.

»Hast du denn dafür überhaupt kein Verständnis?« fragte sie erstaunt.

Ich zuckte die Achseln. Nein, im Prinzip hatte ich

kein Verständnis dafür, daß jemand eine derartig lebenswichtige Verpflichtung einfach vergessen konnte, bloß weil ein nettes kleines Schäferstündchen dazwischengekommen war. Allerdings wußte ich auch nicht, was dieser Jacques für ein Typ war. Vielleicht hatte er etwas von Thomas Magnum. Falls ja, dann hätte ich eventuell doch Verständnis dafür.

»Ist er denn so toll?« fragte ich zögernd.

»O Susi, er ist Wahnsinn! Du kannst dir gar nicht vorstellen, was dieser Mann mit mir macht!«

»Ach so«, erwiderte ich lahm. Ich hatte nicht die geringste Vorstellung, was sie meinte, aber so, wie sie aussah, mußte es der beste Sex aller Zeiten gewesen sein.

»Hast du das denn nie erlebt?« wollte sie mit einer leidenschaftlich erhobenen Stimme wissen. »Diesen wahnsinnigen Liebestaumel, der alles vergessen läßt. Animalisch, wild, berauschend – kurz, ein Erlebnis von exzessiver Wollust!«

»Brigitte, ich bin eine verheiratete Frau!«

»Das will nichts heißen. Wann hat dein Mann dich das letzte Mal spontan auf den Küchentisch geworfen und dich dort geliebt? Wann hat er zuletzt Sekt aus deinem Bauchnabel geschlürft, dir das letzte Mal Honig auf den Busen geschmiert und ihn dann abgeleckt?«

Ich dachte nach.

»Na? Na?« insistierte sie.

Jetzt versuchte ich fieberhaft, mich zu erinnern, wann Schorschi und ich es zum letzten Mal auf dem Küchentisch getan hatten. Es wollte mir nicht einfallen.

»Gib zu, es fällt dir nicht ein. Es ist bestimmt zu lange her.«

Ja, sie hatte recht. Ich konnte mich nicht erinnern. Genaugenommen konnte ich mich nicht erinnern, es überhaupt schon mal auf dem Küchentisch getan zu haben. Bis auf das eine Mal im Gebüsch, das zugleich auch das erste Mal mit Schorschi gewesen war, hatten wir uns nie an exotischen Orten geliebt. Wir taten es eigentlich immer im Bett, schließlich ist das am bequemsten. Und Honig hatten wir nie dazu benutzt. Das einzige Sexzubehör für unsere Liebeserlebnisse, an das ich mich erinnern konnte, waren Kondome. Alles andere kannte ich nur aus dem Bizarr-Shop. Ich war nicht auf der Höhe der Zeit.

»Ist das denn nicht eine tierische Ferkelei?« fragte ich kleinlaut. »Ich meine, mit dem Honig. Das muß doch wahnsinnig klebrig sein!«

Sie schüttelte mitleidig den Kopf. »Hast du nicht den Film *9 1/2 Wochen* gesehen, mit Mickey Rourke und Kim Basinger? Da hat dieser irre Sexmaniac eine sagenhafte Orgie mit der Kim in der Küche veranstaltet. Er hat alles mögliche an Essen auf sie draufgeschaufelt, und dann haben sie sich übereinander hergemacht. Da wurde einem vom Hingucken schon ganz heiß. Glaubst du vielleicht, in dem Moment denkt man dran, daß es vielleicht klebt oder Flecke gibt? Oder nimm zum Beispiel mal die Sache mit dem Küchentisch. Das war in dem Film *Wenn der Postmann zweimal klingelt*, da hat der Jack Nicholson die Jessica Lange auf dem Tisch vernascht. Sie mußten vorher erst den ganzen Brotteig und die Küchenmesser runterschmeißen, und alles war total mehlig. Angeblich sollen sie es ja sogar in echt gemacht haben.«

»In echt?« fragte ich ungläubig. »Du meinst, in *echt*? Im Film?«

Sie nickte nachdrücklich. »Aber das mit dem Honig und dem Tisch ist noch längst nicht alles. Da gibt's ja noch viel mehr, was die Liebe zu einem unvergeßlichen Erlebnis machen kann. Ach Susi, du hast ja keine Ahnung!«

Ich hatte keine Ahnung. Da war es wieder, dieses häßliche, nagende Gefühl, dasselbe, das ich vor ein paar Wochen zum ersten Mal gespürt hatte, am letzten ersten Freitag im Monat, als ich bei Carmen zum Haaremachen gewesen war. Out. Ja, das war es. Ich fühlte mich mit einemmal wieder scheußlich out. Außerdem war ich nicht mehr die Jüngste. Wahrscheinlich würde ich auf dem Küchentisch gar keinen Orgasmus kriegen, höchstens einen Hexenschuß, oder einen Bandscheibenvorfall. Und von zuviel Honig bekam man bloß Karies. Andererseits …

»Wie ist es denn?« fragte ich beiläufig. »Ich meine, mit dem Honig? Ich muß ganz ehrlich sagen, wir haben das noch nicht ausprobiert.«

»Herrlich. Ein Erlebnis von unvergleichlicher Dekadenz, der Gipfel der erotischen Sinnlichkeit.«

Aha. Ich mußte es mir für meine künftigen Thomas-Magnum-Träume vormerken. In einer einsamen Bucht von Oahu, im heißen, schneeweißen Sand, der Horizont ausgefüllt von der schmerzhaften Bläue des Pazifiks, über uns ein wolkenlos lichtblauer Himmel, Thomas und ich, zusammen, ganz allein am menschenleeren Strand, mit nichts zwischen uns außer ein paar Löffeln Honig …

»Ist deine Ehe so unglücklich?« forschte Brigitte, Mitleid in der Stimme.

»Wie kommst du denn darauf?«

»Na ja, wenn du sagst, daß du und dein Schorschi noch nie …«

»Wir sind auch ohne Honig zufrieden. Ich komme beim Sex jedesmal voll auf meine Kosten«, wehrte ich ab. Aber ich sah dabei aus dem Fenster, denn mir fielen meine vergeblichen Bemühungen um einen freien Ausschlafsamstag ein.

»Bist du sicher? Es ist statistisch erwiesen, daß achtundvierzig Prozent aller Ehemänner sich mehr Abwechslung im Sexleben wünschen. Das habe ich neulich erst beim Friseur gelesen. Wenn sie nicht den nötigen Kitzel im Ehebett kriegen, suchen sie ihn sich anderswo.«

Ich lachte. »Mein Mann nicht, keine Sorge. Er ist absolut und zuverlässig treu.«

»Lach du nur, Susi. Alle betrogenen Ehefrauen lachen. Vorher.«

»Vorher? Vor was?«

»Bevor sie es erfahren. Sie können es sich nicht vorstellen und weisen es weit von sich. Das ist ein ganz normaler Schutzmechanismus, verstehst du? Ich hatte genug Typen, ich weiß, wovon ich rede. Ich war dreimal verheiratet.«

Überrascht sah ich sie an. Das hatte ich gar nicht gewußt. »Und du willst es trotzdem noch mal versuchen?«

»Ja, weil Jacquilein von allen der beste ist. Er kennt mich und meine Bedürfnisse wie kein anderer. Wir haben gemeinsame … Interessen.« Sie schlürfte mit träumerischem Blick von ihrem Kaffee.

Ich hinterfragte diese gemeinsamen Interessen nicht weiter. Sicher verbrauchten sie zusammen Dutzende Gläser Honig in der Woche. Die Ausgaben für frische Bettwäsche und Schlafanzüge mußten enorm sein in ihrem Haushalt. Obwohl – vielleicht mußte Brigitte danach das Bett gar nicht frisch beziehen. Vielleicht taten sie es immer nackt auf dem Küchentisch, wenn sie den Honig benutzten. Dann genügte hinterher ein feuchter Lappen zum Saubermachen.

Ich bot ihr keine zweite Tasse Kaffee an. Trotzdem rang sie mir beim Abschied das Versprechen ab, Trauzeugin bei ihrer Hochzeit zu sein. In der Diele fuhr sie vor dem Spiegel selbstgefällig durch ihre schicke Frisur. Ich stellte mich neben sie und verglich mich unauffällig mit ihr. Eigentlich sah ich ganz gut aus, jetzt, wo ich wieder bequem in Größe 38 paßte. Mein Gesicht und meine Figur mußte ich nicht verstecken, sah man von der gräßlichen Haarfarbe mal ab. Von zu alt konnte gar keine Rede sein. Schließlich war ich nicht älter als Brigitte. Sogar vier Monate jünger. Warum hatte *sie* nur immer alles, Ayurveda, Paris, kanadische Blockhütte und dekadenten Sex, und ich selbst bloß meine Strandträume von Thomas Magnum? Warum schlürfte bei mir niemand Sekt aus dem Bauchnabel oder Honig vom Busen?

Ich wandte mich stirnrunzelnd vom Spiegel ab. Wenn ich nicht zu alt war, war Schorschi auch nicht zu alt. Vielleicht sehnte er sich nach erotischen Kicks im Bett oder auf dem Küchentisch. Womöglich hatte Brigitte recht. Sie hatte jahrelang in Paris gelebt, da kannten sich die Leute traditionell mit solchen Dingen aus.

»Woher hast du *das* denn?« fragte Brigitte. Es hörte sich leicht erschrocken an. Ich nahm ihr zerstreut das Plastiktütchen, das sie vom Dielentischchen genommen hatte, aus der Hand und schob es in die Gesäßtasche meiner Jeans. »Ach, das ist bloß so ein komischer Rosendünger, der taugt nicht viel.«

Ich rief ihr ein Taxi. Während wir draußen zusammen warteten, bis es kam, wirkte sie seltsam in sich gekehrt. Auf meine Bemerkungen reagierte sie nur einsilbig. Mir war es gleichgültig, ich war intensiv mit Nachdenken beschäftigt. Nachdem sie ins Taxi gestiegen war, pfiff ich nach unserem Hund. Während ich mit dem eifrig an der Leine zerrenden Tannhäuser Gassi ging, dachte ich noch intensiver nach. Die Unterhaltung mit Brigitte ging mir nicht mehr aus dem Kopf. Später, als ich im Schutze meines breiten Strohhutes unterwegs war, um ein paar gute Menschen von meiner Tombola-Liste zwecks Spendensammeln aufzusuchen, zeitigte mein Nachdenken erste Ergebnisse. In den letzten Wochen war ich doch so erfolgreich damit gewesen, aus meinem angemieften Kind-Kombi-Kompost-Hausfrauentrott auszubrechen, ein besseres, sinnvolleres Leben aufzubauen. Warum sollte ich mich bei den Verbesserungen in puncto Sex darauf beschränken, die blöden Samstagmorgennummern abzustellen? Warum nicht zusätzlich für lebendige, unterhaltsame Programmerweiterung sorgen?

Bei einem netten Bäcker namens Traugott Geldgeber staubte ich für die Riesentombola drei Fläschchen mit bunten Liebesperlen ab und außerdem ein Glas Original-Imker-Heidehonig. Ja, warum eigentlich nicht?

Zum Mittagessen gab es Sauerbraten mit Kartoffelklößen und Eisbergsalat. Ich hatte ein Riesenstück Braten gekauft, nach der Kostprobe von dem grauenhaften Abendessen am Samstag hatte ich das Gefühl, in den nächsten Wochen täglich Fleisch essen zu müssen. Alle langten kräftig zu, und ich hatte Mühe, für Schorschi ein Scheibchen Braten zum Abendessen aufzubewahren. Sauerbraten war sein Leibgericht. Als ich mit blitzschnellem Gabelstich die letzte Scheibe vor Olivers gierigem Zugriff rettete, mußte ich unwillkürlich an das Glas Heidehonig in meinem Nachttisch denken. Die Liebe ist ein Trieb, wie der Hunger, sie geht sogar durch den Magen. Es sprach also nichts dagegen, beide Gelüste gleichzeitig zu befriedigen. Im Gegenteil, es war genaugenommen eine ganz logische und naheliegende Sache.

Amalie schilderte mir beim Vanillepudding ausführlich, was für eine hinreißende Galerie sie in der Innenstadt entdeckt hatte, aber ich hörte gar nicht richtig hin. Statt dessen informierte ich gelassen meine Familie, daß ich etwas Dringendes zu erledigen hätte.

»Mami, wann machst du mir mein Marderkostüm?« wollte Timmy in nörglerischem Tonfall wissen. »Und ein passendes Gedicht muß ich auch noch lernen!«

»Später, mein Kleiner, bestimmt näh ich's dir morgen. Oder übermorgen«, sagte ich geistesabwesend. »Geh solange in den Garten und grab ein bißchen!« Ich war schon auf dem Weg nach oben, zu meiner dringenden Erledigung. Ich holte das Glas Honig aus dem Schlafzimmer und ging ins Bad. Schließlich konnte ich meinem Mann schlecht den Heidehonig in die Hand drücken und sagen: »Hier, würdest du mir das bitte auf den Busen schmieren und es dann ablecken« – nicht, daß ich Hemmungen gehabt hätte, aber vielleicht war ich einfach nicht pervers genug für diese Honigsache. Oder zu kitzlig. Oder es war zu klebrig. Wie auch immer, ich würde es auf keinen Fall tun, ohne es vorher auszuprobieren. Zumindest das Einschmieren, ablecken konnte ich es natürlich nicht selbst. Ich zog mich aus, stieg in die Duschkabine und schraubte das Honigglas auf. Mist, der Honig war körnig. Traugott Geldgeber hatte mir anscheinend einen Ladenhüter angedreht. Körniger Honig ist unheimlich fest, er läßt sich praktisch so gut wie gar nicht vernünftig verteilen. Dabei kriegt man körnigen Honig ganz leicht wieder flüssig, man muß ihn nur im Wasserbad vorsichtig erwärmen. Aber das brachte mich momentan nicht weiter, schließlich stand ich schon nackt in der Dusche. Unschlüssig drehte ich das Honigglas in den Händen. Dann nahm ich kurzentschlossen eine Handvoll heraus, körnig oder nicht, ich wollte nur mal wissen, was das für ein Gefühl ist, Honig auf der bloßen Haut zu haben. Ich schmierte mir das zähe Zeug auf den Busen, aber es hielt nicht richtig, sondern fiel in tausend Bröckchen in die Duschwanne. Vielleicht sollte ich den Honig mit etwas warmem Wasser einweichen? Hoffnungsvoll drehte ich das Wasser auf, ließ meinen Busen berieseln und versuchte erneut, die widerspenstige Masse zu verteilen. Ja, jetzt klappte es deutlich besser. Es glitschte und pappte und klebte. Besonders erotisch fühlte es sich nicht an, das richtige *9 1/2 Wochen*-Feeling wollte nicht aufkommen, eigentlich kam ich mir eher vor wie ein überdimensionales Frühstücksbrötchen. Entschlossen kniff ich die Augen zu und stellte mir Thomas Magnum vor, wie er neben mir hier in der Dusche stand, wollüstig ächzend, erregt bis zum Äußersten, im Begriff, mir den Heidehonig vom Busen zu schlecken. Ah, jetzt wurde mir warm! Ja, frohlockte ich, diese Honiggeschichte war genau das richtige, um unserem Eheleben ein paar farbige Akzente zu verleihen. Zerstreut kratzte ich mit den Fingern noch eine Handvoll aus dem Glas und rieb es mir in die Haare. Irgendwo hatte ich neulich noch gehört, daß Honigpackungen gut für die Haarpflege waren. Ich drehte die Dusche voll auf und spürte genußvoll, wie der Honig an mir runterlief, während ich mir ausmalte, was Schorschi zu dieser Idee wohl sagen würde. Bestimmt wäre er Feuer und Flamme. Schließlich war er ein begeisterungsfähiger und leidenschaftlicher Mann.

»Sag mal, Schatz, du ißt doch gerne Honig, oder?« fragte ich gähnend. Ich richtete mich auf und kratzte mich unterm rechten Arm. Es juckte und biß schon den ganzen Tag wie verrückt, in allen Nischen und Winkeln meines Körpers schienen noch winzige Heidehonigpartikel zu sitzen. Unter dem seidenen Nichts von Negligé, das ich trug, juckte es noch viel mehr. Dieses winzige Shorty saß am Busen etwas zu knapp. Ich hatte das Ding in einem Anfall von Luxusbedürfnis vor Jahren günstig als Konkursrestposten aus einem Edelwäschesalon erstanden und es für eine rauschende Liebesnacht aufbewahrt.

»Mmhm, wieso?« Schorschi setzte sich auf die Bettkante und zog die Schuhe aus. Er wirkte zerstreut. Es war unverkennbar, daß er in Gedanken die Rede durchging, über der er den ganzen Abend gebrütet hatte. Ich hatte tapfer versucht, auszuharren, bis Amalie, Oma und Oliver endlich die Kurve vom Fernseher in ihr Bett kriegten, aber ich war auf dem Sofa eingeschlafen. Also hatte ich mich ins Bett geschleppt, das Glas mit dem Honig – inzwischen im Wasserbad verflüssigt – unterm Kopfkissen versteckt, wild entschlossen, sofort wieder hellwach zu sein, sobald mein Mann Anstalten machte, ins Bett zu steigen.

Jetzt war es soweit. Ich sah auf die Uhr. Halb zwölf. Eigentlich war es schon viel zu spät, erst recht für den Honig, denn ich mußte einkalkulieren, daß ich hinterher das Bett frisch beziehen und noch einmal duschen mußte.

»Was ich meine – du ißt doch *gern* Honig. *Sehr* gern, oder nicht?«

Ich rümpfte unauffällig die Nase, als er die Socken auszog. »Ja, Honig«, murmelte er geistesabwesend. »Darüber habe ich mich in der letzten Woche noch mit dem Chef unterhalten. Eigentlich ist es ein wichtiger Aspekt. Komisch, ich hab's gar nicht in der Rede erwähnt. Mal sehen, man könnte es eventuell noch bei den französischen Trauben mit unterbringen. Die internationalen Bestrebungen zur Egalisierung der divergierenden europäischen Honigexportbestimmungen sind zu vergleichen mit den Marktmechanismen der …«

Mir platzte der Kragen. »Ich will nicht wissen, wie du über Honig im wirtschaftlichen Sinne denkst, sondern ob dir Honig gut schmeckt!«

Er zog sich das Hemd aus, anschließend das Unterhemd. Dann strich er sich mit beiden Händen die zerzausten Locken glatt und stieg summend aus der Hose. Ich betrachtete mit trockenem Mund seine nackte, dunkel behaarte Brust. Mein Mund wurde immer trocken bei diesem Anblick. Er sah so gut aus.

Dann wurde mir klar, daß er mir überhaupt nicht zugehört hatte. Nicht ein bißchen. Mich packte heilloser Zorn. »Ich habe dich was gefragt!« schrie ich. »Ich will wissen, ob dir Honig schmeckt! Und was machst du? Du denkst nur an deine dämliche Rede! Meine Bedürfnisse sind dir völlig egal! Wann hast du dir eigentlich das letzte Mal Gedanken darüber gemacht, was ich brauche? Wann hast du mir das letzte Mal Honig auf den Busen geschmiert und ihn dann abgeleckt? Wann hast du mich zum letzten Mal auf den Küchentisch geworfen und mich dort geliebt? Wann? Kannst du mir das vielleicht sagen?« Wütend funkelte ich ihn an.

Er starrte verständnislos zurück, mit offenem Mund. Es hatte ihm offenbar die Sprache verschlagen. Oder er dachte, ich sei verrückt geworden. Oder er hatte keine Ahnung, wovon zum Teufel ich überhaupt redete. Oder er hatte schon Ahnung, aber keine Lust auf Honig. Oder keine Lust auf mich mit Honig. Mir fiel unvermittelt wieder ein, was Brigitte heute morgen noch von sich gegeben hatte. Was Männer in ihrem Ehebett nicht an Abwechslung kriegen, suchen sie sich anderswo.

»Sag mal«, schnurrte ich mit seidenweicher Stimme, »hast du mich eigentlich schon oft betrogen?«

Er schluckte. »Nein, wie kommst du darauf. So ein Blödsinn! Es war bloß dieses eine Mal ...« Hastig biß er sich auf die Lippe, und mir war sofort klar, daß ihm diese Information unbeabsichtigt herausgerutscht war. Ich sprang aus dem Bett wie ein Kastenteufel. Das Glas mit dem Honig kollerte auf den Fußboden. »Du hast mich betrogen!« stieß ich mit vor Entsetzen krächzender Stimme hervor.

»Hör mal, Susi, ich …«

»Du gewissenloser, gemeiner, elender Schuft!« keuchte ich. Hochaufgerichtet, wie ein Ausrufezeichen der Anklage, mit an den Seiten geballten Fäusten stand ich zitternd in der Mitte des Schlafzimmers. Jetzt war alles aus. Meine Ehe war im Eimer. Sechzehn Jahre Liebe und Treue, und alles war nur Lüge gewesen!

Er musterte mich mit großen Augen, ließ seine Blicke über mein tiefausgeschnittenes Negligé wandern. »Du siehst hübsch aus, Susilein«, sagte er heiser. Dann stand er vom Bett auf und schlang die Arme um mich. »Laß uns darüber reden.«

»Reden?« schluchzte ich. »Wozu sollen wir noch darüber reden? Du hast es selbst zugegeben! O mein Gott!« Ich riß mich von ihm los und wich zurück. »Wie lange geht das schon?«

Er blinzelte ratlos. »Was? Wie lange geht was?«

»Na, diese Sache mit der … anderen!« würgte ich erstickt heraus.

»Ich habe doch gesagt, es war nur das eine Mal. Einmal, Susi, ein einziges Mal. In all den Jahren nur ein einziges Mal. Und es wird nie wieder vorkommen, das kannst du mir glau-«

»Sei still!« herrschte ich ihn an. »Wann ist das gewesen?«

Er ließ sich seufzend wieder aufs Bett fallen, flach auf den Rücken, mit unter dem Kopf verschränkten

Armen. Es gab mir einen heftigen Stich, weil er so super aussah mit seinen zerwühlten Locken und den breiten Schultern, die im schwachen Licht der Nachttischlampe schimmerten. Ich weinte erneut laut auf. Es tat furchtbar weh. Was hatte er mir da bloß angetan?

»Es war ein paar Monate nach Olivers Geburt«, sagte er schließlich leise. »Da war ein Mädchen aus der Uni. Ich hab sie abends mal in irgendeiner Kneipe getroffen. Sie hatte zuviel getrunken, ich hatte zuviel getrunken, da ist es eben passiert.«

In meinem Kopf wirbelten diese Worte durcheinander wie Grashalme im Herzen eines Orkans. Ich war unfähig, sie logisch einzuordnen und ihre Bedeutung zu erkennen. Ich konnte ihn bloß anstarren wie ein Schaf den Richtblock.

»Wir sind zu ihr nach Hause gegangen. Hinterher war ich sofort wieder stocknüchtern. Ich habe mich entsetzlich geschämt, Susi. Ich bin sofort abgehauen und stundenlang durch die Gegend gelaufen. Liebling, das ist doch alles schon so lange her! Fünfzehn Jahre! Ich hatte es praktisch schon vergessen. Ich kann mich nicht mal mehr richtig dran erinnern. Können wir nicht ...«

Fünfzehn Jahre? Langsam setzte mein Denkvermögen wieder ein. Vor fünfzehn Jahren war Oliver ein wunderschönes Baby gewesen, mit himmelblauen Augen und dunklen Locken, ein Ebenbild seines Vaters. Mit seinem süßen, engelhaften Lächeln hatte er mein Herz vor Mutterliebe bersten lassen. Und mit seinem Gebrüll meine Nächte zum Tag gemacht. Damals war ich wochenlang wie ein Zombie durch die Gegend gewankt, hohläugig, übernächtigt, todmüde. Und mit offener Bluse, damit

Oliver schneller zu seinem Recht kam. Nachts war es nicht viel anders gewesen, nur daß ich anstelle der offenen Bluse ein offenes Nachthemd getragen hatte. Damals bestand die Welt für mich nur aus den Wegen zwischen Wickeltisch, Wiege und Waschmaschine. Mein wichtigstes Kleidungsstück war ein Still-BH samt Stilleinlagen. An Ausgehen war überhaupt nicht zu denken, bis auf den täglichen Gang zum Supermarkt, mit Oliver im Tragebeutel oder im Kinderwagen. Nein, *ich* hatte damals nicht ausgehen können!

»Du warst doch damals nur für den Kleinen da«, versuchte Hans-Georg sich zu rechtfertigen. »Ich war doch für dich total abgeschrieben. Du hast nur noch Augen für das Kind gehabt.«

»Was hätte ich denn machen sollen? Ihm den Mund mit Heftpflaster zukleben?« zischte ich.

Er rollte sich auf die Seite und stützte sich auf einen Ellbogen. »Ich will nicht um dein Verständnis werben, ich versuche lediglich, dir klarzumachen, wie es damals dazu kommen konnte. Susi, du hast damals über ein Jahr lang nicht mit mir geschlafen, hast du das vergessen?«

»Und du hast wohl vergessen, daß ich davon neun Monate lang schwanger war.« Das war kein Argument, ich wußte es genausogut wie er. Das Jahr, von dem er redete, hatte sich hauptsächlich nach der Schwangerschaft abgespielt. Aber das gab ihm noch lange nicht das Recht, mich kaltherzig und egoistisch zu betrügen! Sich eine andere zu suchen, während ich als braves, pflichtbewußtes Muttchen zu Hause saß und sein Kind säugte und pflegte!

Wie von selbst trugen meine Füße mich zum Kleiderschrank. Ich riß eine der Reisetaschen aus dem obersten Fach und begann, wahllos Sachen hineinzuwerfen. Hans-Georg sprang aus dem Bett. »Was machst du da?«

»Das siehst du doch. Ich packe.«

»Was hast du vor?«

»Ich verlasse dich. Mit einem Mann, der mich betrügt, kann ich nicht zusammenleben.«

»Du spinnst. Merkst du nicht, daß du überreagierst, Schatz?«

»Ich bin nicht mehr dein Schatz.«

»Wo willst du denn überhaupt hin um diese Zeit?«

»Das laß mal meine Sorge sein.« Ich stopfte meinen Bademantel in die Reisetasche und zerrte an dem Reißverschluß. Ich würde zu Heike gehen. Oder besser noch weiter weg. Zum Beispiel zu meinem Bruder Berti. Er wohnte im Allgäu, das war sogar ziemlich weit weg. Egal, ich würde eben die ganze Nacht durchfahren.

Hans-Georg nahm mir die Tasche aus der Hand und versteckte sie hinter seinem Rücken. »Du gehst nirgendwo hin. Nicht in diesem Zustand.«

»Das ist es ja. Das ist ja das Problem!« schrie ich anklagend. »Ich konnte damals auch nirgendwo hingehen. Ich war Tag und Nacht ans Haus gefesselt, und du konntest ausgehen, wohin immer du wolltest. Wenn dir das Gebrüll zuviel wurde, bist du einfach abgezogen. Du bist in die Kneipe gegangen und hast dich da mit deinen Weibern getroffen!«

»Susi, ich bin höchstens einmal im Monat allein weggegangen, und ich …«

»Versuch bloß nicht, dich damit rauszureden, daß

ich nicht mit dir geschlafen habe! Wann hätte ich denn mit dir schlafen sollen? Wann denn? Kannst du mir das bitte mal sagen? Du weißt ganz genau, daß Oliver im ersten halben Jahr nur maximal dreikommaachtundzwanzig Stunden am Stück geschlafen hat. Das war der absolute Rekord. Ich habe alles sorgfältig dokumentiert. Wenn du willst, suche ich die Fotomappe mit den restlichen Unterlagen raus.«

»Dreikommaachtundzwanzig Stunden hätten wir nicht dazu gebraucht«, sagte er grinsend.

Meine Hände zuckten, so stark war der Impuls, ihm dieses Grinsen aus dem Gesicht zu schlagen. Zornbebend sagte ich: »Ich weiß nicht, wie das bei anderen Menschen ist. Aber bei mir ist es so, daß ich von Zeit zu Zeit schlafen muß. Richtig schlafen, verstehst du? Am liebsten acht Stunden hintereinander. Es können auch mal sieben sein, notfalls komme ich sogar mit sechs aus. Aber dreikommaachtundzwanzig sind nicht annähernd genug für einen ausgeglichenen Nachtschlaf, mein Guter. Ich bin damals körperlich und seelisch monatelang auf dem Zahnfleisch gelaufen, das weißt du genau. Natürlich, wenn ich gewußt hätte, daß deine primitiven biologischen Bedürfnisse höher einzustufen sind als meine Gesundheit …«

»Entschuldige«, seufzte Hans-Georg. Er fuhr sich müde über die Stirn. »Es tut mir leid, ehrlich, ich hab's nicht so gemeint.«

»Gib mir die Tasche.«

»Nein. Du gehst jetzt nicht weg.« Entschlossen hielt er meinen mörderischen Blicken stand. Sein Gesicht war blaß und angespannt, an seiner Wange zuckte ein

Muskel. In einer Aufwallung von Haß wollte ich mich auf ihn stürzen, ihn boxen, treten, kratzen, beißen, ihn umbringen. Aber es wäre sinnlos gewesen. Er wirkte unnachgiebig, und er war viel stärker als ich.

Mit durchgedrücktem Kreuz und hocherhobenem Kopf ging ich zum Bett, um mein Kissen und meine Zudecke zusammenzuraffen.

»Wo willst du hin?«

»Was glaubt du wohl?« fragte ich höhnisch. Er konnte doch nicht ernsthaft annehmen, daß ich nach alledem noch mit ihm in einem Bett schlafen würde! Dann fiel mir ein, daß unser Gästezimmer belegt war. Mit Amalie. Mein Fuß stieß schmerzhaft gegen etwas Hartes. Ich sah nach unten. Es war das Glas mit dem Honig. In diesem Moment verließen mich meine Kräfte. Die Knie gaben unter mir nach, und ich fiel schwer aufs Bett. Blicklos starrte ich auf den Honig, dann glitten meine Augen höher, auf meine Knie, meine Beine, auf das weißseidene, glänzende Negligé. Auf einmal schien es hundert Jahre her zu sein, daß ich es angezogen hatte. Ich war vollkommen erstarrt, wie ein mit kiloweise Agar-Agar angerührtes Sülzchen, innerlich und äußerlich, als ich mich auf meiner Seite des Bettes ausstreckte. Mir war kalt. Als Hans-Georg das Licht ausmachte, spürte ich, daß er noch irgend etwas sagen wollte. Ich drehte mich auf die Seite, weg von ihm. In dieser Nacht fand ich lange keinen Schlaf.

Als ich am nächsten Morgen nach unten kam, war er schon weg. Aus dem Garten hörte ich Timmys Lachen und Tannhäusers Gekläffe, die beiden spielten Apportieren. Amalie saß entgegen ihren sonstigen Aufstehgewohnheiten bereits am Frühstückstisch und trank Kaffee. Sie wirkte frisch und ausgeruht, und ihre brünetten Haare glänzten in der Morgensonne. Ohne jedes Anzeichen von Hexenschuß stand sie auf und goß mir Kaffee ein. »Setz dich, Liebes«, sagte sie in mütterlichem Tonfall. Sie schaute mich an, und ich wußte, was sie sah. Verstrubbelte rosa Haare, verschwollene Augen, verkniffene Züge. Es war mir vollkommen egal.

»Gibt es zwischen dir und Hans-Georg irgendwelche Unstimmigkeiten, Susi?«

»Wie kommst du darauf?« fragte ich aggressiv zurück.

»Weil mein Sohn heute früh wie ein Mäuschen aus dem Haus geschlichen ist. Ich kenne ihn. Das hat er früher schon immer so gemacht, wenn er etwas ausgefressen hatte.«

»Ich wüßte nicht, was er ausgefressen haben sollte.«

Oliver kam in die Küche. »Guten Morgen allerseits.« Er rührte sich eine Riesenschüssel Cornflakes an und begann hastig, sie leerzuschaufeln. Mir schnürte es die Brust zusammen, als ich ihm dabei zusah. Er war in diesem Moment seinem Vater so unglaublich ähnlich, daß es mir ins Herz schnitt. So hübsch und männlich mit seinen leuchtendblauen Augen und den dunklen, lockigen Haaren. Er war groß und kräftig für seine knapp sechzehn Jahre. Er war schon als Baby kräftig gewesen, und seine Stimme erst… Wie er gebrüllt hatte, so laut und durchdringend, schrill und unerbittlich, zu jeder Tages- und Nachtzeit. Wenn ich ihn nicht gerade stillte, mußte ich ihn hin- und herschleppen.

Bestimmt hatte ich ihn insgesamt einmal rund um den Erdball geschleppt. Und während ich schleppte, Tag und Nacht, hatte Hans-Georg auch geschleppt. Abgeschleppt. Eine andere Frau. Ich sprang hastig auf und machte mich an der Spülmaschine zu schaffen.

»Ich hab sie vorhin schon leergeräumt«, sagte Amalie freundlich. »Meinem Rücken geht es etwas besser, weißt du, und da dachte ich, ich gehe dir noch ein paar Tage zur Hand, bevor ich abreise. Ich denke, es genügt mir, wenn ich mittags zwei Stündchen draußen auf der Liege ruhe. Wahrscheinlich breche ich irgendwann in der kommenden Woche wieder auf. Ach, Susi, ihr werdet mir so fehlen!« Sie seufzte theatralisch. Gestern hätte ich innerlich vor Freude einen Luftsprung bis an die Decke gemacht ob dieser Ankündigung – nicht deswegen, weil wir ihr fehlen würden, sondern weil sie endlich wieder abziehen wollte –, aber heute ließen mich ihre Abreisepläne völlig kalt. Es interessierte mich überhaupt nicht mehr, ob sie da war oder nicht. Oder ob überhaupt irgend jemand da war oder nicht. Ich war sowieso allein, ganz allein. Es war, als säße ich irgendwo in der Sahara, inmitten tödlich einsamer Sanddünen, meilenweit von der nächsten Oase entfernt. Mein Ego war zerschmettert, so bröselig und matschig wie Heidehonig. Ich war eine ausgebrannte, betrogene Frau. Weniger als ein Nichts.

»Natürlich kann ich noch keine schweren körperlichen Arbeiten verrichten, ich möchte ja keinen Rückfall riskieren. Bügeln zum Beispiel oder Wäscheaufhängen geht sehr ins Kreuz. Aber ich könnte im Sitzen Kartoffeln schälen. Oder das Silberbesteck polieren. Wenn du willst, gehe ich auch gleich mit Tannhäuser

Gassi«, erbot sich Amalie, immer noch entnervend freundlich.

»Wie du meinst«, sagte ich müde.

Oliver blickte erstaunt von seinen Cornflakes auf. »Ist irgendwas, Mama?«

Ich schüttelte den Kopf, aber Oliver hatte immer schon eine Antenne für meine Stimmungen gehabt. Er stand auf und nahm mich in den Arm. Ich drückte meinen Kopf an seine Schulter und hätte am liebsten geheult. »Ich geh dann in die Schule«, meinte er unsicher. Ich nickte und drehte mich weg. Als ich Amalies teils überlegenes, teils mitleidiges Stirnrunzeln sah, war ich restlos bedient. »Ich bringe jetzt Timmy in den Kindergarten«, sagte ich teilnahmslos, »dann geh ich zum Friseur.«

Carmen empfing mich mit mißbilligenden Blicken. Ihre Begrüßung klang leicht frostig. »Na so was, Frau Herkheimer-Henkelmeier, ich sehe, wir sind fremdgegangen!«

Ich war so schockiert, daß ich fast zu ihren Füßen zusammengebrochen wäre. Woher um alles in der Welt konnte sie das wissen? Ich hatte es doch selbst erst in der vergangenen Nacht erfahren! Sah man es mir so deutlich an?

Sie musterte mich mit klinischer Gründlichkeit. »Das ist ein Verbrechen. Jawohl! Man kann es nicht anders bezeichnen.«

Ich starrte sie mit offenem Mund an, dann schluckte ich. Mein Hals war trocken wie Sandpapier. Lieber Gott, wenn es heute Carmen wußte, wußte es morgen ganz B.! Sie würde es unter dem Siegel der Verschwiegenheit im Laufe dieses Vormittags noch mindestens hundertfünfzig Klatschtanten anvertrauen.

»Mein Gott, was für ein verhunzter Schnitt! Und diese Farbe!«

Sie meinte bloß meine Haare! Zitternd vor Erleichterung ließ ich mich auf einen der Sessel fallen. Ja, gab ich zu, ich sei bei einem anderen Friseur gewesen, eine Bekannte hätte mich unter Vorspiegelung falscher Tatsachen in eine Mausefalle von Marmor- und Spiegelsalon gelockt. Aber das würde nie wieder vorkommen. Niemand außer ihr könne meine Haare so gut frisieren, nichts gehe über ihre Technik, und überhaupt täte mir dieser Ausrutscher wahnsinnig leid. Hoffentlich könne sie mir noch mal verzeihen.

Zuerst sah sie nicht so aus, als könnte sie, aber nach dem Auftragen einer Tönung zur Beseitigung des scheußlichen Rosa taute sie auf. »Das wird ein tolles Mittelaschblond. Das leuchtet in der Sonne wie altes Gold«, schwärmte sie. »Und als Schnitt machen wir heute mal was ganz anderes, noch ein bißchen kürzer das Ganze. Da gibt es jetzt einen richtigen In-Schnitt, zum Beispiel die Linda Evangelista trägt die Haare so, das gibt eine ganz androgyne Linie ...«

Ich wagte nicht zu widersprechen, nahm dankbar hin, daß sie mir nach dem Tönen eine Kurpackung verpaßte, ertrug klaglos das Geschnipsel vor meinem Gesicht und an meinen Ohren und blätterte ziellos in einer Illustrierten. Mir war alles so egal. Ich fühlte mich wie ein betäubtes Schaf, genauso wie gestern nacht. Wen interessierte es schon noch, wie ich aussah? Für wen wollte ich denn noch hübsch sein?

In der Illustrierten fand ich diverse Lebensbeichten. Ferdinand, 34, packte über seine Sexsucht aus: *Ich war ein Sexmaniac und ließ 10 Millionen auf dem Strich.* Carla, 48, schilderte die Details ihres Burn-out-Syndroms: *Ich sah mich im Spiegel und wollte mir die Kugel geben.* Dann stieß ich auf den Schicksalsbericht von Anneliese, 32. Überschrift: *Ich haßte meinen Mann und wollte ihn töten.* Ich las es gierig. Annelieses Mann hatte sich mit einer anderen Frau schamlos im Hotel vergnügt, während die arme Anneliese daheim um ihr krankes Kind bangen mußte. Da hat sie zum Brotmesser gegriffen.

Ich stellte mir sofort bildlich vor, wie ich unser Brotmesser – nein, besser unser großes Tortenmesser bis zum Heft in Hans-Georgs Bauch versenkte. Es war ein schönes, befriedigendes Gefühl. Ich las weiter. Anneliese bekannte, daß sie noch heute das Grauen überkäme, weil sie immer noch Roberts (Robert hieß ihr Mann) entsetzte Augen vor sich sehe. Klar, wer wäre da nicht entsetzt, wenn man ihm ein Brotmesser in den Bauch rammte. »Anneliese, tu es nicht«, hatte Robert geflüstert, nachdem er den ersten Stich kassiert hatte. Aha. Wieso denn nicht? Selbst schuld, oder nicht? Aber jetzt muß Anneliese in den Knast, und Robert kriegt das Sorgerecht für das Kind.

Das war für mich keine Lösung. Nein, es mußte wie ein Unfall aussehen. Ich nahm mir eine andere Illustrierte, die mit der hämischen Titelzeile *Eifersucht!* versehen war. Eifersucht? Nein, ich war bestimmt nicht eifersüchtig, schließlich empfand ich nicht mehr das geringste für meinen Mann. Ich haßte ihn. Ich wollte ihn mit dem Tortenmesser erledigen.

In dem zur Titelzeile gehörenden Artikel las ich, daß zweiundachtzig Prozent aller Deutschen eifersüchtig seien. Vor allem das Fremdgehen sei ein herber Schlag für das Selbstwertgefühl, was zwangsläufig Eifersucht zur Folge habe, eine Mischung aus Wut, Haß, Angst, Neid und Selbstzweifel, die einen bis zum Mord treiben könne. Der Körper würde auch entsprechend reagieren, stand dort, und zwar mit Erregung, feuchten Händen, pochenden Schläfen und Luftmangel. Nein, ich war nicht eifersüchtig, meine Hände waren strohtrocken und meine Schläfen pochten kein bißchen. Ich las weiter. Der Eifersüchtige will vom fremdgegangenen Partner jede Einzelheit aus dem fremden Bett erfahren, und zwar haarklein, geradezu manisch sei das.

So ein Quatsch! Mich interessierte es nicht die Bohne, wie Hans-Georg es mit dieser Mistbiene getrieben hatte. Meinetwegen hätte er es mit ihr hundertmal auf dem Küchentisch tun können, das kratzte mich kein bißchen.

Und am schlimmsten sei, so erfuhr ich weiter aus dem Artikel, daß die schmutzigen Einzelheiten der außerehelichen Betterlebnisse auf den Betrogenen eine magische sexuelle Anziehungskraft ausübten. Es würde ihn sogar richtig erregen, und obwohl er doch so verletzt und hintergangen worden sei, würde er nichts lieber tun, als mit dem Betrüger zu schlafen. Das läge am Sexualhormon Testosteron, das würde der Körper bei Eifersucht ausschütten und den Betrogenen ganz wild auf den Betrüger machen.

Mich nicht. Ich würde meinen Mann nicht mal mehr mit der Kneifzange anfassen wollen.

Carmen fing an zu fönen. »Ich glaube, das wird echt toll aussehen«, meinte sie glücklich. »Das ist die Frisur, von der Sie immer geträumt haben, wetten?« Ich hörte gar nicht zu. Am Schluß des Artikels stand, was die Psychologen im Falle von Eifersucht empfehlen. Man solle dringend an seinem Selbstwertgefühl arbeiten und sein Selbstbewußtsein stärken, das sei ein probates Mittel gegen Eifersucht.

Das konnte mir egal sein, ich war ja nicht eifersüchtig.

»Das ist Wahnsinn!« rief Carmen entzückt und erstickte mich in einem Sprühnebel von Standing-Spray. »Gucken Sie doch mal, ist das nicht echt Wahnsinn?«

Ich blickte flüchtig auf. »Mhm«, murmelte ich zerstreut. Ich ging mit zur Kasse und zahlte. Draußen vor dem Fenster wollte ich mir nach alter Gewohnheit die Haare ausbürsten. In der spiegelnden Schaufensterscheibe sah ich eine hübsche fremde Frau mit einer schicken Kurzhaarfrisur, die in der Sommersonne wie altes Gold glänzte. Komisch, das war ich. Ohne einen zweiten Blick auf diese schlanke, attraktive Fremde zu verschwenden, wandte ich mich ab, um meinen Wagen zu suchen.

Ich fand ihn unter einem Straßenschild, das mir bekannt vorkam. Beim Einsteigen fiel mir ein, woher. Es war die Adresse, die auf dem Kärtchen von Herrn Magnus gestanden hatte. Ich konnte mich auch noch an die Hausnummer erinnern. Während der Fahrt hielt ich danach Ausschau. Die Rosalia-Vertriebs-GmbH residierte in einem großen Zementklotz von

Geschäfts- und Wohngebäude. Ich fuhr an den Straßenrand und suchte die Tafel neben dem Eingang nach dem Firmenschild ab. Ja, da war es. Die Aufschrift war eigenartig, nicht so nüchtern wie auf den anderen Schildern, sondern in einem romantisch verschlungenen Schriftzug gehalten. Irgend etwas daran weckte mein Unbehagen, aber ich konnte nicht sagen, was es war. Spontan beschloß ich, bei der Rosalia-GmbH vorbeizuschauen. Ich hatte noch Zeit, bis ich Timmy abholen mußte. Vielleicht hatte der Bohrer vergessen, Herrn Magnus vom Auftauchen der Tasche aus dem Baggersee zu unterrichten, oder er würde es nach Beamtenmanier erst in ein paar Wochen tun.

Im Aufzug fand ich kein Rosalia-Schild. Komisch, alle anderen Firmen hatten ihre Schildchen neben den Rufknöpfen. Ich ging extra noch einmal nach draußen und vergewisserte mich. Tatsächlich. Die Rosalia-GmbH war anscheinend eine Firma ohne Stockwerk. Neben einer Wohnungstür im Erdgeschoß sah ich ein Hausmeisterschild. Ich klingelte, und der Hausmeister öffnete. Er war ein halsloser Zweizentnerkoloß und behaart wie ein Gorilla. Er trug ein verschwitztes, fleckiges Unterhemd und verblichene Bermudas. Er stank nach Schweiß und starken französischen Zigaretten. Es war Otto, der Friseur. Ich griff sofort schützend in meine Haare. Dann fiel mir ein, daß er nicht nur Friseur, sondern auch Bizarrkunde und Obergärtner bei Edelgard Hilfreich war, und Hitze schoß mir ins Gesicht.

»Ich … ich wußte nicht, daß Sie nebenberuflich auch Hausmeister sind«, stammelte ich und wich zurück. Er kam mir einen Schritt nach, sah sich hastig um und blieb dann stehen. »Was wollen Sie denn hier?« fragte er nervös.

Ich wies auf meine Haare. »Keine Sorge«, beruhigte ich ihn, »ich will deswegen keinen Aufstand anzetteln. So, wie es jetzt ist, finde ich es okay. Ich denke, wir vergessen es einfach, in Ordnung? Außerdem habe ich ja nichts dafür bezahlt.«

Er kniff argwöhnisch die Augen zusammen. »Sie meinen …«

»Genau. Schwamm drüber. Reden wir nicht mehr davon. Ich habe es schon vergessen. Es ist nie passiert.«

Er wirkte deutlich erleichtert. »Sie gehen nicht zu den Bullen?«

Der arme Kerl! Er glaubte allen Ernstes, ich hätte ihn wegen des stümperhaften Haarschnitts bei der Polizei anzeigen wollen! Ich dachte nach. Strenggenommen war es wirklich Körperverletzung gewesen. Einen Moment lang spürte ich Zorn. Doch dann beruhigte ich mich. Schließlich sah ich jetzt toll aus. Ich hatte die Frisur, von der ich immer geträumt hatte. »Ist schon gut. Vergeben und vergessen. Es war ja bloß fahrlässig«, meinte ich versöhnlich. Ich kam mir sehr edelmütig vor.

Er räusperte sich. »Na ja, wenn das so ist.« Er hob einen Arm und kratzte sich am Kopf. In seiner Achselhöhle wuchsen zottige schwarze Haare, und der Hammelgeruch, der Edelgard so angemacht hatte, wehte mir in die Nase. Mit tief gefurchter Stirn blickte er mich an. Er schien angestrengt zu überlegen. »Ja aber, wenn alles okay ist und Sie uns nicht deswegen bei den Bullen verpfeifen … was wollen Sie dann noch hier?«

»Ich wollte eigentlich zu einem Herrn Magnus von der Rosalia-GmbH. Ich habe eine sehr wichtige Mitteilung für ihn. Aber ich finde kein Firmenschild im Aufzug. Bloß draußen hängt ein Schild. In welchem Stockwerk hat die Firma denn ihre Räume?«

Er wirkte wieder mißtrauisch. »Welche Nachricht haben Sie denn für ihn?«

»Tja … also, ich weiß nicht …«, zögerte ich. Dann dachte ich: Warum soll ich es ihm nicht sagen? Er konnte es Herrn Magnus ausrichten, immerhin war er der Hausmeister. Und ich mußte mich nicht länger aufhalten oder, noch schlimmer, mit Herrn Magnus Small talk fabrizieren. »Na schön. Sie können es ihm genausogut ausrichten. Sagen Sie ihm doch bitte, daß Frau Herkfelder-Henkesheim hier war und daß die … die Lieferung, die verschwunden war, wieder aufgetaucht ist.«

Aus irgendeinem Grund schien ihm das die Sprache zu verschlagen. Auf dem Weg nach draußen wunderte ich mich immer noch über sein verwirrtes Gesicht und seinen offenen Mund. Vielleicht bereitete es ihm Schwierigkeiten, sich meinen Namen zu merken. Hoffentlich brachte er nicht alles durcheinander. Wenn er als Hausmeister genau so miserabel war wie als Friseur … Ich merkte, daß ich vor dem Rosalia-Schild stehengeblieben war und es anstarrte. Jetzt begriff ich auch, warum ich vorhin bei diesem Anblick so ein merkwürdiges Unbehagen gespürt hatte. Der verschlungene Schriftzug war derselbe wie auf dem Düngertütchen, das aus dem Nonnenoutfit gefallen war. Natürlich, die Rosalia-GmbH vertrieb das Zeug! Es war so, wie ich schon vermutet hatte: Herr Magnus hatte im Nebenberuf etwas mit Rosen zu tun. Vermutlich war es auch auf diese Weise in den Bizarr-Shop gelangt. Otto hatte bestimmt von Herrn Magnus mal ein paar Reklametütchen geschenkt bekommen, dann waren sie ihm bei einer Obergärtnernummer aus der Hosentasche gerutscht, Edelgard hatte sie gefunden und versehentlich beim Aufräumen mit zu dem Nonnenkostüm gepackt. Ich lobte mich für meine ausgezeichnete Kombinationsgabe.

Ich hatte dieselben Jeans an wie gestern, das Tütchen steckte noch in meiner Hosentasche. Ich zog es hervor und betrachtete aufmerksam die rosenrot-romantisch-verschlungenen Worte. *Dünge Deinen Liebesgarten*. Nachdenklich verstaute ich es in meiner Handtasche. Dasselbe hatte Edelgard zu Otto gesagt, als er ihr den Obergärtner gemacht hatte. Dieser Spruch hatte ihr anscheinend so gut gefallen, daß sie ihn sich für solche Gelegenheiten eingeprägt hatte. Zufrieden fuhr ich zum Kindergarten. Das Leben bestand aus einer Vielzahl verrückter Zufälle. Entfernteste Möglichkeiten wurden zu Höchstwahrscheinlichkeiten. Man machte eine Tür auf und fand eine Ziege, doch wenn man Glück hatte, bekam man das Luxusauto. Wie auch immer, am Ende paßte immer alles wunderbar zusammen.

Meine gute Stimmung hielt nicht lange vor. Sie verflüchtigte sich genau in der Sekunde, als mir wieder einfiel, daß Hans-Georg unsere Ehe zerstört hatte.

Er war an diesem Abend ein mustergültiger Vater,

Sohn, Enkel und ein vorbildliches Herrchen. Er schmuste mit Timmy und übte ein kleines Mardergedicht mit ihm ein. Er hörte Oliver Lateinvokabeln ab. Er suchte Amalies Textbuch, das sie irgendwo verlegt hatte. Er rückte Oma die Kissen im Schaukelstuhl zurecht, lobte die Strickfortschritte an ihrem grauen Endloswollschal und fragte sie, ob er ihr die Fußbank vom Dachboden holen solle. Er ging mit Tannhäuser Gassi und gab ihm Fressi.

Später, als die ganze Familie wie immer im Wohnzimmer vor dem Fernseher versammelt war, fühlte ich seine verstohlenen Blicke. Er war ganz Reue, schlechtes Gewissen und Verzweiflung. Ich nahm es nicht zur Kenntnis, es war mir absolut gleichgültig, genau wie seine Person. Ich war davon überzeugt, daß er sich aus purer Berechnung so zuvorkommend aufführte. Schließlich betonte er nur allzuoft seine goldene Lebensregel, daß alles nur eine Frage der richtigen Strategie war. Amalie belauerte uns mit der trägen Neugier einer satten Katze. Oliver spürte die angespannte Atmosphäre und ging zeitig in sein Zimmer, um sich mit seinen dröhnenden Großbaustellensoundtracks abzulenken.

Als ich kurz darauf ebenfalls mit einem knappen Gutenachtgruß nach oben verschwand, kam Hans-Georg mir sofort nach. Er zog die Schlafzimmertür hinter sich zu.

»Du siehst heute süß aus, Susi. Die neue Frisur steht dir wunderbar.«

Strategie.

»Spar dir die Mühe. Wir haben uns nichts mehr zu sagen. Morgen gehe ich zum Anwalt.«

Scheidung war mindestens so gut wie Mord, hatte ich mir am Nachmittag überlegt. Eigentlich sogar noch viel besser, denn ich würde dafür sorgen, daß die Unterhaltsansprüche ihn ruinierten. Dann würde er sich sogar *wünschen*, tot zu sein. Und das Haus würde ich behalten, selbstverständlich auch die Kinder und den Hund. Vielleicht würde ich ihm dafür Oma überlassen, immerhin war es seine. Ja, Scheidung, das war eine saubere Rache. Auf diese Idee war ich gekommen, als ich heute den letzten Spender auf meiner Liste besucht hatte, einen Anwalt namens Heribert Freundlich. Er hatte mir im Vorbeigehen ein verstaubtes Päckchen Büroklammern und einen Stapel veralteter Zwangsvollstreckungsformulare in die Hand gedrückt, die könnten auf der Rückseite noch bemalt werden, erklärte er mir, und leider hätte er es schrecklich eilig, er müsse dringend zu einem Scheidungstermin. Da hatte es bei mir klick gemacht.

»Susi, ich …«

»Vergiß es. Mein Entschluß steht fest.«

»Was soll der Blödsinn? Können wir nicht wie vernünftige Menschen über alles reden?«

Ich zog mich aus und schlüpfte achtlos in mein Nachthemd. Es war aus steifer, dicker Baumwolle und reichte mir vom Kinn bis zu den Fußknöcheln. »Reden?« schnaubte ich. »Worüber denn?«

»Na, über diese … Sache. Damals …«

»Ich denke, es ist so lange her«, höhnte ich. »Du hast doch gesagt, du kannst dich gar nicht mehr richtig dran erinnern!«

»Jetzt hör doch mal zu«, sagte er verzweifelt.

»Ich höre ja«, erwiderte ich eisig.

Er sah mich verwirrt an. »Was?«

»Ich sagte: Ich höre. Also erzähl. Erzähl alles. Ich will alles wissen, und zwar haarklein, jede Einzelheit. Wie sah sie aus? War sie dünner als ich? War sie gut im Bett? Hatte sie einen Orgasmus? Oder mehrere? Was hast du mit ihr gemacht? Hast du mit ihr …«

Ich schluckte und sog heftig die Luft ein. Plötzlich litt ich unter akuter Atemnot. Meine Hände waren klatschnaß, und meine Schläfen pochten entsetzlich.

»Susi, du willst das doch gar nicht wissen. Was soll das alles? Warum quälst du mich so?«

»Quälen?« brüllte ich. »*Dich* quälen? Du glaubst, daß ich *dich* quäle? Und was ist mit mir? Ich will es jetzt wissen! Ich *muß* es wissen, verstehst du denn nicht?«

Er ließ sich aufs Bett fallen und starrte mit versteinerter Miene auf seine Knie.

»Wie war sie?« bohrte ich. »War sie besser als ich? Habt ihr es im Bett gemacht oder woanders? Vielleicht auf dem Küchentisch? Einmal oder mehrmals? Hatte sie eine spezielle Technik, oder was?«

»Es war … normal.«

»Normal? Meinst du das im übertragenen Sinne, zum Beispiel im Sinne von langweilig oder gewöhnlich oder …«, fing ich automatisch an. Dann schnappte ich nach Luft. »Normal? *Normal?* Willst du damit sagen, daß es mit dieser Mistbiene genauso war wie mit mir?« schrie ich fassungslos.

»Ja … äh … nein. Ich meine, mit dir ist es natürlich viel besser …«

»Du lügst!« schluchzte ich. Ich schlug die Hände vors Gesicht und warf mich der Länge nach aufs Bett.

»Susi!« Er legte sich neben mich und nahm mich in die Arme.

Ich schlug mit der geballten Faust in die Kissen. »Sag es mir! Sag es mir! Sag es mir!«

»Was denn, zum Teufel?«

»Wie war sie? Wie oft habt ihr es gemacht? Wo? Wie? *Alles* sollst du mir sagen!«

Er seufzte. »Sie hatte dunkle Haare, Mitesser, Cellulite und war viel dicker als du. Ihr Busen war viel kleiner als deiner. Wir haben's nur einmal gemacht. In ihrem Bett. In der Missionarsstellung. Es ging ganz schnell. Sie hatte keinen Orgasmus. Bist du jetzt zufrieden?«

»Hast du sie geküßt?« fragte ich dumpf in das Kopfkissen.

Er streichelte meinen Hals. »Ich hab's vergessen. Ich liebe dich.«

Ich atmete schneller. Irgendwo aus dem Dunkel des Kopfkissens heraus drängte sich mir das Bild von Hans-Georg mit dieser dicken, dunkelhaarigen, pickligen Mistbiene auf. Mir wurde warm.

Schorschi streichelte meine Hüften. »Laß uns alles einfach vergessen«, murmelte er mir ins Ohr. Jetzt wurde mir heiß. Das konnte nur am Nachthemd liegen.

»Zieh doch dieses Ding aus. Es ist viel zu warm für diese Jahreszeit!« flüsterte er rauh und knipste das Licht aus.

Mein Herz klopfte stürmisch, und ich ließ mich im Dunkeln von ihm ausziehen. Wir umklammerten einander mit verzweifelter Wildheit, und er schwor mir, daß er mich liebe, daß er nie eine andere geliebt habe und nie eine andere lieben werde, daß es mit keiner anderen jemals so schön sein könne wie mit mir. Ich glaubte ihm und ließ mich von ihm auf ungeahnte Höhen der Leidenschaft mitreißen, von Punkt fünf bis Punkt elf des Elf-Phasen-Modells. Wir ließen nichts aus. Es war viel besser als mit Thomas Magnum am Strand von Oahu. Doch als ich anschließend wieder zu mir kam, war es schlimmer als vorher. Jetzt haßte ich nicht nur ihn, sondern auch mich.

»Da gibt es nur eine Lösung«, erklärte Heike am nächsten Vormittag. Sie war auf eine schnelle Tasse Kaffee vorbeigekommen und hatte mich als verheultes Wrack vorgefunden. Nach drei Minuten hatte sie mir alles aus der Nase gezogen.

»Was für eine Lösung?« fragte ich mit hohler Stimme.

Sie pustete in ihren heißen Kaffee und senkte mit einem Blick auf die Terrasse ihre Stimme. »Du mußt es ihm mit gleicher Münze heimzahlen.«

»Keine Angst, sie hört dich nicht. Die pennt wie eine Büffelkuh nach dem Viehtrieb.« Draußen, auf der Liege, lag Amalie und schlief mit offenem Mund. Sie hatte gestern nacht mindestens bis ein Uhr Rollentexte studiert. Ich hatte unter ihrer Türritze noch Licht gesehen, als ich sofort nach meiner demütigenden Hingabe schluchzend unter die Dusche gestiegen war.

»Hast du mir überhaupt zugehört?«

»Nein.«

»Du mußt es ihm mit gleicher Münze heimzahlen.«

»Was meinst du damit? Daß ich mit einem anderen …«

»Genau. Nur das hilft. Die einzig vernünftige Methode, um dein angeknackstes Selbstwertgefühl wieder herzustellen.«

»Mein Selbstwertgefühl ist überhaupt nicht angeknackst. Und ich könnte es auch gar nicht. Mit einem anderen, meine ich.«

»Wieso denn nicht? Klar kannst du. Du solltest es vor allen Dingen so schnell wie möglich tun, solange deine Wut noch richtig frisch ist. Wenn du zu lange wartest, machst du es vielleicht nicht mehr, und dann wirst du dein Leben lang Selbstzweifel haben.«

»Du bist gut. Wo soll ich denn auf die Schnelle einen anderen hernehmen?«

»Da gibt's genug Möglichkeiten. Du gehst mit mir in eine nette Bar und läßt dich von einem netten Typen abschleppen.«

So wie es Hans-Georg gemacht hatte. Ich rührte stumm meinen Kaffee um.

Laila räusperte sich in der Küchentür. »Das ist nix.«

Laila wußte auch über mein traumatisches Erlebnis Bescheid. Als sie heute früh zum Putzen gekommen war, hatte sie nach einem Blick auf mein blasses Gesicht und meine rotgeheulten Augen gefragt: »Ist dein Mann gestorben?«, und als ich den Kopf geschüttelt hatte, sagte sie mir auf den Kopf zu: »Dann er dich hat betrogen.«

»Was würdest du denn vorschlagen, Laila?« fragte Heike.

Laila warf den Wischlappen in den Eimer und rieb sich die Hände an der zerlöcherten Putzjeans trocken. »Muß ganz nette, normale Mann sein. Jemand, den sie kennt. Vielleicht bißchen jünger als Susi.«

Ich schüttelte den Kopf. »Ich kenne aber niemanden.«

»He, Laila hat ganz recht!« rief Heike eifrig. »Da gibt's wirklich jede Menge Männer, du mußt dich doch nur mal umgucken.«

»Wo denn?«

»Na, zum Beispiel in der Schule. Du hast doch ein Kind in der Schule, und ich wette, daß Olli viele nette Lehrer hat. Oder in deinem Computerkurs. Du hast mir doch erzählt, daß da außer dir und Laila nur lauter Männer drin sind.«

»Da geh ich nicht mehr hin. Der Kursleiter ist didaktisch eine Niete, und gemobbt hat er auch.«

»Oder diese schöne Briefträger«, sagte Laila, »hab ich gesehen durchs Fenster, gerade eben beim Briefeeinschmeißen.«

»Oder zum Beispiel unser gemeinsamer Steuerberater«, schlug Heike vor. »Er sieht toll aus. Und Steuerberater sind immer gut, sehr verschwiegen und diskret. Genau wie Anwälte. Nein, vergiß das mit dem Anwalt, die arbeiten nur gegen Vorauskasse – es sei denn, du hast 'ne Rechtsschutzversicherung.«

»Wir haben eine, bei der Allianz. Und unser Steuerberater ist nicht verheiratet. Er hätte bestimmt nichts dagegen«, überlegte ich. Aber dann ließ ich den Kopf hängen. Wie konnte ich hier sitzen und mir dieses blödsinnige Gefasel anhören? Und bei diesem blödsinnigen Gefasel auch noch mitmachen? Das war doch alles Unfug!

»Das ist doch alles Unfug«, sagte ich mutlos. »Ich bin nicht der draufgängerische Typ. Ich meine ... Ich würde es nie fertigbringen, zu irgendeinem Mann zu gehen und ihn zu fragen, ob er mit mir ins Bett will. Nein, das könnte ich niemals, das ist vollkommen ausgeschlossen.«

»Unsinn, so läuft das doch nicht«, wehrte Heike ab. »Logisch, du kannst nicht zu irgendeinem Kerl sagen: He, wie wär's mit uns beiden. Nein, das funktioniert ganz anders, viel subtiler.«

»Was ist das, subtiler?« wollte Laila wissen.

»Na, das ist … eben nicht so plump und grob, es ist …«

»Unterschwelliger«, warf ich ein.

»Ja, genau, du sagst es.«

»Was ist unterschwellig?« fragte Laila.

»Ich erklär's dir. Also, Susi will mit einem netten Typen ins Bett …«

»Das will ich gar nicht.«

Heike winkte ab.

»Sie will und sie wird. Also, sie will, und sie will, daß der Typ auch will. Anstatt ihm in die Hose zu fassen oder so, gibt sie ihm Signale.«

»Signale?« fragte ich.

»Ja, du signalisierst deine Bereitschaft. Das geht ganz leicht, du mußt nur gewisse Richtlinien beachten. Es gibt soziologische Untersuchungen des menschlichen Balzverhaltens, das läuft immer nach demselben Schema ab.«

»Balz? Schema?« fragte Laila.

»Hör einfach zu, du kriegst es schon mit. Es funktioniert mit Blicken und Bewegungen. Also, zuerst die Blicke. Man darf den Männern nicht stechend in die Augen sehen, das macht sie nervös. Sie denken dann, sie hätten irgendwas verbrochen oder einen Popel in der Nase oder so. Nein, man muß flüchtig und schmachtend die Augen aufschlagen, so von unten rauf…« – sie machte es vor, und es sah wie bei einer etwas älteren Lady Di aus, Marke scheues Rehlein – »und dann gleich wieder weggucken, ganz schüchtern. Das gibt den Kerlen das Gefühl, groß und stark und unwiderstehlich zu sein.«

Laila holte sich eine Tasse Kaffee, setzte sich zu uns an den Küchentisch und hörte aufmerksam zu. Der Putzeimer war vergessen.

»Und dann der Mund. Niemals verkneifen oder zusammenpressen oder gähnen, das wirkt abschreckend. Immer lächeln, aber nicht die Zähne dabei zeigen, das sieht aggressiv aus.« Heike lächelte mit aufgeworfenen Lippen ohne Zähne und schlug dabei klimpernd die Augen auf.

»Und du glaubst, ich bräuchte bloß so bescheuert zu grinsen, und schon würde mich der Typ auf den Küchentisch schmeißen, oder was?«

Sie riß erstaunt die Augen auf. »Wie kommst du jetzt auf Küchentisch?«

Ich spürte, wie ich rot wurde, und hob verlegen die Schultern.

»Na, wie auch immer«, fuhr Heike fort, »das sind ja eben erst die Richtlinien für den korrekten Gesichtsausdruck gewesen. Genauso wichtig sind die richtigen Bewegungen.« Sie verschränkte mit weit abgestreckten Ellbogen die Hände hinter dem Kopf und drückte dabei den Busen raus.

»Was ist los?« fragte Laila. »Hast du Rückenschmerzen?«

»Blödsinn! Was ich hier gerade mache, nennt der

Soziologe *axilla-presentation*. Du zeigst die Achselhöhlen, verstehst du? Dabei sieht er dann auch gleich den Busen. Das ist ein Signal. Es bedeutet: Guck mal, das ist für dich, mein Lieber, lang zu!«

Ich blickte befangen auf meinen Busen. »Macht man die *axilla-presentation* angezogen oder ausgezogen?«

»Tu doch nicht so begriffsstutzig.«

»Was ist das, begriffsstutzig?«

»Susi ist begriffsstutzig, sie hat keine Ahnung. Aber das stellen wir ja gerade ab. Jetzt zum nächsten Signal.« Sie warf mit einer schwungvollen Bewegung die Haare nach hinten, dabei bog sie anmutig den Kopf zurück. »Seht ihr das?«

»Du zeigst Kerl deine Haare, oder? Bei Moslems das verboten. Haare tabu. Wenn du das machst, Teufel frißt deine Seele.«

»Nein, ich zeig ihm nicht meine Haare, sondern meinen Schwanenhals. Das nennt man *neck-presentation*.«

»Das ist höchstens was für Vampire«, kommentierte ich.

Heike kicherte. »Ich hab's ja nicht erfunden. Es ist wissenschaftlich erwiesen.« Sie machte es noch einmal, diesmal kombiniert mit *axilla-presentation* und schmachtendem Augenaufschlag. Laila und ich machten es ihr nach, bis wir alle drei in vergnügtes Gelächter ausbrachen.

»Ich sehe, deine Laune hat sich entscheidend gebessert, meine Liebe.«

Wir zuckten schuldbewußt zusammen. Amalie stand in der Terrassentür, ihr mißbilligender Gesichtsausdruck sprach Bände. Mit dem Lachen war es schlagartig aus. Laila ging sofort zurück zu ihrem Putzeimer, Heike mußte plötzlich noch mal dringend in die Stadt. Amalie bot mir scheinheilig an, Tannhäuser Gassi zu führen. Ich lehnte dankend ab und erklärte, ich wolle selbst ein Stückchen laufen. Während ich mich von dem fröhlich kläffenden Tannhäuser durch die Straßen ziehen ließ, rotierten meine Gedanken zwischen Augenaufschlag, *axilla-presentation, neck-presentation*, Briefträger und Steuerberater. Ich dachte unablässig nach, und irgendwann entstand vor meinem inneren Auge erneut das Bild von Hans-Georg und der dicken dunkelhaarigen Mistbiene. Niedergeschlagen sah ich zu, wie Tannhäuser die Laternenpfähle mit seiner Duftnote markierte. Ich überlegte, daß unsere Steuererklärung bald fällig war. Genausogut könnte ich es schon diese Woche in Angriff nehmen, damit wir nicht in Verzug kamen. Warum sollte ich es auf die lange Bank schieben? Am besten erledigte ich es heute noch, dann wäre heute abend die Welt wieder in Ordnung, und ich könnte meinem Mann wieder mit brandneuem Selbstwertgefühl gegenübertreten, so als wäre nie etwas gewesen. Sofort nachdem ich vom Gassigehen zurückgekehrt war, rief ich beim Steuerberater an und ließ mir für den Nachmittag einen Termin geben.

Zum Mittagessen gab es Knackwürstchen und Kartoffelsalat.

»Der Kartoffelfalat fmeckt irgendwie anderf alf fonft«, wunderte sich Oma.

»Das ist fertiger Kartoffelsalat, vom Metzger«, erklärte ich. »Ich hatte heute mittag noch was Dringendes zu erledigen, da hatte ich keine Zeit zum Kochen.«

Die dringende Erledigung hatte wieder unter der Dusche stattgefunden. Sie hatte zwanzig Minuten gedauert, aber diesmal nicht mit Heidehonig, sondern einem sündhaft teuren Duschgel und einem ebenso teuren Shampoo. Genauso lange hatte ich außerdem noch zum Rasieren meiner Beine und Achselhöhlen und zum Eincremen mit einer sündhaft teuren Körperlotion gebraucht. Weitere zwanzig Minuten waren fürs Make-up draufgegangen, noch einmal zwanzig fürs Fönen und fürs Nägellackieren mit einem sündhaft teuren Nagellack. Außerdem trug ich ein neues Kleid, Anfahrt und Anprobe ebenfalls jeweils zwanzig Minuten. Es war ein Hauch aus flatterndem Chiffon und schwingendem Plissee, eine sündhaft teure, sündig schwarze Kreation aus einer sündhaft teuren Boutique, derselben, in der ich am Samstag mein edles Kostüm erstanden hatte. Ich merkte, wie Amalie mich aus den Augenwinkeln beobachtete, aber ich sah demonstrativ woanders hin.

Timmy kaute mit vollen Backen seine Knackwurst und schnupperte wohlgefällig. »Hm, du riechst aber gut, Mama. Kriegen wir heute Besuch?«

»Nein, ich muß nachher weg. Ich weiß noch nicht, wann ich wiederkomme. Ich muß was Wichtiges mit unserem Steuerberater besprechen.«

»Ist er gut?« fragte Amalie mich lauernd.

Ich hustete und spuckte ein Stück Knackwurst auf den Teller.

»Woher soll ich das wissen?«

»Du weißt es nicht und vertraust ihm trotzdem eure Steuererklärung an?«

»Oh, ach so, sicher ist er gut. Er ist sogar sehr gut. Timmy, sag mir noch mal dein schönes Mardergedicht auf.«

Er hob die himmelblauen Augen zur Zimmerdecke und deklamierte mit seinem bravsten Engelsgesicht: »Ich bin ein hübsches kleines Tier, mein Fell so braun und weich. Ihr lieben Leute, kommt mit mir, dann zeig ich euch mein Reich …«

»Susi, es ist an der Zeit, einmal das Problem mit Mamis Zahnprothese zu erörtern«, unterbrach Amalie Timmys Geleier. Zwischen ihren Brauen stand eine steile Unmutsfalte.

»Problem?«

»Ja. Es geht nicht an, daß dieser schlechterzogene Hund ständig mit Mamis Zähnen rumläuft. Gerade eben hat er sie schon wieder an sich genommen, wie du siehst.«

»Dagegen kann man nicht viel machen. Es ist eine Zwangsneurose.«

»Warum um alles in der Welt habt ihr euch dann ein neurotisches Tier angeschafft?«

Oliver kicherte, und Amalie spießte ihn mit strafenden Blicken auf.

»Wir haben ihn uns nicht angeschafft. Du hast ihn uns geschenkt, Amalie. Er hat sogar seinen Namen von dir. Außerdem habe ich nicht gesagt, daß Tannhäuser neurotisch ist.«

Zu ihrer Stirnfalte gesellte sich eine zweite.

»Willst du damit etwa zum Ausdruck bringen, daß nicht der Hund neurotisch ist, sondern …« Sie ließ den

Rest des Satzes unheilverkündend im Raum hängen.

»Ja, ganz genau.«

Ihr Gesicht färbte sich eine Schattierung dunkler. Mühsam beherrscht wandte sie sich an Oma. »Hast du das gehört, Mami?«

»Waf?«

»Schon gut. Wo ist deine Zahnprothese?«

Oma sah verwirrt in die Runde. »Ich weif nicht. Vorhin war fie noch da. Kann ich noch ein Knackwürftchen haben?«

»Du hast sie schon wieder dem Hund gegeben! Das ist so unglaublich unhygienisch!« sagte Amalie strafend. Dabei sah sie mich an.

Ich zuckte die Achseln.

»Warum tust du das, Mami?«

»Waf denn?« Oma rutschte auf ihrem Stuhl herum, ihre Augen füllten sich mit Tränen.

»Laß sie doch in Ruhe«, herrschte Oliver Amalie an. Er legte Oma ein Würstchen auf den Teller und streichelte ihren Handrücken. Dann meinte er höflich, aber mit einem drohenden Unterton in Amalies Richtung: »Ich kümmere mich jetzt um die Zähne – *Oma.*« Er verschwand türenknallend aus dem Eßzimmer.

Amalie starrte ihm sprachlos nach. Nach einer Weile schüttelte sie den Kopf. Mit einem kleinen Lächeln meinte sie: »Ich schwöre dir, gerade eben war er genau wie sein Vater.«

Ja, dachte ich stolz, genau wie sein Vater. Irgendwo in meiner Brust breitete sich ein wunderbar warmes, schmelzendes Gefühl aus. Schorschi duldete es nie, wenn auf jemandem herumgehackt wurde, der sich nicht wehren konnte. Dann fiel mir wieder ein, daß Hans-Georg mein Selbstwertgefühl zerstört hatte. Ich schob ruckartig meinen Stuhl zurück und stand auf. »Ich muß jetzt unbedingt los, zum Steuerberater!«

Oma, Amalie und Timmy schwiegen sich aus.

Unser Steuerberater hieß Johann Stichler. Er war Anfang Dreißig, hatte ein markantes, glattrasiertes Kinn, kurzgeschnittenes blondes Haar und war groß und muskulös.

Er begrüßte mich strahlend und komplimentierte mich zu der Ledersitzgruppe in seinem kleinen Büro. Ich setzte mich mit steifem Rücken hin und blickte mich um. Der Couchtisch sah ziemlich niedrig und unbequem aus – und kalt. Er hatte eine Glasplatte. Sicher würde es quietschen, feuchte Haut quietscht auf Glas.

Und danach würden sich die Abdrücke von meinen Hinterbacken verräterisch genau abzeichnen. Johann Stichler würde bestimmt nicht dran denken, die Glasplatte abzuledern, Männer denken nie an solche Sachen. Dann würde es morgen seine Halbtagssekretärin sehen und sofort Bescheid wissen. Ich wippte ein paarmal auf dem Sofa. Ja, das war deutlich bequemer.

»Ich habe von dem gräßlichen Vorfall bei Ihnen gehört«, sagte er mitfühlend. Einen Moment lang dachte ich, Heike hätte ihm verraten, was Hans-Georg sich geleistet hatte und was ich vorhatte. Dann wurde mir klar, was er meinte: den Mord in unserem Vorgarten. Ich war entsetzt. Er wußte davon! Bestimmt hatte einer der Nachbarn es ihm gesteckt, oder hatte etwa die scheinheilige Brunhilde Brumm …

»Es ist das Thema Nummer eins in dieser Gegend«, unterbrach er meine Überlegungen. » Aber ich werde es selbstverständlich nicht weitertragen.«

Das sagten sie alle. Und taten es natürlich doch. Schorschi hatte hundertprozentig recht gehabt. Wir würden damit leben müssen. Ich unterdrückte ein resigniertes Seufzen.

»Wollen wir dann zur Sache kommen?« fragte Johann Stichler und sah aufmunternd auf meinen Schoß.

Ich fühlte, wie mir das Blut in den Kopf schoß. Heike hatte es ihm *doch* verraten!

»Ich ... ich ... weiß nicht so recht ...«, stammelte ich und blickte panisch zum Fenster. »Könnten wir vielleicht ... Finden Sie nicht, daß es hier ein bißchen zu hell ist?«

»Ach? Ich ziehe gern die Jalousetten etwas zu, aber dann müßte ich Licht machen.«

Er wollte mich dabei ansehen! Ich schwankte, weil mir plötzlich die Luft wegblieb. Nein, ich konnte es nicht tun, nicht im Hellen. So gut kannte ich ihn auch wieder nicht.

»Ich kann im Dämmerlicht nicht besonders gut lesen«, entschuldigte er sich. »Nicht, daß meine Augen schlecht wären, aber ich leide unter Nachtblindheit, wissen Sie?«

Ich folgte seinen Blicken auf meinem Schoß, wo sich meine Hände um die Mappe mit den Steuerunterlagen krampften. Fast hätte ich schrill aufgelacht vor nervöser Erleichterung. Er wollte mich gar nicht auf den Tisch werfen, er wollte bloß mit mir die Unterlagen durchgehen! Ich gab sie ihm und lehnte mich zurück. Also doch zuerst Augenaufschlag. Ich machte es ein paarmal, schmachtend und verführerisch. Leider bekam er davon nichts mit, weil er in den Unterlagen blätterte. Ich räusperte mich entschlossen, ungefähr zehnmal, bis er endlich aufblickte. »Sind Sie erkältet? Zieht es Ihnen?«

Ich warf den Kopf in den Nacken, strich mir das Haar aus der Stirn und bog den Hals zurück, so weit ich konnte. Er begutachtete interessiert meine *neck-presentation*, und sofort bot ich ihm als Dreingabe zwanzig Zentimeter nackten, alabasternen Oberschenkel, weil zufällig in diesem Augenblick das Chiffongeriesel meines dünnen Sommerkleidchens nach oben rutschte. Johann Stichler blähte die Nüstern und musterte meine Beine. Jetzt die *axilla-presentation*, das würde ihm den Rest geben. Lässig beugte ich mich vor, verschränkte die Hände im Genick und zeigte ihm meine frisch rasierten Achselhöhlen. Gleichzeitig bekam er natürlich auch mit, wie gut ich das schicke Kleid ausfüllte. »Herr Stichler!« hauchte ich heiser, mit klimperndem Lidschlag.

Er lächelte und beugte sich vor. »Ja?« fragte er.

Ich erstarrte in ängstlicher Erwartung. Jetzt tut er es, dachte ich und wappnete mich gegen das Gefühl der kalten Glasplatte auf meiner Haut.

Hoffentlich würde er mir nicht das Kleid zerfetzen, es hatte zweihundertneunundvierzig Mark gekostet. Aber vielleicht tat er es doch; er sah auf einmal unglaublich gierig aus. Außerdem wirkte er ziemlich brutal; seine aggressive Kinnlinie war der untrügliche Beweis dafür, daß ihm jedes Maß und jede Zurückhaltung fremd waren. Und da war noch die kurzgeschorene blonde Haarbürste, so richtig rabiatmilitärisch kurz war die! Und als er schnüffelnd den Duft meiner sündhaft teuren Bodylotion einsog, merkte ich, daß aus seinen Nasenlöchern borstig-stachlige Haare wuchsen. Johann Stichler erinnerte mich plötzlich an jemanden … An wen denn bloß? Er beugte sich noch weiter vor, und ich sah seine Nasenborsten aus allernächster Nähe.

»Kann ich dann …?«

»Ich … Moment«, krächzte ich entsetzt. Jetzt hatte ich es! Er war die menschliche Inkarnation eines Fabelwesens, eine männlich-rohe Variante des Igels Stichelmann! Es konnte nur noch Sekundenbruchteile dauern, bis er aus seinem Sessel springen und sich auf mich stürzen würde. Ich glaubte, bereits seine Hand zu fühlen, wie sie fummelnd nach *neck* und *axilla* suchte, und ich wich instinktiv zurück. Ich wollte nicht auf den Tisch. Ich wollte auch nicht aufs Sofa. Ich wollte überhaupt nicht. Nicht mit ihm, nicht mit diesem Stichler-Stichelmann, diesem groben, stachligen, brutalen Aggressor! Ich schnappte meine Handtasche, sprang auf und rannte an dem irgendwie verwirrt dreinblickenden Johann Stichler vorbei aus dem Zimmer. Drei Sekunden später stand ich zitternd draußen in der unschuldig-strahlenden Sommersonne und atmete tief durch. Ich war um Haaresbreite einem gefühllosen Wilden entronnen, der es nur auf ein flüchtiges Abenteuer abgesehen hatte, auf schnellen, seelenlosen Sex! Wie hatte ich nur übersehen können, was dieser Johann Stichler in Wahrheit für ein Mensch war! Hinter der Maske des zuvorkommenden Steuerberaters verbarg sich ein reißender Wolf im Schafspelz, ein Casanova ohne Skrupel. Und beinahe wäre ich sein Opfer geworden. Heutzutage konnte man als Frau wirklich keinem Mann mehr trauen.

Im Laufe des restlichen Tages verging meine Erleichterung, dem sexbesessenen Steuerberater entkommen zu sein. Nur allzu schnell hatte ich wieder das Gefühl, eine verschmähte, enttäuschte, betrogene Frau zu sein. Mit wachsendem Zorn verbrachte ich den Nachmittag im Haushaltskeller und nähte aus einem alten braunen Plüschteppich ein passables Marderkostüm für Timmy. Ich versah es mit hübschen spitzen Ohren und einem buschigen Hängeschwanz. Am Rückenteil nähte ich einen Reißverschluß ein, vorn applizierte ich den kühnen Schriftzug *Marder,* aus zusammengezwirbelten Strängen schwarzer Wollfäden. Anschließend brauchte ich körperliche Bewegung. Oliver war schon mit Tannhäuser Gassi gegangen, also vertikutierte ich den Rasen. Ich stampfte grimmig die Erdhügel zurück in ihre Löcher, stocherte hunderte von Löwenzahngewächsen aus dem Boden und schaufelte den Komposthaufen um. Amalie lag auf der Liege unter dem Sonnenschirm und sah mir ungerührt zu. Ich warf die Schaufel hin, ging in den Vorgarten und rupfte Unkraut. Ich holte eine Heckenschere aus dem Keller und stutzte die Sträucher, die den Zaun in unserem Vorgarten überwucherten. Ich füllte unsere große Gießkanne und berieselte ausgiebig die Stiefmütterchen. Anschließend begutachtete ich den Phlox. Die einstmals üppig blühenden Steingartenpflanzen waren vollkommen vertrocknet. Auf den Knien herumrutschend, zupfte ich die verdorrten Gewächse aus. Herr Zwicker stand oben auf der Klappleiter und stutzte die Hecke.

Am letzten ersten Freitag des Monats hatte er auch die Hecke geschnitten. An diesem Tag vor vier Wochen war viel geschehen. Ich hatte beim Friseur erkannt, wie out ich war. Brigitte war aufgetaucht und hatte mich in dieser Erkenntnis nachhaltig bestärkt. Ich hatte mir die Teilnahme an der dämlichen Spendensammelaktion aufschwätzen lassen. Und an demselben Tag vor vier Wochen hatte Herr Süß in unserem Vorgarten ein gewaltsames Ende gefunden. Der Mörder lief immer noch frei herum, nur die Posttasche war wieder aufgetaucht, aus dem Baggersee. Ob sie irgendwelche Hinweise auf den Täter lieferte? Ich dachte darüber nach, ob eventuell Fingerabdrücke darauf waren oder ob sie unter Wasser abgespült worden waren. Was war so Interessantes in der Tasche gewesen, daß der Täter sie mitgenommen hatte?

Die Heckenschere von Herrn Zwicker gab eintönige Schnipp-Schnapp-Geräusche von sich. Einer spontanen Eingebung folgend, ging ich hinüber zur Hecke. »Sagen Sie, Herr Zwicker, war bei Ihnen eigentlich auch mal so ein Mensch von der Post und hat Sie wegen der verschwundenen Posttasche befragt? Magnus heißt er.«

Die Heckenschere verstummte. Herr Zwicker war knallrot im Gesicht. Er schüttelte den Kopf, gleichzeitig fiel ihm die Heckenschere aus der Hand und klirrte gegen den Fuß der Klappleiter. Mit einem gemurmelten Fluch sprang er von der Leiter und verschwand aus meinem Blickfeld.

Merkwürdig, wie rot sein Gesicht gewesen war, fast

so, als wäre er verlegen. Oder lag es an der prallen Sonne oder der Anstrengung? Oder hatte er gelogen? War Herr Magnus doch bei ihm gewesen? Aber welchen Grund hätte Herr Zwicker, das zu leugnen? Gar keinen, entschied ich. Also war es doch die pralle Sonne.

Ich mußte wieder an meine fehlgeschlagene Rache für Hans-Georgs Untreue denken. Mein Versagen als Verführerin ging mir den ganzen Tag nicht mehr aus dem Kopf. Abends beim Zubettgehen war ich soweit, daß ich mich maßlos ärgerte. Wieso hatte ich mich nicht von diesem netten, attraktiven, draufgängerischen Johann Stichler auf den Tisch ziehen lassen? Er sah gut aus, war gut angezogen, roch gut – warum, um alles in der Welt, hatte ich in allerletzter Sekunde noch einen Rückzieher gemacht? Ich hatte eine wirklich einmalige Gelegenheit ungenutzt verstreichen lassen. In diesem Moment hätte ich schon prima quitt sein können mit meinem Mann, wenn ich es nicht so dämlich vermasselt hätte.

Das Bild einer pickligen, flachbrüstigen Person drängte sich ungefragt wieder vor mein inneres Auge. Sie räkelte sich einladend auf ihrem Bett – ob sie es unter oder auf der Decke getan hatten? –, und Hans-Georg wälzte sich auf ihr herum und stöhnte: »Ich liebe dich!«

Ob er *das* zu ihr gesagt hatte? Ob er es gewagt hatte? Schließlich sagte er es immer *dabei*, jedesmal. Jedenfalls sagte er es bei mir jedesmal. Vielleicht hatte er es auch bei ihr gesagt, quasi aus alter Gewohnheit. Das wäre der Beweis, daß er in Wahrheit gar nicht mich liebte, sondern bloß das, was er mit mir im Bett machte – oder mit irgendeiner x-beliebigen anderen. Ich fühlte, wie meine Schläfen pochten und wie ich nach Luft ringen mußte. Ich rieb meine feuchten Handflächen gegeneinander und wartete mit nervösem Herzklopfen, daß Hans-Georg endlich ins Schlafzimmer käme.

Als er fünf Minuten später kam, setzte er sich sofort zu mir aufs Bett und streichelte meine Arme. »Ich habe das Gefühl, du bist mir heute schon den ganzen Abend ausgewichen. Eigentlich hatte ich gedacht, daß jetzt wieder alles okay sein müßte.«

Kein Wunder. Er war nach unserem sexuellen Höhenflug gestern nacht hochzufrieden eingeschlafen und hatte gar nicht mitbekommen, wie elend mir hinterher zumute gewesen war. Ich ignorierte das Pochen in meinen Schläfen, rieb meine nassen Hände an dem hochgeschlossenen, bodenlangen Nachthemd trocken und rückte zur Seite. »Da hast du eben falsch gedacht.«

»Susi …«

Ich holte Luft. »Sag mal – damals, mit dieser … mit deinem Verhältnis – worüber hast du dich eigentlich mit ihr unterhalten? Hast du irgendwas zu ihr gesagt? Dabei, meine ich.«

Sein Gesicht verschloß sich, und er stand auf, um sich auszuziehen.

»Ich habe dich was gefragt!« fuhr ich ihn an. Er zog sich das Hemd über den Kopf. Mit trockenem Mund betrachtete ich seine nackte Brust, als er sich neben mich auf die Bettkante setzte.

»Timmy hat mir vorhin das Marderkostüm gezeigt, das du ihm heute nachmittag genäht hast. Sieht wirklich toll aus. Und das Gedicht kann er perfekt. Er wird beim Pfarrfest bestimmt der große Star.«

»Du hast mir anscheinend vorhin nicht zugehört«, sagte ich schwach.

Er seufzte und schüttelte den Kopf. »Das ist doch alles Blödsinn, Susi. Warum läßt du diese uralte Sache nicht endlich ruhen? Du tust dir doch nur selbst weh damit, wenn du immer wieder darin rumstocherst!«

»Wer hat denn hier gestochert?« Ich sprang erregt auf und riß an den Nachthemdknöpfen, weil mir unvermittelt warm wurde. »Es ist doch wohl mein gutes Recht als betrogene Ehefrau, alles zu erfahren. *Alles*. Aber du willst ja lieber deine schmutzigen kleinen Geheimnisse für dich behalten. Du willst mich im ungewissen lassen und mich quälen. Ich muß mir die ganzen ekelhaften Details selbst ausmalen, wenn du mir nichts erzählst! Was erwartest du denn von mir? Daß ich darüber lache? Über all die heißen Sachen, die ihr zusammen im Bett angestellt habt? Über die Liebesschwüre, die du ihr ins Ohr geflüstert hast?« Schnaufend öffnete ich einen Knopf nach dem anderen. Mir wurde immer wärmer.

»Du redest verdammt viel Quatsch, Susi.« Er stellte sich mir in den Weg und streifte mir das Nachthemd von den Schultern. »Und du hast schon wieder dieses blöde Nachthemd an.« Seine Stimme klang belegt. »Komm, ich helfe dir beim Ausziehen.« Er half mir dabei, knipste das Licht aus und zog mich aufs Bett. Ich ließ es widerspruchslos geschehen. »Schorschi«, flüsterte ich atemlos, den Mund in seinen lockigen Brusthaaren.

»Ich liebe dich«, flüsterte er zurück. Ja, das tat er bestimmt. Niemals würde er so etwas zu einer anderen Frau sagen! Und außerdem war ich viel schöner, das hatte Schorschi selbst gesagt: Ich hatte mehr Busen, keine Pickel und keine Cellulite, und meine Haare leuchteten wie altes Gold.

Als ich ungefähr eine Stunde später heulend und zähneklappernd unter der eiskalten Dusche stand – das kalte Wasser war genau die Strafe, die mein wankelmütiger Körper verdient hatte –, war alles noch viel schlimmer als gestern. Der winzigkleine Rest meiner demolierten Selbstachtung löste sich zusammen mit dem Schaum des Duschgels in Rinnsale seifigen, blasigen Nichts auf. Zitternd trocknete ich mich ab und schlüpfte wieder in mein keusches Nachthemd. Und dann sah ich beim Zähneputzen mein trostloses, verweintes Gesicht im Spiegel und mußte erneut aufschluchzen. Die Zahnpasta stob aus meinem Mund, verteilte sich in einem feinen weißen Sprühregen über den Spiegel und vernebelte meine Trauermiene. Ich setzte mich auf den zugeklappten Toilettendeckel und starrte vollkommen niedergeschmettert auf die Zahnbürste in meiner Hand. Das Leben war so grausam, so gemein. Hans-Georg war so gemein! Alles war kaputt, und ich war das nichtswürdigste, armseligste Häufchen Elend, das jemals auf einem zugeklappten Toilettendeckel gehockt hatte.

Auf der Ablage neben der Klorolle lag Amalies Operntext, anscheinend hatte sie vor dem Schlafengehen noch auf der Toilette Arien studiert. Ich nahm geistesabwesend das blau eingebundene Buch und blätterte darin herum. Es klappte wie von allein an einer Stelle auf, die schon ziemlich zerlesen aussah.

*... und sie wand sich wollüstig unter seinem stählernen Griff. Schweratmend drängte er sie zurück auf den Diwan und drückte sie unnachgiebig in die seidenen Laken. »Ich will dich jetzt, jetzt sofort!« stieß er hervor. »Nimm mich, o du mein Geliebter!« hauchte sie mit ersterbender Stimme.*

Du liebe Zeit, das war aber wirklich eine gewagte Inszenierung! Es mußte etwas ganz Neues, sehr Modernes sein. Amalie hatte gar nichts davon erzählt, daß sie jetzt auch in modernen Opern mitwirkte. Soviel Avantgardismus hatte ich ihr trotz all ihrer Kunstbegeisterung gar nicht zugetraut! Ich sah mir den Rollentext genauer an. Komisch, es waren gar keine Noten dabei, und nach einer Arie sah das Ganze auch nicht aus. Eigentlich sah es wie ein ganz normales Buch aus. Strenggenommen *war* es ein ganz normales Buch. Es hieß: *Im heißen Taumel der Leidenschaft.*

Ich blätterte interessiert weiter und fand noch ein paar Stellen, die Amalie offenbar ebenfalls in den heißen Taumel der Leidenschaft versetzt hatten. Auf einmal fühlte ich mich nicht mehr ganz so schlecht. Irgendwie kam es mir vor, als hätte es einen tieferen Sinn, daß das Buch hier gelegen hatte, genau da, wo es mir in die Hände fallen mußte. Es schien ein Wink des Schicksals zu sein, eine Mahnung, nicht in Depression und Selbstaufgabe zu verfallen, sondern dem Leben die Stirn zu bieten und allen Widrigkeiten standzuhalten. Warum sollte ich mich zerfleischen, wenn andere vor Leidenschaft taumelten?

Ich würde nicht aufgeben, ich würde stark und tapfer sein und alles tun, um wieder zu Selbstachtung und Selbstwertgefühl zu gelangen. Noch war nichts verloren. »Das Schicksal mischt die Karten für uns, und wir spielen.« Das stammt von Schopenhauer, und er hatte hundertprozentig recht. Das Schicksal hatte die Karten für mich gemischt, und jetzt lag es an mir, was ich daraus machte. Johann Stichler hatte nicht gestochen, diese Runde war nicht an mich gegangen, es sollte eben nicht sein. Aber er war nicht mein einziger Trumpf gewesen. Schließlich kam jeden Tag der Briefträger.

Der Zufall spielte mir in die Hände. Ich mußte mit meinen Briefträgerplänen nicht mal bis nach Amalies Abreise warten, denn am nächsten Morgen machte sie sich direkt nach dem Frühstück mit Oma zu einem Stadtbummel auf.

Ich brachte Timmy in den Kindergarten und beeilte mich anschließend mit der Hausarbeit, weil ich keine Zeit verlieren wollte. Ich mußte mich in einen ansprechenden Zustand versetzen, der ein genau dosiertes, unerfülltes Hausfrauenbedürfnis signalisierte, gerade so viel, um ein kurzes, erotisch knisterndes Zwischenspiel in die Wege zu leiten. Ich zerwuschelte mir die Haare, so als ob ich mich gerade eben zu einem süßen Vormittagsschläfchen hingelegt hatte, und malte mir mit Lippenstift einen rosaroten Schmollmund. Der Einfachheit halber zog ich wieder das verführerische Sommerkleid vom Vortag an. Der nette junge Briefträger würde sicher keine überzogenen Ansprüche stellen. Bestimmt hatte er einen gesunden Appetit auf unbefriedigte Hausfrauen. Schließlich war das bei kräftigen jungen Briefträgern ein allgemein bekanntes, weitverbreitetes Phänomen. Heike hatte dazu gemeint, daß es vermutlich an den Hunden liegt. Hund haßt Briefträger, Hund will Briefträger beißen. Briefträger hat Frust, kann aber nicht zurückbeißen, schließlich ist er Beamter. Also hält er sich an Frauchen schadlos.

Demnach wäre es nur primitive Kompensation. Mir persönlich gefiel diese Interpretation nicht besonders, ich hielt mehr von meiner eigenen Theorie. Wahrscheinlich neigten die Briefträger bloß deswegen zu jenem kleinen Extraservice, weil sie soviel an der frischen Luft unterwegs waren und sich dabei mit überschüssiger Energie aufluden, die sie allein mit dem Briefeeinwerfen nicht loswerden konnten.

Die restliche Zeit bis zum Eintreffen der Post verbrachte ich mit Unkrautjäten im Vorgarten. Das heißt, ich tat so, als ob ich Unkraut jätete. In Wahrheit zupfte ich nur müßig ein paar Blätter von den Rhododendronbüschen. Schließlich wollte ich nicht in Schweiß gebadet sein, bevor es richtig losging. Als ich ein Blatt von dem Rhododendron rupfte, unter dem vor ein paar Wochen der arme Herr Süß gefunden worden war, hielt ich sekundenlang inne. Ich sah wieder die schiefgelaufenen Absätze und die wehrlos geöffneten Hände. Sein erfreutes Gesicht, wenn er die zwanzig Mark zwischen Weihnachten und Neujahr bekam.

Ich rieb gedankenverloren ein Rhododendronblatt zwischen den Fingern. Armer Herr Süß. Ob sonst noch irgend jemand an ihn dachte? Jemand um ihn trauerte? Darum betete, daß man endlich den Mörder faßte?

Dann schüttelte ich entschlossen den Kopf. Ich

durfte nicht vergessen, was ich vorhatte. Ich sollte lieber an etwas Schönes, Romantisches denken.

Zwei tschilpende Spatzen saßen auf der Einfassung unserer steinernen Vogeltränke. Sie beugten und streckten die Köpfchen, dann schnäbelten sie, heftig und verliebt. Ein Omen. Ich begann wieder damit, Blätter abzurupfen. Ich zog gerade an einem besonders widerspenstigen Blatt, als ich Tannhäusers dumpfes Kläffen aus dem Keller hörte, wo ich ihn vorsorglich eingesperrt hatte. Es war soweit.

»Guten Tag!« sagte ich mit gedämpfter Stimme und riß die Gartenpforte auf, zufällig gerade in dem Moment, als unser netter neuer Briefträger dort auftauchte.

Er nickte freundlich und wollte mir die Post reichen.

»Ach – hätten Sie einen Moment Zeit?« flötete ich. Ich bekam es kaum heraus vor lauter Aufregung. Beinahe hätte ich mich umgedreht, um ins Haus zu flüchten. Das Herz klopfte mir bis zum Hals, weil ich mir zutiefst verdorben vorkam.

»Könnten Sie … vielleicht könnten Sie kurz mit reinkommen.« Ich lächelte gekünstelt und mußte mir dabei an die Kehle greifen, weil mir sonst das Herz zum Hals herausgehüpft wäre.

Seine Miene hellte sich auf. »Klar, ich hab einen Moment Zeit.«

Ich fühlte, wie mir das Blut in die Wangen stieg. Bestimmt hielt er mich für eine Nymphomanin!

Er grinste mich vielsagend an und stieg schwungvoll die Stufen zur Haustür hoch. Ich folgte ihm mit tonnenschweren Füßen und umklammerte zitternd die

Briefe, die er mir in die Hand gedrückt hatte. Es gelang mir nur mit Mühe, die Tür zu öffnen.

Irgendwie guckte er so… wissend! Was glaubte er denn, wer er war?

»Was kann ich für Sie tun, junge Frau? Irgendwas kaputt im Haus? Klemmt's irgendwo?« Es hörte sich an, als würden wir schon auf dem Küchentisch liegen. So konnte er nicht mit mir umspringen. Nicht mit mir. Schließlich war ich eine verheiratete Frau. Was dachte sich dieser Kerl überhaupt?

Er trat mit hochgezogenen Brauen näher und lächelte. Man sah zu viele Zähne, es sah ausgesprochen wölfisch aus. Als er noch näher kam, wich ich zurück. Jetzt sah er aus wie der große böse Wolf. Ich war Nummer eins von den sieben Geißlein – und wir hatten keinen Uhrenkasten.

»W-wieso sehen Sie mich so an?« stammelte ich.

»Ich sehe Sie an?« Das klang so wie der Einleitungssatz zu: Damit ich dich besser fressen kann! Und dazu diese raffiniert gespielte Verblüffung und Verständnislosigkeit, gerade so, als wüßte er von nichts!

»Ich … ich …« Beinahe wäre ich rückwärts die Stufen vor der Haustür hinabgestürzt. Ich konnte mich im letzten Moment am Türrahmen festkrallen.

»He!« rief er überrascht aus und setzte mir nach. Gleich hatte er mich! Dann würde er mich packen, in die Küche ziehen und mir auf dem Tisch Gewalt antun! Wie war ich nur auf die Idee verfallen, dieser gewissenlose Sittenstrolch sei ein netter junger Mann? Dieser triebhafte Kerl, der nichts Besseres zu tun hatte, als Vormittag für Vormittag hilflose Hausfrauen zu vergewaltigen!

Dann wurde mir die Sicht versperrt von einem hellen, wolligen Bettvorleger, der mit einem kehligen Knurren durch die Haustür flog, an mir vorbeisegelte, auf den Briefträger prallte und ihn der Länge nach auf den Treppenstufen niederstreckte. Ich mußte vergessen haben, die Kellertür zuzumachen.

»Hilfe! Uääh!« würgte der Briefträger erstickt an Tannhäusers feuchter, sabbernder Schnauze vorbei.

»Braver Hund!« stieß ich erleichtert hervor. »Lieber, lieber Hund! Das hast du fein gemacht!« Der gute Tannhäuser, er hatte mich aus höchster Gefahr gerettet! Wie richtig war es doch, daß wir uns einen Hund hielten! Konnte man sich einen treueren, rechtschaffeneren Gefährten vorstellen?

»Hmpf!« machte der Briefträger dumpf.

»Sie sind selbst schuld«, erklärte ich ihm nachsichtig. »Sie wissen doch, daß er Sie nicht ausstehen kann. Das kommt davon, wenn man denselben Fehler ein zweites Mal macht.«

An diesem Mittag war ich außerstande, etwas Vernünftiges zu kochen. Immerhin bekam Tannhäuser eine Riesenportion Extrafressi, er hatte es sich redlich verdient im Kampf gegen die Bestie Mann. Nachdem ich mein teures, nutzloses Chiffonfähnchen ausgezogen und gegen ein streng geschnittenes, eisengraues Kittelkleid getauscht hatte, holte ich Timmy aus dem Kindergarten ab und schob gleich anschließend ein paar Hawaiitoasts in den Backofen. Kurz darauf kam Oliver von der Schule nach Hause, die Haustür fiel donnernd ins Schloß.

»Miampf?« brüllte er.

»Hawaiitoast!« rief ich zurück. »Fünf Minuten!«

Ich hörte ihn kommentarlos die Treppe hochpoltern. Hawaiitoast war anscheinend geschmacksneutral, weder spotz noch geil. Ich hockte mich auf den kalten Küchenfußboden und beobachtete geistesabwesend durch die Sichtscheibe, wie der Käse Blasen warf und hawaiimäßig über den runden Ananasscheiben bräunte. Ich mußte an Thomas Magnum denken. Es war eben doch nicht dasselbe, Traum und Wirklichkeit waren meilenweit voneinander entfernt. Sich im Traum mit einem anderen Mann zu vergnügen mochte lustvoll, beglückend und aufregend sein. Ich warf einen Blick auf die Terrasse, wo sich Amalie mit ihrem blau kaschierten Leidenschaftstaumel wohlig auf der Liege räkelte. Ja, im Traum und in Büchern, da war alles perfekt. Da wurde frau schwach vor Wollust, wenn sie von unnachgiebigen Männerhänden nieder auf den heißen Sand/den Küchentisch/den seidenen Diwan gedrückt wurde. Aber die Realität sah anders aus. Sie bestand aus borstigen Nasenhaaren und wölfischen Zähnen.

Als das Telefon klingelte, stellte ich den Ofen aus. Ein Mann meldete sich. Mit salbungsvoller Stimme erklärte er, daß er gehört habe, nun sei die große Anstrengung vollbracht. Es dauerte eine Weile, bis ich begriff, daß es der Pfarrer war. Ich fragte ihn müde, was ich für ihn tun könne.

Er druckste herum. »Also – nun ja, da doch morgen schon das große Ereignis stattfindet, dachten wir – also das Festkomitee –, daß in Anbetracht des wunderbaren Wetters der Besucherandrang vielleicht doch größer als erwartet sein könnte, und da haben wir gemeint ...«

Es lief darauf hinaus, daß man befürchtete, zuwenig Kuchen anbieten zu können, und da ich mich doch schon einmal bereit erklärt hätte, einen Kuchen zu backen, wäre es doch eventuell möglich ...?

Ich hatte es total vergessen. Genaugenommen konnte ich mich nicht erinnern, mich überhaupt freiwillig fürs Kuchenbacken gemeldet zu haben.

»Na schön«, seufzte ich. »Ich mache einen.«

Aber bloß einen Obstboden. Ohne Sahne. Doch das sagte ich vorsichtshalber nicht, ich dachte es bloß, und auch das nur ganz leise.

»Es reicht ja, wenn Sie einen Obstboden machen. Das ist sehr erfrischend bei der heißen Witterung. Es muß auch nicht unbedingt Sahne dabei sein«, sagte er großzügig. »Das geht schnell und macht nicht soviel Arbeit.« Er hüstelte und meinte dann: »Na ja, und weil das so schnell geht, dachte ich ...« Er stockte verlegen.

»Mein Ältester hilft auch beim Loseverkaufen!« sagte ich rasch. Das war jedoch anscheinend nicht genug.

»Die Tombolapreise müßten noch mit Nummern ausgezeichnet werden«, erklärte er schüchtern, »vorzugsweise heute nachmittag. Frau Schwammberger-Schneckesheim hat sich auch schon bereit erklärt. Allerdings meinte sie, es könnte unter den fleißigen Sammlerinnen vielleicht Differenzen geben wegen der Reihenfolge der Losnummern, da müßte man sich vorher einig werden.«

Freundlich, aber eisern entschlossen sagte ich: »Oh, ich bin nicht so. Frau Schwammberger-Schneckesheim kann meine Preise beliebig auszeichnen.« Damit mußte er sich zufriedengeben. Ich hatte beim besten Willen keine Lust, mich mit der Schwammschnecke den ganzen Nachmittag wegen der Preisreihenfolge zu zanken. Sie würde sowieso darauf bestehen, für ihr ganzes Gerümpel die Preise eins bis vierzig in Anspruch zu nehmen. Sollte sie doch. Es war mir ja so egal. Mir war alles egal.

»Ach ja, noch etwas«, sagte der Pfarrer. »Ich habe von dieser entsetzlichen Geschichte gehört, von diesem Mord auf Ihrem Grundstück. Man redet von nichts anderem mehr hier in der Gegend. Schreckliche Sache.«

Es konnte mich nicht erschüttern, daß auch er es schon wußte. Wahrscheinlich wußte es inzwischen sowieso jeder.

»Ich werde es natürlich nicht weitertragen«, versicherte er. »Ich spreche den Vorfall nur an, weil ich Sie des Trostes der Kirche versichern möchte. Ich weiß, was Sie mitgemacht haben müssen deswegen. Wenn Sie also das Bedürfnis haben, sich auszusprechen … Ich meine, falls Sie …« Er verstummte unbeholfen.

»Danke«, sagte ich. Damit meinte ich nicht: nein danke, sondern wirklich danke. Er wollte mir helfen und meinte es ehrlich. Ich war beschämt. Er war bislang der einzige Mensch, der sich in unsere mißliche Lage versetzte und mir seine Hilfe anbot. Ich beschloß, zwei Obstböden zu machen und mindestens zwei Töpfchen Sahne zu schlagen.

»Vielleicht bin ich einfach unfähig dazu«, sinnierte ich.

»Unfähig?« fragte Laila und nahm einen Schluck von ihrem Bier. Es war alkoholfrei, weil sie mit Fahren dran war. Sie hatte sich als wahre Freundin erwiesen und solidarisch zusammen mit mir ihre Kursteilnahme bei dem didaktischen Versager Erich Erker storniert und statt dessen die Frauencomputergruppe gebucht. Damit hatte es keine Probleme gegeben, denn dank der regen Nachfrage hatte die VHS noch einen Zusatztrollokurs eingerichtet. Heute war unser erster Teilnahmeabend gewesen, bei einem netten, einfühlsamen, geduldigen Mann um die Fünfzig mit leicht gequälten Gesichtszügen. Nicht, daß ich viel mehr als bei Erich Erker kapiert hätte, dafür war ich viel zu down. Ich war froh, als Laila anschließend vorgeschlagen hatte, noch auf ein Bierchen in die Kneipe zu gehen. Auf diese Weise konnte ich meinem Mann am besten aus dem Weg gehen.

»Ja, unfähig zum Fremdgehen. Ich glaube, ich könnte es gar nicht tun, selbst wenn ich es wollte. Ich meine, rein emotional und so. Vielleicht bin ich blockiert, weil ich monogam veranlagt bin.« Trübsinnig starrte ich in mein Bier. »Wahrscheinlich hätte es mir sowieso nichts gebracht, erfüllungsmäßig meine ich. Der Steuerberater und der Briefträger zum Beispiel, die haben nicht so ausgesehen, als hätten sie dafür mehr Zeit gebraucht als zwei Minuten.«

Einmal hatte ich ein Liebeserlebnis gehabt, das auch nicht viel länger gedauert hatte und trotzdem wunderbar gewesen war. Ich glaubte förmlich, es noch zu fühlen, dieses Herzklopfen, das Rauschen des Blutes in meinen Ohren, die winzigen Steine in meinem Rücken.

Ich erzählte Laila davon, wie ich meinen Mann kennengelernt hatte, wie sorglos wir uns an diesem Tag im Gebüsch geliebt hatten.

»Wir haben nicht mal an Verhütung gedacht. Er hatte ja bloß sein Flickzeug für sein kaputtes Fahrrad dabei, und meine Handtasche war irgendwo in einem der Sträucher hängengeblieben. Außerdem hatte ich auch nichts mit, bloß ein paar Tempos und einen Kamm. Aber dafür ist es dann bei einem der nächsten Male passiert. Da hatten wir wieder nicht dran gedacht, weil wir unheimlich bekifft waren.«

Laila wirkte erstaunt. »Ist Olli von deine Mann?«

»Was dachtest du denn?« fragte ich überrascht. »Von wem sollte er denn sonst sein?«

Sie schob verlegen ihr Bierglas hin und her. »Du hast mal erzählt, daß es schmutzige Afghane oder Türke war. Dein Mann hatte sie zur Feier mitgebracht, und dann die beiden haben dich umgeschmissen. Ich hab's zufällig gehört, wie du's gesagt hast, zu Heike. Ich war total erschrocken.«

Ich war sprachlos. Dann erinnerte ich mich. Der Lappen war Laila aus der Hand gefallen, und sie hatte ziemlich aufgeregt gewirkt. Ich unterdrückte mühsam ein Grinsen und klärte das Mißverständnis auf. Laila lachte erleichtert und bestellte sich noch ein Bier.

»Was er gesagt zu Baby?« wollte sie dann wissen.

Ich richtete meine Augen nach oben, zur fleckigen, vergilbten Decke, wo sich schattenhafte Umrisse abzeichneten, entstanden durch den Qualm von einer Million Zigaretten und den Staub und Kneipendunst von mindestens zwanzig Jahren. Automatisch sah ich verschwommene Figuren und Gesichter in den unregelmäßigen Flecken an der Decke. Hans-Georgs Gesicht war ganz besonders deutlich zu erkennen, ganz hinten, oben in der linken Ecke. Vor ihm stand eine geduckte Gestalt mit ängstlich zusammengezogenen Schultern. Trotz der gebückten Haltung war deutlich ein großer runder Bauch zu erkennen. Das war ich. Ich schaute mir das Gesicht von Hans-Georg noch mal an. Ja, man erkannte tatsächlich ein Lächeln. Erst ganz zögernd, dann immer breiter und vergnügter.

»Das ist komisch, daß du mich das fragst«, sagte ich langsam. »Ich habe jahrelang nicht mehr dran gedacht, was es damals für ein Gefühl war. Ich meine, dieses Gefühl, als ich irgendwann mitten im ersten Semester feststellte, daß ich schwanger war. Ich hatte unheimliche Angst, das weiß ich noch. Ich war so verknallt in ihn, so wahnsinnig verliebt. Und dann das. Irgendwie dachte ich, das kann ich ihm doch nicht sagen, ich kann ihm so was doch nicht antun. Blöd, was?«

»Blöd«, bestätigte Laila.

»Na ja, ich hab's ihm dann natürlich doch gesagt, es ging ja nicht anders. Erst kriegte er einen Schreck. Klar, ich war erst zwanzig, er dreiundzwanzig, und wir hatten kein Geld, keine vernünftige Wohnung, keinen Beruf und all das. Aber dann…« Ich seufzte und lächelte. »Ja, dann hat er sich gefreut. Richtig gefreut, verstehst du? Kein Wort davon, daß er das Kind nicht wollte. Und er hat gesagt, daß ich für ihn sowieso die Frau fürs Leben bin. Daß er mich heiraten will. Daß das Kind Oliver heißen soll, wenn's ein Junge wird. Daß er sich nebenbei einen Job suchen will.«

»Und er alles so gemacht?«

»Alles.«

»Du immer noch verknallt in diese Mann.«

»Ja, ich schätze, du hast recht.«

»Dann war das blöde Idee, mit dem Briefträger.«

»Ja, es war blöd. Aber das bringt mich keinen Schritt weiter.« Ich blickte wieder nach oben zu der verräucherten Decke. Hans-Georg lächelte immer noch vergnügt auf mich herab. Ich war auch noch da, doch mein dicker Bauch war wieder flach, und ich hielt ein kleines Bündel in den Armen. Aber jetzt sah ich noch eine andere Person, sie war pickelig und dunkelhaarig und drückte sich mit schmalzigem Grinsen an meinen Mann.

»Nein«, wiederholte ich müde. »Keinen Schritt weiter.«

Als ich spät in der Nacht nach Hause kam, war es still im Haus. Alle schliefen schon. Von einer vagen Sehnsucht erfüllt, stieg ich auf den Dachboden und öffnete alte Kisten. Ich holte die pastellfarbenen Babyschühchen hervor. Ich weinte, denn der alte Schmerz war plötzlich wieder da, und ich dachte daran, wie mein Mann mich damals in den Armen gehalten und mit mir geweint hatte.

Irgendwann ging ich wieder nach unten, zog mich aus und schlich geräuschlos ins Schlafzimmer. Mein Mann atmete tief und regelmäßig. Als ich mich auf meiner Bettseite zu einer Kugel zusammenrollte, weinte ich immer noch.

Am nächsten Morgen wachte ich mit dem Gefühl auf, daß irgend etwas nicht stimmte. Ich blinzelte einen Augenblick lang desorientiert, dann kam ich drauf. Es war zu spät! Zehn Uhr! Ich hatte verschlafen! Entsetzt sprang ich aus dem Bett und blickte mich wild um, bevor mir einfiel, daß heute Samstag war. Oliver mußte nicht in die Schule, Timmy nicht in den Kindergarten, mein Mann nicht zur Arbeit. Eingekauft hatte ich gestern schon.

Erleichtert ließ ich mich auf mein Bett zurückfallen und schlüpfte noch mal unter die Decke, bis mein aufgeputschter Kreislauf sich etwas beruhigt hatte. Dann dachte ich nach. Irgend etwas war trotzdem anders als sonst. Ich wurde einfach das nagende Gefühl nicht los, daß etwas nicht stimmte. Aber was? Ja! Es war Samstag, und zum ersten Male, seit ich zurückdenken konnte, hatte Hans-Georg mich nicht mit seinem üblichen Samstagmorgenanliegen geweckt. Ein Ereignis von immenser Tragweite. War er krank? Beunruhigt stand ich endgültig auf und ging ins Bad. Als ich nach unten kam, sah ich meinen Mann durch die geöffnete Tür des Gästeklos. Verblüfft starrte ich seinen über die Toilette gebeugten Rücken an. »Was tust du da? Ist dir übel?«

Er richtete sich auf, mit rotem Gesicht, in der rechten Hand einen Putzlappen, in der linken eine Flasche Ajax. Ich kniff die Augen zusammen, damit dieses Trugbild verschwand. Es verschwand nicht. Ich machte die Augen erneut zu und zählte langsam bis drei, bevor ich sie wieder öffnete. Hans-Georg stand immer noch dort, immer noch mit Lappen und Ajax.

Er räusperte sich. »Ich mache ein bißchen sauber. Weil du doch noch den Kuchen für das Pfarrfest machen mußt.«

Ich nickte wortlos, obwohl ich nicht das geringste begriff, und ging in die Küche. Alles blitzte und blinkte nur so. Der Frühstückstisch war liebevoll gedeckt – für eine Person. Vor der Kaffeetasse stand in einem Wasserglas ein frischgepflücktes Sträußchen Gänseblümchen.

»Täßchen Kaffee? Scheibchen Toast?« fragte mein Mann eifrig. Ich nickte wieder und griff mechanisch nach der Kaffeekanne, um ihm einzuschenken, aber er kam mir zuvor, nahm mir die Kanne aus der Hand und drückte mich auf den Stuhl. Dann goß er mir Kaffee ein. Ich zwickte mich in den Arm. Vielleicht war ich ja in Wahrheit noch gar nicht aufgestanden. Ich lag oben in meinem Bett und träumte. Ja, das würde passen. Etwas anderes kam gar nicht in Frage, vor allem schon deswegen, weil das ganze Haus wie ausgestorben war. Keine lärmenden Kinder, keine lispelnde Oma, keine lamentierende Amalie. Also mußte es ein Traum sein. Ein schöner Traum.

»Sag mir, daß es ein schöner Traum ist«, forderte ich meinen Mann auf.

»Es ist ein schöner Traum«, lächelte er.

Ich trank von dem Kaffee. Er war heiß und zu bitter. Ich verzog das Gesicht und goß Milch dazu.

»Er ist wohl zu stark, oder?« entschuldigte er sich. »Ich glaube, mir fehlt die Übung.«

»Was ist los?« fragte ich. »Ist heute Muttertag oder so was Ähnliches?«

Er gab keine Antwort, sondern brachte mir statt dessen eine Scheibe Toast. Dann meinte er, bemüht gutgelaunt: »Timmy hat sich gestern abend im Garten noch unheimlich dreckig gemacht. Ich mußte den großen Captain Future hinterher gleich in die Wanne stecken. Möchtest du noch Kaffee?«

»Wo sind eigentlich die anderen alle?« fragte ich mißtrauisch. Meine Betäubung wich allmählich der Erkenntnis, daß er mit seinem Verhalten einen ganz bestimmten Zweck verfolgte. Strategie. Seine goldene Lebensregel.

»Oliver ist zum Fußball, aber er will rechtzeitig zum Pfarrfest wieder da sein. Timmy ist mit Mutter und Oma ein bißchen spazierengegangen.«

»Ach so.«

»Susi, so kann das nicht weitergehen!« brach es aus ihm heraus. »Warum nimmst du dir das alles so zu Herzen?«

»Das tue ich doch gar nicht«, antwortete ich abweisend. »Wie kommst du darauf?«

»Ich habe gestern nacht gehört, wie du geweint hast.«

Ich stand abrupt auf. »Das mußt du geträumt haben.«

Er stand ebenfalls auf und hielt mich fest. Er schlang die Arme um mich und vergrub sein Gesicht an meinem Hals. Ich roch sein Rasierwasser und spürte die Anspannung in seinem Körper. »Susi, ich ... ach, verdammt!« Er hob den Kopf, und ich machte mich hölzern von ihm los.

»Jetzt muß ich mich um den Obstboden kümmern«, erklärte ich mit flacher Stimme, aber mein Mann hatte schon mit einem unterdrückten Fluch die Küche verlassen.

Warum muß ich mich so anstellen? dachte ich in plötzlicher Verzweiflung. Warum kann ich nicht großmütig sagen: Schwamm drüber, vergeben und vergessen? Warum mußte ich päpstlicher sein als der

Papst, und das nach fünfzehn langen Jahren! Ich *wollte* gar nicht unversöhnlich sein, ich *wollte* ihm doch verzeihen! Und außerdem war mein Mann auch nur ein einziges Mal fremdgegangen. Einmal! Was war schon so entsetzlich daran? Andere Männer machten es mindestens zehnmal im Laufe ihrer Ehe. Oder hundertmal. Oder noch öfter. Oder sie hauten einfach ab und zogen bei ihrem Verhältnis ein.

Ich belegte die Tortenböden, einen mit Pfirsichspalten und einen mit Erdbeeren. Schließlich hatte die dicke Mistbiene keinen Orgasmus dabei gehabt, oder? Aber woher wollte Hans-Georg das eigentlich so genau wissen? Vielleicht hatte sie doch einen gehabt, und er hatte es bloß nicht bemerkt. Mit heftigen Schlägen rührte ich den Tortenguß um. Ich hatte klaren Tortenguß genommen, den konnte ich über beide Böden geben.

Sie könnte *doch* einen gehabt haben. Es gab Frauen, die explodierten eben mehr nach innen. Der Tortenguß lief beim Verteilen über den Rand und bildete rasch erstarrende Ausläufer auf der Tortenplatte und dem Tisch. Ich wischte das süße, klebrige Zeug mit dem Finger weg und schleckte es auf.

Wie sollte ich das im nachhinein noch überprüfen? Ich würde mich auf keinen Fall so weit erniedrigen, daß ich Hans-Georg den Namen dieser Person aus der Nase zog, um den Wahrheitsgehalt seiner Behauptungen aus erster Hand zu kontrollieren. Außerdem nützte es mir nicht das geringste, daß es schon fünfzehn Jahre her war, genausogut hätte es erst drei Tage her sein können. Vor drei Tagen hatte ich es erfahren.

Ich erinnerte mich daran, daß ich noch etwas Dringendes zu erledigen hatte. Ich holte die Tombolaliste aus meiner Handtasche und suchte die Telefonnummer des Bizarr-Shops heraus. Als Edelgard sich mit gewohnt warmer und liebevoller Stimme meldete, hätte ich beinahe wieder aufgelegt, doch dann holte ich tief Luft und meldete mich. »Ich rufe wegen des Nonnenkostüms an. Ich war wegen der Tombola neulich bei Ihnen, Sie erinnern sich bestimmt. Meine Schwiegermutter war dabei, sie hat Ihr … dieses Noppending in der Vitrine bestaunt.«

Schweigen am anderen Ende der Leitung.

»Ich … Es tut mir leid, daß ich vergangene Woche nicht stehengeblieben bin, als wir uns zufällig in der Stadt begegnet sind. Ich hatte es wahnsinnig eilig. Ich habe wichtigen Besuch erwartet.« Das war nicht mal gelogen. Aber sie sagte immer noch nichts. Dann hörte ich, wie sie scharf Luft holte.

»Was wollen Sie?« Es klang argwöhnisch und abweisend.

»Ich möchte es bezahlen«, sagte ich ohne Umschweife.

»Wie bitte?« fragte sie entgeistert. »Aber ich dachte … Sie sagten doch, Sie wollten nicht … Ich verstehe es nicht …«

»Es war ein Versehen, daß wir es mitgenommen haben. Ich wollte es sofort zurückbringen, aber meine Schwiegermutter … Kurz und gut, jetzt geht es nicht mehr. Es ist schon mit den anderen Tombolapreisen im Pfarrheim ausgelegt. Ich konnte es nicht einfach wieder verschwinden lassen. Deshalb will ich es bezahlen. Was kostet es?«

Sie ging nicht darauf ein.

»Wollen Sie damit sagen, daß es… Habe ich Sie richtig verstanden? Haben Sie Pfarrheim gesagt? Es ist im *Pfarrheim*?«

»Ja«, sagte ich kleinlaut.

Sie lachte, schrill und nervös. »Das ist nicht Ihr Ernst!«

»Doch. Hören Sie, es tut mir wirklich leid, aber…«

»Sie meinen, daß es komplett im Pfarrheim ist und da verlost werden soll? Nicht nur das Kostüm, auch das, was drin ist?«

Ich dachte an den versteckt integrierten, bestrapsten Bodysuit im Inneren des braven Kostüms und zuckte erschrocken zusammen. Das hatte ich ganz vergessen!

»Ja, ich fürchte, es ist auch dabei!«, sagte ich schuldbewußt. »Meine Schwiegermutter hat das Ganze so, wie es war, dort abgeliefert.«

»Holen Sie es um Himmels willen da raus!« sagte sie mit hysterischem Unterton in der Stimme.

»Es geht nicht mehr«, erklärte ich lahm. »Das Pfarrfest hat schon angefangen, wissen Sie? Wir wollen auch gleich hin. Ich muß nur noch die Torten einpacken.«

Klick. Sie hatte aufgelegt, einfach so, ohne ein Wort. Achselzuckend hängte ich ebenfalls ein. Wenn sie kein Geld wollte – bitte, das war ihr Problem. Mehr als anbieten konnte ich es nicht.

Ich ging zurück in die Küche. Der Guß auf dem Kuchen war erstarrt. Ich verstaute sie sicher in großen Tortenschachteln, hängte mir die Handtasche über die Schulter und ging nach draußen, zur Einfahrt. Nebenan stand Herr Zwicker und lud Koffer in seinen

Wagen. »Wollen Sie verreisen?« fragte ich höflich. Er nickte mit abgewandtem Gesicht und wuchtete eine ziemlich schwere Kiste auf die Ladefläche seines Kombi.

Irritiert sah ich ihm zu. Er war wieder errötet. Was war los mit ihm? Und wo war seine Frau? Mir fiel ein, daß ich sie schon ewig nicht gesehen hatte. Es lag mir auf der Zunge, ihn nach ihr zu fragen, aber ich verkniff es mir im letzten Moment. Statt dessen begann ich, fieberhaft nachzudenken. Er war rot geworden, schon zum zweitenmal. Er war handwerklich geschickt. Er wohnte direkt nebenan und kannte sich auf unserem Grundstück aus. Er war schon einmal problemlos dorthin gelangt, angeblich um Kohlrabischalen loszuwerden. Oma war eine vertrauensvolle alte Seele und glaubte an Nachbarschaftshilfe. Ich atmete tief ein und starrte Herrn Zwickers kräftige Unterarme an. Mir war plötzlich noch etwas eingefallen. Timmy ließ Tannhäuser für sein Leben gern apportieren. Er warf die Stöckchen in die Luft, so hoch er konnte. So hoch, daß sie manchmal über die Hecke segelten, aufs Nachbargrundstück. Dabei stieß er begeisterte Schreie aus, und Tannhäuser kläffte wie verrückt. Wenn kein Stöckchen zur Hand war, konnte es auch ein Turnschuh sein. Oder ein alter Knochen. Oder eine Luftpumpe.

Ich spürte, wie der zu starke Kaffee vom Frühstück in meinem Magen blubberte. Meine Handflächen wurden feucht. Die Tortenschachtel rutschte mir aus der Hand und fiel in den Kofferraum. Ich starrte ihn immer noch an, ich konnte nicht anders.

Er merkte es. Seine Augen tauchten in meine. Sie waren von einem eigenartig blassen, metallischen

Grau. Instinktiv wich ich einen Schritt zurück. Ich stieß gegen den Kotflügel meines Wagens. Dabei riß der Riemen von meiner Handtasche; der Inhalt rutschte heraus und kollerte über die kiesbestreute Einfahrt in die Garage. Ohne nachzudenken bückte ich mich, um alles einzusammeln, Brieftasche, Puderdose, Kamm, Tombolaliste. Als ich nach dem Tütchen mit dem Rosendünger griff, schob sich ein muskulöser, rötlich behaarter Unterarm in mein Blickfeld. »Kommen Sie, ich helfe Ihnen.«

Ich schrie erschrocken auf und ließ das Tütchen fallen. Herr Zwicker hob es auf. Dann sah er mich an. Er wirkte irgendwie traurig. Kopfschüttelnd sagte er: »Sie haben es also. Alles war umsonst. Sie wissen, was es ist, nicht wahr?«

Ich war vollkommen erstarrt. Irgendwo in einem hellen Winkel meines Verstandes wußte ich, daß ich um Hilfe schreien mußte, wenn mir mein Leben lieb war. Aber ich konnte es nicht. Ich konnte nicht einmal atmen. Meine Lunge war vereist, meine Stimmbänder eingefroren.

Keine Frage, jetzt mußte ich dran glauben. Er war der Mörder. Außerdem hatte ich es, und ich wußte, was es war. Aber was? Wovon, zum Teufel, redete er bloß?

Ich folgte seinen Blicken auf das Tütchen. Er hielt es in seiner schwieligen Faust und glotzte es verzweifelt an. Es hatte also irgend etwas mit dem Rosendünger zu tun. Die romantisch-verschnörkelte Aufschrift stach mir schmerzhaft rosenrot ins Auge. *Dünge deinen Liebesgarten*. In meinem Gehirn fügte sich ein Puzzle zusammen. Rosalia-Vertriebs-GmbH. Verdorrter

Phlox. Oma, die den Phlox düngt. Mit dem Liebesgartendünger aus dem Tütchen, das Herr Süß kurz vor seinem Tod bei uns abgeliefert hatte. Dem Tütchen, das eigentlich Herr Zwicker bekommen sollte. Dem Tütchen, in dem alles andere als Rosendünger war. Ich schaute auf, in Herrn Zwickers traurige Augen. Er wirkte unentschlossen, so wie er da neben mir hockte und seine Blicke durch unsere Garage schweifen ließ. Unentschlossen? Du liebe Zeit, wie kam ich nur auf diese naive Idee? Er suchte nach einer Luftpumpe! Aber ich würde ihm zuvorkommen. Ich war über zwanzig Jahre jünger als Herr Süß. Ich würde nicht wehr- und tatenlos hinnehmen, daß dieser irre Luftpumpenmörder mir spitze Gegenstände in die Brust rammte!

Im Angesicht des Todes entwickelt der Mensch ungeahnte Kräfte und Fähigkeiten. Ich hatte immer noch den abgerissenen Riemen meiner Handtasche in der verkrampften Faust. Und, was noch besser war, ich hatte alles, was herausgefallen war, wieder eingepackt. Meine Handtasche war wieder, wie sie immer war, sah man von dem zerrissenen Riemen einmal ab. Sie war groß und voll und schwer. Sehr schwer. Allein das Kleingeld, von dem ich wie immer zuviel mit mir herumschleppte, hatte ein beträchtliches Gewicht. Und meine Haarbürste war aus echtem, massivem Wurzelholz.

Ich überlegte nicht weiter. Mit heftigem Schwung riß ich den Arm hoch, holte weit aus, und meine Handtasche beschrieb an dem abgerissenen Riemen einen weiten, perfekten Bogen von mindestens hundertachtzig Grad, der mitten auf dem Scheitel von

Herrn Zwicker endete. Der Ausdruck seiner Augen veränderte sich. Sie wirkten nicht länger traurig, sondern verblüfft. Dann wurden sie verständnislos, dann trüb, dann leer. Dann klappten sie zu und Herr Zwicker zusammen. Er knallte mit der Schläfe gegen den Stahlrahmen von Olivers Mountainbike, es gab ein häßliches, knirschendes Geräusch, und er rührte sich nicht mehr. Ich ließ die Tasche los und fiel aufschluchzend zurück, gegen die Garagenwand. Zitternd umklammerte ich meine Knie. Ich hatte es geschafft! Ich hatte den Mörder dingfest gemacht! Taumelnd versuchte ich, auf die Beine zu kommen, aber es ging nicht. Meine Füße versagten mir den Dienst, und ich plumpste zurück. Mein Hintern landete schmerzhaft auf meiner Handtasche, und ich stöhnte.

»Du liebe Zeit, was ist denn hier passiert?«

Ich schrie entsetzt auf bei dieser unerwarteten Frage. Vor der Garage stand eine schlanke, kleine Gestalt, dicht neben meinem Kombi. Gegen die blendende Sonne, die unsere Einfahrt überstrahlte, erkannte ich sie nur als dunklen Umriß. Ich blinzelte ein paarmal. »Herr Magnus! Sie haben mir vielleicht einen Schrecken eingejagt!« Ich streckte den Arm aus, damit er mir aufhelfen konnte, aber er vergrub seine Hände in den Jackentaschen.

»Ts, ts, na so was!« sagte er kopfschüttelnd und wippte auf den Fersen. Betreten musterte ich meine schmutzige Hand, mit der ich mich auf dem Garagenboden abgestützt hatte. Sicher wollte er sein makellos sauberes Sakko nicht dreckig machen. Ich stand unbeholfen auf und klopfte mir den Staub von der Kehrseite. Meine Knie fühlten sich an wie Wackelpudding, und ich mußte mich an der Wand festhalten. Herr Magnus betrachtete abwägend die hingestreckte Gestalt von Herrn Zwicker. »Da haben Sie gute Arbeit geleistet, Gnädigste. Leider nicht gut genug, fürchte ich. Er atmet noch.«

Ich nickte eifrig. »Stellen Sie sich vor, *er* war es! Da lebt man jahrelang neben so einem Menschen, Tür an Tür, und dann entpuppt er sich als Bestie! Wir sollten besser die Polizei rufen. Bevor er wieder zu sich kommt, meine ich. Er ist wahnsinnig, glaube ich.« Ich merkte, wie hysterisch meine Stimme klang und versuchte, ihr einen Anstrich von Gelassenheit zu verleihen. »Ach, da fällt mir ein, hat der Hausmeister Ihnen eigentlich meine Botschaft ausgerichtet? Daß die Posttasche wieder da ist, meine ich?« Ich setzte mich in Bewegung, immer noch mit zittrigen Beinen.

Er nickte und musterte mich abwägend. »Ich glaube, daß Ihnen etwas Wichtiges entgangen ist, Gnädigste.«

»Etwas Wichtiges?« Es wurde allerhöchste Zeit, die Polizei zu rufen. Das war die einzige wichtige Sache, über die ich im Moment nachzudenken imstande war. Er trat mir in den Weg. Ich stolperte gegen ihn, und er stieß mich zurück. Taumelnd suchte ich an der Wand Halt und starrte ihn fassungslos an. Er wirkte plötzlich gar nicht mehr klein, sondern groß. Viel größer als ich. Und er hatte eine große, schwarze, häßliche Pistole in seiner kleinen, gepflegten Hand. »Ja, etwas sehr Wichtiges. Etwas, das auf der Hand liegt, sozusagen.«

Er blickte angelegentlich auf das Tütchen, das er in seiner anderen Hand hielt.

Ja, mir war etwas Wichtiges entgangen. Und natürlich lag es auf der Hand. Ich war bloß mit dem Puzzle im meinem Kopf vorhin nicht ganz fertig geworden. Aber dafür wurde ich es jetzt. Rosalia-Vertriebs-GmbH. Herr Magnus. Herr Süß. Herr Zwicker. Das war die komplette Connection. Fabrikant, Lieferant, Konsument.

»Warum?« fragte ich nur.

Er zuckte die Achseln. »Süß wollte sein eigenes Süppchen kochen. Wir hatten ihn schon die ganze Zeit in Verdacht. Er warf in letzter Zeit mit dem Geld nur so um sich.«

»Eigenes Süppchen?« Ich sah mich fieberhaft nach einer Waffe um. Außer dem Straßenbesen, der in der Ecke lehnte, gab es nichts in Reichweite. Er kam grinsend einen Schritt näher und winkte mich mit dem Lauf seiner Pistole tiefer in die Garage hinein. Herr Zwicker bewegte sich schwächlich und stöhnte dumpf.

Herr Magnus erzählte bereitwillig weiter. Wie allen Gaunern gefiel es ihm, sich mit seinen Taten zu brüsten. Außerdem würde ich in Kürze nicht mehr in der Lage sein, auch nur ein Sterbenswörtchen gegen ihn auszusagen.

»Ja, er hat Abnehmer erpreßt. Zum Beispiel die Frau von dem armen Trottel da unten.« Er stieß Herrn Zwicker mit dem Fuß an. Herr Zwicker grunzte mit schmerzvoll verzogener Miene, die Augen immer noch geschlossen. »Das konnten wir ihm natürlich nicht durchgehen lassen. Na, und das war's dann.«

»Frau Zwicker?« fragte ich verdattert.

»Ja, Gnädigste, so ist das im wirklichen Leben. Wir

haben alle so unsere kleinen Laster. Sie glauben es vielleicht nicht ...« – er grinste breit – »aber sogar Ihre Freundin mit den schicken Lederarmbändern versorgen wir gelegentlich mit dem Zeug!«

Brigitte? Ich wunderte mich nur einen Sekundenbruchteil lang, dann erinnerte ich mich an den weißen Puder auf ihrer frisch gestylten Nase. Aber das interessierte mich im Moment herzlich wenig. Ich hing an meinem Leben, und mein Leben hing am seidenen Faden. Ich mußte Zeit gewinnen, Zeit, die irgend jemand, der zufällig in unserer Garage zu tun hatte, noch brauchte, um endlich hier aufzutauchen. Zum Beispiel mein Mann. Er hatte heute schon das Klo geputzt und Frühstück gemacht. Vielleicht faßte er gerade in diesem Moment den spontanen Entschluß, die Straße zu fegen. Dafür brauchte er den Besen. Womit konnte ich Herrn Magnus so lange hinhalten, bis Schorschi kam, um den Besen zu holen? Ich dachte an das Gepäck, das Herr Zwicker vorhin auf die Ladefläche seines Wagens gestemmt hatte.

»Wo ist sie denn? Seine Frau, meine ich?«

»Am Bodensee, bei ihrer Mutti. Hat den armen Trottel verlassen. Ich schätze, er wollte auch weg. Hat schon den halben Hausrat eingeladen. Zu spät, mein Guter. Für Sie auch, Gnädigste.« Er stieß Herrn Zwicker wieder mit dem Fuß an. Dann hob er die Pistole in meine Richtung. Der Lauf wirkte eigenartig lang, dann erkannte ich, daß es ein Schalldämpfer war. Ich schluckte. In meiner Speiseröhre war wieder die Miniaturdampfwalze. Sie rollte hinab und stieß in meinem Magen gegen einen Eisblock, den sie zu tausenden winziger, nadelscharfer, eiskalter Splitter zermalmte. Ich lehnte mit tauben Gliedern an der Wand. »Ja, aber wie haben Sie … die Luftpumpe …«

Er kicherte leise. »Der arme Trottel hier hat sie fabriziert, er hat damit Pflanzlöcher gestochen. Das ideale Mordwerkzeug für uns. Ich habe mich damit drüben auf dem Grundstück versteckt und auf die Post gewartet.«

Aha! Herr Zwicker hatte irgendwann unsere Luftpumpe nach einem mißglückten Apportierversuch in seinem Garten gefunden und sie umfunktioniert. Wenn er damals geahnt hätte, für welche Zwecke das Ding außerdem noch verwendet werden würde, hätte er die Luftpumpe bestimmt anstandslos zurückgebracht. Obwohl … vielleicht hatte er es ja ganz genau gewußt!

»War Herr Zwicker auch daran beteiligt? »

»Er hatte keine Ahnung«, grinste Herr Magnus. »Trotzdem … Für ihn war schon eine hübsche Rolle vorgesehen. Und für seine Frau auch. Sie sollten die Mörder sein, wenn Sie verstehen, was ich meine. Die beiden waren nicht da. Er hatte Urlaub an dem Tag und war zum Angeln weg, und seine Frau war bummeln. Kein vernünftiges Alibi, alle beide nicht.«

Der Schalldämpfer glänzte bedrohlich schwarz in der Vormittagssonne. Die Eissplitter knirschten in meinem Magen.

»Die beiden hatten ein hervorragendes Motiv«, sagte Herr Magnus selbstgefällig. »Niemand hätte ihnen geglaubt, wenn die Bullen erst den entscheidenden Tip bekommen hätten, was der Postbote für die Zwickers immer so zwischen seinen Briefen stecken hatte.« Sein Gesicht verschloß sich. »Es hätte auch alles bestens geklappt. Ich stand schon mit der Luftpumpe nebenan hinter der Pforte, da dreht dieser Idiot von Süß sich plötzlich um und geht zurück, um mit der alten Schachtel zu quatschen. Ich habe dann improvisiert.«

Den genauen Ablauf der Improvisation konnte ich mir auch so zusammenreimen. Herr Süß hatte die Rosenpost aus Versehen bei uns eingeworfen und war sofort umgekehrt, um es sich wieder zu holen. Oma hatte Herrn Süß eingelassen. Leider kamen dessen Beteuerungen, daß der Dünger nicht für den Phlox geeignet sei, zu spät. Sie hatte den Tütcheninhalt in der Zwischenzeit schon über den Steingarten gestreut. Dann hatte sie die Post und das leere Tütchen ins Haus gebracht. Herr Magnus, der Herrn Süß durch unsere offenstehende Pforte nachgeschlichen war, hatte währenddessen sein Opfer beim Rhododendron niedergestochen.

»Und weil es Ihre Luftpumpe war und nicht unsere, ging sein Plan, mir und meiner Frau den Mord anzuhängen, nicht auf«, meldete sich Herr Zwicker röchelnd zu Wort. »Ich konnte es nicht über mich bringen, der Polizei die Wahrheit zu sagen. Ich meine die Sache mit der Pumpe, daß ich sie die ganze Zeit gehabt hatte. Ich hatte Angst, in Verdacht zu geraten. Es tut mir schrecklich leid!« Er rieb sich ächzend die hühnereigroße Beule an der Schläfe und setzte sich mühsam auf.

Ich sah, wie der Lauf der Pistole sich in seine Richtung bewegte. »Die Tasche!« sagte ich verzweifelt. »Was war mit der Tasche?« Ich hatte die Frage an Herrn Magnus gerichtet, aber Herr Zwicker beantwortete sie. »Tannhäuser hat sie vergraben, im Komposthaufen.«

Herr Magnus war genauso erstaunt wie ich. Der Schalldämpfer sank um ein bis zwei Zentimeter tiefer. »Tannhäuser? Wer zum Teufel ist der Kerl?«

»Der Hund.«

»Der Hund war's?«

»Ja.« Herr Zwicker nickte. »Ich hatte mir das zusammengereimt. Es konnte bloß er gewesen sein. Ich wußte ja, daß die Tasche verschwunden war. Die Polizei hat doch in der ganzen Gegend danach gesucht. Und Sie« er sah Herrn Magnus von schräg unten an – »hatten sie ja auch nicht.«

Also hatte sich Herr Magnus auch den Zwickers gegenüber als Postbeamter ausgegeben und sie wegen der verschwundenen Tasche befragt.

Nur war Herr Zwicker nicht so blöd wie ich gewesen. Er war nicht auf die Poststory von dem Kerl hereingefallen. Er hatte gleich gerochen, aus welcher Ecke Herr Magnus kam. Aber warum hatte er dann nicht…

Er deutete meinen vorwurfsvollen Blick richtig. »Ich mußte doch an meine Frau denken«, sagte er weinerlich. »Es wäre doch alles rausgekommen, wenn ich zur Polizei gegangen wäre!«

Ich streckte im Zeitlupentempo die Hand aus in Richtung Straßenbesen. Herr Zwicker bemerkte es und schaltete sofort. Er gestikulierte eifrig. »Tannhäuser hat ständig irgendwas verbuddelt. Ich hab's ja oft genug über die Hecke beobachten können. Für die Tasche brauchte er ein großes Loch. Da kam nur der Komposthaufen in Frage.«

Meine Fingerspitzen berührten das rissige Holz des Stiels.

Herr Magnus schien nachzudenken. »Hm, ich mußte mich in den Sträuchern verstecken, als die Alte wieder rauskam. Sie hat von dem Toten verlangt, daß er gefälligst verschwinden sollte. Dann ist die Alte zurück ins Haus, und plötzlich kam dieser Köter rausgeschossen, direkt auf mich zu. Ich habe dann leider ein wenig die Nerven verloren und bin abgehauen. Um die Tasche konnte ich mich nicht mehr kümmern.«

Meine Hand schloß sich um den Stiel. Meine schweißfeuchte Haut ließ das Holz rutschig und glatt werden, und ich krampfte die Finger fester zusammen, um einen besseren Halt zu haben.

»Wie ist sie vom Komposthaufen in den See gekommen?« wollte Herr Magnus wissen.

Der Schalldämpfer hob sich wieder. Er zielte genau zwischen die Augenbrauen von Herrn Zwicker.

»Ich hab sie da reingeworfen«, gab Herr Zwicker zu. Seine Hände flatterten ziellos in der Luft herum.

»Ich hab irgendwann abends im Dunkeln mal Kohlrabischalen rübergebracht. Bei der Gelegenheit hab ich die Tasche ausgebuddelt und über die Hecke in meinen Garten geworfen. Aber die Lieferung war nicht mehr drin.«

Herrn Zwickers Stimme schwankte, und in seine Augen trat nackte Panik. Der Zeigefinger von Herrn Magnus begann sich langsam zu krümmen.

»Auf Wiedersehen im Himmel, ihr beiden!« sagte er höhnisch.

»Ich hab sofort gewußt, daß Sie nicht bei der Post sind!« rief Herr Zwicker in Todesangst und rutschte auf seinem Hosenboden rückwärts. Seine Schulter stieß gegen das Pedal von Olivers Rad. Die Luftpumpe löste sich aus der Halterung, schepperte zu Boden und rollte klirrend durch die Garage. Herr Magnus ließ sich nicht ablenken.

»Aber wer sagt denn so was?« kicherte er amüsiert. »Ich war wirklich mal bei der Post. Ich war Briefträger!«

Und dabei krümmte sich sein Zeigefinger noch weiter.

Ich riß den Besen an mich und versuchte, ihn wie eine Lanze in Herrn Magnus' Rippen zu stoßen. Aber das Ding war viel zu sperrig. Das schwere Ende mit den starren Borsten schlug gegen mein Knie und traf genau die Stelle, die bereits mit Ottos Gürtelschnalle Bekanntschaft gemacht hatte. Die häßliche schwarze Pistole zeigte schon auf meine Stirn, bevor ich noch meinen unterdrückten Schmerzenslaut fertig ausgestoßen hatte. Und der Zeigefinger war noch krummer als vorher. Aber der Abzug wurde nie betätigt.

Mit eigenartiger Lautlosigkeit kam ein Fabelwesen an meinem Kombi vorbei in die offene Garage geflogen, sein Fell schimmerte silbern im Sonnenlicht, und seine Augen waren große blinkende Münzen. Seine weit ausgestreckten mächtigen Pranken fanden zielsicher die Schultern von Herrn Magnus, die Pistole flog in hohem Bogen durch die Luft, knallte blechern gegen mein Auto, und im nächsten Sekundenbruchteil war Herr Magnus unter dem riesenhaften Hundekörper von Tannhäuser begraben. Er gab erstickte Geräusche von sich, dann schrie er ernsthaft um Hilfe, schrill und entsetzt, aber nur einmal. Dann hörte ich nur noch heftiges Knurren und Hecheln.

»Bei Fuß, Tannhäuser!« schrie Schorschi. Er stand

neben meinem Wagen. Sein Gesicht war kreideweiß. Tannhäuser gehorchte aufs Wort. Er wich winselnd zurück und kam an Schorschis Seite, drückte sich mit fliegenden Flanken an seine Beine. Seine Schnauze war blutverschmiert. Entsetzt starrte ich auf den Hals von Herrn Magnus. Dann brach ich in den Armen meines Mannes zusammen.

Es wollte mir nicht in den Kopf, daß die Ereignisse in der Garage, vom Runterfallen meiner Tasche bis zum Auftauchen Tannhäusers, nur wenige Minuten gedauert hatten.

Schorschi hatte buchstäblich im letzten Augenblick Tannhäuser das »Faß«-Kommando gegeben. Ich hatte es nicht gehört, weil in diesem Moment der Besen gegen mein Knie gedonnert war und ich deswegen aufgeschrien hatte. Aber Tannhäuser hatte es dafür sehr gut gehört. Während ich in der Küche saß und eine halbe Valium mit Nerventonikum hinunterspülte, dachte ich darüber nach, daß ich jetzt vermutlich tot wäre, wenn Herr Magnus nicht zufällig früher mal Briefträger gewesen wäre. Und wenn Schorschi nicht zufällig in die Garage hätte gehen wollen. Nicht um sich den Besen zu holen, sondern um noch einen Versöhnungsversuch zu starten. Er hatte sich mit mir noch einmal über unser lächerliches, absolut überflüssiges Zerwürfnis wegen seines längst verjährten und völlig harmlosen Fehltritts unterhalten wollen.

Die Polizei war draußen und vernahm Herrn Zwicker und Schorschi zu den Geschehnissen. Herrn Magnus konnte sie nicht mehr vernehmen. Jedenfalls im Moment nicht. Vielleicht würde es in ein bis zwei Monaten gehen, wenn er sich von der Kehlkopfoperation wieder erholt hatte.

Schorschi kam in die Küche. »Sie sind weg, alle miteinander, sogar die Gaffer. Der Bohrer wollte dich auch noch befragen. Ich habe ihm gesagt, er soll später wiederkommen.«

Ich stand auf. »Unsinn. Ich bin topfit. Mir geht es ausgezeichnet.«

Er schüttelte den Kopf. »Das glaubst du nur. Es ist das Adrenalin. Das putscht dich auf.« Er kam näher, sein Gesicht drückte Unsicherheit aus. »Susi, wegen dieser Sache damals …«

Ich lächelte großmütig, kam aber nicht mehr dazu, ihm offiziell zu verzeihen. Amalie, Oma und Timmy kamen zurück. Schorschi warf mir einen warnenden Blick zu. Ich verstand sofort. Wir würden es einfach für uns behalten.

»Was hast du denn Gutes für das Pfarrfest gebacken, Susi?« fragte Amalie aufgeräumt. Sie warf mir einen Blick aus dem Dielenspiegel zu, wo sie ihre Operndivalocken in Form zupfte. Sie wartete meine Antwort gar nicht ab, sondern strich mit beiden Händen über ihr großgeblümtes Seidenkleid. »Ob ich richtig angezogen bin für diese Festivität?«

»Sehr schön«, sagte ich höflich. Ich spürte, wie meine Hände zitterten. Ich würde nicht auf das Pfarrfest gehen können, unmöglich.

»Geht es deinem Rücken wieder gut?« fragte ich, nur um irgend etwas zu sagen.

Sie preßte automatisch eine Hand ins Kreuz und dehnte sich. »Hm … Ja, doch, eigentlich schon, ich kann nicht klagen. Ach, Susi, bevor ich's vergesse, ich habe etwas ganz Wunderbares gekauft.« Sie holte ein Päckchen aus der Handtasche und hielt es mir hin.

»Für mich? Amalie, das wäre doch nicht nötig gewesen!«

»Ich hab's in einem entzückenden Lädchen besorgt, wo es Hörgeräte und solche Dinge gibt.«

Ich wickelte ein ziemlich technisch aussehendes Ding aus der Zellophanhülle. Es war nicht mehr als ein winziges Plättchen aus Metall.

»Das ist ein Sender«, sagte Amalie zufrieden. »Er wird an der Zahnprothese angebracht.« Sie holte ein kleines, noch technischer aussehendes Kästchen aus ihrer Handtasche und hielt es hoch. »Das hier gehört auch dazu. Ich habe eine Kette dranmachen lassen, da kann Mami es um den Hals tragen. Sobald die Prothese sich mehr als einen Meter von ihr entfernt, gibt der Sender Signale, und dann« – sie deutete auf das Kästchen – »fängt das Ding an zu piepen.« Sie drückte auf einen Knopf, und ein ohrenbetäubendes Piepen erfüllte das Haus.

»Ach«, sagte ich lahm.

»Ja. Ist es nicht eine wunderbare Erfindung? So kann immer schnell jemand zur Stelle sein, wenn dieser neurotische Hund Mami die Prothese entwendet.«

»Ist das nicht ungesund oder schädlich, so ein elektronisches Dings im Mund?«

»Wo denkst du hin? Natürlich nicht. Außerdem ist es ganz flach, es trägt kein bißchen auf.« Sie suchte nach dem Abstellknopf an dem gräßlich piependen Kasten.

»He, was ist hier los? Haben wir uns doch noch eine

Alarmanlage einbauen lassen, oder was?« Oliver trat krachend die Haustür hinter sich ins Schloß, knallte die Fußballtasche in die Ecke und küßte mich und Amalie auf die Wange. »Zeig mal her.« Er nahm meiner Schwiegermutter das Piepding aus der Hand und stellte es ab. »Was ist das? Ein Signalgeber für verlorene Schlüssel?«

Amalie und ich starrten ihn an, hingerissen vor lauter Bewunderung. Wie begabt der Junge war! Was für eine schnelle Auffassungsgabe er hatte! Mein stolzer Mutterblick traf auf Amalies stolzen Omablick. Ganz der Vater, sagten unsere Augen einstimmig.

»Miampf?« machte Oliver im nächsten Augenblick kleinkindmäßig.

Ich seufzte. Mein Sohn hatte Hunger. Das Leben ging weiter. »Wir gehen gleich aufs Pfarrfest, Olli. Da essen wir ein Würstchen, und hinterher gibt's Kuchen.«

Er verzog mißmutig den Mund. »Und ich muß die blöden Lose verkaufen.«

Timmy kam wie ein Gummiball vom Garten hereingehüpft. »Ich sage ein Gedicht auf, fürs liebe Jesulein. Ob der Herr Süß mit dem Jesulein im Orbit hängt? Meinst du, sie hatten für ihn auch 'nen Raumanzug? Oder ob er im Raumschiff mitfahren darf?«

»Schon möglich. Auf jeden Fall wird er nie mehr zu Fuß gehen müssen.« Ich ging zu Oma und half ihr beim Verschließen ihrer guten Perlenkette.

Dann packte ich Timmys Marderkostüm in eine Tüte und entriß Tannhäuser Omas Gebiß, das er hechelnd und sabbernd vom Garten hereintrug. Ich sah, daß seine Schnauze wieder sauber war. Schorschi mußte sich darum gekümmert haben. Mir wurde warm ums Herz, als ich an ihn dachte. Wie hatte ich nur die ganze Zeit so nachtragend sein können?

Oliver schrubbte das Gebiß gründlich ab und brachte dann fachmännisch den Sender an der Gaumenplatte an. Den Signalgeber verstauten wir in Omas Handtasche. Sie war der Meinung, daß er als Accessoire nicht besonders gut zu ihrer feinen Perlenkette paßte, und sie hätte es schon immer protzig gefunden, wenn Frauen mehr als eine Kette um den Hals trügen.

Als Schorschi die Treppe herunterkam, in seinen ausgewaschenen Jeans und dem kurzärmligen T-Shirt keinen Tag älter aussehend als zweiunddreißig, klopfte mein Herz ungewohnt schnell. Er suchte meinen Blick und hielt ihn fest, eine endlose, atemlose Sekunde lang.

»Ich glaube, jetzt können wir«, sagte ich laut und griff nach Timmys kleiner verschwitzter Kinderhand.

Unterwegs – wir fuhren mit zwei Autos – fragte mich Amalie, die neben mir auf dem Beifahrersitz saß: »Habt ihr beide, du und Hans-Georg, eure Zwistigkeiten eigentlich inzwischen beigelegt?«

»Läßt du dich scheiden, Susi?« wollte Oma von der Rückbank wissen. »Muß ich dann ins Altersheim?«

»Nein«, erwiderte ich zerstreut. Ich hatte wieder Herrn Magnus' übel zugerichteten Hals vor Augen. Und dann vermischte sich dieser Anblick mit dem der armseligen toten Gestalt von Herrn Süß, wie auf einem gräßlichen Vexierbild.

»Hans-Georg hat ihr heute morgen Frühstück gemacht, und er hat die Toilette geputzt«, erklärte Amalie salbungsvoll nach hinten gewandt.

»Bist du krank, Susi?« fragte Oma ganz erschrocken.

»Nein«, sagte ich einsilbig.

Bevor wir in Richtung Kirche abbogen, mußte ich an einer roten Ampel halten.

»Sieh mal, Susi, da drüben, auf der anderen Seite. Das ist doch die nette Person aus der Galerie. Du weißt schon, die Dame, die das hübsche Kunstwerk gespendet hat«, meinte Amalie plötzlich. Ich schaute auf die gegenüberliegende Straßenseite. Dort stand eine aufgetakelte Blondine in einem tief ausgeschnittenen purpurroten Kleid und Schuhen mit extrem hohen Absätzen. Sie hob beide Arme und winkte hektisch. Dann setzte sie sich in Trab und rannte los, auf meinen Wagen zu. Ihr Gesicht war fast so rot wie das Kleid und wirkte ungeheuer aufgebracht.

Ich ahnte Übles. »Das muß eine Verwechslung sein«, behauptete ich und fuhr mit kreischenden Reifen um die Kurve. Edelgard hatte gerade den deutlichen Eindruck gemacht, als wollte sie wegen dieses dämlichen Kostüms Streit vom Zaun brechen. Warum konnte diese Ziege nicht einfach mein Geld nehmen und Ruhe geben?

Als wir ankamen, war das Pfarrfest schon in vollem Gange. Offiziell hatte es bereits vor zwei Stunden angefangen. Auf dem Rasengelände um das Pfarrgebäude und den angrenzenden Kindergarten herum waren zahlreiche Getränke- und Kaffeestände aufgebaut. Unter bunten Sonnenschirmen standen Tische, die sich unter der Last der selbstgemachten Salate und Kuchen bogen. Ich deponierte meine Torten auf einem der Tische und sah mich um. Auf den Grills brutzelten bereits die Würstchen. Für die Kinder waren Spiele-Parcours aufgebaut. Ich machte Oliver aus, der mit einem hübschen bunten Loseimerchen albern grinsend von Grüppchen zu Grüppchen schlenderte.

Timmy zerrte an meiner Hand, riß sich los und verschwand in Richtung Sandkiste. Ich blinzelte gelassen in die Sonne. Die Beruhigungstablette ließ mich alles durch einen feinen Schleier der Gleichgültigkeit sehen.

Mein Mann trat neben mich und legte den Arm um meine Taille. »Möchtest du ein Würstchen, Schatz?«

Ich lehnte mich an ihn. *Nein, ich will kein Würstchen, ich will dich*. Bevor ich es ihm sagen konnte, meinte er: »He, da drüben sind die Brumms. Kann ich dich einen Moment allein lassen? Ich geh rasch rüber und mache Shakehands, in Ordnung?« Und weg war er, um mit Potiphar und seiner spitzmäuligen Brunhilde Höflichkeiten auszutauschen.

Amalie winkte mich heran. »Komm, wir gehen zur Losausgabe. Ich möchte wissen, ob unsere schöne Kunstspende auch den ihr gebührenden Rang unter den Preisen einnimmt.« Mit einem unterdrückten Seufzer folgte ich ihr ins Pfarrheim. In dem Raum, wo die gesammelten Spenden aufbewahrt wurden, türmte sich ein Sammelsurium an Kitsch und Schrott in Regalen und auf Tischen. Mir war auf den ersten Blick klar, wer bei dieser Riesentombola die absolute Oberherrschaft und Befehlsgewalt innehatte. Die Schwammschnecke wieselte betulich herum und erteilte einigen Muttis Anordnungen, wohin sie was zu stellen hätten. Die pummelige Simone saß auf einem Hocker und stopfte sich mit Schokoladenkeksen voll. Auf der Kekspackung klebte ein Schildchen mit der Nummer vierundsiebzig. Amalie stieß mich vielsagend mit dem Ellbogen an.

»Frau Herkfelder-Henkesheim!« rief die Schwammschnecke fröhlich. »Schönen guten Tag auch! Kommen Sie, Sie können gleich mit Hand anlegen!«

Wobei? Beim Auffressen der Preise? dachte ich, während ich kühl zurückgrüßte. Ich ging die Reihen der Regale ab. Das meiste von den Nummern eins bis fünfzig hätte man getrost auf den Sperrmüll schmeißen können. Da gab es Schuhe, die seit zwanzig Jahren aus der Mode waren, scheußliche Häkeldeckchen, grellbunte Plüschäffchen, muffig stinkende Handtaschen aus Kunstleder und ähnliche Scheußlichkeiten mehr. An den Preisen, die ich gesammelt hatte, fand ich keine Nummer unter achtzig.

Amalie kam schweratmend auf mich zu. »Wo ist das Bizarrkunstobjekt?« Mit flackernden Augen blickte sie sich um. »Susi, guck mal, ganz hinten, in der hintersten Ecke, im hintersten Regal!« ächzte sie entgeistert, mit lang ausgestrecktem Finger. Sie hatte recht. Dort lag ein unordentlicher schwarzer Stoffhaufen.

»Wieso ist das derartig lieblos zusammengeknüllt?« rief meine Schwiegermutter anklagend. »Ich hatte es doch so ansprechend über einen Kleiderbügel drapiert und ganz vorn aufgehängt, wo es jeder gleich sehen und bewundern kann!«

Argwöhnisch ging sie zu dem Stoffhügel und prallte augenblicklich schockiert zurück.

»Nummer dreiundachtzig!« schrie sie, nach Luft ringend. »Das ist nicht wahr!« Sie drehte sich, zitternd vor Wut, zur Schwammschnecke um. »Eine Schachtel Schokoladenkekse kriegt die Nummer vierundsiebzig und unser bestes Stück nur die Nummer dreiundachtzig!«

Ich zuckte die Achseln. Damit konnte ich leben. Meinen anderen Preisen war es nicht viel besser ergangen. Zum Beispiel die hübschen geflochtenen Lederarmbänder von dem netten Schuster Jakob Engelbert Gutfreund. Sie hatten nur die Nummern einhundertfünf bis einhundertdreiunddreißig. Und die schöne Dauerwurst von Friedbert Großherz, 1 A Cervelat 1000 Gramm, trug die Nummer siebenundneunzig.

»Also wirklich, Frau Schwammberger-Schneckesheim«, begann Amalie ärgerlich.

»Wie? Oh, natürlich, Sie warten auf Anweisungen, nicht wahr? Bringen Sie doch bitte mal die Nummer eins hierher nach vorn, den ersten Preis. Ja, ganz recht, dieses wunderbare Gemälde. Ich möcht's ganz vorn plaziert haben, damit jeder es sehen kann.«

Sie wies auf eine abscheuliche Monstrosität, einen verstaubten, widerwärtig geschmacklosen Ölschinken mit einem röhrenden Hirsch. Der Hirsch hatte entschieden zu kurze Beine, und sein Geweih hatte mindestens zwanzig Zacken zuviel.

Amalie wandte mir ihr verstörtes Gesicht zu. »Die Frau ist wahnsinnig«, wisperte sie. »Es wäre völlig sinnlos, sich mit ihr anzulegen. Sie wäre gar nicht imstande, den pathologisch-zwanghaften Zug ihres Verhaltens zu begreifen. Da hilft nur freundliches Entgegenkommen. Überlaß das mir!«

Scheinheilig fuhr sie fort: »Ach, Frau Schwammberger-Schneckesheim – bevor ich es vergesse –, ich sah gerade draußen im Gelände Ihren Chef aus dem Ministerium, diesen Herrn Brumm.«

»Ich weiß, ich habe ihn und seine Frau Gemahlin schon begrüßt«, sagte die Schwammschnecke arglos.

»Ja, aber ich hatte den Eindruck, daß Ihr Chef vielleicht gern noch etwas mit Ihnen besprochen hätte«, behauptete Amalie ungerührt.

Die Schwammschnecke zog die Stirn kraus und biß sich auf die Lippe. »Oh, ich könnte mir denken, daß die Plenarsitzung nächste Woche … Ich danke Ihnen!« Eilig schob sie ihre umfangreiche Gestalt zwischen dem Ausgabetisch und der Tür hindurch und trippelte mit wehendem Rock nach draußen.

Amalie verlor keine Zeit. Sie bedachte mich mit einem triumphierenden Blick und vertauschte unauffällig den Losnummern-Aufkleber des röhrenden Hirschs mit dem des Bizarrkunstobjekts. Dann schüttelte sie das Gewand sorgfältig aus und hängte es wieder über einen Bügel, direkt vor die Ölschwarte. Simone sah ihr mit großen Augen und schokoladeverschmiertem Mund dabei zu.

Als ich nach draußen ging, stellte ich fest, daß die Schwammschnecke einen Stenoblock in der Hand hatte und eifrig irgendwelche inhaltsschweren Mitteilungen Potiphars zu Papier brachte. Amalie hatte also nicht mal gelogen.

Schorschi brachte mir ein Würstchen. Ich biß gedankenverloren hinein, aber es blieb mir im Hals stecken. Er sah mir mitleidig zu, als ich Tannhäuser den Rest spendierte. »Komm schon, es wird wieder«, flüsterte er mir zu. Ich hob stumm die Schultern.

Schorschi kaufte Oliver eine Handvoll Lose ab und gab sie Timmy, damit er sie öffnete. Alles Nieten, bis auf ein Los. Es hatte die Nummer siebenundneunzig. Das ließ ich mir gefallen, unsere ganze Familie liebte Cervelatwurst. Meine Stimmung besserte sich, und ich suchte unwillkürlich die Nähe meines Mannes. Auf seinem Rücken bewegten sich die Muskeln, als er sich zu Timmy beugte, um ihm den Senf vom Mund zu wischen. Ich sah, wie seine dunklen Haare sich im Nacken lockten, seine kräftigen, gebräunten Arme. Auf seiner rechten Wange hatte er eine kleine, verschorfte Stelle, direkt neben dem Grübchen. Er hatte sich beim Rasieren geschnitten. Mein Herz flog ihm entgegen, und ein schmerzliches Gefühl von Zärtlichkeit und Zuneigung übermannte mich. Als er sich wieder aufrichtete, griff ich spontan nach seiner Hand und drückte sie. Er lächelte mich an und legte den Arm um mich. Seine Grübchen wurden tiefer, und ich sah hingerissen zu ihm auf, als er den Mund öffnete und über meine Schulter hinweg sagte: »Hallo, Herr Kommissar.«

Ich drehte mich sprachlos zu der hochaufgeschossenen Jammergestalt des Bohrers um. Der arme Mensch, er schien weder einen Feierabend noch ein Wochenende zu kennen. Und er wirkte auch nicht besonders glücklich, obwohl er doch heute einen Mörder geschnappt hatte. Seine Kummerfalten waren so ausgeprägt wie eh und je. Er gab mir die Hand, erkundigte sich nach meinem Befinden und wußte zu berichten, daß Herr Magnus außer Lebensgefahr war, daß die Kripo aber leider immer noch nicht den zentralen Bunker der Rauschgiftbande ermittelt hatte. Ich starrte ihn nachdenklich an. Komisch, auf einmal hatte ich ein Gefühl … So ein Gefühl wie heute vormittag in der Garage. *Ihnen ist etwas Wichtiges entgangen, Gnä-*

*digste. Etwas sehr Wichtiges. Etwas, das auf der Hand liegt.*

Dann war es wieder weg.

Renate, die Kindergartentante, kam vorbei, gefolgt von einem Pulk Kinder. Sie winkte Timmy, er möge zum Umziehen mitkommen. Ich drückte ihm die Tüte mit seinem Kostüm in die Hand und wünschte ihm toi, toi, toi.

Berstend vor Stolz, verfolgten wir bei der Prozession der Tiere die Darbietung unseres Sohnes, der ohne Hänger und mit lauter, klarer Stimme sein Verslein vortrug. Er war eindeutig der König unter den Tieren, da kam weder das Bienchen noch der Igel mit. Der Applaus war kaum verklungen, als die Preisausgabe der Riesentombola begann. Ich sah das verzweifelte Gesicht der Schwammschnecke über ihrem Stenoblock; Potiphar hatte anscheinend nicht vor, sie aus seinen Klauen zu entlassen. Amalie war meinen Blicken gefolgt. »Der Zweck heiligt die Mittel«, sagte sie hochzufrieden. »Der Gewinner des ersten Preises kann mir wahrhaftig dankbar sein!«

Sie reckte den Kopf, um mitzukriegen, wer der Glückliche war. Mit einem ziemlich ratlosen Gesicht kam kurz darauf Pfarrer Kunibert Ährenfried ins Freie, ein flatterndes schwarzes Gewand über dem Arm. Er gesellte sich zu Brunhilde Brumm, die mit ihrem Gewinn herumfuchtelte, einer Flasche billigem Sekt. Dann stach mir eine rotgekleidete Gestalt ins Auge, die um Brunhilde und den Pfarrer herumstrich. Ihre Stiletto-Absätze versanken tief im Rasen, sie kam nur unbeholfen voran. Edelgard. Und in ihrem Schlepptau …

Amalie trat an meine Seite und umklammerte mein

Handgelenk. »Sieh mal, der Pfarrer hat das Bizarrkunstobjekt gewonnen!« Auf ihren Wangen bildeten sich hektische rote Flecken. »Was meinst du – ob er wohl den nötigen Kunstverstand aufweist, um es richtig wertschätzen zu können?«

Es klang ziemlich besorgt. Ich unterdrückte gewaltsam ein hysterisches Kichern. Mir war gerade etwas Gräßliches eingefallen. Der bestrapste Bodysuit in dem Kostüm! Ich hätte vorhin die Gelegenheit gehabt ihn irgendwie zu entfernen, und wenn es mit der Schere gewesen wäre. Aber ich hatte es schlicht vergessen. Und jetzt war Edelgard da und würde deswegen höllischen Ärger machen! Und zur Verstärkung hatte sie den Obergärtner Otto mitgebracht, der eigentlich Friseur und im Nebenberuf Hausmeister war.

»Sieh mal, so ein Zufall! Da ist ja wieder diese nette Person aus der Galerie«, freute sich Amalie. »Wir sollten hingehen und sie begrüßen. Sie wird sicher begeistert sein, wenn sie erfährt, daß ihre Spende der Hauptgewinn war!«

Brunhilde Brumm fuchtelte noch heftiger mit der Sektflasche, als Kunibert Ährenfried das Gewand vor ihren Augen ausbreitete und es begutachtete. Edelgard trat hastig näher, Otto an der Hand hinter sich her zerrend. Sie ließ das Kostüm keine Sekunde aus den Augen.

»Das ist übrigens der Hausmeister«, sagte ich zerstreut zu dem Bohrer. »Da drüben, der Gorilla bei der Blondine. Ihr gehört der Bizarr-Shop, aus dem das Kostüm stammt.«

»Hausmeister?« fragte der Bohrer sanft.

»Ja, von dem Haus, in dem die Rosalia-Vertriebs-

GmbH ihren Sitz hat. Eigentlich hat sie da gar keinen Sitz, bloß ein Schild draußen. Ich bin kürzlich zufällig dort vorbeigekommen, als ich vom Friseur kam. Ich hab's dem Hausmeister ausgerichtet, das mit der Tasche, er wollte es Herrn Magnus sagen. Sie müssen sich also nicht mehr die Mühe machen. Ach, was rede ich da bloß, er ist ja sowieso im Krankenhaus. Übrigens – wollen Sie mal was wirklich Merkwürdiges hören? In dem Kostüm habe ich auch so ein Tütchen gefunden. Komischer Zufall, oder?«

Ich stockte. Ich hatte plötzlich das untrügliche Gefühl, von A bis Z Blödsinn erzählt zu haben. Weil mir etwas Wichtiges entgangen war. *Etwas, das auf der Hand liegt, Gnädigste.*

Irgendwo in einem selten benutzten Teil meines Gehirns setzten sich rostige Windungen schwerfällig in Bewegung, wurden schneller und wirbelten fehlende Puzzleteile aus meinem Unterbewußtsein. Aber ich konnte sie nicht mehr zusammensetzen, denn im nächsten Augenblick passierten eine Million Dinge gleichzeitig. Der Bohrer lief für seine lange Gestalt erstaunlich flink über den Rasen auf Edelgard und Otto zu. Wie aus dem Nichts erschienen plötzlich zwei Polizisten und hefteten sich an seine Fersen. Im selben Moment ging die Alarmanlage los, direkt in Omas Handtasche, und Tannhäuser flitzte wie ein heller Blitz aus Fell über den Rasen, in Richtung Kindergartengebäude. »Tannhäuser, komm sofort zurück!« schrie ich und rannte ihm ohne nachzudenken hinterher. Amalie folgte mir im Laufschritt. »Haltet den Dieb!« kreischte sie mit überkippender Stimme.

Als ich an dem verständnislos dreinblickenden Kunibert und der heftig mit der Sektflasche herumfuchtelnden Brunhilde vorbeikam, ertönte ein ohrenbetäubender Knall. Wieso schießen die Polizisten denn? dachte ich noch. Dann traf eine eiserne Faust mein Kinn, und alles wurde schwarz.

Ich kam auf einer großen, weißen Wolke wieder zu mir. Ein weißgewandeter Engel schwebte am äußeren Rand meines Blickfeldes vorbei, die milchigen Umrisse in strahlendes Licht getaucht. Gott sei Dank, ich war in den Himmel gekommen. Ein krächzender Mißton der Erleichterung kam über meine Lippen. Wunderbar. Ich hatte sogar meine Stimme behalten. Ich drehte vorsichtig den Kopf, um mich nach meiner Harfe umzusehen. Ein stechender Schmerz schoß mir durch Kinn und Hinterkopf, und ich krächzte wieder, diesmal, weil es so weh tat. Der Engel schwebte aus dem Rand meines Blickfeldes auf mich zu, die verwaschenen Umrisse stabilisierten sich zu einer Krankenschwester, und aus meiner Wolke wurde ein Krankenhausbett.

»Na, da sind wir ja wieder, Frau Herkfelder-Henkesheim. Sie haben sicher noch einen fürchterlichen Brummschädel, aber das wird wieder.«

»Komme ich durch?« flüsterte ich. »War es ein Streifschuß oder ein Steckschuß?«

Die Krankenschwester grinste albern. »Ihrem Sinn für Humor nach zu urteilen, kommen Sie bestimmt durch.« Ihr Grinsen wurde breiter, dann lachte sie. »Streifschuß oder Steckschuß, das war echt gut!«

Ich schloß angewidert die Augen. Ich merkte, wie

sie mir den Puls fühlte und den Blutdruck maß, aber ich strafte sie mit Nichtachtung, bis ich merkte, daß sie das Zimmer wieder verlassen hatte. Dann öffnete ich ein Auge und sah mich vorsichtig um. Es gab noch ein zweites Bett, aber das war nicht belegt. Ich versuchte, mich langsam aufzusetzen, es ging ganz gut und tat auch nicht mehr so weh. Dann betastete ich mein Kinn und meinen Hinterkopf. Ich fühlte Beulen, aber keine Verbände, anscheinend war ich außer Lebensgefahr. Als ich gerade dabei war, die chaotischen Ereignisse kurz vor meinem Knockout zu rekonstruieren, ging die Tür auf, und mein Mann kam herein. Sein Gesicht war blaß und besorgt. Er eilte auf mich zu und nahm mich in die Arme. »Susi, Schätzchen, wie geht's dir denn?«

»Was ist passiert?« fragte ich zurück.

»Eine ganze Menge. Ich weiß gar nicht, wo ich anfangen soll.«

Ich rieb mir das Kinn. »Fang mit dem Wichtigsten an. Warum haben die Bullen auf mich geschossen?«

»Geschossen?« fragte er verständnislos. Dann grinste er, genauso albern wie die Krankenschwester vorhin. »Sie haben nicht auf dich geschossen, sondern die Brumm.«

»Sie wollten die Brumm erschießen?«

»Nein, die Brumm hat geschossen. Genauer gesagt, ihre Sektflasche. Der Korken hat dich am Kinn erwischt und dich k.o. geschlagen. Du bist dann leider noch mit dem Hinterkopf auf die Erde geknallt, und jetzt hast du eine Gehirnerschütterung. Du mußt übers Wochenende hierbleiben. Ich hab gerade in der Aufnahme die Formalitäten erledigt.«

Ein ungutes Gefühl beschlich mich. »Was wollte denn die Polizei?« Ich schluckte und fragte mühsam: »Und diese komische aufgetakelte Blondine – wollte die auch irgendwas?«

»Was auch immer sie will, muß sie sich vom Bohrer geben lassen«, sagte er sachlich. »Der hat die Blondine und ihren Begleiter nämlich in den Streifenwagen eskortiert und mitgenommen.«

Sie war gar nicht wegen des Bodysuits gekommen! Das Puzzle in meinem Kopf war in Sekundenschnelle fertig. Die einzigen Teile, die noch gefehlt hatten, waren Edelgard und Otto und das Tütchen in dem Kostüm!

Ich kombinierte in Windeseile weiter. Im Bizarr-Shop wurde das Zeug anscheinend verpackt und aufbewahrt. Die beiden waren sozusagen die Lageristen. »Mein Gott, war ich blöd!« flüsterte ich.

Ich mußte an das aufgeklappte Rasiermesser denken und an das, was Otto damit gemacht hatte.

»Und ich hab echt gedacht, er ist Friseur!« sagte ich entsetzt.

Schorschi blickte verständnislos drein. Mit dieser Information konnte er nicht viel anfangen.

»Und ich wollte der blöden Ziege noch Geld für das Kostüm geben!«

Das konnte er sofort einordnen. Schließlich hatte er das Ding gesehen.

»Ich wußte gar nicht, daß du auf solches Zeugs stehst«, grinste er.

»Tu ich ja gar nicht! Es war ein dämliches Versehen! Ich wollte gar nicht, daß es der Hauptgewinn wird!« Mehr fiel mir nicht dazu ein. Dafür meinem Mann um so mehr. Er warf den Kopf in den Nacken und brüllte vor Lachen.

»Ich weiß nicht, was du so komisch daran findest«, sagte ich spitz.

»Nicht?« Er wischte sich keuchend die Lachtränen aus den Augen. »Sie weiß es nicht!«

Ich boxte ihm in die Rippen, aber er konnte nicht aufhören. Er bebte am ganzen Körper. »Das war der Hammer, Susi, das Gesicht vom Pfarrer hättest du sehen müssen... Dieses bestrapste Nonnending...«, stieß er hervor. Der Rest ging in einer neuen Lachsalve unter. Ich verschränkte die Arme vor der Brust und lehnte mich tief gekränkt in die Kissen zurück, bis er nur noch kicherte und hickste. Unterbrochen von Schluckauf, meinte er schließlich im Brustton der Überzeugung: »Susi, du und meine Mutter – ihr habt echt den Vogel abgeschossen.«

Dagegen konnte ich nicht viel sagen. Ich erzählte Schorschi statt dessen den ganzen Rest, von meinen Erlebnissen beim Friseur und im Bizarr-Shop, die Geschichte von dem Zorrotypen mit dem feuerroten Hintern und dann die Sache mit dem Obergärtner.

Er hielt sich am Bett fest, weil er sonst hingefallen wäre. Diesmal stimmte ich aus vollem Herzen in sein Gelächter ein.

Am liebsten wäre ich gleich mit meinem Mann nach Hause gegangen, aber ein Aufstehversuch überzeugte mich davon, daß die Ärzte recht hatten. Ich sah zu viele Sterne, wenn ich mich außerhalb des Bettes aufhielt, also fügte ich mich und blieb übers Wochenende da. Schorschi versorgte mich mit Lesestoff, aber die meiste Zeit verbrachte ich damit, ganz einfach aus dem Fenster zu schauen, zu beobachten, wie der Wind durch die Bäume strich und wie die Sommersonne die Welt mit funkelnden Lichttupfen überstreute. Müßig dachte ich daran, wie unzufrieden ich in den letzten Wochen gewesen war.

Das war vorbei. Mein Leben war wie ein frischer, polierter Apfel, der nur darauf wartete, daß ich hineinbiß. Ich fühlte mich wie neu geboren.

Ja, vielleicht kann man die Art, wie man sein Leben lebt, mit dem Äpfelpflücken vergleichen. Sommer für Sommer ist das Ritual der Obsternte dasselbe. Man pflückt mit aller Selbstverständlichkeit die Früchte, die einem direkt vor der Nase hängen, ohne sich strecken oder anstrengen zu müssen. Jahrelang gibt man sich mit den Äpfeln zufrieden, die man aus dem Stand erreichen kann. Sie sind lecker, und satt wird man auch davon. Und dann glaubt man plötzlich, daß das nicht alles sein kann. Man will hinauf, ganz nach oben, und die Äpfel aus der Spitze der Krone holen. Sie sehen so verlockend aus, saftiger und reifer als alle anderen am Baum, und man vergißt dabei völlig, daß sie außer Reichweite hängen.

Wenn man sie dann probiert, stellt man fest, daß sie keinen Deut besser sind als die von unten. Außerdem kann man sich beim Klettern verletzen oder sogar vom Baum fallen.

Der Mensch ist eben nicht dazu gemacht, von Ast zu Ast zu springen. Auf den dünnen Zweigen ganz oben halten sich nur absolut schwerelose Lebenskünstler, Luftikusse und Überflieger.

Ich stand auf, ging zum Fenster und hielt meine Hand mit ausgestreckten Fingern hoch, bis sie einen blassen Schatten auf das Fensterbrett warf. Ich hob die Hand höher, die Schattenfinger wurden kleiner und dünner. Ich hob sie noch höher, und der Schatten war weg. Ich mußte an Schorschi denken, wie er mich gestern zum Abschied umarmt hatte. Ich schwelgte ein paar Minuten in der Erinnerung an seinen Kuß, ein minutenlanger, feuchtheißer Kuß, wie ihn sonst nur frisch verliebte Teenager im Kino zustande kriegen, und weil wir in dem Krankenhausbett nicht mehr daraus machen konnten, war er doppelt so aufregend gewesen. Hundertmal so aufregend wie Honig im Bett. Brigitte hatte keine Ahnung.

Ich hatte kaum an sie gedacht, als sie auch schon ihren Kopf zur Tür hereinsteckte, zusammen mit einem Sträußchen Teerosen. Ich haßte Teerosen.

»Susi, was machst du denn für Sachen? Was mußte ich hören! Ich hatte vor Schreck fast einen Kreislaufzusammenbruch. Stör ich dich?«

Natürlich störte sie mich, aber bevor ich es ihr sagen konnte, hatte sie schon eine Vase hevorgezaubert, die Rosen vor meiner Nase auf dem Nachttisch plaziert und sich selbst auf den Stuhl neben meinem Bett. Sie trug ein ärmelloses Minikleid, wie immer aus Leder. Es war mit winzigen Straßperlen bestickt, und um ihren Hals hatte sie das obligatorische Hundehalsband.

»Ich hoffe, dir geht's heute schon besser. Hast du noch starke Kopfschmerzen? Wann darfst du denn wieder heim?«

»Morgen. Woher weißt du überhaupt, daß ich im Krankenhaus bin?«

»Ich war bei euch zu Hause. Dein süßer kleiner Schwager Ollibert hat mir gesagt, daß du einen kleinen Unfall hattest. Ich war total erschrocken und bin gleich hierhergekommen. Weißt du« – sie musterte verlegen ihre pinkfarbenen Fingernägel –, »ich möchte dir nämlich gerne meinen Verlobten vorstellen. Wo du doch die Trauzeugin sein sollst und so ...«

»Ach ja«, sagte ich ohne großen Enthusiasmus.

»Ja, genau. Und wo du doch meine allerbeste Freundin bist und weil Freundinnen doch keine Geheimnisse voreinander haben sollten, wollte ich dir über Jacques noch vor der Hochzeit reinen Wein einschenken.«

»Reinen Wein?«

»Ja, ich finde, es ist an der Zeit, daß ich dir endlich die Wahrheit sage«, erklärte sie mit niedergeschlagenen Augen.

»Wieso die Wahrheit?«

»Na ja« – sie wand sich –, »ich hab dir ein paar Sachen über ihn erzählt, die stimmen nicht so ganz. Nicht, daß ich direkt gelogen hätte oder so, aber irgendwie ... äh ... also, es ist so: Zuallererst heißt Jacques gar nicht Jacques.« Sie drehte sich um und flüsterte dann verschwörerisch: »Richtig heißt er eigentlich Jakob.«

»Das macht nichts«, erklärte ich großmütig. »Guck dir nur diesen nachgemachten Franzosen an, diesen Stümperfriseur Alphonse. Der heißt richtig auch bloß Alfons. Alles Schwindel. Männer haben das so an sich. Mach dir nichts draus. Es kann ja nicht jeder aus Paris stammen.«

Sie wurde rot. »Nein, so war das nicht, Jacquilein

hat mir nie vorgemacht, daß er Jacques statt Jakob heißt.«

Also hatte sie es mir vorgemacht. Unter meinem fragenden Blick errötete sie noch mehr. »Ja, und da gibt's noch was. Jacquilein ist gar kein Super-Lederdesigner. Oh, das heißt, eigentlich ist er schon einer. Aber …«

»Aber das hat sich noch nicht rumgesprochen«, schlußfolgerte ich messerscharf.

Sie nickte zaghaft. Dann platzte sie heraus: »Er ist Schuster. Wir haben auch keine tolle Maisonette, es ist bloß ein kleines altes Häuschen. Die Werkstatt ist unten und die Wohnung oben unterm Dach. Aber wir haben alles frisch streichen lassen. Vor ein paar Wochen erst!«

Dann brach es aus ihr heraus: »Ich weiß selbst nicht, warum ich so schrecklich angegeben habe! Dabei brauche ich mich für Jacques kein bißchen zu schämen. Er ist so toll, so männlich, so dominant, er macht mich so« – mit blitzenden Augen rieb sie sich den Hintern – »glücklich!«

»Das hört sich doch wunderbar an!«

»Ja, aber du weißt nicht, wie mir zumute war, als ich dich vorigen Monat nach all den Jahren wiedergesehen habe, Susi! Du warst so hübsch, genau wie früher, und du hast einen tollen Job in der Liegenschaftsverwaltung. Und du hast so ein schönes Haus und bist immer noch mit demselben Mann verheiratet, und ein echter Franzose ist er auch noch, und du hast so einen süßen Schwager und so niedliche Kinder, das heißt, das eine ist niedlich, das andere Kleinchen kenne ich ja immer noch nicht.« Jetzt weinte sie fast. »Und ich, ich bin überhaupt nichts, bloß dreimal geschieden, und in

Paris bin ich aus meinem Job als Schuhverkäuferin geflogen und habe nicht mal ein einziges Kind!« Schluchzend zog sie ein Tempo aus ihrem winzigen Softlederhandtäschchen.

Ich griff tröstend nach ihrer Hand. »Brigitte, das ist doch überhaupt nicht schlimm.«

»Verzeihst du mir?« schniefte sie und sah mich über ihr Taschentuch hinweg mit großen, nassen Augen an.

»Ja, sicher.« Ich brachte es nicht fertig, sie dabei anzuschauen. Mit abgewandtem Gesicht sagte ich: »Unter Freunden sollten ein paar kleine Angebereien kein Thema sein.«

Ich zauderte, aber dann holte ich tief Luft. Doch ich kam nicht mehr dazu, sie über Olifant, die Liegenschaften und meinen von Franzosen abstammenden Mann aufzuklären, denn sie sprang auf und rief glücklich: »Ach, wie herrlich, jetzt sind alle Unklarheiten zwischen uns ausgeräumt! Jetzt kann ich dir endlich mein goldiges Jacquilein vorstellen!« Sie rannte auf klappernden Stöckelsandalen zur Tür und riß sie auf. »Jacques, Süßer, komm rein, jetzt sollst du meine allerbeste Freundin Susi kennenlernen!« schrie sie in den Gang hinaus.

Ein großer blonder Mann Ende Dreißig betrat zögernd das Zimmer, kam zu mir ans Bett und gab mir die Hand. »Guten Tag, mein Name ist Jakob Engelbert Gutfreund.«

Damit sagte er mir nichts Neues, schließlich kannte ich ihn als edlen Spender. Und ich hatte ihn auch noch woanders gesehen. Er hatte nicht nur ein Faible für Rosendünger, sondern auch für Peitschen, und er teilte dieses Faible mit Brigitte. Ich musterte ihr verklärtes

Gesicht. Die beiden waren offenbar glücklich, das war die Hauptsache. Und er war wirklich ein netter Kerl mit seinen treuherzigen blauen Augen und seinen sanftmütigen, offenen Zügen. Und ziemlich schüchtern schien er zu sein, denn er war ganz rot im Gesicht. Feuerrot.

»Jetzt wollen wir deine Freundin nicht länger stören«, stammelte er plötzlich. Dann griff er nach Brigittes Arm und zerrte sie zur Tür.

»Ja, aber ...«, protestierte Brigitte.

»Komm schon, Brigitte«, befahl er.

Ich lächelte, denn mir fiel auf, daß er Brigitte sagte, nicht Brischiet. »Auf Wiedersehen!« rief Jacquilein, schon auf dem Gang.

»Ich ruf dich kommende Woche mal an, Susi!« schrie Brigitte über die Schulter zurück. Dann fiel die Tür hinter ihr ins Schloß.

Am nächsten Morgen kam Schorschi nach dem Frühstück, um mich abzuholen. Überrascht sah ich von meiner Illustrierten auf, als er ins Zimmer kam. »Mit dir habe ich überhaupt nicht gerechnet. Ich hätte mir doch ein Taxi nehmen können.«

Er holte meine Tasche aus dem Schrank und stopfte meine Sachen hinein. »Nicht nötig, Schätzchen. Ich will dich noch ein bißchen unter meine Fittiche nehmen.«

»Aber es geht mir doch wieder gut«, wandte ich ein.

»Das will ich auch hoffen.«

Auf der Heimfahrt erzählte er mir, daß Amalie am Vorabend abgereist war. Der Skandal wegen des Kostüms hatte ihr anscheinend den weiteren Aufenthalt verleidet. Außerdem war der Bohrer noch einmal bei uns zu Hause aufgetaucht und hatte Einzelheiten geschildert. Die Kripo hatte Otto bereits seit einer Weile im Auge behalten, schon seit dem Tag, als ich dem Bohrer die Adresse der Rosalia-Vertriebs-GmbH gegeben hatte. Sie hatten ihm den Hausmeister nicht so ganz abgenommen.

»Der Bohrer hat übrigens deine unverzichtbare Mitarbeit bei der Aufklärung des Falles über den grünen Klee gelobt. Mit deiner Hilfe konnten sie den ganzen Rauschgiftring ausheben. Wenn du nicht gewesen wärst, hätten sie nicht so schnell die Verbindung zu dem Bizarr-Shop herstellen können. Diese komische Visitenkarte neulich und dann dein Hinweis beim Pfarrfest waren die entscheidenden Tips. Die Rosalia war nur eine Briefkastenfirma. Vertrieben haben sie das Zeug vom Bizarr-Shop aus, da konnten sie es wunderbar zwischen all den kleinen und großen Perversitäten verstecken, ganz unauffällig. Bei der Verteilung an diverse Kunden spielte dann die Post in Gestalt von Herrn Süß buchstäblich eine tragende Rolle.«

Ja, so in etwa hatte ich es mir auch vorgestellt. Aber erst, nachdem es mir von der Hand, auf der es vorher gelegen hatte, schon ins Auge gesprungen war.

»Übrigens, Timmy geht heute nach dem Kindergarten mit zu Schwammbergers. Er will mal wieder einen netten Tag mit seiner kleinen Freundin Simone verbringen«, unterbrach Schorschi meine Gedanken. »Und Oliver will nach der Schule zu einem Freund, Aufgaben machen.«

»Wollt ihr mich schonen?« fragte ich erstaunt.

Er schüttelte verstohlen lächelnd den Kopf. »Das

hatte ich nicht vor, im Gegenteil. Ach ja, Oma habe ich für den Rest des Tages bei Laila untergebracht. Die beiden wollen sich über die Mode der zwanziger Jahre austauschen.«

Jetzt blickte ich nicht mehr durch, doch ich sagte nichts. Als wir ins Haus kamen, staunte ich, wie sauber und aufgeräumt alles war. Aber noch mehr staunte ich, als mein Mann mich unverzüglich in Richtung Küche drängte.

»Was ist denn?«

»Überraschung.«

»Aber …«

»Pst«, flüsterte er mir ins Ohr. Er küßte mich auf den Nacken, dann legte er seine Hände um meine Taille und schob mich sanft zum Tisch. Im nächsten Augenblick begann er, mit verführerisch langsamen Bewegungen mein Kleid aufzuknöpfen. Sprachlos starrte ich den Tisch an. Dann starrte ich das an, was darauf stand.

Es war ein großes Glas Honig.